HEYNE
BÜCHER

VALERIE LORD

DER ROSENTURM

Roman

WILHELM HEYNE VERLAG
MÜNCHEN

HEYNE ROMANE FÜR ›SIE‹
Nr. 04/368

Originalausgabe 6/2001

Printed in France 2001
http://www.heyne.de
Umschlagillustration: Pino Daeni/Agentur Schlück
Umschlaggestaltung: Nele Schütz Design, München
Satz: Prechtl, Passau
Druck und Bindung: Brodard & Taupin

ISBN 3-453-18488-2

Hawkstone, im September 1066

»Schau in das Wasser! Schau endlich hinein!«

Liliana wehrte sich gegen die drängende Stimme. Sie ließ die Augen geschlossen. Warum sehen, was sie nicht sehen wollte? Sie schlang die Arme um den Oberkörper und suchte Trost in der Berührung des eigenen Körpers. War es Angst, was sie empfand?

»Schau! Schau in den Spiegel des Wassers! Was siehst du dort?«

Die Stimme gab nicht nach. Sie war alt und brüchig, aber sie besaß Autorität. Liliana hatte ein Leben lang auf die Stimme gehört. Sie war es gewöhnt, ihr zu gehorchen, sie würde es auch jetzt tun müssen.

»Ich habe alles so vorbereitet, wie es sein muss: reinstes Regenwasser und die polierte Scheibe eines kupfernen Spiegels. Du musst etwas darin sehen. Du hast auch früher Dinge im Wasser gesehen!«

O ja, aber nur wenn sie den scharf schmeckenden Sud trank, den ihr Edeva eingab. Später konnte sie sich meist an nichts mehr erinnern. Zurück blieben lediglich schreckliche Kopfschmerzen, Übelkeit und eine Erschöpfung die meist erst nach Tagen wich.

»Mach die Augen auf!«

Der Befehl war jetzt so scharf, dass Liliana vor Schreck gehorchte. Die Wasseroberfläche bewegte sich, sobald ihr Blick darauf fiel. Die verschwommenen Umrisse des eigenen Gesichtes lösten sich auf, und sie sah stattdessen eine sumpfige Senke. Knöcheltiefer Matsch aus Regen und Blut bedeckte die Erde, und überall lagen reglose Männer und tote Pferde. In Lilianas Ohren gellten die Schreie Sterbender. Sie schmeckte Blut und Entsetzen statt der kühlen Nachtluft, die durch die Ritzen in den Fenstern ins Zimmer drang und den Duft von Rosen zu ihnen trug. Ihr Geist irrte über das verlassene Schlachtfeld landeinwärts von Hastings …

»Was ist geschehen? Nun rede schon, Mädchen!« Die Stimme brach in ihr Elend und forderte nachdrücklich Aufklärung.

»Die Schlacht in der Senke von Senlac ist verloren«, flüsterte Liliana mit spröden Lippen. »Die erschlagenen Krieger liegen mannshoch, und sogar die Normannen sind zu erschöpft, um ihren Sieg zu feiern. Wir sind verloren! Der König ist tot!«

»Und dein Vater? Alfaric? Die Männer von Hawkstone? Was ist mit ihnen?«

Liliana schloss die Augen, um den schrecklichen Bildern zu entgehen. Sie wollte nicht erfahren, wie Cenwulf von Hawkstone den Tode gefunden hatte.

»Ich muss wissen, ob Alfaric lebt! Hörst du, Mädchen! Sieh in das Wasser und sage mir, ob du Alfaric von Haven finden kannst! Hat er das Gemetzel unversehrt überstanden?«

»Ich kann nicht mehr!«

»Du musst! Du hast die Gabe! Nutze sie zu unserem Vorteil, oder willst du den Untergang von Hawkstone auf dein Gewissen laden?«

Liliana spürte die Übelkeit, sie fühlte sich entsetzlich schwach und erschöpft, aber der Appell an ihr Verantwortungsgefühl blieb, wie üblich, nicht vergeblich. Sie schluckte den Brechreiz hinunter und zwang sich erneut, in das Wasser zu sehen.

Allein, sie fand nicht mehr auf die blutgetränkten Wiesen bei Hastings zurück, wo die stolze Freiheit ihres Volkes verloren gegangen war.

Jetzt erblickte sie den Rosenturm auf der blanken Oberfläche der Schale. Seine alten Mauern waren von herrlicher Blütenpracht bedeckt und Standarten mit fremden Wappen wehten über seinen Zinnen.

Nebelige Schatten wirbelten jedoch sogleich aus der Tiefe empor und verwischten das Bild, bis es sich neu formte. Jetzt sah sie das Gesicht eines Mannes: harte, scharf geschnittene, edle Züge, deren Unerbittlichkeit von einem spöttischen verzogenen, aber wohl geformten Mund gemildert wurde, und einen klaren Blick von der Farbe winterlich grünen Meeres im Sonnenschein unter blonden Haarsträhnen und geraden, blonden Brauen.

Das Antlitz eines Nordmannes, eines Normannen, eines Fremden, das ein Echo in ihr hervorrief, das sie erbeben ließ. Wer war dieser Mann, und was wollte er in ihrem Leben?

»Siehst du Alfaric?«, drängte die andere Frau von neuem beunruhigt.

»Ich … ich weiß nicht …«

Lilianas Lippen weigerten sich, das Geheimnis zu teilen. Ihre Amme Edeva hatte die Gabe nicht. Sie wusste, welche Kräuter, welche Sprüche und welche Zutaten nötig waren, um die Schale in einen Spiegel zu verwandeln, aber sie besaß nicht mehr die Reinheit der Jungfrau, welche die Bilder rief. Sie konnte Liliana nur den Sud reichen.

Heute hatte das Mädchen verstohlen die Hälfte davon fortgeschüttet. Es war ein Akt der heimlichen Rebellion gewesen, der es dennoch nicht vor dem

Schrecken gerettet hatte, der nun sein Herz und seinen Geist lähmte.

»Wen siehst du? Nun sag schon!«

»Einen blonden Krieger, mit hellen Augen …«

»Alfaric!«, seufzte Edeva hörbar erleichtert. »Er lebt also. Der großen Mutter sei Dank!«

Liliana erschauerte. Es war nicht Alfaric, aber sie beließ Edeva in ihrem Irrtum. Auch Alfaric war blond und hatte blaue Augen, doch der Sachse glich diesem noblen Seigneur im Spiegel überhaupt nicht. Wer war dieser Fremde nur? Wenn sie ihn im Wasser sah … bedeutete dies, dass er eine Rolle in ihrem Leben spielen würde?

»Oh, nein …« Ihr Seufzer galt dem Bild, das immer undeutlicher wurde und schließlich ganz verschwand. »Ich sehe nichts mehr!«

Edeva schnalzte ungeduldig mit der Zunge und warf einen weiteren Wacholderzweig auf das Feuer in dem Kohlenbecken. Feiner weißlicher Rauch stieg auf, und Liliana musste husten. In ihren Schläfen pochte es, und sie schmeckte Galle in ihrem Mund.

»Ich kann nicht mehr!«

»Du bist die Letzte des Rosenturmes!«, sagte die Alte, ohne den verzweifelten Ausruf zur Kenntnis zu nehmen. »Wenn es jemandem gegeben ist, den Lauf des Schicksals zu ändern, dann bist du es. Erfülle also deine Pflicht!«

»Lass mich in Ruhe mit diesem Hexenzeug!« Liliana fuhr auf und stieß mit der Fußspitze die flache Kupferschale aus dem Weg, so dass das Wasser über den staubigen Boden spritzte. »Morgen wird mein Vater zurückkehren, und alles wird so wie immer sein! Warum quälst du mich mit solchen Schrecken?«

Die andere Frau schwieg und sah sie stumm aus tief liegenden, kohlschwarzen Augen an.

Draußen heulte der Wind und pfiff zischend in die schmalen Fensternischen des uralten Turms. Er vertrieb den weißen Rauchfaden des Wacholderzweigs und fuhr fauchend in den Mantel aus wuchernden Rosen, der den Turm umgab. Er riss an den Läden und den Dachtraufen der Ställe und Scheunen, trieb den Staub unter die Arkaden des Haupthauses und kündete von Herbst und Regen. Rosenblätter taumelten wie dunkle Tränen in den Staub im Hof. Jedes schien wie eine stumme Mahnung vor dem Unabwendbaren, das Liliana von Hawkstone nicht zur Kenntnis nehmen wollte.

Das Mädchen floh Hals über Kopf aus dem Rosenturm, aber es konnte doch vor seinem Schicksal nicht davonlaufen …

1. Kapitel

»Gütiger Himmel! Was soll das sein? Eine Festung? Ein Dorf?« Raynal de Cambremer zügelte sein mächtiges Streitross und gab das Zeichen zum Halt.

Die Männer, die ihn umringten, teilten seine Verblüffung. Die Ansammlung von Gebäuden, Hütten, Dächern und Türmen, die sich in einer Schleife des Flusses hinter einem eher harmlos ausssehenden Erdwall ausdehnte, glich weder einer Burg noch einem ländlichen Hof. Ursprünglich quadratisch angelegt, hatte sie sich offensichtlich im Laufe der Zeit der Hufeisenform des Cuckmere angepasst und schmiegte sich in seine Windungen.

Die spitzgiebeligen Ziegeldächer verrieten den uralten römischen Ursprung, aber der mächtige viereckige Wehrturm, der sie um vieles überragte, war sicher in späterer Zeit errichtet worden, vielleicht um Ausschau nach möglichen Feinden zu halten. Eine einzelne, trotzige Standarte wehte auf seinen Zinnen.

Neu und stark wirkten lediglich die frisch gehobelten und spitz auslaufenden Stämme einer Palisadenmauer, die den inneren Kern des Gutes schützte. Auch sie war kein unüberwindbares Hindernis, aber dennoch eines, das berücksichtigt werden musste. Es blieb lediglich die Frage, ob es Männer gab, die dieses Anwesen verteidigten, oder ob sie sich wie viele andere auch dem unglücklichen König angeschlossen hatten, der Leben und Reich bei Hastings verloren hatte.

»Hawkstone«, murmelte der Reiter neben Raynal und richtete sich im Sattel auf. »Ob die Neuigkeiten schon bis hierher gereist sind?«

»Darauf kannst du dich verlassen, mein Freund«, knurrte de Cambremer, der seine Streitmacht mit einem kurzen Blick überflog. Es waren nicht viele Soldaten, aber unter seinem Kommando dienten nur die Besten. In der Schlacht hatte er nicht mehr als eine Hand voll Bogenschützen und zwei Reiter eingebüßt. »Lass dich nicht dadurch täuschen, dass dies dort unseren Burgen in der Normandie überhaupt nicht gleicht. Trotz seiner enormen Größe kann man es vermutlich mit wenigen Männern halten, und ich möchte wetten, dass ...«

Er kam nicht dazu, den Satz zu vollenden, denn das doppelflügelige Palisadentor schwang in diesem Moment völlig unerwartet auf und spuckte einen Trupp Bewaffneter aus, der von einer Hand voll Ritter hoch zu Pferd begleitet wurde. Polierte Helme und gezückte Waffen blitzten im Licht des Nachmittags und ließen keinen Zweifel an ihrer Absicht.

»Diese Narren! Sie greifen an, anstatt uns vor ihren Mauern stranden zu lassen!« Raynal de Cambremer schloss mit einer knappen Bewegung das Visier seines Helmes, gab seinem Streitross die Sporen und zog mit der Rechten das mächtige Schwert. Es war ihm nur recht, wenn die Sachsen ohne großes Wenn und Aber eine Entscheidung erzwingen wollten. »Vorwärts!«

Ein Sonnenstrahl brach sich auf der erhobenen Klinge und gab seinen Kriegern einen Befehl, der das gesprochene Wort an Deutlichkeit weit hinter sich ließ. Daran gewöhnt, ihrem Anführer widerspruchslos zu folgen, bildeten sie im Nu ein Karree aus donnernden Hufen und blinkenden Schwertern, das sich wie eine verhängnisvolle Wolke über Männer mit den Streitäxten und Lanzen warf, ehe jene wussten, wie ihnen geschah.

In dem erbarmungslosen Kräftemessen Mann gegen Mann hatten die Normannen binnen kurzer Zeit die Oberhand, obwohl auch sie noch die Folgen der mörderischen Schlacht spürten, die sie vor wenigen Tagen an der Küste in der Senke von Senlac gewonnen hatten. Wilhelm hatte ihnen keine große Erholung gegönnt. Er war sich der Tatsache bewusst, dass er auf feindlichem Gebiet stand und dass das Blut des Sachsenkönigs an seinen Händen klebte. Er mochte ein Gefecht gewonnen haben, aber noch war ihm das Land nicht untertan. Er musste seine neue Herrschaft festigen, wenn er den Tag seiner Krönung tatsächlich erleben wollte. Die Pläne dafür hatte er in den langen Wochen der Vorbereitung für diese Invasion längst geschmiedet. Es waren seine treuesten und tapfersten Männer, die er ins Landesinnere schickte, um Burgen, Brücken und Straßen zu sichern, um Plünderer, Rebellen und den letzten Widerstand zu vernichten und um mit der ritterlichen Macht seiner Krieger zu demonstrieren, dass für diese Insel eine neue Zeit begonnen hatte.

Raynal de Cambremer sah mit dem Blick des erfahrenen Kämpfers, dass in Hawkstone nur die sehr Alten und sehr Jungen zurück geblieben waren. Das drahtige, dünne Bürschchen zum Beispiel, das ihn mit einem flirrenden viel zu großen Schwert mutig attackierte, mochte zwar den prächtigen Hengst beherrschen, in dessen Sattel es saß, seinen Schwerthieben indes fehlte deutlich die Kraft eines erwachsenen Mannes. Sie zeichneten sich eher durch

Schnelligkeit und ungewöhnliche Führung aus als durch echte Gefährlichkeit. Wie eine wütende Mücke surrten sie um den gewappneten Ritter. Lächerlich wären sie gewesen, hätten sie nicht die Verzweiflung des Kämpfers so deutlich offenbart.

Das Kettenhemd des Knaben sah so aus, als habe er es seinem großen Bruder gestohlen. Die Brustplatte fehlte ebenso wie die Schienbeinschoner. Der Bursche hielt das Schild viel zu tief, und in einem Turnier hätte er vermutlich nicht einmal das erste Lanzenstechen im Sattel überlebt. Trotzdem warf er sich mit einem Mut ins Getümmel, der Besseres als den Tod verdiente.

Es war dieser Gedanke, der den Ritter im letzten Moment dazu veranlasste, den tödlichen Hieb, der ihn von diesem tapferen, aber lästigen Insekt befreien sollte, nicht mit der Schneide, sondern mit der flachen Klinge zu führen. Das Schwert donnerte mit Urgewalt auf den dunklen Helm, hinter dessen Visier das Kindergesicht nur zu ahnen war. Das Stöhnen seines Opfers verklang im Lärm des erbitterten Scharmützels.

Noch während sein harmloser Gegner im Sattel taumelte, sein Schild verlor und zur Seite fiel, riss Raynal das eigene Ross herum, um sich einem neuen Gegner zu stellen. Doch dort war plötzlich niemand mehr, der die Waffe gegen ihn erhob. Es schien, als habe er mit seinem mächtigen Hieb gegen den Knaben die Schlacht für sich entschieden.

Auch die, die noch zum Widerstand fähig waren, ließen Streitäxte und Schwerter in diesem Augenblick sinken. Es entstand eine geradezu andächtige Stille, in dem nur das heftige Schnauben der Schlachtrösser, das Klirren der Zaumzeuge und das

Ächzen der Verwundeten zu hören war. Raynal de Cambremer steckte als Erster sein Schwert in die Scheide zurück und legte die Hände über dem Sattelknauf aufeinander, ehe er sich umsah.

Die jämmerliche Hand voll Männer, die die aussichtslose Schlacht für Hawkstone geschlagen hatte, wandte ihre Blicke wie magisch angezogen zu jenem Fleck, wo der Junge in dem Kettenhemd vom Pferd gestürzt war. Sogar das Ross schien die allgemeine Bestürzung zu teilen. Es schnoberte mit weichen Nüstern über die metallischen Glieder des Kettenhemdes und stupste gegen den Helm, dessen Riemen ohnehin durch Hieb und Sturz gerissen waren. Er wackelte ein wenig und rollte bei der nächsten Berührung zur Seite, weil er ohnehin viel zu groß war.

Raynal de Cambremer beachtete den Knaben nicht, seine Befehle kamen knapp und kalt. Er verabscheute überflüssige Brutalität, und so sehr er den Wunsch der Sachsen respektierte, ihre Heimat zu verteidigen, so sehr verachtete er auch ihren Anführer, der seine Männer in ein sinnloses Gemetzel getrieben hatte. Entweder war er tatsächlich so dumm, dass er sich für unbesiegbar hielt, oder er war so rücksichtslos, dass ihn Menschenleben nicht kümmerten. Beides verdiente nur Verachtung.

Raynal schwang sich aus dem Sattel, als wöge die stählerne Rüstung, die ihn von Kopf bis Fuß einhüllte, nicht mehr als ein seidenes Festwams. Die Zügel seines Rosses in der Rechten klappte er das Visier hoch und wandte sich an die wenigen Gefangenen, die sich von den Waffen seiner Männer bedroht aneinander drängten. Wie er es sich gedacht hatte, waren es alte Haudegen und Knechte, die ihrem Lebensabend nahe standen und junge Burschen mit wildem Haarwuchs, aber ohne den kleinsten Anflug von Bartschatten. Sie alle waren verletzt, aber im Stande, sich aufrecht zu halten.

»Wer ist Euer Anführer?«

Niemand antwortete. Hatten sie die Worte nicht verstanden, oder stellten sie sich taub?

»Wer ist Euer Herr?«, wiederholte Raynal seine Frage im sächsischen Dialekt der Einheimischen. Seine Augen ruhten scharf genug auf den Gefangenen, um den flüchtigen Funken der Überraschung zu entdecken, der ihre Blicke färbte. Sie hatten offenbar nicht damit gerechnet, dass die Eroberer ihre Sprache beherrschten. Wussten sie denn nichts von den zahllosen sächsischen Geiseln, die an Wilhelms Hof in der Normandie gelebt hatten und die einem wissbegierigen Normannen nur allzu gern behilflich waren, besonders wenn die Geisel jung und weiblich und der Normanne freundlich, ansehnlich und in der Gunst des Herzogs stand?

»Unser Herr ist Cenwulf von Hawkstone«, entgegnete ein Greis mit einer klaffenden Wunde an der Schulter, in der das Blut bereits zu stocken begann. »Gefolgsmann König Harolds von England!«

»König Harold ist tot«, entgegnete der Ritter knapp. »Er starb auf dem Schlachtfeld. Euer neuer König heißt Wilhelm, so wie es der Wunsch Eures frommen Königs Edward war! Wer jetzt noch die Waffen gegen Wilhelm erhebt, ist des Todes, alter Mann! Wo also …«

»Raynal! Donner noch mal, das musst du dir ansehen!«

Der Ritter runzelte die Stirn und wandte den Kopf unwillig zur Seite, wo sich einige seiner Kampfgefährten um eine Gestalt versammelt hatten, die leblos im Gras lag, bewacht von einem tiefschwarzen Pferd. Mit einem leisen Klirren seiner Rüstung ließ er von dem Alten ab und trat in den Kreis seiner Männer.

»Was zum Henker...!«, rutschte es ihm gegen seinen Willen heraus, als er begriff, was seinen Freund Gilbert de Nansay zu diesem ungewohnt verblüfften Ausruf veranlasst hatte.

»Recht ungewöhnlich, nicht wahr?«, grinste Gilbert und kratzte sich mit der Geste eines Mannes, der selbst nicht so recht weiß, was er von den Ereignissen halten soll, unter dem Lederschutz seines Helmes im Nacken. »Sie ist bewusstlos, obwohl ich keine Verletzung entdecken kann. Weiß der Himmel gegen wen sie gekämpft hat ...«

»Gegen mich«, knurrte Raynal knapp und starrte auf das fein gezeichnete schmale Antlitz, das von einer engen Lederkappe umschlossen in tödlicher Blässe schimmerte. Bis auf einen kleinen Kratzer auf dem Jochbein, der offensichtlich entstanden war, als der Helm abrutschte, war es unverletzt. Aber auch der Ritter erkannte jetzt, dass es unzweifelhaft das zarte Gesicht eines sehr jungen Mädchens war.

»Verdammt noch mal! Ich hielt sie für ein naseweises Bürschchen, dem ich eine Lektion erteilen wollte, damit es sich nicht länger in die Kämpfe der Erwachsenen mischt«, verteidigte er sich unwillkürlich.

»Was hast du getan?«

Raynal konnte Gilbert den Anflug von Vorwurf nicht verübeln, der in seinen Worten schwang. Trotzdem reagierte er unwirsch. »Ich habe mich gegen einen Angreifer verteidigt, der zwar nichts taugte, aber trotzdem hätte gefährlich werden können!«, knurrte er.

»Sie sieht aus, als könne sie nicht einmal das Schwert heben, geschweige denn auf diesem Ungeheuer von Pferd sitzen«, stellte de Nansay ungerührt fest. »Hast du denn nicht bemerkt, dass ein Mädchen unter dem Helm steckte?«

»Wie sollte ich? Bittest du vor jedem Kampf deinen Gegner darum, den Helm abzunehmen, damit du genau weißt, mit wem du das Schwert kreuzt?«, fuhr Raynal auf. »Verdammt, es war nur ein Hieb auf den Helm, übrigens einer mit der flachen Klinge. Das dumme Kind kann von Glück sagen, dass ich Milde walten ließ! He, du da!«

Die letzten Worte galten dem alten Sachsen, der von einem der Männer, die die Gefangenen bewachten vorwärts gestoßen wurde. »Habt ihr denn völlig den Verstand verloren, dass ihr schon Mädchen gegen Männer kämpfen lasst? Und warum rekrutiert ihr sie auch noch aus den Reihen der ganz Kleinen? Bei Gott, ihr seid wirklich Barbaren!«

Die unüberhörbare Verachtung in seiner Stimme riss den Graubart aus seinem Schock. In den müden blassblauen Augen unter den buschigen Brauen, die er auf den Sieger richtete, stand eine Verzweiflung, die den jungen Ritter berührte, obwohl er es nicht zugegeben hätte. »Ihr mögt uns Barbaren schimpfen, aber wir sind ein stolzes freiheitsliebendes Volk. Wir ziehen den Tod der Knechtschaft vor! Deswegen folgten wir ihr, obwohl wir wussten, dass wir nicht siegen konnten.«

»Ihr?« Raynals Blicke kehrten zu dem blassen Oval zurück, auf dem die langen, dunklen Wimpern einen Fächer aus zitternden Schatten bildeten und die geschwungenen Brauen von Empfindsamkeit und Jugend kündeten.

»Sie ist die Erbin von Hawkstone. Liliana, das einzige Kind Cenwulfs und Herrin des Hauses. Ihr habt unsere Lady getötet!«

»Eine Lady so ungenießbar wie eine giftige Schlange«, knurrte der Ritter, der im Gegensatz zu dem alten Sachsen die kaum merkliche Bewegung des pulsierenden Blutes am Hals des Mädchens wahrnahm. »Und obwohl man giftige Schlangen zertreten sollte, bleibt diese Euch erhalten. Sie ist lediglich bewusstlos, und ich nehme an, dass sie über geraume Zeit heftige Kopfschmerzen haben wird.«

»Dem Himmel sei Dank!«

Es berührte Raynal seltsam, als der alte Mann mit frommer Geste das Kreuz schlug. Mit seinem Bart, dem schlohweißen, wilden Haar und den zerfetzten Kleidern glich er so sehr einem Heiden, dass er sich nur schwer vorstellen konnte, dass sie zum selben Gott beten sollten.

»Was wird nun mit uns geschehen?«, wagte der Alte auch die Frage zu stellen, die alle Besiegten bewegte.

»Schwört eurem neuen König Gehorsam, und es wird euch nichts geschehen«, entgegnete Raynal knapp.

»Und Hawkstone?«

»Hawkstone gehört dem König. Er wird seinen neuen Herrn bestimmen.«

Sweyne, der alte Waffenmeister des Herrn von Hawkstone, senkte das Haupt vor der Eiseskälte in der Stimme des normannischen Ritters. So sehr er dem Himmel dafür dankte, dass die Herrin am Leben war, so sehr zürnte er ihm, dass er selbst nicht unter den Toten dort auf dem Anger lag. Er hätte gern darauf verzichtet, die neuen Zeiten in Hawkstone zu erleben.

»Vorwärts!« Raynal de Cambremer schwang sich kraftvoll in den Sattel und überließ es seinen Männern, sich um das Mädchen zu kümmern, das zu Schaden gekommen war, weil es sich anmaßte, den Krieger zu spielen. Unwillkürlich dachte er an Königin Mathildes Damen, die in Bayeux zurückgeblieben waren, als er und seine Männer Segel gen England gesetzt hatten. Nicht eine der zarten Edelfrauen und schönen Damen ihres Hofes wäre auf die närrische Idee verfallen, in eigener Person einen verzweifelten Ausfall anzuführen. Nicht eine hätte ihre Weiblichkeit für ein Schwert verleugnet!

Auch seine Mutter, Dame Elisabetta de Cambremer, die mit eiserner Disziplin vier Söhne und drei Töchter aufgezogen hatte, hätte vermutlich niemals zu solchen Mitteln gegriffen. Nur eine Barbarin ohne Kultur und Bildung konnte einen Ritter derart beleidigen, dass er ahnungslos eine Frau niederschlug!

Bei Gott, hoffentlich blieb das Frauenzimmer noch eine geraume Weile ohnmächtig, denn eine innere Stimme sagte ihm, dass der Kampf mit Liliana von Hawkstone mit dieser Schlacht erst begonnen hatte. Allein, er stand in den Diensten eines Mannes, der für sich ein Königreich eroberte, und er hatte Wichtigeres zu tun, als sich mit einer sächsischen Erbin herumzuzanken, der es offensichtlich an Erziehung mangelte.

Die Tore von Hawkstone öffneten sich ohne weiteren Widerstand für den neuen Herrn, aber die Menschen wichen ängstlich vor der Gestalt in der schwarzen Rüstung zurück. Der schnelle Sieg seiner Männer über das letzte Aufgebot der Lady und die eisige Verachtung, die aus jeder Bewegung des Normannen sprach, ließ nichts Gutes für die Zukunft erwarten. Hawkstone duckte sich murrend unter die Autorität des Siegers.

Freilich wurden Flüche und Verwünschungen nur in Bärte gemurmelt und hinter vorgehaltenen Händen versteckt. Die große Müdigkeit nach der Niederlage ging Hand in Hand mit der Verzweiflung über eine Zukunft, die sie alle zu Sklaven der Normannen machen würde.

2. Kapitel

»Was auch immer geschieht, vergiss nicht, wer du bist, Liliana von Hawkstone! In deinen Adern fließt das Blut der edelsten Familien dieses Landes, es reicht bis zurück zu den heiligen Druiden und Priesterinnen. Die Ehre unseres Namens liegt auf deinen Schultern!«

Liliana vernahm die letzten, beschwörenden Worte ihres Vaters wie ein Echo aus der Ferne. Die vertraute Stimme, die stets ein wenig atemlos und heiser klang, wenn er mit ihr scherzte, erstarb in einem wirren Chaos aus Stimmen, Hundegebell und Waffengeklirr. Der Schmerz hinter ihren Schläfen erwachte zusammen mit ihrem Bewusstsein. Einen Herzschlag lang fragte sie sich orientierungslos, wo sie sich befand und was geschehen war. Dann verstand sie, und die Verzweiflung nahm ihr den Atem.

Cenwulf und die tapferen Männer von Hawkstone würden ihre Heimat nie wieder sehen. Der Rosenturm war in die Hände der normannischen Eroberer gefallen und mit ihm das ganze Land, ja, die ganze Insel. Ihr unsinniger Versuch, das Lehen von Hawkstone mit den letzten Kräften und Waffen zu verteidigen, war nichts anderes gewesen als ein ehrenwerter Selbstmordversuch. Der christliche Glaube verbot ihr zwar, Hand an sich selbst zu legen, aber er verbot ihr nicht, für eine verzweifelte Sache zu sterben. Doch offenbar war diesem Versuch kein Erfolg beschieden gewesen.

Lilianas Kopf schmerzte, als hätte ihn der Hufschmied von Hawkstone als Amboss verwendet, und ihr Körper brannte vor Qual. In ihrer Kehle kratzte trockener Staub gleich einem erstickten Schrei. Sie versuchte, sich in den rötlichen Nebeln der Qual zurecht zu finden und die pochenden Schläfen mit den Fingern zu massieren. Doch sie konnte ihre Hände keinen Zoll weit bewegen. Dünne, schmerzend enge Riemen umspannten ihre Handgelenke und hielten die Hände in ihrem Rücken. Fesseln? Wer wagte es, die Lady von Hawkstone zu fesseln? Entsetzt riss sie die Augen auf und blinzelte gegen das grelle Licht, das es ihr unmöglich machte, etwas zu erkennen.

Dafür drangen mit einem Schlag Einzelheiten des Lärms in ihr Bewusstsein. Sie hörte Wortfetzen in normannischer Sprache, Männerstimmen, das Klappern schneller Stiefeltritte auf steinernen Böden, den panisch schrillen Aufschrei einer Magd und das Klirren von Waffen. Unter mühsamem Blinzeln klärte sich das Bild vor ihren brennenden Augen. Ihre Wange berührte staubigen Stein, und winzige Kiesel drückten sich in die zarte Haut. Eine harte Kante peinigte ihre Rippen, und sie begriff erschrocken, dass sie auf den Stufen der großen Eingangshalle von

Hawkstone lag. Sie kauerte gleich einer Bettlerin auf der Schwelle ihres eigenen Hauses!

»Elender Normannenschurke!«, schimpfte in ihrer Nähe eine zittrige Frauenstimme leise.

Liliana wandte mühsam den Kopf in die Richtung, aus der die Stimme kam. Die Bewegung jagte von neuem flammende Pfeile durch ihren Kopf und entlockte ihr ein heiseres Stöhnen purer Qual.

»Der Göttin sei Dank, du lebst! Ich hatte solche Angst um dich! Sie erlaubten nicht, dass ich deine Fesseln löse und dir Erleichterung verschaffe!«

»Edeva ...« Liliana kämpfte mit letzter Kraft gegen die drohende Bewusstlosigkeit an. »Was ist ...?«

»Ich habe dir gleich gesagt, dass es keinen Sinn hat zu kämpfen!«, zischte Edeva und spuckte hinter einem der Krieger her, die an den beiden Frauen vorübereilten, ohne sie zu beachten. »Beweg dich nicht, Kindchen! Wie es scheint, hast du einen mörderischen Hieb auf den Kopf bekommen. Aber dieser abscheuliche Schurke besteht darauf, dass du hier liegen bleibst! Sollen seine Gedärme in der Hölle verrotten!«

Liliana fühlte die trockenen, knochigen Fingerspitzen ihrer Amme, die über ihre Schläfen glitten und für einen Moment den grauenvollen Schmerz linderten. Sie sah, dass der Tag sich bereits zum Ende neigte und die ersten Fackeln entzündet wurden.

»Was ist geschehen?«, hauchte sie und schloss die Lider von neuem, denn das grelle Licht brannte glühend in ihren Augen.

»Was schon? Weißt du es denn nicht mehr? Die Göttin ist wahrhaftig mit Kindern und Narren. Diese Kerle besiegten Euch und machen sich jetzt in Hawkstone breit, als gehöre ihnen das Haus und das

Land. Der Ritter, der sie anführt, ist ein normannischer Hüne, der sich ...«

»Pack dich fort, Alte! Du hast bei der Gefangenen nichts zu suchen!« Das Sächsische hatte einen deutlichen normannischen Akzent gesprochen, aber der Mann sprach flüssig und verständlich.

Liliana spürte, wie Edeva unter der Bedrohung des Ritters erstarrte und zwang sich von neuem, die Augen zu öffnen. Der Schmerz in ihrem Kopf trübte ihre Sehkraft, aber sie erkannte die Umrisse der athletischen Gestalt, als hätte sie bereits hunderte von Malen ihre Konturen erkundet. Von überdurchschnittlicher Größe besaß er das lohfarbene Haar seiner Vorfahren, den Wikingern, und die breiten Schultern eines Kriegers. Liliana nahm dies jedoch nur am Rande wahr, denn sie fühlte sich unter dem kalten, leidenschaftslosen Blick der klaren, hellgrünen Augen wie gelähmt. Sie versuchte, darin zu lesen, aber sie fand nur Gleichgültigkeit, Verachtung, Geringschätzung. Dann zuckte sie zusammen. Heilige Mutter Gottes, sie kannte dieses Gesicht! Dies war der Mann, den sie im Spiegel des Wassers gesehen hatte!

»So, ist sie endlich bei Sinnen!«, stellte er mehr für sich selbst fest, um dann zu einem höflicheren Ton zu finden. »Ihr müsst das Gefühl haben, dass Euch der Schädel platzt! Schreibt es Eurem eigenen Leichtsinn zu. Was hat Euch dazu getrieben, das Schwert gegen Krieger zu führen? Ihr könnt von Glück sagen, dass Ihr noch am Leben seid, Dame von Hawkstone!«

»Die Lady ist verletzt!«, zeterte Edeva, ohne sich von der spürbaren Autorität des Normannen beeindrucken zu lassen. »Wollt Ihr denn nicht endlich ihre Fesseln lösen? Wollt Ihr Schuld an ihrem Tod sein?«

»Sie wird nicht sterben.«

»Holzkopf!«, schnaubte die Amme. »Sie ist eine Dame, eine Lady! Keine Küchenmagd, die Ihr missachten und gefangen setzen könnt. Oder führt Euer Herzog etwa auch Krieg gegen Frauen und Kinder?«

»Nein!«, entgegnete der Ritter in jenem ungerührten, gleichgültigen Ton, der Edeva so maßlos aufbrachte. »Aber wer sich unter den Weibern wie ein Mann gebärdet, muss es sich gefallen lassen, wie ein Mann behandelt zu werden.«

Liliana begriff instinktiv, dass er im Grunde nicht mit Edeva sprach. Seine Worte galten ihr. Das Kettenhemd, die enge Kapuze, die ihren Kopf umschloss, und die gebundenen Beinlinge legten Zeugnis von ihrem wilden Entschluss ab, sich über jeden Brauch und alle Sitten hinweg wie ein Mann in den Tod zu stürzen. Sie wusste jetzt, dass es ein Fehler gewesen war, und sie wand sich unbehaglich unter dem durchdringenden Blick des Ritters, eine Bewegung, die unverzüglich mit einer neuen Welle pochender Schmerzen belohnt wurde.

Scham und Zorn überfluteten sie zu gleichen Teilen. Nie hätte sie gedacht, dass der Tod ihres Vaters etwas Gutes haben würde. Nun wurde sie eines Besseren belehrt. Es ersparte ihm, von der närrischen Dummheit der Tochter zu erfahren, auf deren Klugheit und Bedachtsamkeit er stets so stolz gewesen war.

»Lass gut sein, Edeva!«, flüsterte sie tonlos. »Bei den Normannen scheint es Sitte zu sein, die Besiegten zu verhöhnen …« Sie senkte die Wimpern und presste die Lippen zu einem schmalen Strich aufeinander.

»Offenbar seid Ihr mit Eurer Zunge noch gefährlicher als mit dem Schwert«, stellte Raynal de Cambremer fest und bekämpfte einen neuerlichen Anflug von Jähzorn.

Er hätte nicht zu sagen vermocht, warum diese erbarmungswürdige Gestalt auf den Stufen ihn so aufbrachte. Jeder sah, dass sie entsetzliche Schmerzen litt, und die bläulichen Schatten unter ihren Augen kündeten von völliger Erschöpfung. Allein, sie schien ihm zäh genug, die Kur zu erdulden, die er ihr zur Dämpfung ihres Stolzes verordnet hatte.

Diesen Stolz schrieb er ihr zu, ohne sie überhaupt zu kennen. Aber ein Mädchen, das schwere Kettenhemden trug und mit dem Schwert kämpfte, war nicht mit gewöhnlichen Maßstäben zu messen. Offensichtlich hatte der Vater seine Tochter in Ermangelung eines männlichen Erben wie einen Jungen erzogen. Ein seltsames Volk, diese Angeln und Sachsen. Gewaschen und ordentlich gekleidet würde sie vermutlich ganz ansprechend aussehen.

»Was gedenkt Ihr, mit mir zu tun, Seigneur?«, trotzte Liliana ihm nun von neuem, obgleich ihre Stimme vor Anstrengung und unterdrücktem Schmerz zu brechen drohte. »Wollt Ihr mich als Euren künftigen Hofhund auf diesen Stufen liegen lassen?«

Was bisher lediglich die absichtliche Verweigerung von ritterlicher Höflichkeit gewesen war, erhielt durch diese Worte den Schatten von billiger Rachsucht und Gemeinheit. Liliana konnte nicht ahnen, dass der Herr von Cambremer für Demütigungen ein feineres Gespür als andere Menschen besaß.

Er schonte seine Feinde nicht, aber er hatte es stets vermieden, sie zu erniedrigen. Weshalb er von dieser Gewohnheit ausgerechnet bei einem verletzten Mädchen Abstand nahm, wusste er nicht zu sagen.

Liliana war indes zu mitgenommen, um den flüchtigen Hauch von Verständnis in seinem Blick zu erkennen. Sie war an der Grenze dessen angelangt, was sie ertragen konnte. Ihre Welt zerbrach in Stücke, und man zwang sie, gegen ihren Willen in diesen Trümmern am Leben zu bleiben. Noch nie hatte sie ein so dringendes Bedürfnis verspürt, sich in einem Meer von Tränen aufzulösen. Ausgerechnet Liliana von Hawkstone, die in ihrem 19-jährigen Dasein noch nie eine Träne vergossen hatte!

»Wilhelm hat Hawkstone vorerst meiner Macht unterstellt«, hörte sie die Stimme des Ritters, als sie schon nicht mehr mit einer Entgegnung rechnete. »Wenn Ihr Euch dieser Macht unterwerft und dem neuen Herrscher dieses Landes den Treueeid schwört, löse ich Eure Fesseln. Es ist nicht meine Sache, die Toten auf Euer Gewissen zu laden, die Euer sinnloser Stolz gefordert hat!«

Mit sicherem Gespür fand er die Worte, die Liliana mehr verletzten als sein Hieb auf ihren Helm. »Es war meine Pflicht, die Ländereien meines Vaters zu verteidigen!«, trotzte sie ihm mit jeder Faser ihres Seins.

»Es ist die Pflicht des Weibes zu gehorchen und zu dienen. Ihr werdet lernen müssen, Eure barbarische Vorliebe für Blut und Tod zu zügeln!«

»Damit ich wie Eure normannischen Damen werde? Eitel, hohlköpfig und nur damit beschäftigt, einem Ritter zu gefallen? Ich denke nicht daran!« Woher sie die Kraft nahm, ihm diese Worte wie ein

Bündel Pfeile entgegenzuspucken, wusste sie selbst nicht. Seine grimmige Antwort bewies, dass sie ins Schwarze getroffen hatte.

»Dann werden wir Euch zu allem anderen auch noch Gehorsam lehren müssen, Lady von Hawkstone!«, bellte er und entfernte sich, ohne auf das wütende Zischen des Mädchens zu achten, das in den viel zu großen Kleidern eines Kriegers seinen Zorn so sehr reizte.

Gilbert de Nansay war der Einzige, der es wagen durfte, die Befehle des Ritters zu korrigieren. Er wusste, dass Raynal sich Vorwürfe machen würde, wenn er seine Ruhe wieder fand. Er musste etwas unternehmen, um die sinnlose Spirale von Rede und Gegenrede zu unterbrechen.

Er packte Edeva am Arm, sobald der Ritter sich abgewandt hatte und davongegangen war. »Löse deiner Herrin die Fesseln und bring sie in ihr Gemach, damit sie sich niederlegen kann. Je eher sie aus den Augen des Seigneurs kommt, umso besser ist es für uns alle. Und wenn du auch nur den geringsten Einfluss auf sie hast, dann sag ihr, sie soll künftig ihre Zunge hüten!«

Ehe Edeva und Liliana sich von ihrer Verblüffung erholt hatten, schritt Gilbert hinter Raynal de Cambremer her, den Säulengang an dem lang gestreckten Gebäude entlangging, das einmal die Gymnastikräume des römischen Statthalters beherbergt hatte, der dieses Anwesen erbaut hatte. Jetzt hausten dort die Pferde, und es blieb genügend Platz für die Krieger, die Hawkstone im Namen des Normannen besetzt hielten.

Gilbert erreichte seinen Freund, ehe er in das Gewölbe trat. »Auf ein Wort, Raynal!«

Der Ritter wandte sich mit gerunzelter Stirn um. »Was gibt's?«

»Du kannst das Mädchen nicht vor der Eingangshalle liegen lassen«, kam Gilbert ohne Umschweife zur Sache. »Wilhelm hat ausdrücklich befohlen, dass die sächsischen Adeligen und ihre Familien, so weit es geht, verschont werden. Er will die Herrschaft über sein neues Königreiches nicht auf Hass und Zwietracht gründen. Willst du den Menschen in Hawkstone zusätzlichen Grund zum Hass auf die Normannen geben? Das bist nicht du, mein Freund! Ausgerechnet derjenige unter Wilhelms Rittern, der stets zu Mäßigung und Vernunft rät und jede heftige Regung verachtet!«

Dass Gilbert mit jedem seiner Worte Recht hatte, erzürnte Raynal nur noch mehr. Inzwischen galt seine Wut jedoch, wie sein Freund es vorausgesehen hatte, eher sich selbst. Warum wollte er den Widerstand dieser schmalen, trotzigen Kriegerin um jeden Preis brechen? Warum reizte sie ihn über alle Maßen?

»Sie hätte mich nur um Gnade zu bitten brauchen«, stieß er hervor und begriff erst in diesem Moment, wie sehr er gerade darauf gewartet hatte, dass er so aufgebracht war, weil sie es nicht getan hatte. Wie kam ein Weib dazu, dem eigenen Stolz alles andere unterzuordnen?

»Das arme Ding ist verletzt und viel zu durcheinander, um auch nur einen vernünftigen Gedanken zu fassen. Lass sie durch ihre Diener versorgen, damit du dich nicht vor Wilhelm dafür rechtfertigen musst, dass die Erbin von Hawkstone durch deine Hand zu Schaden kam.«

»Meinetwegen!«, knurrte Raynal brummig.

»Kümmere dich darum, ich habe Wichtigeres zu tun. Hast du nicht auch den Eindruck, dass sich bemerkenswert wenige Nutztiere in Hawkstone befinden? Auch die Vorräte scheinen mir kaum ausreichend, um das Anwesen über den Winter zu bringen. Die Zeit der Ernte ist doch längst vorbei.«

»Du glaubst, man hat Tiere und Vorräte irgendwo in Sicherheit gebracht?«, durchschaute Gilbert die Gedankengänge seines Gefährten.

»Das möchte ich wetten. Sorg auf jeden Fall dafür, dass die Tore bewacht werden und die Palisaden ausreichend bemannt sind. Wir müssen sowohl mit Plünderern als auch mit Aufständischen rechnen! Noch befinden wir uns in Feindesland!«

Gilbert nickte, denn er war sich wie Raynal der Tatsache bewusst, dass die Sachsen im Augenblick noch unter dem Schock der Niederlage standen. Erst wenn sie sich von Trauer und Schmerz erholt hatten, würde es sich zeigen, ob es eine gemeinsame Zukunft für Normannen und Sachsen auf dieser Insel geben würde.

»Sie sollen sich auch endlich um die Toten und Verwundeten kümmern, die draußen auf dem Anger liegen«, fügte Raynal hinzu. »Aber schick ein paar von unseren Kriegern mit, die die Waffen an sich nehmen. Ich will nicht, dass auch nur ein Messer heimlich verschwindet.«

Gilbert nickte stumm und eilte davon. Raynal blieb allein zurück und fand zum ersten Male Muße, sich in Hawkstone umzusehen. Der prunksüchtige Statthalter, der in der fernen Provinz Britannien dieses Anwesen für sich gebaut hatte, schien nur die fähigsten Baumeister beauftragt zu haben. Obwohl verwittert und teilweise beschädigt, zeugten die Gebäude noch immer von Macht und unübersehbarem Reichtum.

Die Räume unter den luftigen Ziegeldächern waren mit längst verblassten Gemälden geschmückt, aber die schwarzweißen Mosaike der Böden hatten nichts von ihrer Pracht verloren. Nachfolgende Generationen hatten die luftigen Wandelgänge in Hühnerställe und Vorratsräume verwandelt, in dem von Säulen umgebenen inneren Garten jedoch standen mannshohe marmorne Statuen seltsamer Gottheiten, die mit steinern stolzen Mienen über die sorgsam gepflegten Kräuterbeete hinwegsahen.

Zu jenen Zeiten, als die Männer aus dem hohen Norden mit ihren Langbooten die Küsten Britanniens heimgesucht hatten, hatte ein längst vergessener Herr von Hawkstone den mächtigen viereckigen Wachturm hinzufügen lassen, der nun hoch über die alten römischen Dächer hinausragte. Dass er aus den grauen schorfigen Steinen des Landes errichtet war, sah man nur an wenigen Stellen, denn er war auf allen vier Seiten von dornigen, dichten Heckenrosen überwuchert, die bis hinauf zur Plattform reichten. Auch jetzt im Herbst war dieser stachelige Mantel mit leuchtend roten Blüten geschmückt, und die Blätter segelten mit jedem Windstoß über Hawkstone langsam zu Boden.

Eine genauere Kontrolle ergab, dass die hölzernen Stockwerke des Turms mit Leitern verbunden waren und das alte Gemäuer im Moment nur im obersten Stockwerk ein paar alte Möbel, viel Taubendreck und noch mehr Spinnweben enthielt. Oben wurde man mit einem großartigen Blick über das Land, das nahe Dorf, den Fluss und die Wälder rund um Hawkstone belohnt.

»Feindesland«, murmelte Raynal, während er sich auf die Zinnen stützte und seinen Blick in die Ferne gleiten ließ. Wie lange es wohl dauerte, Cambremer-Land daraus zu machen? Seine Gedanken wanderten über das Meer in seine Heimat.

Es gab bereits eine Menge Cambremer-Land in der Normandie, aber es hatte sich herausgestellt, dass es nicht für drei ehrgeizige Ritter und ihren jüngeren Bruder genügte. Zudem war Raynals unabhängiger Geist nicht dafür geschaffen, den Befehlen eines älteren Bruders zu folgen, dem er außer einer gewissen Rechtschaffenheit und Sturheit kaum positive Eigenschaften zusprechen konnte. Klugheit jedenfalls gehörte auf keinen Fall dazu.

Ausgerechnet dem Jüngsten fehlte jede Spur des dumpfen Familiengehorsams, der es seinen anderen Brüdern erlaubte, in diesem Familienverbund zu leben und zu gehorchen. Er wollte selbst herrschen. Ein höchst gefährlicher Wunsch für einen an vierter Stelle geborenen Sohn!

Dame Elisabetta hatte den wagemutigen, unabhängigen Geist ihres letztgeborenen Sohnes schon in früher Kindheit entdeckt und den achtjährigen Knaben kurz entschlossen den Mönchen des Klosters von Rouen anvertraut. Raynal hatte seine kirchlichen Lehrer anfangs zu den schönsten Hoffnungen verleitet, aber sein Temperament war nicht für das Leben hinter Klostermauern geschaffen.

Nach einem Besuch des jungen Herzogs in Rouen hatte man den 14-jährigen Knaben zu spät vermisst. Wilhelm besaß plötzlich einen ehrgeizigen Knappen mehr, der sich schwor, an der Seite des kriegerischen Herzogs sein Glück zu machen, ein Glück, das in seinen Gedanken bereits eine konkrete Gestalt angenommen hatte. Er wollte eigenes Land, eine eigene Burg, ein eigenes Lehen, über das er nur seinem Herzog, seinem König Rechenschaft ablegen musste.

Nun, Burg konnte man weder das Turmungeheuer noch das römische Wohnhaus nennen, aber allein die Tatsache, dass Wilhelm sie in seine Hände gegeben hatte, machten sie für Raynal zur begehrenswertesten Festung der ganzen Insel. Er war mit offenem Herzen nach Britannien aufgebrochen, bereit für eine verheißungsvolle Zukunft.

Gütiger Himmel, was stand er hier herum und starrte wie ein Narr über das Land? Wenn er seine Zukunft nicht in Gefahr bringen wollte, würde er sich darum kümmern müssen, dass aus den besiegten Sachsen ergebene Gefolgsleute wurden. Allein, wie er das anstellen sollte, war ihm jetzt noch ein Rätsel. Das bleiche Gesicht der Lady mit dem Schwert schob sich vor seine Augen. Wie seltsam, dass er immer noch nicht wusste, welche Farbe ihre Augen und ihr Haar hatten.

3. Kapitel

»Du musst etwas essen, Kind!«

»Nimm das weg, ich will nichts essen!«

»Bist du nicht ein wenig zu alt für derlei kindischen Trotz?«

Liliana blinzelte. Das Tageslicht schmerzte in ihren Augen, wenngleich die hämmernden Kopfschmerzen nachgelassen hatten und sich ihr Magen nicht mehr nach außen stülpte, sobald sie die geringste Bewegung machte. Sie hatte vergessen, wie viele

Tage sie schon so dalag. Am liebsten hätte sie noch viel mehr vergessen, aber es schien, als wäre ihr diese Gnade nicht länger gegönnt.

Ihre Augen wurden zu schmalen Schlitzen und sie versuchte, die Frau mit dem Tablett mit der üblichen, klug berechnenden Gelassenheit zu betrachten, die bisher ihr ganzes Leben bestimmt hatte. Edeva trug die schlichten, selbstgewebten, braunen Wollröcke einer Dienerin, aber die feine Borte am Saum und das dünne Leinen der Haube bewiesen, dass sie mehr war als nur eine Magd. Auch der energische Zug um den faltigen Mund und der scharfe Blick der kleinen, schwarzen Augen zeugten von einer Frau, die sich Respekt verschaffen konnte.

Als Amme der einzigen Tochter des Herrn hatte sie viele Jahre den Haushalt von Hawkstone geführt, und erst Liliana hatte ihr nach und nach die Zügel aus der Hand genommen. Dennoch war sie neben dem verstorbenen Herrn die einzige Person, der die junge Herrin von Hawkstone jenen mit Zuneigung gepaarten Respekt entgegenbrachte, der bisher bedingungslosen Gehorsam im Gefolge gehabt hatte.

Auch jetzt wusste Liliana, dass die Amme Recht hatte. Sie änderte nichts an den Dingen, wenn sie sich zum Hungertod verurteilte, und es war kindisch, sich im eigenen Bett zu verstecken, und schließlich seufzte sie ergeben.

»Na also«, brummte Edeva zufrieden und stellte das Tablett mit den abgedeckten Näpfen in Reichweite. Obwohl ihre junge Herrin nicht eine Silbe von sich gegeben hatte, las sie in ihren Zügen, dass sie versuchte, wieder zu ihrem kämpferischen Selbst zurückzufinden. »Und nun iss! Du musst stark sein! Hawkstone braucht dich!«

Die vertraute Zauberformel hatte ihre Wirkung noch nie verfehlt. Liliana nahm den dampfenden Becher, ohne zu fragen, von der Amme entgegen. Sie wusste um deren Fähigkeiten, Krankheiten und Verletzungen mit Kräutern zu heilen, denn sie war selbst ihre Schülerin gewesen, seit sie denken konnte. Sie schmeckte Minze und Salbei, aber sie machte sich nicht die Mühe, auch die anderen Zutaten des Heiltrankes herauszufinden. Sie aß und trank schweigend, was die Amme ihr vorsetzte und sank mit einem Seufzer der Erleichterung in die Kissen zurück, als die Alte mit den leeren Schüsseln hinausschlurfte.

Erschöpft, aber dennoch nicht fähig zu schlafen, lag sie mit geschlossenen Augen da und lauschte zum ersten Mal seit Tagen bewusst auf die Geräusche, die von draußen zu ihr drangen. Ihre Sinne registrierten Unruhe, unermüdliches Hin und Her, kraftvolle Hiebe vieler Äxte, befehlende, raue Männerstimmen und ein Getöse, das gewöhnlich nicht einmal zur Erntezeit derart ohrenbetäubend war.

Was, um Himmels willen, geschah in Hawkstone, während sie hilflos wie ein Säugling zu Bett lag? Wo, zum Kuckuck, steckte Edeva? Warum war sie nicht geblieben, um ihre Fragen zu beantworten?

Liliana runzelte die klare Stirn. Zumindest die letzte ihrer Fragen konnte sie sich leicht selbst beantworten. Edeva kannte sie nur allzu gut. Die Amme wusste, dass Neugier und Unruhe sie schneller aus dem Bett treiben würden als jede Aufforderung, sobald erst einmal die dumpfe Betäubung wich, die sie seit Tagen umfangen hielt.

Es war an der Zeit, die Tatsachen in Augenschein zu nehmen. Trotz entsprechender Berichte und vie-

ler Spione hatte ihr Vater nicht daran geglaubt, dass Wilhelm tatsächlich das Meer überqueren und König Harold zum Kampfe herausfordern würde. Liliana gedachte seiner plötzlich nicht mehr nur mit Trauer, sondern auch mit zunehmender Gereiztheit. Er hatte einen tragischen Fehler gemacht und sie allein gelassen. Was sollte sie jetzt tun, wen um Rat fragen? Edeva? Das würde dieser heimlichen Tyrannin gefallen!

Lilianas Empörung wuchs mit jedem Gedanken. Sie richtete sich hastig auf und versuchte, den Schwindel zu überwinden, der sich durch die schnelle Bewegung einstellte. Sie würde aufstehen, und wenn es sie umbrachte! Sobald die Wände wieder gerade standen und alle Gegenstände am gewohnten Platz blieben, rutschte sie aus dem Alkoven und hielt sich mit beiden Händen an der mächtigen geschnitzten Säule fest, die gemeinsam mit drei anderen den Baldachin der Bettvorhänge trug. Ihre Knie zitterten heftig, aber am Ende meisterte sie es doch, auf eigenen Beinen zu stehen. Der Weg bis zur Truhe an der Wand, die ihre Kleider enthielt, schien ihr ungewohnt weit und mühselig. Das Hämmern hinter ihren Schläfen hatte wieder eingesetzt, und Liliana taumelte. Die Kammer drehte sich vor ihren Augen.

»Bist du närrisch, Mädchen? Warum hast du das Bett verlassen?«

Edevas Zetern und Schimpfen riss sie aus der kurzen Ohnmacht grenzenloser Schwäche. Sie hatte sich zu viel zugemutet und benötigte die Hilfe der Amme, um wieder in den Alkoven zu klettern. Dennoch dachte sie dieses Mal daran, Edeva fest zu halten, damit sie nicht wieder verschwand, ohne ihr Rede und Antwort zu stehen.

»Was geht dort draußen vor?«, fragte sie ungeduldig. »Was tun diese Männer, das solchen Aufruhr verbreitet? Reißen sie das Haus ab? Wollen sie, dass wir wie Tiere in Erdlöchern hausen und durch den Schmutz kriechen?« Sie erinnerte sich zu gut an die Stunden auf den Stufen.

»Aber nein«, Edeva schüttelte den Kopf und steckte die Decke um ihren Schützling herum fest. »Sie bauen Befestigungen! Der Normanne lässt die Gräben vertiefen, Wälle errichten und eine übermannshohe Mauer aus Stämmen um Hawkstone ziehen, die höher als unsere neuen Palisaden sein wird. Er will das Haus in eine Festung verwandeln, noch ehe die Herbststürme einsetzen!«

»Also rechnet er damit, das geraubte Haus verteidigen zu müssen«, entgegnete Liliana, und eine feine, nachdenkliche Falte stand über ihrer Nasenwurzel. »Das kann nur bedeuten, dass sich Wilhelm seines geraubten Königreiches noch nicht sicher ist. Hast du von anderen Schlachten, von Widerstand gehört? Wer führt nach Harolds Tod die Sachsen an? Es muss doch Krieger geben, die den Massenmord in der Senke von Senlac überlebt haben!«

Edeva sah sich vorsichtig um und dämpfte ihre Stimme zu einem heiseren Flüstern. »Wilhelm hält das Land im Würgegriff. Wer aus Senlac mit heilen Gliedern fliehen konnte, verbirgt sich und wartet ab. Es gibt keine Reisenden und keine Händler, die Nachrichten verbreiten. Man könnte meinen, Hawkstone befinde sich auf einem anderen Stern. Die Reiter und Boten, die in diesen Tagen unterwegs sind, dienen ausschließlich dem normannischen Eroberer …«

Diese Worte bestätigten Lilianas schlimmste Befürchtungen. Ihre ganze Welt lag in Trümmern, und es gab keinen Ort, wo sie Gerechtigkeit fordern und Hilfe finden konnte.

»Du musst Geduld haben«, raunte Edeva eindringlich. »Und du wirst auch gefälligst liegen bleiben, bis ich dir sage, dass du das Lager verlassen kannst!«

»Und wann wird das sein?«, rief Liliana gereizt. »Zu Weihnachten?«

»Lass den Normannen doch denken, dass er dich schlimmer verletzt hat, als es tatsächlich der Fall ist«, riet die alte Dienerin. »Sie sind Narren, diese Männer von der anderen Seite des Meeres. Sie verhätscheln und unterschätzen die Frauen. Für sie zählen nur Schönheit und Sanftmut, und sie denken nicht daran, dass auch Frauen einen Kopf besitzen. Spiel die dumme, schwache Gans, damit er sich schuldig fühlt, weil er dich verwundet hat.«

»Was sollte das für einen Sinn haben?«

»Seine Ritterehre verlangt, dass er dich schont!«

»Schonung? Pah!« Liliana lachte freudlos auf. » Ich will seine Schonung nicht. Was kann er mir noch Übleres antun, als meine Heimat zu stehlen?«

Edeva bedachte sie mit einem Blick, der ebenso Mitleid wie Besorgnis verriet. Liliana von Hawkstone mochte stark, klug und stolz sein, aber sie hatte nicht die geringste Erfahrung mit Männern. Von ihrem Vater über die Maßen geliebt und mit einer Freiheit beschenkt, die auch für eine Sächsin ungewöhnlich war, besaß sie eine Reinheit des Herzens, die ihre Amme fürchtete. Würde es ihr gelingen, diesen unabhängigen Geist und dieses aufrichtige Herz zum Wohle des Sachsenvolkes zu beeinflussen?

»Ich fürchte sehr, dass wir dies schon bald erfahren werden«, seufzte sie und huschte aus dem Gemach.

Liliana stieß einen unwilligen Seufzer aus. Edeva verschwieg ihr etwas, das wusste sie. Die alte Amme neigte dazu, ihren eigenen Kopf zu haben und nicht immer sinnvolle Pläne zu schmieden. Was sollte es bewirken, wenn sie dem Normannen das schwache Weib vorspielte und auf sein Mitleid hoffte? Er würde weder seinen schurkischen Anspruch auf das Lehen von Hawkstone aufgeben noch sich aus ihrem Land zurückziehen. Nicht einmal Edeva konnte sich ernsthaft solchen Hoffnungen hingeben.

Wer hatte denn überhaupt noch Hoffnungen? Die junge Frau presste die Lippen zu einem schmalen Strich aufeinander und rutschte tiefer zwischen die Kissen. Es gefiel ihr nicht, hilflos und krank zu sein. Sie dachte nicht daran, diesen Zustand über Gebühr zu verlängern. Dort draußen war der Normanne und verwandelte Hawkstone in eine Festung. Jemand musste ihn aufhalten!

Und doch – er war der Mann, dessen Bild ihr der Spiegel gezeigt hatte. Edeva wusste nichts davon. Wieso hatte sie die Gelegenheit nicht genutzt, ihr davon zu erzählen? Was zwang sie, ihr Wissen wie ein Geheimnis zu hüten, obwohl ihr die Vernunft sagte, dass dies ein Fehler war?

»Die alte Hexe bewacht ihren Schützling, als habe sie unter der Matratze des Mädchens Harolds Kronjuwelen versteckt«, knurrte Gilbert de Nansay und blickte der Gestalt mit der steifen Leinenhaube nach, die unter den Arkaden des Haupthauses davonschlurfte. »Ich möchte wetten, dass sie uns sagen könnte, was aus den Vorräten und den Tieren von

Hawkstone geworden ist. Es juckt mir in den Fingern, sie zum Sprechen zu bringen! Es gibt Variationen des Leides, die jede Zunge lösen!«

Raynal de Cambremer schaute von der Nachricht auf, die ein Bote Wilhelms vor wenigen Augenblicken überbracht hatte, und folgte dem Blick seines Freundes. »Warst du nicht derjenige, der mich daran erinnerte, dass wir nicht gegen Frauen und Kinder Krieg führen? Was hat die Alte dir getan? Erinnert sie dich an eine Kinderfrau, die dich an den Ohren gezogen hat?«

»Sie ist gefährlich!« Gilbert ging nicht auf den lockeren Scherz ein. »Meine innere Stimme sagt mir, dass sie von Kopf bis Fuß aus Lug und Trug besteht!«

»Vermutlich sagt deine Stimme dir das, weil das Weib alt und verschrumpelt ist. Bei der kleinen Schlange, die das Schwert gegen uns gezückt hat, fiel dein Urteil wesentlich milder aus, wenn ich mich recht entsinne.«

»Du meinst die Erbin? Du hast sie nicht einmal richtig angesehen. An dem Mädchen ist kein Hauch von Falschheit. Bei der Alten hingegen verwette ich mein Schwert gegen diesen alten Lederriemen, den du als Gürtel trägst, dass wir es noch bereuen werden, dass die ritterliche Ehre es uns verbietet, sie ohne großes Tamtam an die Eiche dort drüben zu knüpfen!«

»Willst du sie loswerden, damit du die sächsische Maid hüten kannst, die du dir so genau angesehen hast?«, spottete sein Freund. »Darf ich dich daran erinnern, dass unser Herzog andere Aufgaben für uns vorgesehen hat? Er will sein Königreich auf dieser Insel aufbauen. Ein Reich ohne Grenzfestungen und ohne ständige Scharmützel soll es werden, ein starkes Reich, vom Meer beschützt, und außerhalb der Reichweite des allzu ehrgeizigen französischen Königs. Ich wäre dir dankbar, wenn du deine Gedanken auf diese Angelegenheit konzentrieren könntest. Wie wäre es, wenn du einen Teil der Männer nimmst und mit ihnen auf die Jagd gehst? Wo keine ausreichenden Vorräte vorhanden sind, müssen schnellstens welche beschafft werden!«

Gilbert erkannte einen Befehl, selbst wenn er ihm in freundschaftlichem Ton gegeben wurde. Er legte die Hand auf sein Herz und deutete seine Ergebenheit durch eine lässige Verbeugung an. »Willst du mich nicht begleiten? Du siehst aus, als könnten dir du ein paar Stunden ohne Probleme gut bekommen.«

»Damit hast du sicher Recht«, räumte der Ritter ein. »Aber ich fürchte, mir bleibt keine Zeit dafür. Wir müssen damit rechnen, dass sich in den Wäldern Aufständische zusammenrotten, und die Befestigungen sind noch nicht fertig. Nimm genügend Bogenschützen mit, falls ihr in einen Hinterhalt geratet!«

Die beiden Männer tauschten ein freundschaftliches Lächeln, dann wandte sich Raynal de Cambremer dem Rosenturm zu, der in der ersten Nacht ihres Aufenthalts in Hawkstone mit einem Schlage alle Blütenblätter verloren hatte und nun grün und stachelig, abweisend und rau gleich einem grimmigen Riesen über dem Anwesen in den Himmel ragte.

Es missfiel ihm, dass er sich immer wieder bei der Frage ertappte, worin die Ursache des plötzlichen Verblühens der Rosen lag. Die feuchte Septembernacht war sicher unangenehm, aber beileibe nicht frostig gewesen. Kein Wunder, dass die einfachen normannischen Soldaten und Bogenschützen eine abergläubische Abneigung gegen den Turm entwickelt hatten. Keiner wurde gern dort zur Wache eingeteilt, und Raynal sah sehr wohl das Kreuz, das die Wachleute schlugen, ehe sie die Leitern hinaufkletterten, die auf die Plattform führten.

Die muskulösen Arme über dem Waffenrock verschränkt, betrachtete er das Bauwerk aus schmalen Augen, während er gleichzeitig aus den Augenwinkeln den Anschein normalen Lebens wahrnahm, das sich zögernd im Schutze der wachsenden Befestigungsmauern zu entwickeln schien. Eine Magd streute aus einer hölzernen Schale Futter für das erstaunlich kleine Hühnervolk in den Auslauf neben dem Stall, und zwei Frauen traten aus dem gemauerten Backhaus. Sie schleppten ein großes Holzbrett zur Küche, auf dem frische, duftende Brote dampften.

Die Schar der Leibeigenen und Bediensteten setzte sich in erster Linie aus Frauen und Kindern zusammen. Bis auf den alten Waffenmeister, ein paar gichtkranke Stallknechte und junge Burschen gab es keine Männer auf dem Gut. Dass die waffenfähigen Sachsen ihrem Anführer in die Schlacht gefolgt waren, vermochte Raynal zu verstehen, aber das nicht ein Einziger von ihnen überlebt haben sollte, schien ihm unglaubwürdig. Es war wohl eher so, dass sie sich den Aufständischen angeschlossen hatten.

Mit einem Anflug von Ungeduld schlug er sich die geballte rechte Faust in die offene linke Hand. Er war ein Mann der Ehrlichkeit und des offenen Kampfes. Spionage, Heimtücke und Lüge widerstrebten ihm. Aber mitten in ein solch trügerisches Nest hatte ihn der Befehl seines Herrn geführt, nach Hawkstone, einen Ort, wo sich Frauen als Krieger ausgaben, wo Vorräte und Tiere über Nacht verschwanden und Rosen wie von Zauberhand berührt verwelkten. Er hatte von einem eigenen Lehen geträumt, und er wusste sehr wohl, was es bedeutete, dass Wilhelm ihm Hawkstone anvertraut hatte. Wenn er seine Aufgabe bewältigte, könnte es am Ende die Belohnung sein, von der er geträumt hatte.

Aber war der Preis dafür nicht zu hoch?

4. Kapitel

Die Gestalt auf der weißen Marmorbank verschmolz mit dem Grün der Büsche wie morgendlicher Nebel mit dem klaren Wasser eines Flusses. Wäre da nicht eine zitternde Bewegung gewesen, Raynal hätte sie wahrhaftig übersehen. Er blieb stehen und verengte die Augen in der Art eines Mannes, der daran gewöhnt ist, sich auch unter schlechten Sichtverhältnissen ein zutreffendes Bild zu machen.

Liliana erstarrte. Sie wagte nicht, die Finger sinken zu lassen, die sie unwillkürlich an die Schläfe gehoben hatte, als der Mann auf den Gartenweg trat. Der Normanne! Was hatte er hier zu suchen? Gab es denn auf Hawkstone keinen Ort mehr, wo sie für sich sein konnte? In einer höchst seltsamen Mischung aus Abscheu und Faszination ertappte sie sich dabei, dass sie die Augen nicht von ihm lassen konnte.

Dass sie ihn, als sie ihn das erste Mal gesehen hatte, als geradezu gigantisch empfand, hatte sie auf seine Rüstung und sein gewaltiges Schlachtross zurückgeführt. Beim zweiten Blick mochte es an ihrer demütigenden Lage auf den Stufen gelegen haben, dass er so hoch aufragte. Aber beim dritten Mal musste sie sich jetzt eingestehen, dass sie noch nie einen so großen Mann gesehen hatte.

Mit dem lohfarbenen, schulterlangen Haar, das aussah, als habe die Sonne nach Lust und Laune verschiedene Strähnen gebleicht, war er der Inbegriff eines Nordmannes. Auch ohne Rüstung umspannte das rehfarbene Lederwams beeindruckend breite Schultern, und die Beinlinge aus dunklem Tuch betonten die mächtigen Schenkel. Das weiße Leinenhemd, dessen breiter Kragen über dem Wams lag und dessen weite Ärmel er bis zu den Ellbogen hoch gekrempelt hatte, betonte die natürliche Bräune seiner Haut. Ein schlichter Waffengürtel umspannte die Hüfte, und Liliana sah, dass er sogar im Haus Dolch und Schwert trug. Gegen wen, glaubte er, sich verteidigen zu müssen? Auch ohne Waffen glich er doch schon einem menschlichen Bollwerk!

Liliana vernahm das überlaute Rauschen ihres eigenen Blutes in den Ohren und bekämpfte den närrischen Impuls aufzustehen und davonzulaufen. Sie war noch nicht kräftig genug, und außerdem hatte es keinen Sinn? Irgendwann musste sie sich den Tatsachen stellen, und dieser Augenblick war ebenso gut wie jeder andere. Aus einem eigenartigen Impuls heraus erhob sie sich und reckte das eigensinnige kleine Kinn noch eine Spur höher in die Luft.

Raynal de Cambremer bewunderte die fließende, anmutige und zugleich stolze Bewegung, die dazu führte, dass sich der feine Wollstoff des smaragdgrünen Gewandes um eine gertenschlanke Mädchengestalt legte und die verführerische Wölbung wohl gerundeter Brüste und vollkommener Hüften verriet. Schmucklos, lediglich von einem bestickten Band um die Hüfte gerafft, betonte das schlichte Kleid auf höchst raffinierte Weise jedoch nicht nur die anmutige Figur, sondern auch die wahrlich Aufsehen erregenden Farben der verführerischen Lady: die cremefarbene, makellos durchsichtige Haut, den zarten Rosenton der fein geschwungenen, doch vollen Lippen, die hohe Wölbung nachtschwarzer, flügelgleicher Brauen über großen, unendlich blauen Augen. Eine Wolke glänzend schwarzen Haares reichte bis weit unter die Schulterblätter, und ein hauchzarter Schleier, von einer goldenen Kordel um die Stirn gehalten, wehte in der Bewegung reizvoll nach. Wer, zum Henker, war dieses feengleiche Geschöpf?

Liliana hielt den Atem an und wartete auf sein erstes Wort. Sie würde ihm nicht die Ehre eines Grußes erweisen. Er war der Schurke, der Fremde, der ihre Heimat überfallen und unterjocht hatte! Aber warum trat er nicht näher? Warum blieb er wie ein Narr mitten auf dem Weg stehen und starrte sie an? Noch dazu mit diesem Blick, der Liliana wie die Wärme einer Fackel traf, die zu nahe an ihrem Gesicht brannte. Die Intensität vermittelte ihr den unbehaglichen Eindruck, seine Augen würden durch Wolle und Untergewand bis auf ihre Haut dringen.

»Wer seid Ihr?«, hörte sie ihn fragen und schwankte augenblicklich zwischen Empörung und Verblüffung. Was wollte er hören? Dass sie sich als seine Gefangene bezeichnete, dass sie an sein Mitleid appellierte? Eher würde diese Insel untergehen!

»Ihr wisst sehr gut, dass ich Liliana von Hawkstone bin, Normanne! Die Herrin dieses Besitzes, den Ihr unrechtmäßig überfallen und besetzt habt! Erspart uns lächerliche Floskeln! Ich bin keine Närrin!« Sie stieß die Worte anklagend mit heller, schneidender Stimme hervor, die auch ohne besondere Lautstärke weit trug. Unter dem freien Herbsthimmel des von Säulen umgebenen Gartens erinnerte sie Raynal de Cambremer an den triumphierenden, morgendlichen Ruf einer Feldlerche.

»O Gott!«, entfuhr es ihm. Es war ebenso sehr ein Ausruf der Verblüffung wie des Ärgers über sich selbst. Wo hatte er nur seine Augen gehabt? Zumindest an der Arroganz ihrer Haltung hätte er sie erkennen müssen, wenngleich diese zauberhafte Edeldame gar nicht dem Bündel flammenden Aufruhrs glich, das er vor ein paar Tagen auf den Stufen von Hawkstone abgeladen hatte. Wer hatte ahnen können, dass unter Kettenhemd und Pagenkleidung ein so durch und durch weiblich, verführerisches Wesen steckte?

»Wenn Ihr den Himmel schon anruft, könnt Ihr ihn auch gleich um Vergebung für Euren schurkischen Überfall bitten«, spottete sie jetzt. »Obgleich ich auf Grund Eures Verhaltens eher zu der Ansicht neige, dass Ihr Eure blutigen Opfer auf dem Altar der heidnischen Götter aus dem Norden bringt. Was habt Ihr mit meinen Leuten gemacht? Sie eingesperrt?«

»Sie an die Arbeit geschickt«, knurrte Raynal de Cambremer nüchtern und bemühte sich, seiner Stimme jene Autorität zu verleihen, die seine Männer zu augenblicklichem Gehorsam trieb. Lady Liliana jedoch schien unbeeindruckt. Ganz im Gegenteil, unter ihrem eisig blauen Blick erfror jeder Gedanke an die bezaubernd gerundeten Hüften und die wahrlich hinreißenden Brüste.

»So seid Ihr also wieder gesund,« stellte er das Offensichtliche noch einmal fest. »Und bereit, Eure scharfe Zunge an mir zu wetzen!«

Die sardonische Bemerkung stempelte sie zur zänkischen Vettel. Liliana spürte, dass ihr die Röte in die Wangen stieg. Aber vielleicht lag es auch daran, dass er nun näher trat und sie seine hohe Gestalt wie einen dunklen Felsen vor sich aufragen sah. Er verströmte eine so überwältigende körperliche Überlegenheit, dass sie gegen ihren Willen einen Schritt zurückwich. Sie verschränkte hastig die Hände vor der Brust, einerseits aus Abwehr, andererseits um sie davon abzuhalten, nach ihm zu greifen. Da rührte sich etwas Fremdes und Seltsames in ihr, das neugierig danach verlangte, mehr über ihn zu erfahren, mehr von ihm zu spüren, sich selbst und ihre Sicherheit diesen starken Armen anzuvertrauen. Gütige Himmelsmutter, hatte sie denn den Verstand verloren?

»Spottet nur«, entgegnete sie unter Aufbietung ihrer ganzen Selbstbeherrschung kühl und gelassen. »Die Sieger tun sich immer leicht, die dummen Narren zu verhöhnen, die am Ende zu ihren Füßen liegen.«

»Ich habe nicht den Eindruck, dass Ihr Euch zu meinen Füßen befindet, Lady Liliana«, entgegnete er, und in seinen Mundwinkeln stand ein Lächeln, das sie nur noch mehr gegen ihn aufbrachte. »Spart Euch den demütigen Kniefall für Euren neuen König auf. Mir gegenüber wäre lediglich ein wenig Freundlichkeit angebracht. Natürlich nur, wenn Ihr solches über Euch bringen könnt …«

Liliana wich noch weiter zurück, und ihre Augen wurden schmal, so dass sich Raynal an eine angriffslustige Katze erinnert fühlte.

»Welcher neue König?«

»Wilhelm der Normanne, wer sonst? Sobald er in London zum König gekrönt worden ist, wird er die Edlen dieses Landes zum Treueeid um seinen Thron versammeln! Ihr zählt auch dazu, Lady von Hawkstone!«

Der selbstverständliche Stolz, die Zuneigung und die Bewunderung für den neuen König, die Liliana aus seinen Worten heraushörte, erbosten sie noch mehr als der bloße Inhalt seiner Rede. »Seid Ihr närrisch? Ich werde nie einem normannischen Schurken, der unser friedliches Land heimtückisch überfallen hat, den Vasalleneid leisten! Eher beiße ich mir die Zunge ab!«

»Ein höchst bedenkenswerter Vorschlag, der sehr wohl seinen Reiz hat«, entgegnete Raynal trocken und beobachtete die heftig schlagende Ader an der eleganten Säule ihres schlanken Halses. Es war nicht zu übersehen, dass sie vor Zorn glühte, aber solch starke Gefühle machten sie nur noch schöner, als sie es ohnehin schon war. Wie hatte er sie jemals für eine grobe Barbarin halten können?

»Ihr ... Ihr ...« Liliana ertappte sich dabei, dass sie tatsächlich wie eine dumme Gans nach Worten suchte. Sie stampfte unwillkürlich mit dem Fuß auf.

»Nur ruhig, regt Euch nicht auf!«, sagte der Ritter gelassen, und sie entdeckte ein Funkeln in seinen grünen Augen, aus dem sie instinktiv schloss, dass seine nächsten Worte sie nur noch mehr verärgern würden. »Niemand verlangt von einem Weib, dass es verbindliche Eide ablegt. Der König wird Euch unter seine Obhut nehmen und Euch verheiraten. Euer künftiger Gatte ist es, der ihm dient, so wie Ihr Eurem Gatten dienen werdet. Soweit Euch dies angesichts Eures infernalischen Temperaments überhaupt möglich sein wird, Lady!«

Die gönnerhafte Überheblichkeit, mit der er ihren Titel gebrauchte, entlockte Liliana ein leises Zischen. »Ihr seid ein unverschämter Grobian!«, fauchte sie jenseits jeder Diplomatie und Höflichkeit. »Ein Mörder und Räuber wie Euer grässlicher Herzog! Dieses Land hat in Frieden und Wohlstand gelebt, ehe Ihr kamt! Woher nehmt Ihr das Recht, uns zu überfallen und unseren König zu töten?«

»Frieden? Ihr nennt es wirklich so?« Raynal entdeckte ein zunehmendes Vergnügen daran, mit der schönen Furie die Klingen zu kreuzen. »Könnt Ihr mir dann verraten, weshalb Euer armer toter König, in aller Eile nach Norden marschierte, um sich mit Tostig, dem Grafen von Northumbrien und Hadrada, anzulegen, wo er doch besser daran getan hätte, im Süden zu bleiben und Wilhelm die Stirn zu bieten? Wollte er etwa die Zwistigkeiten mit der eigenen Verwandtschaft geschwind im friedlichen Gespräch beilegen?«

Der nutzlose Sieg gegen die Rebellen aus den eigenen Reihen, den König Harold noch vor seinem Tod erfochten hatte, war vom Triumph zur Sinnlosigkeit verkommen. Liliana wusste es allzu gut. Ebenso wusste sie, dass der verstorbene König Edward trotz seines frommen Gemütes die Schuld an diesem Zwist trug. Er hatte zu lange gesäumt, seinen Nachfolger zu benennen. Er hatte sowohl Harold als auch Wilhelm Hoffnungen gemacht, und am Tage seines Todes war die englische Krone zum Spielball zwischen einem Sachsen und einem Normannen geworden.

»Er hat Euch und Eurem Thronräuber in die Hände gespielt«, räumte Liliana düster ein. »Wären Harold und seine Männer ausgeruht gewesen, er hätte Euch bis in die Fluten des Meeres bei Hastings zurückgetrieben!«

Raynal wusste, wie schrecklich und ausgeglichen die große Schlacht lange Zeit gewesen war, und er konnte Liliana nicht aus reinem Herzen widersprechen. Wer vermochte schon zu sagen, wie die Dinge ausgegangen wären, hätte nicht jener Pfeil König Harold mitten ins Auge getroffen. Erst dieses Unglück hatte den Kampfeswillen der bärtigen Krieger gebrochen. Allein, es kam nicht in Frage, vor dieser ohnehin allzu hochmütigen kleinen Sächsin zuzugeben, wie knapp und am Ende zufällig dieser wichtige Sieg gewesen war.

»Lernt, die Dinge so zu akzeptieren, wie sie sind!«, riet Raynal ernst. »Wir sind die neuen Herren dieses Landes, und Ihr habt Euch zu beugen.«

Liliana warf die Wolke ihres schwarzen, unbedeckten Haars mit einer stolzen Geste in den Nacken zurück. »Ich habe nur gelernt zu herrschen, Normanne!«

»Dann ist es an der Zeit, Eure Erziehung auch hierin zu vervollständigen, Sächsin!«

»Was …«

Liliana blieb die Erwiderung im Halse stecken. Sie starrte in das männlich bezwingende Gesicht mit den durchdringenden grünen Augen und suchte verzweifelt nach den richtigen Worten. Sie sah die feinen Falten, die Wind und Wetter in seine Augenwinkel gegraben hatten und das Blitzen der kräftigen, weißen Zähne zwischen den lebendigen, vollen Lippen. Er war nach Art der Normannen glatt rasiert, und es gefiel ihr, dass sein Mund nicht hinter dem Gestrüpp eines Bartes verschwand. In einem ihr bisher unbekannten Winkel ihres Bewusstseins erfasste sie, dass sie die Auseinandersetzung mit dem Normannen auf merkwürdige Weise genoss. Sie sollte ihn abstoßend finden, verachten und gering schätzen, aber stattdessen bemerkte sie die imponierende Stärke seiner Oberarme, den sehnigen, kräftigen Hals und die unerschütterliche Ruhe seiner Haltung. Und es bereitete ihr Vergnügen, diese Ruhe zu stören. »Ich bin keine dumme Gans, die Ihr mit Drohungen in Angst und Schrecken versetzen könnt«, entgegnete sie hochmütig. »Ich bin eine Edeldame, und ich kann verlangen, dass Ihr mir Respekt erweist!«

Raynal musste sich zwingen, sie nicht wie ein Tor anzulächeln. Ihre kühne Unerschrockenheit gefiel ihm beinahe ebenso sehr wie die stolze Grazie ihrer fürstlichen Haltung. Unwillkürlich suchte er in der dichten Wolke ihrer schwarzen Mähne nach den Spuren des Schwerthiebes, mit dem er sie verwundet hatte. Da war nichts zu sehen, und die anrührende Blässe ihrer zarten Haut konnte ebenso gut Veranlagung sein oder die Folge einer eben überstandenen Krankheit. Sie glich den grobschlächtigen Sächsinnen, die er in diesem Land erwartet hatte, überhaupt nicht. Ihr Haar war nicht zu blonden Zöpfen geflochten, ihre Hüften nicht breit und ihre Stimme nicht dröhnend. Die Liliana von Hawkstone, die er heute kennen lernte, verkörperte das Gegenteil seiner dummen Vorurteile. Sie war Eleganz und Feinheit, natürliche Noblesse, gepaart mit innerer Stärke und angeborener Selbstsicherheit. Sie hätte die edelsten Damen der Königin mit ihrer Haltung beschämt.

Es widerstrebte ihm, diesen Stolz um der Sache willen zu verletzen. Gleichwohl würde sie einsehen müssen, dass die neuen Herren nach ihren eigenen Gesetzen lebten. Ein Rest innerer Vorsicht erinnerte ihn auch daran, dass diese kultivierte Prinzessin ein Schlachtross reiten und mit dem Schwert kämpfen konnte. Sie mochte es an Schönheit leicht mit den Edelfrauen um Wilhelms Herzogin aufnehmen, aber keine von diesen würde einen Kriegstrupp anführen und ihr Leben riskieren. Er war vermutlich gut beraten, wenn er sie nicht unterschätzte.

»Verhaltet Euch wie eine Lady und niemand wird Euch den Respekt versagen«, erwiderte er trocken und reichte ihr die ausgestreckte Hand, damit sie die ihre darauf legen konnte. »Begleitet mich in die Halle!«

»Wozu?«

»Zum Henker, müsst Ihr denn alles hinterfragen?«

»Fordert Ihr im Ernst Vertrauen von mir?«

Sie hielt seinem Blick stand und bemerkte, wie das klare Grün einen harten Glanz bekam. Er hatte faszinierende Augen, die den Eindruck vermittelten, sie könnten Dinge sehen, die man lieber vor anderen verbarg. Sie schluckte heftig.

Raynal sah die Bewegung des winzigen Kehlkopfes unter der Haut, das leise Flattern der Wimpern und das Misstrauen in den sommerblauen Augen. Liliana presste die vollen Lippen kaum merklich aufeinander und ihr Atem kam in kurzen, angestrengten Zügen. Bei jeder anderen Frau hätte Raynal vermutet, dass sie scheu und ängstlich auf seine Antwort wartete. Bei Liliana hingegen nahm er an, dass sie ihren Zorn zu kontrollieren versuchte.

»Ihr werdet dieses Vertrauen wohl oder übel aufbringen müssen«, entgegnete er kühl, ohne die ausgestreckte Hand zu senken.

»Und wenn ich mich weigere?«

»Werde ich Euren Gehorsam erzwingen!«

Die blauen Augen wurden wieder zu schmalen Schlitzen, und die Hand auf den Falten des grünen Kleides ballte sich fest zur Faust. Raynal enthielt sich jeden Kommentars, aber seine Haltung sprach für sich.

Liliana spürte die stumme Drohung, und ihre Verstand sagte ihr, dass sie besser daran tun würde, ihn nicht noch mehr zu verärgern. Aber wann hatte sie je auf ihren Verstand gehört?

»Ihr mögt Hawkstone in Eure Gewalt gebracht haben, Normanne, aber nicht seine Herrin!«, mischte sich im selben Moment eine schadenfrohe Stimme ein. »Komm, Kind, es ist an der Zeit, dass du dich wieder niederlegst. Es …«

»Bei Gott! Scher dich fort, Weib!«, brauste der Ritter auf und schaffte Edeva kurzerhand aus dem Weg, indem er sie an beiden Armen packte, in die Luft hob und hinter sich wieder auf den Boden stellte. »Die Herrin von Hawkstone wird sich ohne Verzug in Bewegung setzen und mir anhand ihrer vermaledeiten Vorratslisten erklären, wo die Ernte, die Herden und die Fässer geblieben sind, die angeblich in ihren Gewölben lagern!«

Liliana wich vor der geballten Wucht seines unvermittelten Zornes beeindruckt zurück. Mit einem Schlag verströmte er eine Rücksichtslosigkeit, die zur Vorsicht mahnte. Aber was hatte er da gesagt?

»Genügt Euch der Reichtum in meinen Scheunen und Ställen nicht? Was habt Ihr denn erwartet? Den Überfluss des himmlischen Paradieses?«, forschte sie bitter. »Hawkstone zählt zu den größten Lehen des Landes, und die Ernte dieses Jahres war besonders hoch!«

»Darin stimme ich Euch bei, denn ich vermag Eure Listen zu lesen. Also, heraus mit der Sprache, wo ist der Rest Eurer Herden? Wo sind die überzähligen Kornsäcke und Wollballen, ganz zu schweigen von den Weinfässern und getrockneten Speckseiten, die dort aufgeführt sind. Glaubt nicht, dass Ihr mich täuschen könnt!«

Lilianas Blick flog zu Edeva. Was war in Hawkstone geschehen, während sie hilflos in ihrem Alkoven lag und die Dinge treiben ließ? Edeva wich ihr ganz offensichtlich aus. Sie hatte es bereits während der letzten Tage getan, Liliana hatte es nur nicht wahr haben wollen. Allein, wenn sie nun auch ihrer Amme misstraute, verlor sie damit das letzte Bindeglied zu einer besseren Vergangenheit. Es war doch zweifellos besser, dem Normannen nicht zu glauben. Er beunruhigte sie ohnehin schon viel zu sehr.

»Ich habe keine Ahnung, was Ihr mir vorwerft!«, erklärte sie deswegen hochmütiger, als es ihre Absicht war. »Es ist Eure Schuld, dass ich nicht mehr Herrin im eigenen Hause bin und keinen Einfluss auf die Dinge habe, die hier geschehen! Kümmert Euch selbst um die Probleme!«

Raynal starrte einen Herzschlag lang in das zauberhafte, makellose Gesicht. Seine Wut galt gleichermaßen sich selbst wie Liliana von Hawkstone. Sie mochte aussehen wie ein Engel, aber sie machte ihn beinahe noch wütender als der angriffslustige Knabe auf dem viel zu großen Schlachtross. Sie hatte die besten Voraussetzungen, zum Fluch seiner Tage zu werden!

Er machte auf dem Absatz kehrt und stürmte davon. Edeva konnte eben noch zur Seite springen und wurde nur deshalb nicht über den Haufen gerannt.

»Das hast du gut gemacht, Kind!«, kicherte sie mit unverhohlener Schadenfreude. »Jetzt wird er sich fragen, ob er nicht von seinen eigenen Männern getäuscht wird.«

»Halte ihn nicht für dümmer als er ist«, erwiderte Liliana nachdenklich. »Dieser Mann ist gefährlich!«

Edeva gab einen eigenartigen Laut von sich. Liliana konnte nicht entscheiden, ob er wütend oder verächtlich klingen sollte. Sie wusste nur eines: Seit sie wieder auf den Beinen war, schien es ihr, als sei sie aus Versehen in einem falschen Leben erwacht.

»Er ist ein Normanne!«, behielt die Amme das letzte Wort, und in ihrem Tonfall lag die Verachtung eines ganzen Lebens für dieses Volk.

5. Kapitel

»Hinreißend!«, murmelte Gilbert de Nansay. »Absolut unwiderstehlich! Wer hat eigentlich behauptet, dass Wilhelm einen Aufstand riskiert, wenn er seine Ritter mit Sächsinnen verheiratet?«

»Wenn du nicht auf der Stelle dein loses Maul hältst, riskierst du, dass ich dir meine Faust zwischen die Zähne ramme«, knurrte Raynal de Cambremer und wischte sich mit dem Handrücken die Schweißtropfen von der Stirn. Er hinterließ einen schwarzen Schmutzstreifen, der davon kündete, dass er sich nicht scheute, beim Bau der Palisaden selbst Hand anzulegen. »Verrate mir lieber endlich, ob Eure Jagd erfolgreich war!«

»Erfolgreicher, als du denkst«, grinste der junge Ritter, ohne die Augen von Lady Liliana zu nehmen, die im Kreise einer Schar von Mägden zum Obstgarten schritt. »Die Wälder um Hawkstone sind eine Quelle schönster Überraschungen. Nicht zuletzt fanden wir ein gutes Dutzend wohl genährter Milchkühe auf einer Lichtung, deren Hirten bei unserem Anblick in kopfloser Panik Reißaus nahmen. Ich habe mir erlaubt, die Tiere hierhertreiben zu lassen!«

Raynal stieß einen Fluch aus. »Sie haben versteckt, was es zu verstecken gab, ehe wir kamen! Lieber hungern sie auf Hawkstone, ehe sie ihre Vorräte mit den neuen Herren teilen. Zum Henker mit diesem Sachsenpack! Man kann ihnen keinen Schritt über den Weg trauen!«

Liliana konnte nicht hören, worüber die beiden Ritter sprachen, aber es war offensichtlich, dass Raynal de Cambremer einmal mehr vor mühsam unterdrücktem Zorn kochte. Sie hatte gelernt, aus seiner Haltung, den abgehackten Bewegungen und der Art, wie er den Kopf schräg legte, zu lesen. War er mit sich selbst im Reinen, bewegte er sich mit der trägen Grazie eines satten Raubtieres. Ärger und Zorn ließen seine Gebärden ruckartig werden, als wolle er im nächsten Moment nach dem Dolch greifen, der immer an seinem Gürtel hing.

Er hatte in diesen Tagen oft Grund, zornig zu sein, denn die Leute von Hawkstone begegneten ihm mit jener Art von widerwilligem Gehorsam, der einen Heiligen in Rage versetzt hätte. Liliana ahnte, dass er sie verdächtigte, die Anstifterin dieser unterdrückten Abneigung zu sein, aber sie war es nicht, weniger, weil sie kapituliert hatte, sondern weil es ihr schwer fiel, die tödliche Lähmung zu überwinden, die sie nach den Ereignissen und ihrer Verwundung überfallen hatte.

Sie machte sich dennoch nicht die Mühe, seinen Verdacht zu entkräften. Ihre Loyalität galt ausschließlich Edeva und den Menschen von Hawkstone, nicht den Normannen, die von ihrer Heimat Besitz ergriffen und nicht einmal diesem Mann, dessen Bild sich des Nachts beharrlich in ihre Träume drängte und den ihr Blick suchte, sobald sie sich aus ihrem Gemach wagte.

Sie rief sich zur Ordnung und wandte den prüfenden Blick zum Himmel, an dem von Westen herbeijagende Wolken Sturm und Regen versprachen. Es war an der Zeit, die letzten reifen Äpfel zu ernten, denn sie bezweifelte, dass sie jemals etwas von den Vorräten zurückbekommen würden, die auf Edevas Befehl hin beiseite geschafft worden waren.

Sie hatte der Amme gegenüber kein Wort darüber verloren, wenngleich sie sich darüber ärgerte, dass diese über ihren Kopf hinweg eine solche Entscheidung getroffen hatte. Alle Welt maßte sich plötzlich dieses gefährliche Recht an und an erster Stelle der Ritter dort, der die Arbeit eines Knechtes verrichtete und dennoch jeder Zoll ein Edelmann blieb.

Während Liliana mit den anderen Frauen die Äpfel in die Körbe schichtete, verglich sie ihn ungewollt mit Alfaric von Haven, der sich so viel auf seine edle Abstammung und seine noble Ahnenreihe zu Gute hielt, die er bis auf die ersten Stämme der Angeln und Sachsen zurückführte. Dennoch blieb

Alfaric ein grobknochiger, ungehobelter Bulle, der einem Mädchen beinahe die Arme brach, wenn er es nur zum Reigen führte. Sie hatte seinen Antrag trotz seiner ehrenwerten Ahnen und seiner bitteren Enttäuschung abgelehnt. Sie hatte es sogar gewagt, ihrem Vater und Edevas Ratschlägen zu trotzen, die beide diese Heirat gern gesehen hätten.

Was wohl aus dem stolzen Sachsenfürsten geworden war? Sie hatte ihn an der Seite ihres Vaters zum letzten Male erblickt. Ein blonder, streitsüchtiger Krieger mit gesträubtem Bart, der wild entschlossene Eide darauf schwor, dass er die Eindringlinge von der Insel jagen würde.

»Die Normannen sind gut aussehende Männer, findet Ihr nicht auch?« Gythra, eine kleine Milchmagd, die in Ermangelung anderer Arbeit im Haus bei der Ernte half, war dem träumerischen Blick ihrer Herrin gefolgt und zog eigene Schlüsse daraus. »Ich mag die Art, wie sie ihre Bärte scheren und das Haar kürzer tragen …«

Liliana schnaubte und fühlte sich ertappt. »Kümmere dich um die Äpfel, Mädchen, und nicht um die Kerle!«

Gythra griff kichernd nach dem nächsten Ast. Man sah ihr an, dass sie die Rüge ihrer Herrin nicht ernst nahm. Sie war eine dralle Jungfer mit einem rotblonden, dicken Zopf, der im Rhythmus ihrer Bewegungen über ihren Rücken schwang. Wenn sie sich reckte, sorgte sie dafür, dass sich ihre runden Brüste gegen das Leinenhemd pressten und beinahe aus dem Ausschnitt kullerten.

Liliana presste unwillig die Lippen aufeinander. Sie hatte eine neuerliche Rüge auf der Zunge, aber sie verzichtete darauf. Es war nicht länger ihre Aufgabe, faule Mägde zur Arbeit anzutreiben und sie vor den Folgen ihres aufreizenden Verhaltens zu warnen. Auch um die Äpfel kümmerte sie sich nur, weil sie es nicht ertragen konnte, die guten Früchte verderben zu lassen.

Im selben Augenblick hörte sie Gythra aufquietschen und folgte der Richtung ihres Blickes. Ein paar normannische Bogenschützen trieben eine kleine Herde von Milchkühen durch das Tor, die in gehorsamem Trott sofort in Richtung ihres heimatlichen Stalles trotteten. Wenn es noch eines Beweises bedurft hätte, wohin sie gehörten, dann wurde er von den Tieren jetzt selbst geliefert. Ihr zufriedenes Muhen drang bis in den Obstgarten.

»Auch das noch ...«, seufzte Liliana, und Gythra glaubte, sich verteidigen zu müssen.

»Es war keine Zeit, sie weiter fortzubringen«, sagte sie schuldbewusst in der Annahme, dass Edeva auf Anweisung der Herrin Befehle gegeben hatte. »Der Sohn des alten Köhlers versprach, auf sie aufzupassen. Wer konnte denn ahnen, dass die Fremden auch noch die Wälder unsicher machen würden!«

»Seid ihr alle noch bei Verstand?«, zischte Liliana in aufbrausendem Zorn über so viel Einfältigkeit. »Was erwartet ihr von diesem kindischen Versteckspiel mit Vieh und Vorräten?«

»Edeva sagt, wenn sie sehen, wie arm wir sind, und hungrig werden, machen sie sich vielleicht wieder auf«, entgegnete Gythra hoffnungsvoll.

»Eher fällt der Mond auf die Erde, und die Wasser fließen bergauf«, sagte Liliana kalt. »Seit wann erteilt Edeva auf Hawkstone Befehle?«

»Nun, Ihr wart krank, und wir wollten ... wir

mussten … ich meine … Da waren auch noch die Flüchtlinge, die in der Nacht um Waffen und Nahrung baten. Wir konnten doch unsere Männer nicht unbewaffnet und hungrig davon schicken!« Gythra lief rot an und verlor sich in ihrem Gestotter.

»Unsere Männer?« Liliana fuhr auf. »Bedeutet das etwa, dass nicht alle in Senlac getötet wurden?«

»Viele, aber nicht alle«, flüsterte Gythra und ließ den Apfelbaumzweig los. »Alfaric sammelt die Sachsen um sich …«

»Ich verstehe«, nickte Liliana und wischte sich die klebrigen Hände an der Schürze ab, mit der sie ihr Gewand bei der Ernte schützte. »Und Edeva hat nichts besseres zu tun, als dieses hirnlose Unternehmen mit allem zu unterstützen, was das Gut hergibt!«

»Sie brauchen die Vorräte«, nickte Gythra.

»Dass wir mit den Normannen deswegen im Winter hungern werden, ist euch bei der Gelegenheit nicht in den Sinn gekommen?«

»Die Normannen werden doch bis zum Winter längst fort sein«, vermutete die Milchmagd.

»Heilige Einfalt!« Liliana schüttelte den Kopf. Manchmal begriff sie, weshalb die Männer glaubten, Frauen verfügten nicht über allzu viel Verstand. »Sie werden länger hier sein als du und ich leben, Gythra! Oder siehst du eine Armee, die sie vertreiben könnte?«

»Hier nicht« – die Milchmagd sah sich hastig um und dämpfte erneut ihre Stimme – »aber wenn die Streitmacht der Sachsen in den Wäldern groß genug ist und sich die anderen Thane Alfaric anschließen, ist es um die Normannen geschehen. Das sagt jedenfalls Edeva.«

Liliana runzelte die Stirn. »Welche Thane? Hast du Namen gehört?«

»Die kennt nur Edeva«, verriet Gythra in dem eifrigen Bestreben, ihre Herrin wieder zu versöhnen. »Sie kennt auch die geheimen Treffpunkte und Zeichen!«

Es war wohl an der Zeit, ein ernstes Wort mit der Amme zu reden. Liliana fragte sich gerade, ob sie es gleich tun sollte, da sah sie aus dem Augenwinkel eine Bewegung. Raynal de Cambremer betrat den Obstgarten, und er sah alles andere als freundlich aus.

»Schscht, halt den Mund!«, flüsterte sie Gythra zu und griff scheinbar emsig nach dem nächsten Ast mit Früchten. Sie ahnte nur allzu gut, was er von ihr wollte.

»Auf ein Wort, Lady Liliana!«, knurrte der Ritter. Er packte ihren Arm, ohne sich darum zu kümmern, dass ihre Schürze voller Früchte war. Mit einem leisen Schmerzenslaut ließ sie den Stoff los, und rote Äpfel kullerten rings um sie beide ins Gras.

»Seht, was Ihr getan habt!«, rief sie empört und zerrte an ihrem Arm, um sich loszureißen, aber sein Griff glich einer eisernen Klammer.

»Möge der Himmel mir diese Unhöflichkeit verzeihen«, entgegnete er übertrieben sarkastisch. »Ich habe da ein paar Dinge mit Euch zu bereden, die keinen Aufschub dulden. Ich sehe, dass es genügend Frauenzimmer gibt, die Eure Arbeit tun können. Du da, heb die Äpfel auf und mach dich an die Arbeit!«

Der letzte Satz galt Gythra, die sich mit rotem Gesicht sofort bückte, während ihre Herrin davongeschleppt wurde.

Liliana gab es auf, gegen den übermächtigen Griff

anzukämpfen. Sie hatte das Gefühl, dass ihr Arm halb taub war, und gleichzeitig das eigenartige Empfinden, dass durch diese Berührung sein Zorn in ihre Adern drang. Sie spürte, dass er wie ein glühender Kessel kurz davor war zu bersten.

Mit der freien Hand gelang es ihr, die Röcke anzuheben, damit sie nicht durch den Staub schleiften, doch sie verlor den Schleier, der von einem schlichten Band gehalten ihre Haare bedeckte. Der Normanne beachtet es nicht. Er zerrte sie über den Innenhof an den weitläufigen Ställen vorbei, unter die Arkaden und schließlich in die quadratische Halle von Hawkstone. Erst vor dem mächtigen Kamin machte er Halt, in dem um diese Zeit am Nachmittag noch kein Feuer loderte.

Liliana fröstelte jäh. Alle Härchen auf ihrem Körper stellten sich auf, und ihr Herz geriet stolpernd aus dem Takt. Trotzig hob sie den Kopf und weigerte sich, die alarmierenden Einzelheiten zur Kenntnis zu nehmen. Es fehlte noch, dass sie unter einem einzigen Blick dieses Mannes ihr wohl behütetes Selbst verlor. Sie sah auf die braune, schmutzige Hand, die ihren Arm umklammerte: lange schlanke Finger auf ausgebleichtem, blaugrauem Leinen.

Liliana wählte in diesen Tagen die einfachsten Kleider, die sich in ihren Truhen befanden. Sie fand es vernünftig, den Reichtum von Hawkstone nicht mit Seide und Samt zu betonen. Sie wollte keine Begehrlichkeiten wecken. Sie erinnerte sich allzu gut an die sehnsüchtigen Blicke des Normannen, als sie das grüne Wollgewand getragen hatte. Dass dieses Verlangen nicht dem Kleid, sondern dem gegolten hatte, was es verbarg, hatte sie nicht erkannt.

Raynal de Cambremer stellte seinerseits nur fest,

dass der blasse Blauton des Kleides Lilianas Augen schmeichelte und die tiefe Schwärze ihres Haares hervorhob. Unter seinem Blick stieg ein rosiger Schimmer in ihre Wangen, und er sah, wie sich die ebenmäßige Reihe ihrer hellen Perlenzähne in dem Versuch, Ruhe zu bewahren, tief in ihre Unterlippe grub. Heftige Atemzüge hoben ihre Brüste unter dem hellen Stoff, und er ertappte sich bei dem verwirrend unangemessenen Gedanken, dass sie von besonders straffer Fülle sein mussten, wenn sie all dieses Gewebe noch immer so gefällig wölbten.

Verärgert über die eigenen dummen Gedanken runzelte er die Stirn. Das Grün seiner Augen trübte sich zum Graugrün des sturmgepeitschten Meeres im Winter. Es fehlte noch, dass er sich von ihrer Schönheit ablenken ließ. Vermutlich hatte sie genau dies im Sinn. Schon die Art, wie sie ihn unter halb gesenkten Lidern ansah, war pure Verlockung. Mit gezücktem Schwert hatte sie ihm weniger zu schaffen gemacht als jetzt, da sie sich mit der vollen Macht ihrer außergewöhnlichen Schönheit bewaffnet hatte.

Raynal gab Liliana so abrupt frei, das sie taumelte. Mit mahlenden Kiefern verleugnete er seine Ritterlichkeit, indem er die Arme verschränkte und wartete, bis sie aus eigener Kraft wieder sicher auf den Beinen stand.

»Ich habe bisher Abstand davon genommen, Euch wie eine besiegte Geisel zu behandeln«, sagte er so drohend, dass Liliana den Atem anhielt.

Gleichzeitig regte sich jedoch eine Mischung aus Zorn und Aufbegehren in ihr. Wer war er, dass er glaubte, sie einschüchtern zu können? Ein Eindringling, ein Dieb, ein Räuber, der sich anmaßte, in ihrem

Hause das Kommando zu übernehmen! Jemand, der sich auf Grund seiner Stärke und seines Sieges Rechte anmaßte, die ihm nicht zustanden!

Sie steigerte sich in einen stummen Widerstand hinein, der mehr und mehr in ihrer Haltung, dem Blitzen ihrer Augen und der Art, wie sie ihn musterte, zum Ausdruck kam. Da stand sie, eine Prinzessin, die auch im einfachsten Gewand jene Aura von Überlegenheit und Geringschätzung verbreitete, die Raynal de Cambremer weder von Männern und erst recht nicht von Frauen duldete.

Er unterdrückte nur mühsam den Impuls, dieses rebellische Geschöpf an den Schultern zu nehmen und so lange zu schütteln, bis es seine Vernunft wieder fand. Seine Stimme hatte jede neutrale Verbindlichkeit verloren, als er Liliana nach einer Pause, von der keiner von ihnen beiden wusste, wie lange sie gedauert hatte, von neuem anfuhr. »Dieses Haus, diese Ländereien und die Menschen darauf sind Eigentum meines Herzogs und Eures Königs, akzeptiert dies endlich. Wo immer Ihr die Schätze von Hawkstone versteckt, sie gehören Euch nicht mehr. Was Ihr tut, ist Diebstahl und Hochverrat! Das eine wie das andere kann ich nicht hinnehmen!«

»Ist das die Logik der Normannen?«, fauchte Liliana mit spröder Stimme. »Wer hat denn mit dem Stehlen begonnen? Doch die Normannen! Niemand will Euch auf dieser Insel haben, begreift Ihr das nicht? Ihr habt Euch unrechtmäßig ein ganzes Königreich angeeignet! Wie könnt Ihr mich da als Diebin bezeichnen?«

Dass sie im Grunde Recht hatte, machte die Sache nicht einfacher. Auch wenn Raynal dem Herzog treu ergeben war, vermochte er den Umstand kaum zu leugnen, dass Wilhelm seinen Anspruch auf die englische Krone in erster Linie auf die siegreiche Invasion gründete. Wen immer der verstorbene König Edward zu seinem Nachfolger bestimmt haben mochte, das Volk der Sachsen hatte in Harold seinen wahren Herrscher gesehen, und die tapfersten seiner Männer hatten für diese Bestätigung in der Senke von Senlac ihr Leben gelassen.

Allein, wenn er sich darauf einließ, diese verzwickten Einzelheiten mit der stolzen Sachsenprinzessin zu diskutieren, würde der Winter hereinbrechen, ehe sie zu einem Ergebnis kamen. Sie sah den Feind in ihm, und er konnte es ihr nicht einmal verübeln.

»Wir haben gesiegt«, entgegnete er aus diesem Grunde mit der brutalen Logik des Kriegers. »Findet Euch endlich mit der Niederlage ab und hört auf, das Unabwendbare zu bejammern!«

»Ich jammere nicht!« Liliana warf die schwarze Mähne in den Nacken, und ein verirrter Strahl Sonnenlicht setzte blauschwarze, irritierende Reflexe, die Raynal de Cambremer einmal mehr vom Thema ablenkten.

»Nein, aber Ihr versucht, mit Euren dummen Nadelstichen einen Bären zu reizen, Lady! Ihr ändert den Lauf der Dinge nicht, indem Ihr Herden versteckt und Vorräte beiseite schafft. Im Gegenteil, Ihr schadet Euch selbst. Denkt Ihr, wir fühlen uns verpflichtet, Euch und die Euren im Winter durchzufüttern, wenn Ihr selbst dafür sorgt, dass der Hunger in Hawkstone regiert?«

Liliana unterdrückte einen Seufzer. Ihr Stolz verbot ihr nachzugeben, und ihr Zorn auf Edeva war inzwischen so heftig, dass sie selbst erschrak. Die alte Amme verlor in ihrer närrischen Unterstützung für Alfaric von Haven jedes Maß. Kein Mensch mit einer Spur von Vernunft konnte glauben, dass ausgerechnet Alfaric das Schicksal dieses Landes beeinflussen würde. Alfaric konnte Kampfspiele gewinnen und Alefässer leeren, nicht mehr. Trotzdem kam es natürlich nicht in Frage, dass sie ihn an die Normannen verriet.

»Ich habe keine Ahnung, wovon Ihr redet!«, beschied sie Raynal trotzdem so kühl, wie sie es vermochte. »Aber mir ist klar, dass in Euren Herzen weder Mitleid noch Gerechtigkeit leben. Kein Sachse rechnet damit, dass Ihr Euer Brot mit ihm teilt, Herr! Und eine Hungersnot ist keine schlechte Sache. Sie schafft wenigstens genügend Platz für Euch und Eure Männer, nicht wahr?«

Die ungerechten Vorwürfe trieben jäh die Röte aufflammenden Zorns in Raynals Stirn. Seine Augen schossen Blitze, und Liliana fühlte sich an den Schultern einmal mehr zwischen den Schraubstock seiner Fäuste genommen. Sie erschauerte von Kopf bis Fuß, und sie konnte nicht verhindern, dass er es bemerkte.

»Treibt es nicht zu weit mit Eurer Aufsässigkeit, Lady!«, knirschte er so nahe vor ihrem Gesicht, dass der Hauch seines Atems ihre Wangen traf. »Mein Fürst hat mir befohlen, Hawkstone für ihn zu halten und zu befestigen. Eure Zustimmung ist dafür nicht nötig. Ihr habt nicht mehr Rechte als die geringste Leibeigene in diesem Haus, und nur meine Höflichkeit hält bislang schlimmeren Schaden von Euch fern. Führt Euch das vor Augen, ehe Ihr Dinge tut, die Ihr bereuen würdet.«

»Droht Ihr mir?«, trotzte Liliana atemlos.

»Zur Hölle mit Euch, Lady!«

Er spuckte die Worte so scharf hervor, dass Liliana zusammenzuckte. Sie roch den Wein, den er vor kurzem getrunken hatte. Das Aroma vereinte sich mit dem Geruch nach Leder, der aus seinen Kleidern stieg, und dem nach Waffenfett und Männerschweiß, den auch ihr Vater verbreitet hatte, wenn er von seinen Waffenübungen kam. Sicher war es der unvermittelte Gedanke an ihren Vater, der ihre Knie weich machte und ihr Herz zum Rasen brachte. Die vertraute Halle verschwamm vor ihren Augen.

Sie vergaß, was sie sagen wollte, und schloss in Erwartung des Schlimmsten die Lider. Erst als sie auf die Bank am Kamin sank und unter ihren Händen die polierte Fläche des Sitzes spürte, wurde ihr klar, dass er sie längst losgelassen hatte und gegangen war.

Sie stieß den angehaltenen Atem aus und umklammerte die abgerundete Holzfläche mit ihren Fingern, als müsse sie prüfen, ob sie überhaupt noch fähig war zu handeln und zu fühlen. Die überwältigende Männlichkeit des Normannen hatte die zerstörerische Wirkung eines Wirbelsturmes auf sie.

Gütiger Himmel, nach jeder Begegnung mit diesem infernalischen Ritter hatte sie das Gefühl, zwischen die steinernen Räder der Mühle am Fluss geraten zu sein. Jedes Gespräch mit ihm war eine Schlacht, eine Auseinandersetzung, die sie unweigerlich verlor …

6. Kapitel

»Ich habe es dir nicht gesagt, weil du krank warst! Was hättest du schon tun können?«, murrte Edeva beleidigt. Sie begriff nicht, weshalb ihr Liliana diese Vorwürfe machte. Sie hatte für Hawkstone und für die Zukunft der Sachsen gehandelt.

»Ich hätte im Gegensatz zu dir meinen Verstand gebrauchen können«, sagte die junge Frau ungeduldig und warf den Stößel hin, mit den sie getrockneten Kräuter in einem Mörser zerstampft hatte. Sie stand auf und begann, gereizt im Raum auf- und abzugehen. Acht Schritte zur Tür und acht zu Edeva zurück, die auf einem Hocker neben dem Arbeitstisch saß und gekränkt an ihrem Rock zupfte.

»Was, um Himmels willen, hast du mit all unseren Vorräten gemacht? Die Keller waren voll! Ganz zu schweigen von den Schafen, den Rindern und den Ochsengespannen. Willst du behaupten, all das sei im Wald verteilt worden, damit sich jeder Narr am Reichtum von Hawkstone bedienen kann? Wovon sollen wir leben?«

Edeva verzog ihre faltigen Züge zu einem Lächeln, das Liliana nicht gefiel. »Alfaric und seine Männer haben dafür gesorgt, dass so wenig wie möglich davon in die Hände der Normannen fällt!«

»Alfaric von Haven ist ein Narr!« Es tat gut, diesen Umstand endlich aussprechen zu dürfen.

»Du tust ihm Unrecht, wie immer!«, verteidigte Edeva den jungen Sachsenfürsten. »Er führt die Männer an, die gegen die Eindringlinge kämpfen. Er braucht Pferde, Tiere und Vorräte! Wer soll sie ihm geben, wenn nicht Hawkstone?«

»Und wie komme ich zu der zweifelhaften Ehre,

ihn unterstützen zu dürfen?«, spottete Liliana bitter. »Ich habe nichts mit Alfaric zu schaffen, falls dir das entgangen sein sollte, Amme!«

»Welch dummes Gerede! Alfaric ist dein künftiger Gemahl! Es muss dir doch am Herzen liegen, seine Sache zu unterstützen. Sein Sieg ist auch der deine! Es geht um das Leben eurer Kinder!«

»Gütiger Himmel!« Liliana war außer Stande, ihren Zorn angesichts solch hartnäckiger Unvernunft noch länger zu bändigen. »Ich habe nicht die geringste Absicht, diesen Grobian zu heiraten und seine Kinder zur Welt zu bringen! Du weißt es, und mein Vater hat versprochen, dass er mich nicht zu dieser Ehe zwingen wird, auch wenn er sie gern gesehen hätte.«

»Dein Vater ist tot, und Alfaric ist jetzt der rechtmäßige Than dieser Provinz!«, fiel ihr Edeva ins Wort. »Du musst ihn zum Mann nehmen!«

»Lieber nehme ich den Schleier als Alfaric zum Manne!«, rief Liliana empört. »Du hast mir keine Vorschriften zu machen, Amme!«

»So? Habe ich nicht?« Edeva verwandelte sich vor Lilianas Augen aus der liebevollen Gefährtin in eine strenge Gebieterin. »Du weißt nicht, wovon du redest, Kind! Glaubst du, hier geht es nach dem Kopf eines verwöhnten Mädchens? Alfaric ist der Mann, dem die letzten Sachsen folgen, und du kannst von Glück sagen, dass er so vernarrt in dich ist, dass er deine Ablehnung nicht ernst nimmt. Wenn Alfaric feststellt, dass er Vorräte und Waffen für seine Männer braucht, dann wird er sie bekommen, und zwar von Hawkstone!«

Liliana starrte die Dienerin an, als habe sie Edeva noch nie richtig gesehen. Sie war an die tyrannische

Liebe der Alten gewöhnt, aber jetzt ging es nicht mehr darum, dass sie eine bittere Medizin schluckte oder ein bestimmtes Gewand nur für Festtage anzog. Edeva maßte sich nun einen Eingriff in das Leben ihres Schützlinges an, der ihr nicht zustand. Liliana von Hawkstone ließ sich nicht von einer Amme herumschubsen.

»Wer in diesem Hause was bekommt, entscheide immer noch ich!«, fuhr sie die Alte schroff an. »Und Alfaric von Haven hat weder über mich noch über mein Haus die Befehlsgewalt! Wenn du es wagst, daran zu rütteln, stellst du dich gegen mich!«

»Dann bist du also lieber die Leibeigene der Normannen als eine freie Sachsenprinzessin, die von allen verehrte Braut des neuen Fürsten?«

»Alfaric von Haven ist kein Fürst! Er ist ein selbstgerechter, ungehobelter Klotz, der glaubt, dass er im Chaos dieser Tage einen Platz erreichen kann, der ihm nicht zusteht!«, beschied ihr Liliana heftig. »Er denkt nicht weiter als bis zur Schneide seiner Streitaxt, und alles, was er erreicht, wird noch mehr sinnloses Blutvergießen sein!«

Edeva starrte das junge Mädchen in dem blassblauen Überkleid, das sie bislang jeden Tag seines neunzehnjährigen Lebens begleitet hatte, an. Sie wusste manchmal früher, was Liliana dachte und fühlte als diese selbst. Und in diesem Augenblick gefiel ihr gar nicht, was sie aus ihren Worten schließen musste.

»Du vergleichst ihn mit dem Normannen!«, sagte sie ihr auf den Kopf zu. »Aber du kannst den Wert eines Ehrenmannes nicht an seinem Aussehen messen! Der Ritter mag noch so gefällig wirken, er bleibt doch ein Eindringling, ein fremder Barbar, der uns unterjochen und demütigen will. Wenn du auch nur einen Funken Stolz im Leibe hast, dann entwürdigst du dich nicht, indem du seine Dirne wirst!«

»Da soll doch ...!« Liliana stemmte die Hände in die Hüften und trat drohend vor die Alte hin. »Was faselst du da? Willst du behaupten, ich täte dem Normannen schön? Ich warne dich, Edeva! Es gibt Dinge, die lasse ich mir auch von dir nicht sagen.«

»Ach ja? Und warum folgen deine Blicke dem blonden Hund, sobald er erscheint? Warum steigt dir das Blut in die Wangen und warum wiegst du dich in den Hüften, wenn er dich sehen kann? Mir machst du nichts vor, Mädchen! Du hast dich in den Schurken vergafft und vergisst darüber, was sich gehört und was die Ehre von Hawkstone befiehlt!«

Liliana war so wütend, dass sie gar nicht bemerkte, wie geschickt die Alte das Gespräch von den verschwundenen Vorräten abgelenkt hatte. »Du brauchst mir nicht zu sagen, was meine Ehre gebietet«, fauchte sie die Amme an. »Ich verbiete dir, Alfaric von Haven künftig auch nur einen einzigen Apfel zu geben! Du wirst nichts tun, was dieses Haus und seine Menschen in Gefahr bringt. Du hast kein Recht, unsere Vorräte wegzugeben! Ich lasse dich auspeitschen, wenn ich noch einmal gewahr werde, dass du hinter meinem Rücken Ränke schmiedest, die nicht meine Zustimmung finden!«

Lilianas leuchtend blaue Augen bohrten sich in das faltige Gesicht der Amme, in dem kein Anzeichen von Reue oder Bußfertigkeit zu entdecken war. Nicht einmal die Drohung der Peitsche schien sie ernst zu nehmen. Sie zuckte lediglich mit den Achseln und schlurfte stumm aus der Kräuterkammer.

Ihre Rocksäume wirbelten Staub auf, und die Tür quietschte leise in den ledernen Angeln, ehe sie mit einem dumpfen Laut in den Rahmen fiel.

Erst jetzt bemerkte Liliana, dass sie den Atem angehalten hatte. Vorsichtig gab sie die Luft frei und entspannte die verkrampften Hände und Schultern. Die Auseinandersetzung mit Edeva ließ sie leer und tief unglücklich zurück.

Edeva war ihr Mutter gewesen, so lange sie denken konnte. Ihre eigene Mutter war kurz nach ihrer Geburt im Kindbett verstorben und Cenwulf von Hawkstone hatte nie den Versuch unternommen, die geliebte Gemahlin zu ersetzen.

Nun kam es Liliana so vor, als habe sie eben zum zweiten Male eine Mutter verloren. Was, um Himmels willen, war in Edeva gefahren? Wie kam sie dazu, ihr solche Dinge vorzuwerfen? Welch eine Verrücktheit von ihr, sich hinter ihrem Rücken mit Alfaric von Haven zusammenzutun! Sicher, sie kannte die närrische Vorliebe der alten Frau für den ungestümen Sachsen, aber sie konnte doch nicht blind für seine Fehler sein! Abgesehen von seinem Jähzorn und seiner einfachen Denkweise hielt er sich auch noch für unwiderstehlich, weil keine der Mägde, denen er sich aufzwang, es wagte, sich ihm zu widersetzen. Aber sie war keine Magd! Sie war Liliana von Hawkstone!

Bei diesen Gedanken wich Lilianas anfänglicher Zorn einer tiefen Ratlosigkeit. Unwillkürlich tat sie jetzt bewusst, was Edeva ihr eben grundlos vorgeworfen hatte. Sie verglich die beiden Männer miteinander. Beide waren blond. Aber die geschmeidige, athletische Kraft des Normannen fiel gegen die bullige, urtümliche Heftigkeit des bärtigen Sachsen nur noch mehr ins Auge. Der eine spielte geschickt mit Worten und Höflichkeiten, mit Drohungen und versteckten Andeutungen, der andere war brüsk und tyrannisch und selbstherrlich. Sie glichen sich nur, wenn es ihre Ansprüche an sie, Liliana, betraf. Sie befahlen und erwarteten in unerschütterlichem Hochmut, dass sie widerspruchslos gehorchte.

»Gütiger Himmel!«

Liliana berührte mit den Handflächen ihre brennenden Wangen. Dass sich die Waage eindeutig zu Gunsten des Normannen senkte, war nicht zu leugnen. Ebenso wenig konnte sie die Faszination abstreiten, die er auf sie ausübte. In seiner Gegenwart fühlte sie sich mit einem Schlage lebendiger. Das Blut floss schneller durch ihre Adern, das Licht war heller, die Düfte intensiver und der Himmel höher. Was hatte dies nur zu bedeuten?

»Was treibt Ihr hier?«

Im ersten Augenblick schien es ihr, als sei Raynal de Cambremer eine Ausgeburt ihrer Fantasie. Sie war so in ihre Gedanken versunken gewesen, dass sie nicht bemerkt hatte, dass er plötzlich eingetreten war. Er trat wie eine mürrische, misstrauische Vision näher und sah sich prüfend um, als habe sie hinter der Tür ein Ungeheuer versteckt.

Sie versuchte, die Kammer mit seinen Augen zu werten. Sie sah die getrockneten Kräutersträuße, die von den Deckenbalken herabhingen, die geflochtenen Körbe, die flachen Schalen und all die anderen vielfältigen Behältnisse, die bereits fertige Mischungen oder Tinkturen enthielten und überall herumstanden. Edeva hatte sie den Umgang mit Kräutern gelehrt, und sie war gern in dieser duftenden Kammer, die so viele Möglichkeiten und Geheimnisse barg. Aber vielleicht war genau dies der Grund für sein offensichtliches Misstrauen.

»Es gefällt mir nicht, wenn Ihr hier herumwirtschaftet«, sagte er nun und bestätigte ihre Vermutungen. »Was habt Ihr vor? Wollt Ihr noch die letzten Vorräte vergiften? Uns falsche Kräuter in den Wein geben oder …«

»Hört auf!«, fiel sie ihm wütend ins Wort. »Der Krieg ist vorbei! Denkt Ihr, ich bin so närrisch, dass ich jeden Normannen einzeln auslöschen will, der unsere Insel betritt? Ich weiß sehr wohl, dass noch viele von Euch auf der anderen Seite des Meeres harren, gleich einer Drachensaat, die sich um so gewaltiger vermehrt, je mehr man davon vernichtet!«

Es kränkte sie, dass er sie solcher Albernheiten verdächtigte, und gleichzeitig ärgerte sie sich darüber, dass es sie überhaupt berührte. Seine Meinung sollte ihr ebenso gleichgültig sein wie die raschelnden Kamillenblüten dort, die Edeva sortiert hatte, als Liliana sie in der Kräuterkammer fand und zur Rede stellte.

»So einsichtig? Das ist neu!«

Raynal de Cambremer wusste selbst nicht, warum er es nicht lassen konnte, die Lady zu reizen. Dass sie einfach überwältigend aussah, wenn sie wütend war, konnte wohl kaum als Grund dafür gelten. Was war sie? Hexe? Magierin? Verwöhntes Kind? Geheimnisvolle Göttin oder Ränke schmiedende Intrigantin? Er konnte sich nicht entscheiden, denn er glaubte ein wenig von allem in ihr zu finden.

»Was wollt Ihr?«, forderte Liliana brüsk Auskunft, ohne auf das neuerliche Geplänkel einzugehen. »Ihr seid gewiss nicht erschienen, um mit mir über die Tiefe meiner Einsicht zu debattieren!«

Einmal mehr verblüffte sie ihn durch ihre sarkastische, fast männliche Art, ihre Worte zu wählen. Man hatte sie offenbar gelehrt, ihren Verstand zu gebrauchen. Frauen wurden dadurch gefährlich, ihre Herrschsucht und ihr Machthunger geweckt. Dies wusste er nur allzu gut von der eigenen Mutter, die sich meisterhaft darauf verstand, die Mitglieder ihrer Familie in ihrem Sinne zu manipulieren.

»Gehorsam!«, sagte er knapp, und noch ehe sie dazu kam, ihre Verblüffung in Worte zu fassen, erläuterte er den Befehl. »Ich bin der Herr von Hawkstone, und Ihr habt Euch meinen Anordnungen zu unterwerfen! Ich werde Euch keine Gelegenheit mehr für weitere Streiche geben.«

Liliana erstarrte. Die Worte sickerten in ihr Bewusstsein wie das Gift eines tödlichen Pfeils. »Welche Anordnungen?«, murmelte sie unter Aufbietung aller Selbstbeherrschung mit tauben Lippen.

»Ihr habt mir noch immer nicht die Schlüssel des Hauses übergeben!«

Ohne sich zu regen, spürte Liliana, wie der schwere silberne Ring mit den Schlüsseln von Hawkstone an ihrem Gürtel noch schwerer wurde. Er war das letzte Symbol ihrer Macht, auch wenn die Truhen von Hawkstone natürlich von Äxten geöffnet werden konnten. Wer diese Schlüssel trug, teilte die Vorräte ein, gab die Gewürze aus und hatte das Recht auf den Ehrenplatz an der Tafel. Die Schlüssel zu fordern, bedeutete, ihr vor allen Bewohnern von Hawkstone die letzte, endgültige Demütigung anzutun, selbst wenn Edeva von den reichen Vorräten des Gutes nicht mehr viel übrig gelassen hatte.

Liliana hatte nicht geahnt, dass sie noch stärker hassen konnte. Mit fliegenden Fingern nestelte sie den Bund ab und warf ihn auf die staubigen Bohlen zu Füßen des Ritters, dass eine kleine Wolke aufstieg.

»Nehmt sie und werdet glücklich damit!«, zischte sie und verschränkte die Arme vor der Brust, als wolle sie auf diese Weise ihr wild schlagendes Herz zur Ruhe zwingen. »Aber glaubt nicht, dass Ihr damit zum respektierten Herrn von Hawkstone werdet. Eher trocknet der Cuckmere aus, und die Berge brechen auseinander! Den Titel des Herrn von Hawkstone muss man sich verdienen, und er trägt mehr äußere Zeichen als einen lächerlichen Bund von Schlüsseln!«

»Ihr werdet ebenso wie alle anderen Sachsen lernen müssen, die Autorität der neuen Macht anzuerkennen«, entgegnete Raynal de Cambremer kalt. »Am besten macht Ihr Euch gleich an die Arbeit. Ich benötige ein Frauenzimmer, das sich um meine Kleider und meine persönlichen Bedürfnisse kümmert. Die Talente meines Knappen lassen zum Beispiel in Bezug auf Nadelarbeit sehr zu wünschen übrig. Es gibt Dinge, die nur eine Frau zu tun vermag.«

Liliana starrte ihn aus weit aufgerissenen Augen entgeistert an. Hatte sie ihn tatsächlich richtig verstanden? »Ihr meint … ich soll …« Sie kämpfte ihre Empörung mit aller Kraft nieder und rang um Fassung. »Ich soll Eure persönliche Magd sein?«

»Wenn Ihr es so seht, warum nicht?«

Der Groll überflutete Liliana mit solcher Macht, dass jede Farbe aus ihrem ohnehin blassen Gesicht wich. Wie Rabenflügel zeichneten sich die dunklen Brauen über den weit aufgerissenen Augen ab, deren Iris von Blau ins Silberne wechselte. Liliana von Hawkstone die Kammermagd eines normannischen Eroberers? Dieser Mann war nicht recht bei Sinnen!

»Ihr müsst krank sein!«, stammelte sie mit einer Stimme, die sie kaum als die ihre erkannte. »Nährt Ihr Euch von dem Hass, den Ihr auf dieser Insel sät? Wie wollt Ihr leben, wenn Ihr all ihre Bewohner gegen Euch aufbringt?«

»Das lasst nur unsere Sorge sein«, beschied ihr Raynal de Cambremer in vollendeter Arroganz. »Kümmert Euch darum, dass ich die standesgemäßen Kleider eines Herrn von Hawkstone in meinen Truhen finde und lasst die Finger von Kräutern und Tinkturen. Ich wünsche, Euch künftig nicht mehr in den Ställen und Vorratslagern zu sehen. Euer Platz ist ab sofort ausschließlich im Haus und in meinen Gemächern!«

Liliana versuchte, das Zittern zu kontrollieren, das ihre Gestalt erbeben ließ. Wusste er überhaupt, was er der Herrin des Rosenturmes mit diesem Befehl antat? Was sollten jene denken, die trotz allem auf ihr Wort und ihre Führung vertrauten? Würden sie nicht endgültig verzweifeln, wenn sogar die Lady von Hawkstone zur Magd gemacht und ihrer Stellung beraubt wurde? War ihm klar, dass er das mühsam bewahrte Gleichgewicht dieser in sich abgeschlossenen Welt zerstörte?

»Worauf wartet Ihr?«

Er hielt ihr die Kammertür auf, aber es war keine Geste der Höflichkeit. Er wollte sie nicht länger bei den Eisenhut und Arnika, bei Tollkirsche und getrocknetem Schierling wissen. Liliana raffte ihr Röcke und stürmte an ihm vorbei, als könne sie auf diese Weise seinen Befehlen und seiner abscheulichen Autorität entkommen.

Wenn er indes gedacht hatte, sie würde unter den Arkaden hindurch zum Haupthaus laufen, so sah er sich getäuscht, als er mit riesigen Schritten den wehenden, blauen Röcken folgte. Sie wandte sich dem steinernen Turm mit den kahlen Dornenranken zu. Was wollte das Frauenzimmer auf dem Turm?

Dieser Gedanke und ihr zu folgen waren eines. Hatte er den Bogen zu straff gespannt und ihren empfindsamen Stolz allzu sehr verletzt? Wollte sie sich lieber von den Zinnen stürzen als gehorchen? Er traute es ihr zu.

Aber Liliana war weit davon entfernt aufzugeben. Doch sie benötigte Trost und Stärke. Sie brauchte jetzt den Halt von Hawkstone, und den fand sie am ehesten in den archaischen Steinen des Rosenturmes, der über ihrer Heimat aufragte und in dessen Schutz sie schon als Kind ihre Träume geträumt hatte. Sie tauchte unter der Pforte hindurch in das Dämmerlicht und wurde im selben Moment von einer Männerhand zurückgerissen.

»Wollt Ihr nicht gehorchen, oder habt Ihr mich nicht begriffen?«, knurrte die Stimme des Normannen in ihr Ohr. »Ins Haus mit Euch, oder muss ich Euch in Fesseln legen, Lady?«

Liliana wurde herumgedreht und gegen eine harte Brust im Lederwams geschleudert. Sie trommelte in wilder Verzweiflung mit beiden Fäusten auf dieses Hindernis ein. Diese Anstrengung zusammen mit der dem Sturm ihrer entfesselten Gefühle waren zu viel für ihre kaum wieder hergestellte Gesundheit. Sie taumelte, verlor an Kraft und sank schließlich mit einem kaum hörbaren Seufzer gegen den Ritter, der eben noch zugreifen und verhindern konnte, dass sie zu seinen Füßen in den Staub fiel.

»Rebellisches Ding!«, brummte er, aber es klang eher respektvoll als wütend.

Raynal spürte die geschmeidige Kraft des reglosen Körpers, die seine Zartheit Lügen strafte. Der verwirrende Duft nach Kräutern, der in ihren Kleidern hing, mischte sich mit dem feinen Rosenaroma, das aus ihren Haare stieg, die weich und seidig über seine Hände fielen. Beides zusammen rief unverhoffte Bilder von Sommerblumen und Heiterkeit in sein Herz, von fröhlichem Lachen und immer währender Harmonie.

»Was habt Ihr mit ihr gemacht?«

Die Stimme der Amme drang misstönend in den schönen Traum. Sie zerrte so wütend an seinem Arm, dass er beinahe ins Taumeln geraten wäre.

»Pack dich fort!«, herrschte er sie an, und die Alte erstarrte. »Deine Herrin hat sich selbst zuzuschreiben, was ihr geschehen ist!«

»Sie ist die Herrin des Rosenturms! Wagt es nicht, ihr Schaden zuzufügen!«, kreischte Edeva, und etwas in ihrem Ton zwang Raynal de Cambremer, sie anzusehen, während er Liliana eng an sich drückte.

»Wach auf, Weib!«, knurrte er kalt. »Die Macht deiner Herrin ist verblüht wie diese Rosen hier! Eine neue Zeit ist angebrochen!«

»Ihr wisst nicht, wovon Ihr sprecht!«, flüsterte Edeva, und ihre Stimme klang wie das Rascheln trockener Blätter auf glatten Marmorplatten. »Die Rosen von Hawkstone können nicht verblühen! Aber sie haben genügend Stacheln, um den Eroberern tödliche Wunden zuzufügen! Nähert Euch der schönsten dieser Rosen, und Ihr werdet auf ewig vergiftet sein!«

Der Ritter versuchte, den eigenartigen Schauer zu unterdrücken, der ihn überlief. Es fehlte noch, dass er sich vom Gefasel einer halbirren Magd aus der Fassung bringen ließ! In diesem Hawkstone maßten sich die Weiber zweifellos zu viel des Einflusses an. Damit würde es jetzt ein Ende haben!

Er strafte Edeva mit Verachtung und trug die ohnmächtige junge Frau ins Haus. Er beachtete die Blicke nicht, die ihm aus allen Eckes des Gutes folgten. Es waren böse, besorgte und angespannte Blicke, Blicke, die den Hass eines ganzen Landes auf ihn richteten!

7. Kapitel

»Was ist geschehen?«

Liliana blickte verwirrt um sich und versuchte, die losen Fäden der Erinnerungen wieder miteinander zu verknüpfen. Hinter ihren Schläfen pochte der Schmerz, und ihr Gedächtnis versagte den Dienst. Sie suchte Rat bei Edeva, die am Rande des Alkovens kauerte und ihre Hand umfasst hielt, als könne sie auf diese Weise die Empfindungen der jungen Frau nachfühlen und begreifen.

»Was schon?« Edeva spie ihr die Worte förmlich entgegen. »Er hat es gewagt, dich zu benutzen, um seine Macht zu demonstrieren! Hat er dich geschlagen? Weshalb bist du in Ohnmacht gefallen?«

Trotz ihrer Verwirrung wusste Liliana, wer mit er gemeint war: Raynal de Cambremer. Der faszinierende und abscheuliche Normanne mit den meergrünen Augen, der Hawkstone und seine Bewohner in seine Gewalt gebracht hatte. Nur nicht sie! Nicht die Herrin des Rosenturms.

»Ich bin wie eine kindische Närrin mit den Fäusten auf ihn losgegangen!«, seufzte sie und verzog schmerzlich die Brauen über die eigene Dummheit. »O Gott, ich wünschte, ich wäre ein Mann und könnte das Schwert mit ihm kreuzen! Dieser Wahnsinnige hat mir die Schlüssel abgenommen, und er fordert, dass ich künftig ausschließlich die Dienste seiner persönlichen Kammermagd verrichte!«

»Ha!«, murmelte Edeva, und es klang seltsamerweise, als sei sie im Gegensatz zu ihrer Herrin höchst zufrieden mit dieser Entwicklung. »Ich wusste, dass er früher oder später erkennen würde, welches Juwel in Hawkstone in seine Finger gefallen ist. Du weißt, was er von dir verlangt? Es sind die Dienste seiner Hure!«

»Nein!« Liliana fuhr auf und sank mit einem Schmerzenslaut sofort wieder in die Kissen zurück. »Nein, dies fordert er nicht. Ich soll im Hause bleiben und mich darum kümmern, dass seine Truhe mit standesgemäßem Gewand gefüllt wird, was immer ein Normanne darunter verstehen mag!«

Dass sie trotz allem diesen Mann verteidigte, bewies Edeva, wie groß die Gefahr für ihre Pläne war. Aber sie kannte dieses Mädchen sein ganzes Leben lang. Sie wusste, wie sie ihre Pfeile setzen musste, damit Lilianas stürmisches Temperament sich über alles hinwegsetzte und so zum Werkzeug ihrer Rache wurde.

»Es geht ihm wohl eher darum, sein Gewand abzulegen«, zischte sie boshaft. »Habe ich's dir nicht gesagt? Es ist ein Fehler, ihm den kleinsten Funken Aufmerksamkeit zu gönnen. Mein armes Kind, in deiner grenzenlosen Unschuld ist dir nicht klar, dass diese Normannen wie Tiere sind. Lüsterne Kerle, die sich nehmen, wonach es sie gelüstet, Königreich oder hübsches Frauenzimmer. Willst du dir das gefallen lassen?«

Liliana beging kein zweites Mal den Fehler, sich allzu hastig zu bewegen. Sie richtete sich vorsichtig auf und massierte die pochenden Schläfen mit den Fingerspitzen. Das Pochen ließ zwar nach, aber die Ausweglosigkeit der eigenen Lage drang umso stärker in ihr Bewusstsein. Mit Ausnahme von Alfaric kannte Edeva die Menschen.

»Was kann ich tun?«, hauchte sie tonlos.

»Deine Ehre und den Stolz von Hawkstone verteidigen!«, entgegnete die Amme beschwörend und fasste nach Lilianas Händen. Sie umklammerte die kühlen Finger und heftete die dunklen, unergründlichen Augen in Lilianas blauen Blick. »Eine solche Beleidigung kann nur der Tod sühnen, das weißt du!«

Ein Schauer lief durch den Körper der jungen Frau wie eine Brise, die die glatte Oberfläche eines Teiches berührte.

»Töte ihn!«, wiederholte die Amme herrisch. »Denkst du, dein Leben ist noch etwas wert, wenn du in seine Hände gefallen bist? Erst der Anführer, dann all die anderen? Am Ende wird dir vor dir selbst grauen und vor dem, was sie aus dir gemacht haben!«

Die hypnotische Kraft dieser Worte lähmte Lilianas Herz und Atem. Sie vermochte nicht, den Blick von ihrer Amme zu nehmen. Die Bilder, die sie heraufbeschwor, ließen sie erbeben, aber dennoch blieb ein winziger Rest von Widerspruch in ihr. Das hartnäckige Wissen darum, dass ihr von Raynal de Cambremer vielleicht Ärger, aber nicht die Zerstörung drohte, vermochten auch die schrecklichsten Visionen nicht auszulöschen.

Ein Ritter, der es nicht über das Herz brachte, einen dummen Knappen zu töten, würde auch eine Frau nicht brechen wollen. Vielleicht verstand Edeva seine Forderungen falsch? Sie war alt, und in der letzten Zeit hatten Liliana immer häufiger Zweifel befallen, ob sie wirklich so weise war, wie sie sich gab.

»Welch eine Dummheit!«, flüsterte sie tonlos. »Wie stellst du dir das vor? Soll ich ihn zum Zweikampf fordern? Selbst wenn ein Wunder geschähe und ich siegen würde ... was glaubst du, was seine Männer dann mit mir tun?«

»Die Narretei ist auf deiner Seite«, zischte die Amme. »Du weißt genau, welche Kräuter du in seinen Wein geben musst und wie sie wirken. Töte ihn, und wir haben Zeit gewonnen. Er ist der Anführer dieser Mörderbande, und sein Tod wird sie verwirren und schwächen. Die Göttin verlangt den Tod des Fremden!«

Liliana zuckte zusammen. Obwohl sie daran gewöhnt war, dass Edeva mit störrischem Trotz das Christentum ablehnte und die alten Götter anrief, schien es ihr ausgerechnet in diesem Augenblick von doppelter Bedeutung zu sein, dass sie es tat. Sie forderte im Namen der großen Göttin wie selbstverständlich einen Racheakt von ihr, den der gnädige Gott des Christentums verbot, ein Gott, der nicht verhindert hatte, dass eine ganze Insel in Feindeshand fiel, dass die tapfersten Männer starben und unendliches Leid über die Sachsen kam. Liliana konnte nichts dagegen tun, dass ihre Zweifel an seiner Macht wuchsen.

Die Dienerinnen der großen Mutter nahmen ihr Schicksal selbst in die Hand. Sie boten nicht die linke Wange, wenn die rechte verletzt wurde. Sie zückten das Sichelmesser und straften den Frevler aus eigener Kraft. Für einen Herzschlag lang gab Liliana sich der angenehmen Vorstellung hin, das spöttisch überhebliche Grinsen von den schönen Männerlippen zu reißen, sie mit Schmerz zu zeichnen. Hatte Edeva doch Recht? War es ihre Pflicht, dies zu tun?

Edeva spürte den Zwiespalt, in dem ihre Herrin sich befand, und nutzte ihn geschickt für ihre Zwecke. »Du zögerst? Dann bist du nicht die Frau, für die alle dich halten. Dann bist du nur ein schwaches Weib, das es ohnehin nicht verdient, mit dem Rosenreif gekränzt zu werden. Dann nutzen all die Hoffnungen nichts, die die letzten Krieger der Sachsen auf Hawkstone und seine Lady setzen!«

Liliana zuckte unter der Fülle der Anklagen zusammen. Ihr Leben, das eben noch wohl geregelt und vorgezeichnet gewesen zu sein schien, war innerhalb weniger Septembertage zu einem Labyrinth aus Chaos und Krieg geworden. Es hatte ihr geschmeichelt, als ihr Vater die Macht in Hawkstone in ihre Hände legte, ehe er davonritt. Nun aber erkannte sie, dass mehr dazu gehörte, als für gefüllte Vorratskammern zu sorgen und das Gesinde zur Arbeit anzutreiben. Der Schlüsselbund und der Rosenreif allein mochten nicht viel wiegen, aber das Gewicht der Verantwortung, das sie mit sich trugen, lag schwer auf Lilianas schmalen Schultern. Zählte auch Mord zu ihren neuen Pflichten?

»Du musst es tun!«, beharrte Edeva, und die klauenartigen Hände packten fester zu. »Geh in seine Kammer, und sei ihm zu Diensten. Er soll denken, dass er dich gebrochen und zum Gehorsam gezwungen hat. Sobald ich den tödlichen Trunk gemischt habe, werde ich ihn dir bringen, rechtzeitig, ehe er dich entehren kann. Bis dahin spiel deine Rolle so, dass er keinen Verdacht schöpft!«

Liliana wurde in ihrer ausweglosen Verwirrung wieder zum kleinen Mädchen, zum braven Kind, das fügsam die Befehle seiner Amme befolgt, weil es weiß, dass sie es gut mit ihm meint. Sie vergaß den Streit in der Kräuterkammer und sagte sich, dass ihr von Edeva noch nie Böses widerfahren war.

»Ich will tun, was du sagst«, flüsterte sie tonlos.

Um Edevas Lippen spielte ein kaum sichtbares triumphierendes Lächeln. Aus dem beschwörenden Griff wurde ein liebevolles Tätscheln, und in ihrer Stimme schwang nichts als reine Befriedigung. »Ich wusste, dass die Lady von Hawkstone ihre Ehre nicht verrät!«

»Es ist Unzufriedenheit. Sie zürnen dir, weil du ihre Lady nicht respektierst!«

Gilbert de Nansay beobachtete seinen Freund und Anführer dabei, wie er mit eigenen Händen sein Streitross striegelte, als gebe es auf Hawkstone keine fähigen Pferdeknechte, denen er es anvertrauen würde. Es war seine Art, seine Gelassenheit wieder zu finden.

»Was, zum Henker … was soll das heißen?«, erkundigte Raynal sich jetzt und richtete sich auf.

»Sie sahen, dass du sie wie einen halb leeren Sack Getreide über den Hof schlepptest. Man könnte auch sagen: wie eine Kriegsbeute. Sie sehen es nicht gern, wenn man mit ihrer Herrin so verfährt. Und wer wollte es ihnen verübeln?«

»Soll dies etwa die einzige Erklärung für den Widerstand sein, der uns allenthalben entgegenschlägt? Mach dich nicht lächerlich, Gilbert!« Raynal de Cambremer warf den eisernen Striegel in die Kiste mit dem übrigen Werkzeug. »Es mag Lady Liliana schmeicheln, dass alle Welt sie für etwas Besonderes hält, aber sie ist auch nicht mehr als ein Weib. Ein störrisches noch dazu, und es kann ihr nicht schaden, wenn sie feststellt, dass sich nicht alles nach ihrem stolzen Kopf richtet. Was auf Hawkstone geschieht, ist Verrat, und ich werde nicht zulassen, dass dieses Lehen den Aufstand der Verlierer heimlich mit Waffen und Vorräten unterstützt. Du wirst dafür sorgen, dass bekannt wird, dass die Herrin mit ihrem Leben für den Gehorsam ihrer Leute bürgt.«

Gilbert de Nansay kratzte sich verblüfft im Nacken. »Mit ihrem Leben? Eine sächsische Dame aus erstem Adel? Das kannst du nicht tun! Ganz davon abgesehen, dass du diese Drohung ohnehin nie in die Tat umsetzen würdest! Du bist kein Mann, der Frauen tötet!«

»Das weißt du! Aber die Sachsen wissen es nicht, und wir werden den Teufel tun, es ihnen zu verraten.«

»Dann nimm dir wenigstens eine andere Geisel«, schlug Gilbert vor. »Den alten Waffenmeister zum Beispiel. Sweyne wird von allen respektiert, und er ist bereit, alles für seine Herrin zu tun!«

»Nein!«

»Du handelst gegen Wilhelms Rat!«

»Er könnte mir nur raten, wenn er hier wäre. Er stellte Hawkstone unter meine Befehlsgewalt, und er vertraut meinen Fähigkeiten!«

Gilbert de Nansay lag es auf der Zunge zu sagen,

dass er diese Fähigkeiten bezweifelte, sobald der saphirblaue Blick einer bestimmten Lady seinen Freund ablenkte, aber dann ließ er es bleiben. Vielleicht täuschte er sich. Bisher hatte es noch kein weibliches Wesen fertig gebracht, Raynal de Cambremer so zu verwirren, dass er seine Pflichten und seinen Verstand vergaß.

»Ich hoffe, du behältst Recht«, sagte er stattdessen friedlich, deutete eine knappe Verneigung an und verließ den Pferdestall.

Die Sonne hatte sich bereits gesenkt, und die Arbeiten an den Palisaden wurden gerade beendet. Die Mauern warfen lange Schatten, und aus dem Stall drang das unruhige Muhen der Milchkühe, die von den Mägden gemolken wurden. Über Hawkstone lag der trügerische Friede eines zur Neige gehenden arbeitsamen Tages, aber der junge Ritter ließ sich nicht dazu verleiten, der vermeintlichen Harmonie zu glauben.

Unter der ruhigen Oberfläche dieses prächtigen Gutes brodelte es, und die Wälder rund um Hawkstone dienten nicht nur dem Wild als Versteck. Man konnte die Unruhe, den Hass und die Gewalt förmlich spüren. Die Menschen dieser Insel waren noch nicht bereit, die Sieger von Hastings als ihre Herren anzuerkennen. Sie duckten sich vorerst nur unter einer fremden Knute.

Raynal de Cambremer hingegen zweifelte keinen Moment an der eigenen Geschicklichkeit, sich durchzusetzen. Lady Liliana würde für alle das erste Beispiel sein. Er wusste, wenn sie ihm gehorchte, war ihm ganz Hawkstone untertan.

Sein Instinkt sagte ihm jedoch, dass er den Kampf nicht aufnehmen sollte, solange er wie ein Pferdeknecht stank und der Staub eines langen, anstrengenden Tages auf seiner Haut und an seinen Kleidern haftete. Außerdem freute er sich auf eine ausgiebige Erfrischung. Das römische Bad, das er zu seiner Überraschung in Hawkstone vorgefunden hatte, stellte jede Badestube, die er aus der Normandie kannte, in den Schatten. Nicht einmal Herzog Wilhelm verfügte in seinen Burgen über derart raffinierten Luxus.

Zwar waren die Mosaiken teilweise beschädigt, manche Stufen gebrochen und nicht mehr alle Becken zu verwenden, aber das, was von der alten Pracht übrig geblieben war, genügte, um sich in dampfend heißem Wasser zu entspannen und die Haut zu schaben, bis die feinen Härchen auf Raynals Körper wie Goldfäden glänzten. Der römische Edelmann, der Hawkstone gegründet hatte, war allem Anschein nach ein Mann von Geschmack und Kultur gewesen, und wenngleich sein Erbe unter dem Ansturm der Angeln und Sachsen gelitten hatte, war noch genügend davon vorhanden, um das nach Schönheit dürstende Auge Raynals zu befriedigen.

Das prächtigste Vermächtnis war jedoch ohne Zweifel seine schöne, stolze Nachfahrin. Es gehörte nicht viel Fantasie dazu, sie im fließenden Gewand der Römerin zu sehen, mit goldenen Bändern im Haar und purpurgesäumtem Leinen über der schlanken Gestalt. Sie war beileibe keine grobe Sächsin oder ein stämmiges Mädchen aus dem Norden der Insel. Lächelnd erkannte er, dass sie ihn an die grazilen Tänzerinnen erinnerte, die auf den Gemälden im Atrium über die Wände schwebten.

»Tänzerin?« Die eigene sarkastische Stimme riss

Raynal aus seinen Träumen. Sie war eine Tänzerin, die sich als Knabe verkleidet und ihn mit dem Schwert attackiert hatte, eine spitzzüngige, giftige Schlange, die mit Worten verletzte. Er durfte dieses Mädchen trotz seiner Grazie und Zartheit auf keinen Fall unterschätzen!

»Herr?«

Der junge Knappe, der ihm im Bad zur Hand gegangen war, sah ihn fragend an. Ferrand wusste mit dem verächtlich hingeworfenen Wort nichts anzufangen. Raynal de Cambremer interessierte sich gemeinhin für Waffen, Schlachtrösser, die Politik des Herzogs und die neuesten Handschriften, die es zu erwerben galt. Das Wort Tänzerin war ihm in seiner Gegenwart noch nie über die Lippen gekommen.

»Schon gut, Ferrand! Du kannst gehen«, winkte der Ritter ab, selbst ein wenig verlegen über seine Gedanken. »Ich brauche dich heute nicht mehr.«

Er stieg aus dem Becken und griff nach den Leinentüchern, die der Junge zum Abtrocknen bereit gelegt hatte. Wenig später schloss er die Schlaufen der schlichten, dunkelblauen Samttunika, die die Beinlinge aus dunkler Wolle und das feine, schneeweiße Leinenhemd zum passenden Gewand für einen Edelmann machten. Während er den schweren Gürtel aus goldenen Gliedern schloss und sich versicherte, dass der Dolch, das kleine Essmesser und der Almosenbeutel richtig daran befestigt waren, eilten seine Gedanken voraus in die große Halle.

Er freute sich regelrecht darauf, mit Lady Liliana beim abendlichen Mahl von neuem die Klingen zu kreuzen. Heute würde sie daran teilnehmen, ob es ihr passte oder nicht! Keine Ausrede, keine Entschuldigung, keine Ohnmacht würde er akzeptieren, nur das kriegerische Funkeln in den ungewöhnlichen, blauen Augen und die trotzige Geste mit der sie wie ein streitsüchtiger, aber entzückender Hahn das kleine Kinn hob.

Auf alles gefasst hielt Raynal verblüfft inne, als er Liliana in der großen Halle vorfand. Sie saß still über eine Nadelarbeit gebeugt vor dem Kamin, die Helligkeit des Feuers und der Fackeln zugleich nutzend. Es war ein Bild häuslichen Friedens, das eine Saite in ihm zum Klingen brachte, von der er nichts geahnt hatte.

Auf dem nachtschwarzen Scheitel tanzten die Reflexe der Flammen, und die Falten des hellblauen Gewandes flossen gleich sonnenüberglänztem Meer bis zu Lilianas Fußspitzen hinab. Eine kaum sichtbare, konzentrierte Falte furchte die glatte Stirn, und die schlanken Finger setzten die feine Nadel Stich für Stich mit der traumwandlerischen Präzision einer wahren Künstlerin.

Erst jetzt erkannte Raynal das Kleidungsstück, an dem sie arbeitete. Es war der schwere, doppelt geraute Reitermantel, den er trug, wenn es das Wetter und die Umstände erforderten. Der letzte Regenguss, vor dem er ihn geschützt hatte, war auf die aufgewühlten Felder der Senke von Senlac gerauscht und hatte das Blut von Freund und Feind gleichermaßen in die Erde gespült. Die Risse, die sie da flickte, hatten vielleicht sogar das Schwert ihres eigenen Vaters verursacht!

Liliana war sich der Tatsache wohl bewusst, dass der Ritter sie beobachtete. Sie zwang sich weiterzuarbeiten, obwohl sie seinen Blick durch ihr Gewand hindurch bis auf ihre Haut zu spüren meinte. Unter den vielen Menschen in der Halle von Hawkstone schien nur noch er zu zählen. Inmitten der Krieger, des Gesindes, der Hunde, der Kinder und des Getümmels eines aus den Fugen geratenen Haushaltes konnte sie förmlich die Aura aus Herrschsucht und Selbstherrlichkeit fühlen, die von ihm ausging.

Sie versuchte, sich diesem Einfluss zu entziehen, und wappnete sich mit ihrem abgrundtiefen Hass und ihrer grenzenlosen Verachtung für die Auseinandersetzung, die ihr unzweifelhaft bevorstand. Er trat näher. Sie merkte es, ohne dass sie aufsah.

»Nun, wollt Ihr mir nicht den Trunk anbieten, der einem durstigen Mann zusteht, der nach das Tages Arbeit in seine Halle kommt?«

Sie zuckte sowohl unter dem sanften Timbre der Stimme wie unter dem Gewicht seiner Worte zusammen. *Seine* Halle! Bei Gott, würde sie die Kraft haben dies hinzunehmen, ohne zu widersprechen? Sie rief sich Edevas Ermahnungen in den Sinn und atmete tief durch. Dann ließ sie mit gesenkten Lidern die Arbeit sinken, stand auf und nahm den Krug und den silbernen Pokal entgegen, den eine Küchenmagd bereits herbeitrug. Im Gegensatz zu ihrer Herrin registrierte diese die elegante Erscheinung des Normannen, die Sauberkeit seiner frisch geschrubbten Hände und die Art, wie sich sein Haar noch feucht im Nacken lockte.

Liliana bemerkte nur, dass die Kleine stehen blieb und gaffte. Sie holte bereits Luft, um sie zu rügen, als ihr einfiel, dass sie keinerlei Befehlsgewalt mehr hatte, nicht einmal über die jüngste Küchenmagd. Nun, sollte das Kind diesen frisch gewaschenen Barbaren doch anstarren! Sie würde noch früh genug lernen, dass auch unter noblen Kleidern Schurken stecken konnten.

Der starke Duft des gewürzten Weines stieg aus dem Krug in ihre Nase. Er würde den Geruch von Edevas Kräutermischung überdecken, aber Liliana griff trotzdem nicht in die Tasche ihres Gewandes, in der das kleine Glasfläschchen mit dem garnumwundenen Stopfen auf seine Verwendung wartete. Sie füllte den Wein in das silberne Gefäß und reichte es stumm mit beiden Händen dem Ritter.

Er griff zu, indem er seine Finger über die ihren legte und sie zu einem erschreckten Blick zwang. Einmal im klaren Grün seiner Augen gefangen, konnte sie nicht mehr wegsehen. Reglos standen sie voreinander, und das Aroma des Weins vermischte sich in Lilianas Wahrnehmung untrennbar mit jener Aura von faszinierender Männlichkeit, die von Raynal de Cambremer ausging.

Im Fackelschein glänzten seine Haare wie mattes Gold, und das glatte Kinn verriet den Gebrauch des Rasiermessers. Unwillkürlich fragte sie sich, ob es sich unter ihren Fingerkuppen so sanft und seidig anfühlen würde, wie es aussah. Zudem war da noch ein anderes, rätselhaftes Parfüm, das in ihre Nase drang. Der Duft erinnerte sie an das erdig würzige Moos im tiefen Wald, an den Augenblick eines Herbstmorgens, in dem die Sonne durch den Nebel bricht, an glimmende Torffeuer und wärmende Felle im Winter. Ihre Sinne vibrierten und sie vergaß zu atmen. Sie hatte keine Ahnung, was mit ihr geschah, aber das schmerzhafte, dumpfe Pochen ihres Herzens übertönte alle anderen Geräusche in ihren Ohren.

Liliana konnte nicht ahnen, dass der unsichtbare Zauber dieses besonderen Augenblicks auch Raynal de Cambremer berührte. Die Geste, mit der sie ihm den Wein reichte, füllte eine Stelle in seinem Herzen, von der er nicht gewusst hatte, dass sie so leer war. Die Erkenntnis, dass Liliana von Hawkstone genau dort hingehörte, war ebenso verblüffend wie unerwartet.

Er hatte sich nie allein gefühlt, nie die Existenz eines Menschen vermisst, der ausschließlich zu ihm gehörte. Im Gegenteil, er hatte sowohl auf der väterlichen Burg wie später im Kloster und auch im Kreise seiner ritterlichen Freunde immer die Stille gesucht. Er war sich selbst genug, benötigte niemanden, der auf ihn einredete, ihm Vorschriften machte oder ihn unterhielt. Was brachte ihn auf den Gedanken, dass diese junge Frau ihm etwas bot, das er stets vermisst hatte?

»Trinkt, Seigneur!«, flüsterte Liliana, die nicht zu sagen vermochte, wie lange das Schweigen zwischen ihnen bereits dauerte. Sie sah das unmerkliche Zusammenzucken, ehe er schließlich den Pokal an sich nahm und einen langen, durstigen Zug tat, um sich danach die feuchten Lippen mit dem Handrücken abzuwischen. Die jungenhafte Bewegung lenkte ihre Aufmerksamkeit auf den edlen Schwung des Mundes und die markanten Falten, die sich von den Nasenflügeln bis zu den Mundwinkeln zogen. Er sah aus, als habe er in seinem Leben bisher wenig zu lachen gehabt.

Zum ersten Male fragte sie sich, was es wohl für ein Leben gewesen war, das ihn in diesem verhängnisvollen September des Jahres 1066 nach Hawkstone geführt hatte. Sie wusste von ihm nur, dass er zu den Rittern des Eroberers gehörte und dass er seines Herrn ganzes Vertrauen besitzen musste, wenn er eine strategisch so wichtige Beute erhielt.

»Die Keller von Hawkstone sind besser bestückt als die Vorratsscheunen«, sagte er trocken in ihre Gedanken hinein, als habe es den verzauberten Moment zwischen ihnen nie gegeben. »Vermutlich, weil die Fässer zu schwer waren, um sie bei Nacht und Nebel unter meiner Nase heimlich fortzuschaffen ...«

Lilianas Augen flammten auf. Er verstand es einmal mehr, sie aus dem Nebel ihrer wirren Empfindungen in den blanken Zorn zurückzuwerfen. Sie ärgerte sich selbst über die fehlenden Vorräte, und gleichzeitig erboste sie die Selbstverständlichkeit, mit der er davon ausging, dass sie dahinter steckte. Warum traute ihr dieser Mann nicht mehr Verstand zu? Weil die Herrinnen in seiner Heimat alle dumme Gänse waren oder weil er sich eine falsche Meinung von ihr gebildet hatte?

»Es freut mich, dass Euch der Wein meines Vaters schmeckt«, säuselte sie mit zusammengebissenen Zähnen. »Er hätte es geschätzt, Euch zum Trunke zu laden, ohne dafür Leib und Leben hingeben zu müssen. Euer Herzog hat uns unsere Gastfreundschaft, die ihm früher am Hofe unseres Königs zuteil wurde, übel heimgezahlt.«

»Der Wein ist gut, aber Eure Worte enthalten pures Gift, schönes Kind!«, entgegnete Raynal in einem Ton, der Liliana das Blut in die Stirn trieb.

Wie konnte er es wagen, in ihrer eigenen Halle so zu ihr zu sprechen? Sie war die Lady dieses Hauses und nicht sein schönes Kind!

Raynal de Cambremer spürte ihren Unwillen, obwohl das ruhige, blasse Gesicht kaum etwas davon verriet. Und er entdeckte verblüfft die Fähigkeit in sich, das eine oder andere Mal die Gedankengänge seiner rebellischen Sachsengeisel nachvollziehen zu können.

»Ich verspüre den Wunsch, in meiner Kammer zu schmausen«, ignorierte er ihre Verstimmung. »Bringt mir ein Tablett mit Speisen und leistet mir Gesellschaft! Was ist? Sputet Euch! Oder verlegt Ihr Euch jetzt darauf, mich verhungern zu lassen?«

Wenn es noch irgendeinen Zweifel an ihrer neuen Stellung als Buhle des Eroberers gegeben hatte, mit diesem Befehl war er beseitigt. Liliana konnte nicht verhindern, dass ihr das Blut in die blasse Stirn stieg. Aber ehe sie die Worte sagen konnte, die sich wie eine Flutwelle auf ihre Zunge drängten, spürte sie ein Zupfen an ihrem Gewand, hartnäckig und störend, so lästig, dass sie sich unwillkürlich davon ablenken ließ.

Die kleine Magd, die den Wein gebracht hatte, deutete auf Gythra, die soeben mit einem großen Holzbrett voller Speisen eintrat. »Nehmt, ehe Ihr ihn noch mehr verärgert! Es wurde wie jeden Abend für ihn vorbereitet. Er speist nie in der großen Halle!«

Hatte sie richtig verstanden? Dieses hirnlose Kind warnte sie davor, den normannischen Flegel zu verärgern, der sich sogar zu schade war, am Tisch in der Halle zu essen? Sie würde ihm zeigen, welche Art von Gesellschaft sie ihm leistete! Sie packte das Tablett mit den Speisen, auch wenn sie unter seinem Gewicht beinahe in die Knie ging. Niemand wagte es, ihr zu helfen, denn alle waren sich der eiskalten meergrünen Augen bewusst, die sie davor warnten, sich ungebeten einzumischen.

Liliana biss die Zähne zusammen und schleppte das Speisebrett in das ehemalige Gemach des Herrn von Hawkstone. Es zeichnete sich durch seine prächtigen Bodenmosaiken aus, die Szenen vom Fischfang darstellten. Zwischen den säulengeschmückten Bögen bot sich ein wunderschöner Ausblick auf den grünen Innenhof, solange nicht die hölzernen Wintertüren eingehängt waren. Im Spätherbst brachte man sie an, um die feuchte Kälte auszusperren, die dem Herrn von Hawkstone in den dunklen Monaten ziehende Schmerzen im Rücken bereitet hatte. Der Gedanke an ihren Vater verlieh Liliana neue Kraft. Sie würde ihm keine Schande machen! Um keinen Preis!

Der neue Besitzer hatte die schützenden, dicken Vorhänge um den Alkoven zurückgeschlagen und mit ledernen Riemen an die Pfosten gebunden. Bis auf seine Waffen, die polierte Rüstung und die wenigen Kleider, die über einem Hocker lagen, wirkte der Raum, als wäre ihr Vater eben in den Garten hinausgegangen und würde jeden Moment zurückkehren. Liliana spürte das Brennen ungeweinter Tränen unter ihren Lidern und schluckte schwer. Sie hatte so viele schöne Stunden in diesen Wänden verbracht, und nun wurden sie Zeuge ihrer tiefsten Demütigung.

Sie setzte das Tablett auf dem schweren, schwarzen Eichentisch ab und hörte, wie Raynal de Cambremer die Tür hinter sich schloss. Seine Schritte wandten sich zum Säulengang, und ihr schneller Blick sah seinen breiten Rücken in makellosem, schimmerndem Samt. Das dunkle Blau erinnerte an den nächtlichen Sommerhimmel, und sie ertappte sich bei dem kindischen Wunsch, die Hand auf diese breiten Schultern zu legen.

O nein! Sie würde das Maß ihrer Dummheiten nicht mit alberner, mädchenhafter Schwäche krönen.

Die Amme hatte Recht. Sie war die Letzte derer von Hawkstone, und wenn sie untergehen musste, dann nicht ohne ein Fanal der Gerechtigkeit!

Wie von selbst fuhren ihre Hände in die Tasche ihres Gewandes, fanden das Fläschchen, öffneten es und schütteten seinen Inhalt in den silbernen Weinkrug. Als der Ritter sich zu ihr umwandte, konnte sie eben noch die winzige Phiole in der Höhlung ihrer rechten Hand verbergen. Es schien ihr, als hielte sie ein Stück Eis. Frostige Entschlossenheit strömte von dem kleinen Gegenstand aus und drang in jede Ader ihres Körpers. Sie konnte nichts tun, nur dastehen und zusehen, wie er näher kam, an ihr vorbeiging und nach dem Weinkrug griff.

Raynal de Cambremer hielt mitten in der Bewegung inne. Da war etwas an Liliana, das ihn auf eine Weise verwirrte, wie er es bei ihr noch nie gespürt hatte. Mittlerweile daran gewöhnt, von ihr herausgefordet zu werden, verblüffte ihn der ungewohnte, sklavische Gehorsam, den sie mit einem Male an den Tag legte. Die Kälte einer Statue, die von ihr ausging, widersprach den Reaktionen, die er bisher an ihr kennen gelernt hatte, nur allzu offensichtlich. Sie war stolz, hitzköpfig, eigensinnig, aber noch nie so gleichgültig und kalt gewesen, nicht einmal als sie auf den Stufen ihres eigenen Hauses lag. Er hatte beinahe den Eindruck, als wäre etwas in ihr abgestorben, das sie bisher am Leben erhalten hatte. Er ließ den Krug sinken, ohne den Becher ganz zu füllen.

»So stumm plötzlich?«, fragte er mit einer Stimme, die sich wie warmer Samt auf Lilianas überreizte Nerven legte. »Kann es sein, dass in diesem stolzen Herzen so etwas wie Vernunft und Angst existieren?«

Lilianas fest aufeinander gepressten Lippen entkam ein Laut, halb Stöhnen, halb Schluchzen. Warum trank er nicht endlich? Warum zögerte er das Schreckliche so lange hinaus? Warum machte er nicht ein Ende, damit sie endlich wieder atmen konnte?

»Was ficht dich an, Lady Liliana?« Er griff nach ihren Armen und zog sie zu sich, so dass sie unmittelbar in den gefährlichen Kreis seiner körperlichen Ausstrahlung geriet. Verwirrt versuchte sie, sich gegen ihn zu wappnen, aber es war bereits zu spät. Von seinen Händen ging Freundlichkeit und Halt aus, von seinem Körper das Versprechen von Schutz und Sicherheit.

Ihr Verstand hatte keinen Einfluss auf die instinktive Reaktion ihres eigenen Leibes. Er begann zu beben, ein tiefer Atemzug weitete ihre Lungen, und ihre verkrampften Hände öffneten sich. Das kleine, bauchige Glasfläschchen klirrte auf das Marmormosaik des Bodens. Das Glas war jedoch dick genug, dass es nicht zerschellte. Es kollerte vor den Alkoven und blieb dort schwankend liegen.

»Was ist denn das?«, murmelte Raynal erstaunt und ließ Liliana los. Er bückte sich nach der Phiole und roch an dem langen, schlanken Glashals über dem tropfenförmigen Gefäß. Dann wandte er sich um und starrte die junge Frau an. In seinen Augen dämmerte Begreifen.

»Was ist das?«, wiederholte er, und jetzt klang seine Frage spröde und tonlos.

8. Kapitel

»Lasst mich!«

Gythra kämpfte vergeblich gegen den eisenharten Griff des normannischen Ritters. Aus ihrem Zopf lösten sich bereits erste blonde Haarsträhnen, und ihre hochroten Wangen kündeten von atemloser Anstrengung.

»Den Teufel werde ich tun, meine dralle Sächsin!«, knurrte Gilbert de Nansay und packte so fest zu, dass die Magd hilflos nach Luft schnappte. »Du wirst mir jetzt auf der Stelle sagen, was dort in der Halle im Gange ist! Es muss einen Grund dafür geben, weshalb die Alte ihr zahnloses Grinsen nicht mehr abstellt und alle Welt sich aufführt, als wäre die Zeit stehen geblieben.«

»Wundert's Euch?«, schnaufte Gythra empört und gab ihre Gegenwehr mit einem Male auf. »Jeder weiß doch, was der Ritter mit unserer armen Herrin im Sinn hat! Die Hölle wird sich auftun, ihn zu strafen!«

»Und deswegen grient die ergebene Amme deiner Herrin wie eine Hexe, die einen besonders giftigen Trank für ihre Fein…« Gilbert de Nansay verstummte mitten im Wort. Das Bild Lilianas tauchte vor inneren seinem Auge auf. Sie war unter dem Gewicht des Essbrettes geradezu davongeschwankt. Eine Mahlzeit, die sie in das persönliche Gemach seines Freundes getragen hatte!

Er brüllte einen wütenden Fluch und stieß Gythra so heftig von sich, dass sie in die Arme des nächsten normannischen Bogenschützen taumelte. Ihr Aufschluchzen ging in seinem Gezeter unter.

»Mir nach! Für Cambremer!«, schallte Gilberts Ruf.

Ehe die junge Sächsin wusste, wie ihr geschah, fand sie sich auf dem Boden liegend, gleich einem unwichtigen Bündel fortgeworfen. Einem solchen Ruf folgte jeder Soldat Raynals, und wenn er alle Liebenswürdigkeit der Welt in den Armen gehalten hätte.

Staunend beobachtete sie, wie die Männer, von einer einzigen Sorge getragen, durch den inneren Säulengang stürmten, Messer, Schwerter und sogar hölzerne Hocker als Waffen in der Hand.

Die Tür krachte mit einem Donnerknall gegen die bemalte Wand, und Gilbert de Nansay brach an der Spitze des wütenden Haufens in das Schlafgemach des Herrn. Das kleine Glasgefäß in der Hand Raynals bestätigte seine schlimmsten Befürchtungen.

»Gift! Ich ahnte es doch! Hast du gegessen oder getrunken?«

Raynal schüttelte stumm den Kopf, ohne dass seine Augen auch nur den Bruchteil eines Wimpernschlages von Lilianas Gesicht wichen. Er wirkte vollkommen gelassen. Nur er selbst wusste um den mörderischen, vernichtenden Zorn, der aus der kleinen Flamme erwuchs, die tief in seinem Inneren aufloderte und durch all seine Poren drang.

»Die alte Hexe hat allzu offensichtlich triumphiert!«, lieferte Gilbert eine hastige Erklärung für seinen unerwarteten Überfall. »Ich nahm an, sie würde schäumen, dich mit allen Flüchen der Hölle bedenken und das Schwarze unter den Fingernägeln des Teufels auf dich herabbeschwören. Aber nein, sie sitzt am Kamin und wärmt sich die morschen Knochen. Völlig mit sich und der Welt zufrieden, während ihr Herzblatt hier …«

Erst jetzt nahm der junge Ritter das ganze Ausmaß

des Dramas in sich auf. Die Lady war totenblass und zitterte, während ihr Opfer den Eindruck machte, als wäre es seinerseits fähig zum Mord.

»Hinaus!«, zischte Raynal de Cambremer, und nicht einer seiner Waffengefährten zögerte, diesem Befehl zu folgen. Diejenigen, die die verheerende Gewalt seines Zornes bereits erlebt hatten, zogen sich ebenso zurück wie jene, die nur davon gehört hatten. Die Stimmung des Seigneurs gebot ohne Zweifel Vorsicht!

Das leise Klicken des Schlosses, das dem Ersterben des Gemurmels folgte, schnitt wie ein Messer durch Lilianas erstarrtes Bewusstsein. Sie hatte versagt! Zu lange gezögert aus wer weiß wie vielen Gründen und deswegen die letzte und einzige Chance verspielt.

Jetzt spürte sie die Dämonen des Zorns, die Raynal in ihren Fängen hielten, die ihre Kräfte konzentrierten, um sie am Ende noch wirkungsvoller zu vernichten. Das grüne Feuer in seinen Augen war zu stählernem Blitzen geworden, und an seinem sehnigen, braun gebrannten Hals klopfte eine starke Ader in gefährlicher Regelmäßigkeit. Seine Rechte zerquetschte die gläserne Phiole mit einem leisen, bedrohlichen Knacken, das Liliana durch und durch ging. Er bemerkte nicht einmal die Glassplitter, die sich in seine Handfläche bohrten.

In einer jähen und dennoch anmutigen Bewegung fuhr sie herum und packte mit zitternden Händen den Weinkrug, dessen tödlicher Inhalt für den Ritter bestimmt gewesen war. Sie hob ihn an die Lippen, spürte die Flüssigkeit und öffnete die starren Lippen. Dann war es eben ihr Tod, der all dem ein Ende machte und ihr den Frieden schenkte, den sie sich so sehr ersehnte. Alles war besser als in dem Bewusstsein des Scheiterns weiterzuleben!

»Nein!«

Der Schrei hallte in Lilianas Ohren! Etwas Schweres schlug gegen ihre Schneidezähne, und der Stoß ließ sie zu Boden taumeln. Neben ihr kollerte der Weinkrug über die steinernen Bilder und eine aromatische Wein- und Kräuterwolke drang so scharf in ihre Lungen, dass sie würgte. Hustend und keuchend kroch sie aus ihrer Reichweite, benommen sowohl von dem Stoß wie von den giftigen Ausdünstungen.

»Bei Gott!«

Sie spürte Hände, die sie unter den Armen packten und sie gewaltsam in den Säulengang des Gartens hinauszogen, wo die klare, kühle Abendluft in ihre schmerzende Brust drang. Sie verlor durch die grobe Behandlung ihre Schuhe und schrammte mit bloßen Hacken über die Steinplatten. Es tat sicher weh, aber sie fühlte keinerlei Schmerz. Die vage Erkenntnis von Niederlage und Wertlosigkeit ergriff Besitz von ihr. Warum ließ er sie nicht sterben?

»Das könnte dir so passen, nicht wahr?«, gab Raynal de Cambremer unaufgefordert Antwort auf die verzweifelte Frage. »Du willst dich davonstehlen? Die Verantwortung fortwerfen!«

Harte Worte, begleitet von kräftigen Schlägen auf ihre Wangen. Lilianas Kopf flog von einer Seite zur anderen, und hinter ihren Schläfen tobte stechende Pein.

»Sieh mich an!«

Jede der drei Silben kostete Raynal de Cambremer Kraft. Die Tatsache, dass Liliana von Hawkstone mit eigener Hand einen feigen Mordanschlag auf ihn verübt hatte, hatte eine unsichtbare Wunde gerissen, die er kaum ertragen konnte. Wie er auf die alberne Idee gekommen war, dass ihm ausgerechnet von ihr niemals Gefahr drohen würde, wollte er nicht näher erforschen. Sicher war nur, dass er sich getäuscht hatte und dass er in diesem Augenblick das dringende Bedürfnis verspürte, seine Hände um diesen schlanken Hals zu legen und zuzudrücken.

»Sieh mich an und sag mir, warum du mich so hasst, dass du mich töten willst!«

Die Forderung drang durch den Nebel aus Verzweiflung und Leid, der die junge Frau umgab. Sie rappelte sich auf die Knie und zog sich an einer der Säulen hoch. Etwas trieb sie, trotz allem nicht wie ein Häufchen Elend zu seinen Füßen liegen zu bleiben.

»Das fragt Ihr noch, Normanne?«, rief sie heiser. »Dies ist mein Vaterhaus, meine Heimat, meine Insel, mein Leben! Ihr kommt mit Eurem Herzog, Euren Schwertern und Eurer Selbstherrlichkeit daher und nehmt Euch, was Euch gefällt! Ihr und Eure Männer seid nichts als Schurken und Räuber, die sich Edelmänner schimpfen und ihre Herrschaft auf Mord und Diebstahl gründen! Geht nach Hause und lasst uns in Frieden!«

Der absurde Appell entlockte Raynal eine Mischung aus Auflachen und Fluch. Er packte Liliana an der Schulter, und sein Griff war so kräftig, dass ihr Gewand mit einem knirschenden Geräusch einriss. Die seidige, cremefarbene Haut einer makellosen Schulter schimmerte gemeinsam mit der straffen Wölbung einer halbbedeckten Brust durch das Dämmerlicht des hereinbrechenden Abends, und die junge Frau schrie vor Schreck leise auf.

»Zu spät!«, knirschte der Ritter und umspannte ihre Oberarme, so dass sie sich nicht einmal bedecken konnte. »Bedankt Euch bei Harold und seinen Männern. Es hätte in seiner Macht gelegen, all dieses Blutvergießen zu verhindern. Er hätte nur anerkennen müssen, dass Edward den Herzog zu seinem Nachfolger bestimmt hat. Und was Diebstahl und Mord betrifft …«

Seine Stimme war zusehends leiser geworden und verlor sich in Lilianas Ohren wie Wellen, die auf einem Sandstrand versickern, aufgesogen von einer fremden Macht, die seinen Zorn und seine ohnehin bröckelnde Beherrschung in unbekannte Tiefen versickern ließ. Unter demselben eigenartigen Zwang hob Liliana die Lider und schaute auf. Glühende, helle Augen bohrten sich in ihren Blick, sogen förmlich den eigenen Willen und Widerspruchsgeist aus ihr heraus.

Raynal de Cambremer spürte die Wärme ihrer Haut unter seiner Hand. Das Zittern, das in ihrem Inneren aufstieg und ein gefährliches Echo in dem herrischen Verlangen weckte, hatte ihn beim Anblick jenes verführerischen Dreiecks Haut wie ein hungriges Raubtier angesprungen. Sie hatte ihn töten wollen! Wie war es nur möglich, dass er sie trotz allem begehrte?

Was steckte unter dieser seidigen Haut? Eine Mörderin oder eine Heilige? Eine raffinierte Verführerin oder eine unschuldige Ahnungslose? Magierin oder Törin? Hatte ihr noch niemand gesagt, dass man einen Mann nicht so hingerissen ansah? Dass man sich bedeckte, wenn das Gewand zu viel zeigte?

Zu allem Überfluss stieg auch noch der subtile Duft nach Rosen von dieser Haut auf, die trotz ihrer Blässe vom ersten rötlichen Schimmer des Morgens kündete. Die alle Sinne betörende Wölbung verriet, dass Liliana von Hawkstone alles besaß, um auch den vernünftigsten Mann in einem solchen Moment um den letzten Rest seines Verstandes zu bringen.

Der Klammergriff um ihre Schultern wurde zur Umarmung, und ehe die junge Frau begriff, wie ihr geschah, lag der Mund des Ritters auf ihren Lippen und besiegelte ihre unausweichliche Niederlage. Liliana schmeckte den Wein, den sie ihm in der Halle kredenzt hatte. Sie roch den schwachen Hauch der Seife, der aus seinem Haar stieg und löste das Rätsel seiner Wangen. Sie waren glatt und straff wie die eines Apfels, frei vom Kratzen eines lästigen Bartes. Aber nicht so seidig glatt wie die Lippen, die über die ihren glitten, kostend, suchend, gleichsam fragend und so unendlich zärtlich, dass der eisige Kern in ihrem Herzen dahinschmolz, ohne dass sie es verhindern konnte.

Es war dieses Gefühl des Sich-Auflösens, das den Trotz aus ihrem Mund zog und ihn dazu zwang, sich der Süße dieses unverhofften Kusses hinzugeben. Es machte ihre ganze Gestalt sanft und nachgiebig, so weich und verführerisch, dass Raynal sie mit einem knurrenden Laut, der tief in seiner Kehle entstand, an sich presste. Danach machte er sich mit der Überlegenheit des Siegers daran, die Früchte zu kosten, nach denen es ihn verlangte.

Seine Zunge umschmeichelte Lilianas Lippen und schlüpfte in die seidig feuchte Höhlung hinter den kleinen, weißen Zähnen. Sie erschauerte spürbar, ehe sie sich scheu, aber mit zunehmender Bereitwilligkeit dem Duell auslieferte, dass er sich mit ihrer Zunge lieferte. Der Hunger, der tief in ihrem Leib entstand, das heiße Drängen und die fremde Sehnsucht überrannten jede Kontrolle und jede Vernunft. Sie wusste nicht mehr, was sie tat, und überließ sich ganz dem Strudel, in den sie gerissen wurde.

Es mutete sie geradezu selbstverständlich an, dass der Ritter sie aufhob und in das Gemach zurücktrug, in dem es nach Kräutern und vergossenem Wein roch. Sie nahm all dies auf einer Ebene ihres Bewusstseins wahr, die keinen Einfluss mehr auf ihr Handeln hatte. Es gab dort eine Stimme, die ihr sagte, dass sie eine Sünde beging. Aber es war eine so wundervolle, verlockende und ersehnte Sünde, dass sie diese Stimme leicht zum Schweigen brachte.

Was zählte, waren nur die Küsse, die die Form ihres Mundes nachzeichneten, über ihre Wangenknochen glitten und ihre Lider verschlossen. Federleichte, zärtliche Küsse. Fingerkuppen, die über ihre Haut wanderten wie Vogelfedern. Hände, die ihre kaum vom Stoff bedeckten Brüste umfassten und ihr das Gefühl schenkten, sie würden diese starken Hände ausfüllen, in ihnen wachsen und für geschaffen sein.

Lilianas Leib schmiegte sich auf das Vollkommenste an den harten, kantigen Männerkörper, füllte die Höhlungen aus, die dort auf ihn warteten, und rieb sich an der Härte, die Erlösung von einer Sehnsucht versprach, für die sie keinen Namen hatte, weil sie dergleichen zum ersten Male empfand. Sie hörte das schmeichelnde Vibrato der rauen Männerstimme, die normannischen Worte, halb Knurren, halb Locken. Ob er wusste, dass sie seine Sprache verstand und auch sprach?

Die kurzen Intervalle folgerichtigen Denkens zerstoben unter dem leidenschaftlichen Angriff auf ihre Sinne. Sie war nicht fähig, sich dagegen zu wehren, dass sie ein Kleidungsstück nach dem anderen verlor. Unbewusst half sie sogar dabei, sich ihrer zu entledigen, indem sie die richtigen Bewegungen machte und die Schlingen löste, die seine ungeduldigen Finger nicht gleich fanden. Die Hitze unter ihrer Haut steigerte sich zu einem unerträglichen Sehnen.

Die weichen, flatternden Kleider hatten Raynal darauf vorbereitet, dass die Schönheit ihrer Gestalt mit jener ihres Antlitzes wetteifern konnte. Aber die Wirklichkeit übertraf seine kühnsten Träume. Was er einmal für die sehnige Figur eines Jünglings gehalten hatte, war die langbeinige Vollkommenheit einer hinreißenden Göttin. Die zerbrechlich schmale Taille wölbte sich in weich gerundete Hüften und die rosig gekrönten Brüste waren von der Fülle überreifer Früchte. Das dreieckige Nest der winzigen, schwarzen Löckchen ihres Schoßes betonte nur die cremefarbene Reinheit der durchsichtigen Haut, die zu kostbar für seine kräftigen, braunen Finger schien und sich dennoch so wundervoll darunter anfühlte.

Es verlockte ihn, den gebändigten, dicken Zopf zu lösen, der die Wolke ihres Haars im Zaum hielt, und diese Pracht mit beiden Händen auf die Kissen zu verteilen. Das nachtdunkle Gewirr aus Seide ließ ihre Haut noch zarter, die Augen noch blauer erscheinen.

»Wie schön du bist, meine sächsische Prinzessin!«, raunte er. »Du wirst mir gehören, weißt du das? Für immer mir!«

Die Wirklichkeit vermischte sich mit jenen Bildern, die Liliana im Spiegel des Wassers gesehen hatte, und sie widersprach nicht. Das Schicksal selbst führte sie zusammen. Eine Macht jenseits von Tod und Leben pulsierte in ihrem Blut, das nach diesem Mann verlangte. Sie spürte, wie er ihre Beine spreizte, und folgte dem sanften Druck seiner Hände ohne Widerstreben. Sie öffnete sich, bot sich dar, ahnungslos, bereit und trotz allem dem Seigneur vertrauend, der sie in dieses Meer von Gefühlen stürzte.

Als der reißende Schmerz sie durchfuhr und seine drängende Männlichkeit in ihren wartenden Schoß stieß, entfloh ihr einen leiser, qualvoller Schrei, der Laut eines kleinen Tieres, das der Habicht im Flug schlägt und mit dem Recht des Siegers tötet.

Raynal hörte den Laut, aber er vermochte nicht, sich noch länger zurückzuhalten. Zu betörend war die Hitze dieses engen, unberührten Schoßes, der ihn feucht und gierig umfing. Die leidenschaftliche Fessel versetzte ihn in einen nie erlebten sinnlichen Rausch. Sie zwang ihn, sich tiefer und tiefer in sie hineinzuschrauben, bis er sich mit einem heiseren Laut in ihr verströmte. Ein gewaltiges Erschauern purer Wonne raubte ihm den Atem, und erschöpft ließ er sich über ihr zusammensinken.

Liliana spürte das reglose Gewicht gleich einem Felsen, der sie in die Matratze drückte. Neben dem Schmerz war da noch ein anderes Gefühl: eine vage Enttäuschung, so als sei sie um etwas betrogen worden, das ihr gehörte, eine Unruhe, die umso befremdlicher war, als Raynal so ganz unbeweglich blieb.

Ihre Brüste drückten sich in den weichen Samt seines Wamses, und erst jetzt bemerkte sie, dass er nur seine Beinkleider gelöst hatte. Er hatte es nicht einmal für nötig befunden, sich vollends auszukleiden! Er hatte sie zwischen Tür und Angel genommen, wie eine Dirne!

Mit einem Schlag kehrten auch die anderen Erinnerungen zurück: ihr vergeblicher Versuch, sich von ihm und seinem Einfluss durch Mord zu befreien, die eigene, ebenfalls erfolglose Flucht vor den Folgen des vereitelten Mordanschlages. Ein bitteres Lächeln umspielte Lilianas Mundwinkel. Sie hatte all dies damit gekrönt, dass sie ihrem Feind auch noch ihre Jungfräulichkeit geschenkt hatte! Bei Gott, die Prophezeiung! Kein Mensch durfte je davon erfahren, was sie getan hatte! Das jungfräuliche Blut der Lady von Hawkstone machte ihren Geliebten zum Herrn des Rosenturms!

Die kaum spürbare Erschütterung ihrer Gedankengänge übertrug sich dennoch auf den Mann, der ihr so nahe war wie nie ein Mensch zuvor. Die magische Verbindung zwischen ihnen bestand, und er spürte, wie er beim bloßen Gedanken daran erneut hart wurde. Sie gehörte ihm! Mit Haut und Haaren, mit allem, was sie besaß! Welch eine Frau!

Gleichzeitig spürte Raynal Lilianas wachsenden Widerstand. Die unangenehme Wirklichkeit drängte sich in seine Gedanken. Er schlug die Augen auf und fand sich inmitten eines so hasserfüllten, schrankenlos wütenden blauen Blick, dass er am liebsten die Lider wieder gesenkt hätte. Trotzdem hielt er dem azurfarbenen Funkeln stand. Es war das Mindeste, das er ihr in diesem Augenblick schuldete, und er versuchte, ihren Vorwürfen diplomatisch zuvorzukommen.

»Ich wollte dir nicht wehtun«, rutschte ihm die uralte Entschuldigung eines jeden Mannes in dieser besonderen Lage heraus. »Ich wusste nicht …«

»Was?«, zischte sie tonlos. »Dass ich nicht die Hure bin, zu der Ihr mich jetzt gemacht habt?«

Die Worte trafen ihn wie ein eiskalter Guss. Plötzlich fiel es ihm leicht, sich aus ihr zurückzuziehen und sich hinter seine Mauer aus kalter Selbstherrlichkeit zu verschanzen. »Erwarte keine Entschuldigungen. Du hast mit dem Feuer gespielt und Schaden davongetragen. Der Tod wäre eine schlimmere Strafe gewesen.«

»Ich hätte den Tod vorgezogen!«

Liliana rollte sich vom Bett, sobald sie von der Last des Mannes befreit war. Sie wollte nach ihren Kleidern greifen, doch sie hielt inne, weil sich bei der hastigen Bewegung die Wände des Gemachs über sie zu stülpen drohten. Sie konnte sich eben noch an einer der geschnitzten Bettsäulen fest klammern. Von hüftlangen, schwarzen Locken umflossen leuchtete ihr blasser Leib durch das Dämmerlicht des Raums, der lediglich von den dicken Honigwachskerzen erhellt wurde, die in einem vielarmigen Leuchter neben dem Kamin brannten.

»So warte doch!« Raynal befestigte seine Beinkleider und beugte sich über eine der Truhen. Ehe Liliana ahnte, was er wollte, legte er ihr einen schweren, dunklen Mantel um die Schultern, dessen seidig warmes Pelzfutter wie ein Streicheln ihre nackte Haut liebkoste.

»Du wirst dieses Gewand vergessen müssen!«, sagte er und stieß mit dem bloßen Fuß achtlos gegen das Häufchen aus blauer Wolle und hellem Leinen. Gleichzeitig zog er sein Samtwams straff und strich sich mit allen zehn Fingern die hellen Haarsträhnen aus der Stirn. Bis auf ein seltsam helles Glimmen in seinen Augen wirkte er völlig unverändert. Dies überzeugte Liliana endgültig davon, dass ihm die Ereignisse nichts bedeutet hatten.

Sie griff von innen in die Falten des Mantels und

unterdrückte ein Beben. Der Pelz wärmte, aber seine Berührung brachte ihr mit jedem Atemzug zu Bewusstsein, dass sie völlig nackt darunter war.

»Hätte ich Euch doch nur getötet!«, sagte sie mit einer so tief empfundenen Erbitterung, dass Raynal auflachte, obwohl ihn die Bemerkung nicht amüsierte. Er konnte sehr gut nachvollziehen, was sie dachte. In seinem Blick lag nicht die Spur von Heiterkeit, als er zynisch antwortete: »In der Tat«, spottete er. »Es hätte die Dinge für uns beide um einiges erleichtert, wenn du weniger auffällig vorgegangen wärst.«

Liliana runzelte verwirrt die Stirn. Sie hatte Vorwürfe erwartet und keine spöttischen Anmerkungen.

»Höre dennoch meine Warnung«, fuhr er eine merkliche Spur kälter fort. »Sollte auch nur einer meiner Männer sterben und der geringste Verdacht bestehen, dass er durch Gift zu Tode gekommen ist und du deine entzückenden Finger im Spiel hattest, wird das Zehnfache deiner Sachsen dafür über die Klinge springen. Zu gleichen Teilen Männer, Frauen und Kinder! Ohne Rücksicht auf Ansehen oder Stand!«

Er wusste nicht, welch unversöhnliche Teufel ihn zu dieser herzlosen Drohung zwang, aber sie zeigte in der Tat Wirkung. Das ohnehin blasse Gesicht über dem dunklen Umhang bekam einen Stich ins Grünliche, und die Augen sprühten gleißendes Feuer. »Ihr werdet keine Unschuldigen töten!«

»Woher willst du das wissen, mein schöner sächsischer Engel?«

Liliana grub die Zähne in die Unterlippe. Gütige Mutter Gottes, wie sie ihn hasste! Wie sie sich selbst für das hasste, was sie soeben getan hatte!

9. Kapitel

»Was hast du dem Mädchen angetan? Komm schon, rede!«

Raynal de Cambremer sah seinen Waffengefährten aus düster grauen Augen an und fluchte leise. Er war beleibe nicht in der Stimmung zu plaudern oder sich gar Vorwürfe anzuhören. Er war sich der Tatsache nur allzu bewusst, dass er Fehler gemacht hatte.

»Warum lässt du mich nicht einfach in Frieden, mein Freund?«

»Vielleicht, weil ich dich vor deiner eigenen Dummheit schützen will?« Gilbert de Nansay gehörte nicht zu jenen, die ein finsterer Blick einschüchterte.

»Damit kommst du ohnehin zu spät!«

Da Raynal auf eine ausführlichere Erklärung dieser Bemerkung verzichtete, war Nansay auf seine Beobachtungsgabe angewiesen. Die sagte ihm allerdings, dass es um die Laune des anderen nicht zum Besten stand. Die scharfen Linien in seinen Mundwinkeln und die wütend zusammengezogenen Brauen verrieten es ebenso wie die Art, in der er in ständigem Hin und Her das Gemach durchmaß.

»Wo ist die Lady geblieben, Raynal?«, ersparte er sich alle höfischen Finessen. »Ich bestreite nicht, dass sie es verdient hat, dass man ihr den hübschen Hals umdreht. Aber hast du auch daran gedacht, wie so etwas auf die Menschen wirken würde, die ihr bisher Gehorsam leisteten? Du wirfst eine Fackel in den trockenen Heuhaufen von Hawkstone, wenn du ihr ein Leid zufügst!«

Gilberts Blicke flogen besorgt durch das Gemach, während er sprach. Er fand keinerlei Hinweise auf

Lilianas Schicksal. Wenn Raynal ihre Leiche nicht hinter den zugezogenen Vorhängen des Alkovens versteckte, was er ihm nicht zutraute, dann befand sie sich nicht in diesen vier Wänden. Wo hatte er den hübschen kleinen Satansbraten festgesetzt?

»Hawkstone!« Raynal de Cambremer spie den Namen aus wie einen Fluch. »Erinnere mich daran, mein Freund, dass ich mir nie wieder etwas vom Leben wünsche. Ich könnte es bekommen und es so verfluchen wie jetzt dieses Rittergut!«

»Wo ist Liliana von Hawkstone?«, wiederholte Gilbert eine Spur ungeduldiger.

»Weiß ich's?«, entgegnete der Ritter unwillig. »Sie ist aus dem Zimmer gestürmt, als wären alle Furien der Hölle hinter ihr her!«

»Du hast sie gehen lassen?« Gilbert konnte das Erstaunen in seiner Stimme nicht verbergen. Wie war es ihr gelungen, Raynal einzuwickeln?

»Was sonst?« Raynal knurrte unwillig. »Du bist es doch, der von Fackeln und Heu spricht. Und auf Cambremer waren sie ohnehin immer der Meinung, dass ich nicht ganz richtig im Kopf bin!«

»Deine Brüder sind eine Horde von Dummköpfen, und deine verehrte Frau Mutter ist der einzige Mensch mit Verstand in eurer Burg, also komm mir nicht mit Cambremer! Du hast deine Heimat im Alter von acht Jahren verlassen, und ich möchte meinen, es interessiert dich mehr, was der Herzog zu Mittag isst, als das, was deine Brüder sagen.«

Die ebenso beißende wie treffende Beschreibung der Verhältnisse in der väterlichen Burg entlockte Raynal ein unwilliges Prusten. Wie üblich traf Gilbert den Nagel auf den Kopf. Die Dame von Cambremer regierte mit eiserner Hand über Burg und

Söhne. Wer sich dagegen auflehnte, musste in einem Kloster verschwinden oder auf die andere Seite des Meeres fliehen, damit sie ihn mit ihren Wünschen und Plänen in Frieden ließ.

»Wein, mein Freund?«

Die Frage und das Heben des Kruges waren Antwort und Zurechtweisung zugleich. Raynal hatte nicht die Absicht, seine Gedanken in diesem Augenblick zu teilen. Er reichte seinem Freund den gefüllten Becher und entschärfte die Ablehnung mit einer Grimasse, die einem vertraulichen Lächeln so sehr glich, wie es ihm im Augenblick irgend möglich war.

»Mein Knappe hat ihn persönlich herbeigeschafft. Die Gastfreundschaft der Dame von Hawkstone könnte schließlich fatale Folgen für meine Gesundheit haben. Ich nehme an, man kann ihn trinken.«

»Was wirst du mit ihr tun?« Verunsichert von der distanzierten Art, mit der Raynal die Ereignisse kommentierte, trank Gilbert den Becher in einem Zug aus.

»Was schon? Mir eines der Kinder als Vorkoster nehmen«, erklärte der Ritter kalt. »Auch Sachsen empfinden etwas für ihre Brut. Das wird sie zumindest davon abhalten, meine Suppe und meinen Wein zu vergiften, so dass ich nicht hungern und dürsten muss.«

»Es ist ein Kampf mit schmutzigen Mitteln!«, wagte Gilbert einzuwerfen.

»Erinnere dich daran, dass ich ihn nicht begonnen habe!«

Damit hatte Raynal de Cambremer natürlich Recht. Gilbert starrte in den leeren Becher und suchte vergeblich nach Worten. Er war gekommen, um zu verhindern, dass der Lady von Hawkstone Gefahr für Leib und Leben entstand, aber jetzt kam er sich albern und einfältig vor. Sie schien keinen Ritter zu benötigen, der sie beschützte. Sie hatte sich selbst geholfen.

»Ich fühle mich wohler, wenn ich meinem Gegner mit dem Schwert in der Hand gegenüberstehe«, gestand er leise. »Gift und Heimtücke sind nicht das meine!«

»Sag das der Lady, die damit begonnen hat«, beschied ihm der Ritter und trat in das dunkle, von Säulen flankierte Rechteck zum Innenhof. Es machte den Eindruck, als wäre er mit seinen Gedanken weit fort. Sogar seine Stimme klang gedämpft und fremd, als er hinzufügte: »Sorg dich nicht, mein Freund. Leg dich zur Ruhe, nachdem du die Wachen kontrolliert hast, und sorge dich nicht um mein Seelenheil.«

Es dauerte ein paar Atemzüge, bis Gilbert sich entschloss, dieser Aufforderung zu folgen. Sein Wunsch nach angenehmer Nachtruhe entlockte Raynal ein stummes Lachen. Es schien ihm, als würde er sein Leben lang nie wieder die Augen schließen können. Zumindest nicht, ohne Liliana von Hawkstone vor sich zu sehen. Die Hexe mit den blassen, geschmeidigen Gliedern und den sinnverwirrend schönen Brüsten. Der bloße Gedanke daran trieb das Blut schneller durch seine Adern und weckte von Neuem hungriges Begehren nach dieser Frau.

Während hinter ihm Gilbert die Tür der Kammer ins Schloss zog und er auf dem glatten Marmorboden das Klacken der Schritte hörte, die sich eilig entfernten, fragte er sich zum x-ten Male an diesem Abend, was in ihn gefahren war. Er hatte im Kloster mühsam gelernt, seinen angeborenen Jähzorn zu beherrschen. Auch im rasenden Kampfgetümmel zeichnete er sich durch überlegene Vernunft und klares Denken aus. Er hatte sich für unverwundbar und über den Dingen stehend gehalten. Bis er zum ersten Mal in diesen tiefblauen Augensternen ertrunken war, aus denen so viel leidenschaftlicher Hass loderte.

Nein, nicht nur Hass, korrigierte er sich tadelnd. Das Feuer ging tiefer und berührte die Seele. Dort existierte eine Macht, die ihn zu ihr zog, die ihn in ihre Nähe taumeln ließ wie einen törichten Falter ins Licht. Er wusste, dass er sich in Gefahr begab, aber er konnte nicht anders. Sie zu töten, hätte bedeutet, sich selbst zu töten. Er brauchte sie wie die Luft zum Atmen, wie Nahrung und Trank!

»Du bist ein Narr, Raynal de Cambremer!«, schalt er sich. »Du hast den fahrenden Sängern zu lange gelauscht und dich in ihre dummen Fantasien und Geschichten verrannt!«

Der kleine Junge, der im Kloster so gierig dem Geheimnis der Buchstaben auf der Spur gewesen war, der als Novize in der Schreibstube in fantasievoller Hingabe die Anfangsbuchstaben der Psalter illustriert hatte, tauchte in seiner Erinnerung auf. Bruder Anselme war sicher enttäuscht gewesen, dass er nicht zu dem Nachfolger geworden war, den er sich gewünscht hatte. Am Ende hatte sich das Schwert als stärker als die Feder erwiesen, und doch schien es Raynal in diesem Moment, als habe die Feder tiefere Spuren in seinem Gemüt hinterlassen, als er bislang angenommen hatte.

Dies war eine gefällige Erklärung, die endlich ein wenig Ruhe in sein Gemüt brachte. Natürlich, jene Jahre im Kloster hatten ihn dazu bewogen, das Mädchen gehen zu lassen, ohne jene drakonische

Strafe zu verhängen, die ihrer Tat angemessen gewesen wäre. Es war eine fromme Schwäche, die er sich kein zweites Mal erlauben durfte.

Liliana fühlte im Dunkel der Nacht ihre gefalteten Hände, aber die Worte eines Gebetes wollten ihr nicht einfallen. Sie konnte nur eine Hand mit der anderen umklammern und darauf hoffen, dass das Zittern nachließ. Es kam aus der Tiefe ihres Körpers und wollte einfach nicht enden. Es verband sich mit dem scharfen, schmerzhaften Ziehen in ihrem Schoß, der Angst in ihrem Herzen und dem bitteren Zorn in ihrem Kopf zu einer schrecklichen Mixtur, einem verheerenden Gift, das ihr mehr schadete als der tödliche Kräutertrunk, den ihr Raynal de Cambremer im letzten Moment von den Lippen gerissen hatte.

Heilige Mutter Gottes, keine lebende Menschenseele auf Hawkstone durfte je erfahren, was in dieser Nacht geschehen war! Nicht einmal Edeva. Die Amme schon gar nicht! Allein, sie würde wissen wollen, was sich im Gemach des Normannen ereignet hatte, weshalb der Anschlag misslungen war. Was konnte sie sagen? Liliana löste die verkrampften Finger und bedeckte das Gesicht mit den eiskalten Händen.

Das Gesetz wurde von einer Generation zur nächsten weitergetragen. Die Herrin des Rosenturms bestimmte die Zukunft von Hawkstone. Das Blut ihrer Jungfernschaft war der Segen, mit dem alles gedieh. Der Mann, dem sie es schenkte, war der Herr über Land und Menschen. Als sich Markus Flavius mit der Prinzessin aus dem Hause König Offas verbunden hatte, waren Römer und Britannier diesen Bund zum gemeinsamen Wohle eingegangen. Alle Welt wusste, dass die blutroten Rosen des Turms den Reichtum und die Macht von Hawkstone symbolisierten.

Auch Alfaric von Haven hatte nach dieser Macht und diesem Wohlstand geschielt, als er um Liliana warb. Er kannte wie jeder andere an den Ufern des Cuckmere die Legende. Mit dem vergossenen Blut erneuerte sich der Segen für Hawkstone und seine Menschen. Nur unter der Regentschaft dieses Paares gedieh das Land! Wusste der Normanne längst um jenes Geheimnis? Hatte er sie deswegen auf sein Lager geworfen und genommen? Zur Festigung seiner zukünftigen Macht?

Wenn sie es nur sagen könnte! Sie waren einander so nahe gekommen, wie Menschen es vermochten, doch sie hatte zum eigenen Schaden lediglich herausgefunden, dass des Ritters eiserne Beherrschung tatsächlich Grenzen kannte. Liliana kroch tiefer in die Falten des kostbaren Umhangs, aber sie wurde die Erinnerung an seine Hände, seine Küsse, seine verwirrenden Berührungen nicht los. Würde man ihr bei Tageslicht ansehen, dass er sie gebrandmarkt hatte? Hatte sie Hawkstone verraten?

Wenn sie ehrlich war, musste sie es eingestehen. Sie hatte keinen Versuch gemacht, ihn aufzuhalten. Im Gegenteil, die fremden, sehnsüchtigen Wünsche, die seine Berührungen geweckt hatten, waren aus ihr selbst gekommen. Sie hatte sich treiben lassen und jeden einzelnen Moment gewollt und genossen. Sie hatte etwas in seinen Augen gelesen, dass ihr wie das Echo ihrer eigenen Sehnsüchte erschienen war. Erst das gewalttätige, schmerzhafte Ende hatte ihre Träume zerstört. Sie war in die Realität zurückgekehrt, in ein Trümmerfeld aus Stolz und Selbstvorwürfen.

Liliana hatte ein Band geknüpft, das nur der Tod zu lösen vermochte. Sein Tod oder ihr eigener Tod! Diese Erkenntnis ließ ihr Herz schwer wie Stein werden. Sie hatte sich selbst, ihren Stolz und Hawkstone für die Illusion eines Gefühls fortgeworfen, das am Ende nicht mehr als ein flüchtiger Rausch gewesen war.

Sie verweigerte sich standhaft der Erinnerung an die zärtlichen Küsse, die ihre Knochen in flüssigen Honig verwandelt und ihre Haut entzündet hatten. In allen Bädern des Gutes gab es nicht genügend Wasser, um diese grässliche Schmach von ihr abzuwaschen.

Es wurde eine schlaflose, bittere Nacht, in deren Verlauf Liliana mit sich selbst abrechnete. Die ersten rosigen Schatten der Morgenröte fanden sie noch immer im obersten Gemach des Rosenturms auf dem staubigen Boden kauernd, eine Gestalt im nachtschwarzen Umhang, mit offenen Haaren und verstörtem, blassem Gesicht. So reglos war sie, dass sie nicht einmal die Aufmerksamkeit der Wächter erregt hatte, die über ihr an den Zinnen lehnten und Ausschau nach Fremden und Feinden hielten.

Edeva war es, die sie schließlich fand. Liliana fuhr zusammen, als sie eine Hand auf der Schulter spürte.

»Was ist …?«

»Der Mutter sei Dank, dass du lebst«, raunte die Amme leise. »Niemand konnte mir sagen, wo du bist, und als ich auch deine Kammer leer fand, fürchtete ich das Schlimmste! Hier, trink! Du siehst aus, als wärst du am Ende deiner Kräfte!«

Liliana griff gehorsam nach dem Trinkhorn und schluckte die sirupartige Flüssigkeit, ohne sich darum zu scheren, was Edeva ihr gab. Der Trank schmeckte scharf und pfeffrig, mit einem feinen Aroma von Waldmeister. Er rann frisch durch die Kehle und verbreitete eine angenehme Wärme in ihren verkrampften Eingeweiden, sobald er im Magen angelangt war. Unwillkürlich holte Liliana tief Luft und bemerkte, dass Edeva sie aus neugierigen, dunklen Augen ansah. Es war ein Blick, unter dem sie mit einem Schlag feuerrot wurde.

Sobald die Amme sich Lilianas Aufmerksamkeit sicher sein konnte, gab sie einen missbilligenden Laut von sich und begann mit ihren Vorwürfen.

»Du hättest es gleich in der Halle tun müssen!«, sagte sie scharf. »Warum bist du mit ihm in sein Gemach gegangen? Je mehr Leute um dich herum sind, umso besser ist es für dich!«

Liliana senkte die Lider und zog den Mantel enger um die schmalen Schultern. Die Tatsache, dass sie darunter völlig nackt war, vertiefte nur die Röte auf ihren Wangen. Die Bewegung zeigte der Amme ein blasses, nacktes Bein und bloße Füße.

»Gütige Mutter!«, rief sie heiser und sah sich erschreckt um, ob sie auch tatsächlich allein waren. »Komm fort von hier! Wenn dich eine Menschenseele so sieht, haben wir nicht die geringste Möglichkeit, die Dinge zu unseren Gunsten zu wenden!«

Liliana taumelte gehorsam auf die Beine. Was immer in dem Kräutertrunk gewesen war, es hatte sie belebt und ihr neue Kräfte geschenkt, doch gleichzeitig fühlte sie eine ungewohnte Gleichgültigkeit gegenüber allen Dingen. Kummer, Hass, Sehnsucht, Scham, alle aufwühlenden Gefühle verschwanden in dem gnädigen Nebel der Bedeutungslosigkeit. Weshalb hatte sie sich im Rosenturm versteckt? Es war ihr gleichgültig. Edeva würde wissen, wie es weitergehen sollte.

Die beiden dunkel gekleideten Gestalten verschmolzen mit den Schatten des weitläufigen Anwesens. Es gelang der Amme, das Mädchen über den Innenhof in sein Gemach zu zerren, ohne dass die Wächter, die Milchmägde oder gar der neugierige Knappe des normannischen Seigneurs etwas davon bemerkten. Liliana ließ sich gehorsam zum Bett führen und sank auf die nach Kräutern duftende Matratze. Sie schloss die Augen und wehrte sich nicht, als Edeva den wärmenden Mantel öffnete.

Das Murmeln der alten Dienerin klang aufgebracht und zornig, aber es war gleichzeitig so vertraut, dass Liliana sich nicht die Mühe machte, die einzelnen Worte zu verstehen. Sie spürte nur, dass die Alte sie zwischen frisches Linnen bettete und sie von Kopf bis Fuß mit duftendem Lavendelwasser säuberte. Es war angenehm und erleichterte es ihr, sich wie ein Kind zu fühlen, das von einer fürsorglichen Mutter gepflegt wurde.

Einer Mutter allerdings, die leise Verwünschungen ausstieß, als sie die Blutspuren auf den Innenseiten der blassen Oberschenkel entdeckte, die blauen Flecken an der Hüfte, wo Liliana sich gestoßen hatte, und die rötlichen Male der Leidenschaft auf ihren Brüsten. Der Normanne hatte sich genommen, was ihm nicht gehörte!

»Er soll nicht triumphieren, meine Kleine!«, murmelte Edeva und seltsamerweise waren dies die einzigen Worte, die die junge Frau verstand. »Niemand wird davon erfahren! Vergiss, was geschehen ist!«

Liliana nickte gehorsam und sank dankbar in den Schlaf, dem sie sich bisher verweigert hatte.

10. Kapitel

Der Bote war erschöpft, und die Flanken seines Pferdes unter der Schicht aus Schlamm und Lehm waren kaum zu erkennen. Während er das kühle Ale, das eine Magd ihm reichte, fast in einem Zug in die staubige Kehle stürzte, prüfte Raynal de Cambremer die Botschaften, die er ihm überbracht hatte. Wie es schien, unterwarf sich England seinem neuen Herrscher zwar widerstrebend, hatte aber offenbar erkannt, dass keine andere Wahl blieb.

Der sächsische Widerstand verzettelte sich in kleinen Scharmützeln und sinnlosen Überfällen, während die Kirche schon nach wenigen Wochen ihren Frieden mit den neuen Herren gemacht hatte. Die ersten Bischöfe standen bereits auf Wilhelms Seite. Raynal sah auf und reichte Gilbert de Nansay das königliche Schreiben.

Gilbert winkte ab. »Ich besitze nicht dein Talent für den Umgang mit Schrift und Buchstaben. Sag mir, was unser König befiehlt, und ich werde es tun!«

»Wilhelm will Frieden um jeden Preis. Er befiehlt uns, die Rebellen in den Wäldern unbarmherzig zu jagen. Wir erhalten einen weiteren Trupp Bogenschützen zur Verstärkung und alle Vollmachten über Leben und Tod. Die Sachsen, die sich unterwerfen, sollen geschont und mit Milde behandelt werden.«

»Das heißt, er bestätigt deine Herrschaft über

Hawkstone?«, versicherte sich Gilbert. »Du bekommst dein Lehen?«

»Es ist mein Lehen«, nickte Raynal, und eine hörbare Spur von Befriedigung klang durch seine Worte. »Bei der Krönung unseres Herrn am kommenden Weihnachtsfest werde ich den entsprechenden Eid schwören!«

»Jenen der obersten oder der einfachen Lehnspflicht?«

Raynal sah auf. Er wusste, worauf Gilbert anspielte. Bei der obersten Lehnspflicht empfing der barhäuptige Vasall des Herzogs waffen- und wehrlos das Lehen und diente seinem Herrn mit Leib und Leben. Er hatte im Falle eines Krieges seine Männer aufzubieten, und im Notfall war er die Geisel, die mit ihrem Leben für das Wohlverhalten eines ganzen Landstriches bürgte. Einfache Lehnspflicht hingegen sah lediglich den Treue- und Gehorsamseid vor und bedeutete einen wesentlich größeren Vertrauensbeweis des Königs.

»Unser Herr hat drauf verzichtet, Genaueres zu schreiben«, entgegnete Raynal mit einem hörbaren Unterton gereizten Unwillens. Sein Unmut galt jedoch nicht Gilberts Frage, sondern seinen eigenen Zweifeln im Bezug auf Hawkstone. Sie hatten in den letzten Tagen bedenklich zugenommen. Er wusste nicht mehr zu sagen, ob er noch begehrte, was mit so viel Blutvergießen erobert worden war.

»Er hat den neuen Herrn von Hawkstone in jedem Falle klug gewählt«, gratulierte Gilbert aus ganzem Herzen. Er ahnte nichts von den unverhofften Skrupeln seines Waffengefährten. »Du wirst Hawkstone zu einem blühenden Lehen machen und deinen Erben Reichtum und Ehre sichern.«

»Ich wollte, ich hätte dein Vertrauen in die Zukunft«, brummte Raynal und wandte sich der nächsten Nachricht zu.

Obwohl das Gespräch in Französisch geführt wurde, erreichte die Neuigkeit Edeva schneller als die Truppen des Ritters. Viele der häuslichen Dienstboten sprachen den Dialekt der Normannen, denn Lilianas Vater war ein weit gereister Mann gewesen, der auch auf der anderen Seite des Meeres über Verbindungen verfügte.

Die Amme eilte in die Nähstube, wo Liliana mit den Mägden saß und eher nachlässig als bemüht an einem Männerhemd herumstichelte. Eine Geste genügte, und die drei anderen Frauen verließen den Raum, dessen verblasste Wandgemälde die Ansichten eines südlichen Gartens darstellten, wie er im rauen Klima dieser Insel nur ein Wunschtraum sein konnte.

»Sein Herzog hat ihm Hawkstone zum Lehen gegeben! Die normannischen Geier verteilen die Beute!«, zischte Edeva und ließ sich schnaufend auf der marmornen Bank nieder, die auf den ersten Blick zu einem der Wandgemälde zu gehören schien.

Liliana ließ ihre Näharbeit sinken und starrte die alte Amme in einer Mischung aus Widerstreben und müder Selbstbeherrschung schweigend an. Was sollte sie dazu schon sagen? Kümmerte es denn eine Menschenseele, was sie davon hielt?

»Man könnte meinen, es ist dir plötzlich egal, was mit dem Land und dem Vermögen deines Vaters geschieht«, zeterte Edeva gegen diese Gleichgültigkeit an.

»Was erwartest du?«, erwiderte Liliana müde. »Wir haben die Schlacht verloren und den Anspruch auf Freiheit und Eigentum eingebüßt! Hast du es immer noch nicht begriffen?«

»Willst du das wirklich zulassen?«, hetzte die Amme wohl überlegt. »Hast du den Rosenreif vergessen? Die Menschen halten still, weil sie denken, dass es dein Wille ist, dass sie es tun. Ein Wort von dir, und er stößt auf Widerstand, wo er keinen erwartet!«

»Und was hätte eine solche Rebellion für einen Sinn?«, wehrte sich Liliana gegen das Komplott, das die Alte vorschlug. »Hast du die Vorkoster, die Geiseln, die Drohungen vergessen, die uns auf unsere Plätze bannen? Willst du das Leben von Kindern aufs Spiel setzen?«

»Es geht nur darum, dass Alfaric und seine Männer den Winter überstehen!« Edeva dämpfte ihre Stimme, als habe sie Angst vor den Ohren der Wände. »Mit dem Frühling werden sie bereit sein, den Kampf wieder aufzunehmen!«

»Du träumst, Edeva!« Liliana teilte weder ihre Ansichten über Alfarics Feldherrentalent noch ihre Träume von einer ruhmreichen Zukunft.

»Und du vergeudest die Kraft deines Herzens!«, mahnte die Amme zornig. »Hast du vergessen, dass dein Vater dir während seiner Abwesenheit die Herrschaft übertragen hat? Du hast immer von der Macht eines Mannes geträumt. Nun handle endlich wie ein solcher und nicht wie ein dummes Mädchen!«

Liliana zeigte mit keiner Geste, dass sie zugehört hatte. Sie nahm ihre Arbeit wieder auf, als gäbe es nichts Wichtigeres als den Riss in der Ärmelnaht des feinen Leinenhemdes, den sie zu schließen gedachte. Ein Hemd, dessen schneeweiß gebleichtes Gewebe die normannische Herstellung verriet. Dass sie selbst der jungen Frau inständig geraten hatte, keinen weiteren Verdacht zu erregen und die ihr auferlegten Pflichten peinlich genau zu erfüllen, vergaß Edeva in diesem Augenblick vollkommen. Sie ärgerte sich darüber, dass Liliana dieses dumme Hemd mehr zu interessieren schien als ihre Worte. Jäh riss sie ihr das Kleidungsstück aus der Hand und warf es wütend auf den Boden.

»Wirst du mir zuhören, Liliana von Hawkstone?«, fauchte sie aufgebracht. »Was ist in dich gefahren? Hat er dir mit deinem Jungfernblut auch die Stärke und den Mut genommen?«

Liliana fuhr zusammen und errötete. »Warum verkündest du es nicht gleich am Brunnen, damit ein jeder Bescheid weiß!«

»Lass nicht zu, dass er sich dieses Sieges freut!«, schnappte die Alte. »Eine kluge Frau weiß, ihre Narben zu verbergen!«

Liliana wich ihrem stechenden Blick aus. Sie weigerte sich seit Tagen beharrlich, über die Ereignisse nachzudenken. Die Lady des Rosenturms gab es nicht mehr. Die Küsse eines Normannen hatten sie mit den Pfeilen ihrer eigenen Schwäche getötet. Was blieb, war die freudlose Hülle einer jungen Frau, die sich täglich fragte, warum sie immer noch lebte und wofür. Wieso hatte er sie daran gehindert, das Gift zu trinken und zu sterben?

»Lass mich«, wehrte sie leise ab und griff nach dem Wäschestück auf dem Boden.

Geistesabwesend wischte sie ein paar Staubflocken von dem Gewebe. Noch vor kurzer Zeit hätte sie ihre Mägde dafür getadelt, dass überhaupt Staub auf dem Boden lag, aber wozu sich jetzt erregen? Es war nicht länger ihr Haus und ihre Aufgabe, dafür so sorgen, dass alles zum Wohlgefallen seiner Bewohner erledigt wurde. Sie ging auch nicht mehr in die Ställe, und die Arbeiten, die auf dem Gut erledigt werden mussten, hatte sie nicht mehr zu kontrollieren.

Edeva erfasste die ebenso gefährliche wie selbstzerstörerische Stimmung, die Liliana gefangen hielt. In jener eigenartigen Mischung aus besitzergreifender Liebe und ehrgeizigem Despotismus, mit der sie von jeher das empfindsame Kind beherrscht hatte, das ihr anvertraut worden war, wusste sie auch jetzt, dass es keinen Sinn hatte, weiter in die junge Frau zu dringen.

»Du wirst sehen, dass die Dinge wieder in die richtigen Bahnen gelenkt werden«, raunte sie verschwörerisch. »Sorg nur dafür, dass du *ihm* aus dem Weg gehst. Er besitzt bereits jetzt allzu viel Macht über dich!«

»Was kann er mir denn noch antun?«, widersprach Liliana trotzig. »Er könnte mich töten, und dafür wäre ich ihm nur zu Dank verpflichtet!«

»Unsinn!«, brauste die Amme auf. »Du wirst leben! Du *musst* leben, für Hawkstone und für …« Sie brach ab, verärgert über die eigene Unbesonnenheit. Es war nicht der Moment, Liliana mit jenen Plänen vertraut zu machen, die für sie längst zu Tatsachen geworden waren.

Glücklicherweise achtete die junge Frau nicht auf ihre Antwort. Sie hatte sich in jene Welt der Teilnahmslosigkeit zurückgezogen, in der sie für niemanden erreichbar war. Edeva gab einen ungeduldigen Laut von sich und schlurfte aus dem Nähzimmer.

In dem zum Garten hin offenen Gang trieb der

böige Wind trockene Blätter über die gesprungenen Marmorplatten, und im runden Becken des leeren Springbrunnens wirbelten erste Regentropfen winzige Staubfontänen auf. Bis zum Abend würde der Regen auch den letzten Rest von Herbst und Sonne in Schlamm und Nässe verwandelt haben. Bei diesem Wetter ging niemand gern vor die Tür. Es war genau die richtige Nacht, um einen Boten zu schicken, der ungefährdet sein Ziel erreichen musste.

Der Regen rann Raynal de Cambremer über das kantige Gesicht, färbte die hellen Haarsträhnen dunkel und blieb in schweren Tropfen an seinen Wimpern hängen. Er konnte nicht sagen, was ihn bei dieser Sintflut auf die Plattform des kahlen Rosenturms getrieben hatte. Auch die schärfsten Adleraugen vermochten durch den dichten Schleier des unablässig fallenden Regens keine Einzelheiten zu erkennen. Das düstere Grau des Nachmittags wich unaufhaltsam dem noch dunkleren Schwarz der hereinbrechenden Nacht.

Trotzdem machte der Ritter keinerlei Anstalten, ein schützendes Dach für seinen Kopf zu suchen. Barhäuptig, nass und reglos stand er zwischen den Zinnen, die Hände auf die rauen Steine gelegt. Die Luft war so kalt, dass ihm das Mauerwerk im Gegensatz dazu warm erschien, ja, geradezu lebendig, als nehme er Kontakt mit einem menschlichen Wesen auf, das ihm über diese Berührung seinen Kummer mitteilte.

Die starren dornigen Ranken der Rosen, die bis hinauf zu den Zinnen reichten, bildeten ein Netz aus abgestorbenen Zweigen, die von vergangener Schönheit und verflogenem Duft sprachen. Rosenduft, wie er in Lilianas Haaren hing und von ihrer seidigen Haut verströmt wurde. Warum kam sie ihm ausgerechnet jetzt in den Sinn?

Weil sie beide seit Tagen ihr Möglichstes taten, einander aus dem Wege zu gehen? Weil er sich nicht als Sieger fühlte? Die Rose von Hawkstone hatte sich mit ihren gefährlichen Dornen in sein Fleisch gegraben und es vergiftet. Ständig musste er gegen den Wunsch ankämpfen, sie zu sehen, zu fühlen. Die Erinnerungen an ihre Küsse wogen schwerer als jene an den mörderischen Giftanschlag. Hätte ihm jemand vorher gesagt, dass er zu solch widersprüchlichem Handeln fähig sein würde, er hätte ihn ohne jedes Zögern ausgelacht. Wie konnte sich ein Mann von Vernunft und Logik zu einer solchen Schlange hingezogen fühlen?

Allein, sie zog ihn an, es ließ sich nicht leugnen. Wo immer er hinging, wo er eintrat und welche Befehle er gab, seine Augen suchten die Umgebung nach ihrer zierlichen Gestalt ab. Einer Gestalt, die sich wie zum Trotz vor ihm zu verbergen schien. Weshalb machte sie ihm keine Vorwürfe? Wie konnte sie die Dinge, die sich zwischen ihnen ereignet hatten, einfach auf sich beruhen lassen? Bedeuteten sie ihr so wenig? Nahm sie etwa an, es sei ihre Strafe gewesen, dass er sie in sein Bett gezerrt hatte?

Mit einem unterdrückten Fluch wandte Raynal sich ab und stieß gegen ein unerwartetes Hindernis. Es tauchte so plötzlich aus der Dämmerung auf, dass er den Dolch bereits in der erhobenen Hand hatte, ehe er erkannte, um wen es sich handelte.

»Stoßt zu, Normanne! Worauf wartet Ihr?«, hörte er die leise Aufforderung. »Ihr seid mir ohnehin einen Gefallen schuldig!«

»Zum Henker!«

Das Messer zischte mit einem scharfen Geräusch in die lederne Hülle zurück, und Raynal de Cambremer wischte sich mit dem Handrücken den Regen aus den Augen. »Wenn Euch Euer Leben lieb ist, Lady, dann schleicht Euch gefälligst nicht in meinen Rücken. Oder gibt es vielleicht einen bereits bekannten Grund dafür?«

Ehe Liliana begriff, was er beabsichtigte, hatte er ihre Hände ergriffen und hob sie prüfend hoch. »Was habt Ihr dieses Mal für mich dabei? Ein neues Gift? Eine Waffe? Einen Hexenfluch?«

Liliana schnappte nach Luft. Der erste Zorn bei seinem Anblick hatte sich bereits verflüchtigt und jener seltsamen Mischung aus Erstaunen und Faszination Platz gemacht, die sie stets von Neuem empfand, wenn sie ihm begegnete. Es schien ihn nicht weiter zu kümmern, dass der Regen über seine Haare und über den Hals in sein Gewand rann. Das lederne Wams glänzte vor Nässe, und aus den Ärmeln troff das Wasser. Dennoch ging von seinen Händen eine solche Wärme aus, dass sie sich unwillkürlich fragte, ob er immun gegen die Unbilden der Witterung war.

Im Gegensatz zu ihr. Sie konnte nur mit Mühe verhindern, dass ihre Zähne klappernd aufeinander schlugen. Seine Wärme brachte ihr zu Bewusstsein, dass das eigene Blut wie Eiswasser durch die Adern lief und ihre Röcke feucht und klamm an ihren langen Beinen klebten.

»Kann es sein, dass Euch die Worte fehlen?«, spottete Raynal, den das anhaltende Schweigen verärgerte. Es setzte ihn auf subtile Weise ins Unrecht und traf sich aufs Peinlichste mit seinen Selbstvorwürfen.

Doch anstatt die Schwäche einzugestehen, wählte er den neuerlichen Angriff. Es fehlte noch, dass er sich von den raffinierten Reizen einer Sächsin aus der Ruhe bringen ließ.

»Was werft Ihr mir vor?«, murmelte Liliana spröde. »Dass ich mein Haus und mein Eigentum gegen Euch verteidige, obwohl ich eine Frau bin? Haltet Ihr die Sachsen für so blutlose Geschöpfe, das sie den brutalen Überfall auf ihre Heimat einfach hinnehmen? Viele von uns starben lieber einen sinnlosen Tod auf dem Schlachtfeld, als den Nacken vor Euch zu beugen!«

»Meint Ihr nicht, dass es ein Zeichen von Klugheit wäre, sich endlich einer Macht zu beugen, die umso viel stärker ist?«

Eine Spur des alten Feuers flammte in Lilianas Blick und glomm durch die zunehmende Dunkelheit. »Lieber stolz und einfältig als feige und klug!«

»Ihr führt eine bemerkenswert tollkühne Zunge, Lady von Hawkstone!«

Ein seltsames Gefühl trieb Liliana, den Streit auf die Spitze zu treiben. Er war es, der über ihr Schicksal entschied. Ob zum Guten oder zum Schlechten, war ihr gleichgültig. Hauptsache, dieser Schwebezustand hatte ein Ende.

»Warum fordert Ihr Antworten, wenn Ihr sie am Ende gar nicht haben wollt, Seigneur de Cambremer?«, antwortete sie herausfordernd.

»Kann es sein, dass Ihr mich herausfordert? Ich warne Euch!«

»Wovor? Wollt Ihr mir etwa drohen? Das habt Ihr bereits. Gefangen setzten? Auch das ist schon geschehen! Mir etwas nehmen? Ich besitze nur noch mein Leben, seit Ihr schlimmer als die norwegischen

Wikinger über unsere Insel hergefallen seid. Aber bitte, nehmt es! Ich lege ohnehin keinen besonderen Wert mehr darauf!«

Die melodische Stimme, die dem Ritter so gefiel, klang rau, als habe sie einen Sprung bekommen und ihre Reinheit verloren. Es verärgerte ihn. Ebenso wie ihn dieses ganze Gespräch erboste, hoch auf diesem Turm, dem peitschenden Regen ausgesetzt, der sie beide in triefend nasse Gespenster verwandelte.

Er sah, dass das Wollgewand längst an ihrem schlanken Körper klebte und die Formen nachzeichnete, die sich so peinlich genau in seine Erinnerung gegraben hatten. Sie erschauerte unter seinem Blick, und die harten Knospen ihrer Brüste drängten sich an das nasse Gewebe. Die Wirkung auf ihn blieb nicht aus. Raynal fühlte eine verlangende Wärme in sich aufsteigen, die herrisch nach Erfüllung verlangte.

»Wer gibt Euch das Recht, so gering zu schätzen, was der Himmel Euch geschenkt hat?«, fuhr er sie an. »Überhaupt, wie seht Ihr aus? Ihr werdet Euch den Tod holen, wenn Ihr noch länger in diesem Regen steht!«

»Wenn das so einfach wäre, würde ich die Nacht auf dieser Plattform verbringen!« schnappte Liliana mit derselben Wut zurück.

Sie riss sich von ihm los und schritt auf die Zinnen zu, vor denen Himmel und Horizont zu einem einheitlichen grauschwarzen Vorhang verschwammen. Sie packte die Steine und machte auf den Ritter den Eindruck, als suche sie nur noch nach der passenden Stelle, um sich in die Tiefe zu stürzen.

»Halsstarriges Ding!«, schrie er in einer befremdlichen Mischung aus Zorn und Sorge. »Ihr stellt die Geduld eines Mannes wahrhaftig auf die Probe!«

Ehe Liliana begriff, wie ihr geschah, wurde sie von hinten gepackt und herumgerissen.

»Es bringt nichts, mit dir zu diskutieren, Sachsenmädchen!«, hörte sie ihn knurren, ehe sie zur Leiter geschleppt und davongezerrt wurde. »Langsam lerne ich, wie man mit dir umgehen muss!«

Da sie zugleich Stand, Gleichgewicht und Horizont verlor, protestierte Lilianas ohnehin leerer Magen augenblicklich gegen die rüde Behandlung. Während sie die Leiter hinabgeschleppt wurde, würgte sie krampfhaft, und am Ende traf ihn die bittere Galle über Schulter und Brustkorb, so dass er sie auf den letzten Sprossen um ein Haar hätte fallen lassen. Der mörderische, normannische Fluch, der ihm entkam, entlockte Liliana trotz aller Übelkeit einen Seufzer der puren Schadenfreude. Es geschah ihm Recht.

Allerdings hörte Raynal nicht mehr auf zu fluchen. Im Gegenteil, er erläuterte ihr in drastischer, wohl formulierter Deutlichkeit, was er von jungen Frauen hielt, die zu dermaßen unappetitlichen Mitteln griffen, um ihr Widerstreben zum Ausdruck zu bringen. Danach nahm er sich der sächsischen Mentalität im Allgemeinen und des Wetters in Hawkstone im Besonderen an. Es war, als wären die Dämme der Beherrschung und des Schweigens in dem sonst so stummen Mann unter der Gewalt seiner Empörung gebrochen, und nun vermochte nichts mehr, die Flut aufzuhalten.

Liliana hingegen wurde von dem ebenso erbitterten wie kultiviert gedämpften Redeschwall wie auf einer weichen Wolke davongetragen. Als Raynal endlich schwieg, fand sie sich zu ihrer Verblüffung in den wohl beheizten Bädern. Verwirrt sah sie die Dampfschwaden, die aus dem kleineren der Becken aufstiegen, und kämpfte gegen den neuerlichen Brechreiz und das Schwindelgefühl in ihrem Kopf an. Was hatte er vor? Wollte er sie ertränken?

11. Kapitel

Unwillig zerrte Gilbert de Nansay den nassen Umhang von seinen Schultern und trat näher an das hell auflodernde Feuer im Kamin der großen Halle. Wassertropfen zischten auf, als er den Kopf mit den dunklen Locken schüttelte und sich aus dem dampfenden Krug mit Gewürzwein, der auf dem Kaminstein stand, bediente.

Er sah den alten Waffenmeister am Tisch sitzen und begab sich mit seinem Becher an die Seite des bärtigen Sachsen. Ohne sich von der hohen Gesellschaft beeindrucken zu lassen, löffelte Sweyne den dicken Gemüseeintopf, in dem sich für die Verhältnisse in Hawkstone bemerkenswert wenig Fleisch befand. Die sparsame Vorratshaltung begann bereits, Wirkung zu zeigen.

Gilbert legte die kalten Hände um den Becher und warf dem alten Mann einen Blick von der Seite zu. »Meint Ihr nicht, dass es an der Zeit wäre, Frieden miteinander zu schließen, Sweyne?«, murmelte er eher beiläufig. »Ich halte Euch für einen vernünftigen Mann, der Einfluss auf die Männer von Hawkstone hat …«

Sweyne aß weiter, aber Gilbert ahnte, dass er sich

seine Worte genau überlegte, während seine Kiefer mahlten und die Suppe weniger wurde.

»Mein Einfluss auf die Männer nützt Euch nichts, Normanne!«, sagte er schließlich nach so langer Zeit, dass Gilbert schon nicht mehr damit rechnete.

»Es kann doch nicht sein, dass ein Mädchen und seine Amme …«

»Sie ist die Herrin des Rosenturms«, widersprach der alte Sachse mit großem Ernst. »Ihr könnt nicht wissen, was das bedeutet. Aber es ist in ihrer Macht, das Signal zum Frieden zu geben!«

»Welches Signal?« Gilbert klopfte ungeduldig mit den Fingerspitzen auf die Tischplatte.

»Das müsst Ihr schon selbst herausfinden«, entgegnete der Waffenmeister und erhob sich. »Gott zum Gruße, Seigneur, und eine gute Nacht!«

Gilbert de Nansay starrte ihm verdrossen nach und hätte am liebsten seinen Becher in den breiten, gebückten Rücken des Sachsen geworfen. Was immer er auch versuchte, er schien stets gegen eine Wand aus Misstrauen und Unverständnis zu stoßen. Er begriff nicht, was in den Köpfen der Sachsen vorging. Ein merkwürdiges Volk!

Liliana kam zu einem ganz ähnlichen Urteil, aber sie fällte es über den schimpfenden Normannen, der sie im dampfenden Gewölbe des Bades in eine Ecke manövrierte, so dass sie ihm nicht mehr entkommen konnte.

»Was habt Ihr vor?«, schrie sie auf, als sie erneut den Dolch aufblitzen sah.

Das spöttische Lachen des Ritters machte sich über ihre Furcht lustig. Ehe sie begriff, was er im Schilde führte, begann er systematisch damit, die Schlaufen und Bänder ihres nassen, beschmutzten

Gewandes durchzuschneiden. Bis sie verstanden hatte, dass der Anschlag ihrer Kleidung und nicht ihrer körperlichen Unversehrtheit galt, schlug bereits das warme Wasser des großen Beckens über ihrem Kopf zusammen. Er hatte sie wie ein Bündel schmutzige Wäsche hineingeworfen!

Liliana kämpfte prustend und keuchend um Atem, ehe sie sich am Rand des Beckens fest klammern und die Flut der nassen Haarsträhnen aus den Augen streichen konnte. Immerhin, die Teilnahmslosigkeit war jetzt endgültig aus ihren angespannten Zügen verschwunden. Sie war wütend. Sie fauchte wie eine gereizte Katze.

»Seid Ihr wahnsinnig?«, schimpfte sie. »Wie könnt Ihr es wagen, mich so zu behandeln?«

»Reine Notwehr!«, erklärte Raynal trocken. »Zudem bin ich es schlicht leid, von Euch vergiftet, beschmutzt, beschimpft, verachtet und verleumdet zu werden! Es wird Zeit, dass Ihr ein wenig Benehmen lernt, meine verehrte Lady!«

»Warum seid Ihr nicht in der Normandie geblieben, wenn Ihr über ein derart empfindsames Gemüt verfügt?«, zischte Liliana böse und tauchte bis zum Kinn in das heiße Wasser, um ihre Nacktheit zu verbergen.

»Warum hältst du nicht einfach einmal den Mund und säuberst dich, Sachsenmädchen? Du scheinst es nötig zu haben.«

Liliana knirschte stumm mit den Zähnen. Wann lernte sie endlich, dass es keinen Sinn hatte, mit diesem Manne zu argumentieren? Er besaß keine Spur der angeblich so feinen, höfischen Normannen-Manieren, und er schien wild entschlossen, seinen Kopf in jeder noch so peinlichen Lage durchzusetzen.

Sie konnte nicht ahnen, dass Raynal de Cambremer trotz seines Zorns sehr wohl das verführerische Bild würdigte, das sie ihm bot. Von den rabenschwarzen Haaren umflossen, die wie seidige Schlingpflanzen auf dem Wasser lagen, stiegen marmorblasse Schultern aus dem Wasser. Der königlich schlanke Hals trug den rebellischen Kopf mit den flammend blauen Augen sogar in diesem Moment in vollendeter Anmut.

Der schwache Duft der würzigen Rosmarin-Essenz, die sein Knappe dem Badewasser zugesetzt hatte, da es für ihn selbst gedacht gewesen war, schwebte wie ein Hauch von Sommer über dem bezaubernden Bild. Die blassen, geschmeidigen Formen des allzu schönen Leibes verschwammen im Wasser, aber sie waren deutlich genug erkennbar, so dass er die Fäuste ballen und sich Beherrschung auferlegen musste.

Das plötzliche Schweigen wurde nur vom Knacken der Scheite im Ofen durchbrochen, von den Tropfen, die sich an der beschlagenen Decke bildeten, ehe sie mit leisem Klatschen ins Becken oder zu Boden fielen. Regen und Sturm waren draußen geblieben und allenfalls eine vage Erinnerung, wenn sich im Rauchfang heulend ein verirrter Windstoß verfing, ehe wieder Stille einkehrte.

Liliana spürte mit einem Male ihr Herz bis in den Hals hinauf trommeln. Die angenehme Wärme des Wassers löste die Erstarrung, die sie seit jener verhängnisvollen Nacht umfangen hielt. Das leise Beben, das sein Blick in ihr hervorrief, zeigte sich zu ihrem Ärger auf der Wasseroberfläche in verräterischen Wellen.

Wie lange wollte er noch da stehen und starren?

Sie vermied es, ihn anzusehen, aber sie war sich der mächtigen Gestalt nur allzu bewusst, die mit verschränkten Armen vor ihr aufragte und Gehorsam forderte. Die nackte, männliche Autorität, die Raynal verströmte, war ebenso aufreizend wie unüberwindbar. Er war wie ein Fels, der ihr den Weg versperrte, ein ständiger Schmerz in ihrem Herzen, gegen den es keine Medizin zu geben schien.

Raynal hätte gern gewusst, was hinter der blassen Stirn vorging, auf der das Mal der Verletzung nur noch ein schwacher Schatten war. Seine ebenso kluge wie herrschsüchtige Mutter hatte ihn gelehrt, dass Frauen, im Gegensatz zur landläufigen Meinung, sehr wohl Verstand besaßen und handeln konnten. Was er bisher von Liliana von Hawkstone erfahren hatte, war indes, dass sie ein stürmisches Temperament besaß und zu impulsiven Handlungen neigte, deren Folgen sie nicht genügend bedachte.

»Was wollt Ihr noch von mir?«, flüsterte sie in diesem Moment durch die Stille. »Warum lasst Ihr mich nicht in Frieden?«

Raynal dachte an das königliche Sendschreiben und jenen Teil davon, den er auch seinem Freund wohlweislich verschwiegen hatte. Es war ein königlicher Befehl, der seine Freiheit noch nachhaltiger einzuschränken drohte als alles andere.

»Weil es meine Christenpflicht ist zu verhindern, dass Ihr Euch selbst schadet«, antwortete er mit einer Floskel, über deren Dummheit er im Geheimen selbst den Kopf schüttelte.

»Eure Christenpflicht hätte Euch davon abhalten sollen, fremdes Land zu erobern und unschuldige Menschen zu töten«, parierte Liliana in scharfer

Schlagfertigkeit. »Oder legen die Normannen die Zehn Gebote unseres Herrn anders aus?«

»Das braucht nicht Eure Sorge zu sein«, schnauzte Raynal zurück. »Aber nachdem Ihr selbst festgestellt habt, dass meine Barmherzigkeit auf tönernen Füßen steht, solltet Ihr sie nicht länger strapazieren. Dort ist Seife, und dort sind trockene Tücher. Oder erwartet Ihr vielleicht, dass ich die Bademagd für Euch spiele?«

Mit einem Schreckenslaut wich Liliana noch tiefer in das Wasser zurück. Die beinahe panische Geste gab Raynals Zorn neue Nahrung. Er hatte es satt, in diesen schönen Augen die Rolle des Ungeheuers zu spielen. Warum sah dieses närrische Geschöpf nicht ein, dass er es nur gut mit ihm meinte? Wenn er nicht die Initiative ergriff, würde es dort in der Wanne kauern und zittern, bis das Wasser kalt und das Feuer erloschen war!

Nicht mit ihm! Er nahm die Schale mit der Seifenmischung und ließ sich neben Liliana auf ein Knie nieder. Mit einer Hand verteilte er kurz entschlossen duftenden Seifenschaum in ihren Haaren, auf ihren Schultern und den schlanken Armen, die sie abwehrend vor ihm aus dem Wasser gehoben hatte.

»Was tut Ihr ...?«, prustete sie keuchend und rieb sich die Seifenspritzer aus den Augen.

»Ich habe mich entschieden, doch deine Bademagd zu sein ...« Raynals Stimme wurde stetig leiser und rauer.

Die Seidigkeit der makellosen Haut unter seinen Fingerkuppen verwirrte ihn in einem Maße, das ihn selbst verblüffte. Die Erinnerungen an das eine Mal, da er sie besessen hatte, brachen hervor. Was war an dieser jungen Frau, dass es ihr gelang, seine Gelassenheit so sehr ins Wanken zu bringen?

Liliana verharrte wie gelähmt unter dem brennenden Blick der klaren, grünen Augen. Sobald er den Zauberbann seiner Berührungen um sie wob, war sie verloren. Die Hände, die nun sanft den Schaum in ihren Haaren verrieben und deren Finger ihren Schädel umspannten, als wollten sie gewaltsam Einfluss darauf nehmen, was sich in diesem Kopf tat, konnten ihr Werk tun, ohne dass sie sich länger dagegen wehrte. Im Gegenteil: Die kreisenden Bewegungen riefen ein trügerisches Gefühl der Entspannung hervor, und Liliana vergaß, was sie sagen und tun wollte.

»Brav!«, lobte er, als wäre sie ein Pferd, das den Striegel gehorsam duldete. »Ich habe dir gleich gesagt, dass wir wunderbar miteinander auskommen werden, wenn du tust, was ich dir befehle.«

Liliana gab einen kleinen Laut von sich, der ebenso Seufzer wie Protest sein konnte, aber Raynal verzichtete darauf, diese Frage zu klären. Er entdeckte ein unerwartetes Vergnügen in seiner Tätigkeit. Die nassen Haare glitten wie Seide durch seine Hände, und die Wärme des Badewassers verlieh der mormorblassen Haut Lilianas einen rosigen, lebendigen Schimmer. Durch den Dampf schimmerten ihre Augen wie reine Saphire, und hinter den halb geöffneten Lippen glänzte die helle Perlenreihe ihrer ebenmäßigen, weißen Zähne.

»Man wird staunen an Wilhelms Hof, wenn wir dich präsentieren, meine Schöne«, hörte sie seine Stimme wie durch einen Nebel raunen. Wovon sprach er? Wessen Hof? Liliana hatte das Empfinden, sich in dem warmen Wasser aufzulösen.

»Komm schon, zier dich nicht«, kommandierte er und beugte sich so weit über den Beckenrand, dass er, als sie instinktiv zurückwich, das Gleichgewicht verlor. Mit einem lauten Klatschen landete er mitsamt seinen Kleidern neben ihr im Wasser, und sein verblüfftes Gesicht zeigte so fassungsloses Erstaunen, dass Liliana das Lachen entwich, das er erst einmal zuvor gehört hatte.

Zwischen Empörung und Verlangen hin- und hergerissen reagierte er, ohne nachzudenken. Er blieb im warmen Badewasser und schälte sich nicht gerade elegant aus seinen Kleidern. Kein leichtes Unterfangen, aber er bewältigte es in seiner entschlossenen Art, ehe Liliana begriff, welche Folgen daraus entstehen konnten.

Schon fand sie sich in seinen Armen, und sein warmer, straffer Körper umfing ihren Leib in einer Umarmung, aus der es kein Entrinnen gab. Seine Kraft, sein Begehren und sein Drängen ließen ihr kaum Zeit für einen Seufzer. Schon senkten sich die weichen Lippen auf die ihren, und eine warme Zunge drang forschend in die Höhlung ihres staunenden Mundes.

Eine Wärme durchflutete Liliana, die nicht in dem Badewasser ihren Ursprung hatte. Es war eine bezwingende Hitze, die tief in ihrem Leib entstand und ihren Atem, ihren Puls, ihre Wahrnehmungsfähigkeit steigerte. Ein leises Murmeln der Bewunderung drang aus ihrer Kehle, während ihre Hände wieder und wieder über Raynals Körper glitten und jene unnachahmliche Mischung aus Stärke und Elastizität erkundeten, die ihn so einmalig machte.

Raynal fragte nicht, was den Wandel in ihrem Verhalten ausgelöst hatte. Er hatte genügend damit zu tun, so viel Selbstbeherrschung aufzubringen, dass er sich nicht sofort wie ein Wilder auf sie stürzte. Seine innere Stimme mahnte ihn, vorsichtig zu sein, denn die erste Nacht, die sie in seinen Armen verbracht hatte, war ihr sicher nicht in bester Erinnerung geblieben. Seine Leidenschaft war allzu stürmisch gewesen. Nun lag es an ihm, sie die Wonnen der Lust zu lehren.

Liliana keuchte unter dem zärtlichen Spiel seiner Zunge. Ihr Kopf sank, von den nassen Haaren beschwert, wie von selbst nach hinten, als er ihren Mund frei gab und seine Küsse über den Hals nach unten wanderten. Sie spürte die warme Zärtlichkeit seiner Zunge an ihrem Schlüsselbein vorbei und über die Wölbung ihrer Brüste gleiten, ehe sie erregend und fordernd die steifen Spitzen umtanzte, die sich eben aus dem Wasser hoben.

Seine Hand fand unter dem Wasser den Weg zwischen ihre Beine und vertiefte das Zittern, das in ihr aufstieg und sie feuchter als das Wasser machte. Kundige Finger massierten die winzige Perle ihrer Lust und sandten Schauer der Erregung durch ihren ganzen Körper. Leise Seufzer kündeten von ihrer Lust, und sie vergrub im Versuch, sich zum Schweigen zu bringen oder Erleichterung zu suchen, ihre Zähne in der muskulösen Schulter vor ihrem Kinn.

»Kleine Katze!«, vernahm sie ein leises vergnügtes Lachen. »Nicht so ungeduldig. Dieses Mal werde ich dich ins Paradies führen, das verspreche ich dir!«

Das Bad verschwamm vor Lilianas Augen, und glühende Blitze zuckten hinter ihren Lidern, während ein starker Finger tief in sie eindrang, sich fordernd bewegte und in ihr eine Glut entfachte, die wie Feuerzungen durch ihr Blut loderte. Sie schrie auf und klammerte sich an Raynal, während etwas in ihr aufbrach und sich unter der Bewegung in heißen, wundervollen Wellen verströmte. Da war kein Schmerz mehr, kein Reißen, nur unendliche Wonne, eine Leidenschaft, die über alles hinwegraste und sie in vollkommener Hingabe erzittern ließ.

Liliana hatte keine Ahnung, wie viel Zeit vergangen war, als sie wieder zu sich fand. Aber sie tauchte mitten in das grüne Fragen von Raynals Blick, und das staunende Lächeln, das sie im schenkte, kam tief aus ihrem Herzen. Sie öffnete die Lippen, aber er bedeckte sie sofort mit einem unendlich zärtlichen Kuss.

»Schscht, sag nichts«, raunte er, hingerissen von der unverfälschten Leidenschaft, mit der sie auf seine Verführung reagierte. »Es ist gut!«

»Was war das?«, fragte Liliana dennoch verwundert.

»Hat es dir gefallen, Kätzchen?«

»Es war wundervoll. Kann man es wiederholen?«

»Oh ja!« Raynal lachte auf, und Liliana lauschte staunend diesem Laut. Er klang unbeschwert, jung, verführerisch. Ihre vollen Brüste schmiegten sich an seinen muskulösen Oberkörper, und sie spürte an ihrer Hüfte das heftige Pochen seiner hoch aufgerichteten Männlichkeit. Dieses Gefühl weckte tief in ihr erneut die unbändige Sehnsucht und schloss jeden vernünftigen Gedanken aus.

»Du würdest mich entzücken, wenn du mir erlaubtest, meinen Finger zu ersetzen«, hörte sie ihn an ihrem Ohr raunen, und ein Schauer der wolllüstigen Erwartung durchrieselte sie von Kopf bis Fuß.

»Komm!«

Schon halb verführt und willig folgte sie ihm auf

die Stufen, die in das Becken führten, wo er sich niederließ und sie an seine Brust zog. Jetzt lag das verheißungsvolle Pochen genau an der Pforte ihrer Weiblichkeit, und es bedurfte nur einer kleinen Bewegung. Die Spitze drang in sie ein und schob sich unaufhaltsam mächtig weiter. So tief, dass ihr Schoß am Ende den seinen berührte und sich die empfindsame Knospe ihrer Lust an ihm rieb. Je mehr sie entkommen wollte, umso drängender wurde das Gefühl.

Es war eine Empfindung, so unglaublich und beunruhigend, dass Liliana sich unruhig auf- und niederbewegte und dabei nur noch mehr in verzehrendem Feuer versank. Raynal hatte ihre Brüste umfangen und strich mit den Daumen über die harten Spitzen, ehe er lustvoll mal an der einen, mal an der anderen saugte. Liliana glaubte zu sterben. Ihre Brüste wurden zu Feuer, und eine Lust tobte in ihr, die sie auflöste und mit bebender Ekstase erfüllte. Der Rausch durchzitterte sie in wilden Wellen.

Von Ferne hörte sie den heiseren Schrei Raynals, und dann spürte sie das Zucken seiner Männlichkeit tief in ihr, ehe auch sie auf der letzten Woge dahintrieb und dann wie eine müde Blüte über ihm zusammensank. Sie fühlte sich aufgelöst, auf wundervollste Art und Weise vernichtet. Allen Problemen entflohen …

Raynal blickte auf das feine Antlitz, dessen dichte Wimpernfächer vor lauter Erschöpfung bebten. Die rosig geküssten Lippen glühten im gleichen Farbton wie die süßen Beeren der Brüste, und die aufreizende Art, wie sich die langen Beine über seine mächtigen Oberschenkel legten, schien ihm ein Bild aus einem wolllüstigen Traum zu sein. Noch nie hatte er eine Frau besessen, die ihn mit so unverfälschter Sinnlichkeit geliebt hatte.

»Du bist mein, schöne Sachsenprinzessin! Mein für immer!«, raunte er an Lilianas Ohr und presste sie an sich, bis er spürte, dass seine Begierde tief in ihr zurückkehrte.

Es war nicht mehr das fieberhafte Drängen von eben, aber Liliana fühlte es dennoch mit unveränderter Intensität. Sie rieb sacht ihre Brüste an der rauen Matte seiner blonden Brusthaare und versuchte, den erstaunlichen Traum fest zu halten.

»Bring mich fort, Normanne!«, wisperte sie und umfing ihn fest mit den Muskeln ihres gierigen jungen Leibes. »Bring mich dorthin, wo ich nicht mehr denke, sondern nur noch fühle!«

12. Kapitel

Der Morgen war schon fortgeschritten, aber das düstere Grau des Novembertages lag so melancholisch über den Gebäuden, Ställen und Höfen von Hawkstone, dass sich niemand der unheimlichen Stimmung entziehen konnte. Eine dünne Schicht aus Eis und ersten Schneeflocken bedeckte wie ein allzu leichtes Kleid die Dächer, während sie auf der Erde von zahllosen Füßen bereits zu nassem Schlamm zertreten worden war.

Der unablässige Herbstregen war im Laufe der Nacht zu Schnee geworden. Klamm und frostig drang die Kälte durch die zahllosen Schichten von Stoff, mit denen die Amme ihren mageren, gebückten Körper zu schützen versucht hatte, aber gleichwohl zitterte sie unter dem Eishauch des Morgens. Sie hatte zu lange an den Türen des Hauses gelauscht und zu wenig geschlafen. Es gefiel ihr ganz und gar nicht, was sich neuerdings zwischen Liliana und dem normannischen Ritter ereignete.

Die Lady des Rosenturms, die sie so sorgfältig zu ihrem eigenen Werkzeug der Schönheit, Magie und Macht erzogen hatte, war zu Wachs in den Händen des Fremden geworden. Liliana hätte sich in dieser Lage ihrer Amme anvertrauen, ihre Führung und ihren Rat suchen sollen. Aber was tat das närrische Ding stattdessen? Es wälzte sich wie eine liderliche Dirne mit diesem Kerl in Bädern und Betten und brachte damit all ihre heimlichen Pläne in Gefahr! Sie musste handeln, und zwar sofort!

Zwei Mägde kamen schwatzend aus dem Kuhstall, die sorgsam abgedeckten Milcheimer zwischen sich tragend. Edeva drückte sich in den Schatten des niedrigen Backhauses. Sie wollte nicht gesehen werden, aber sie hörte die Stimmen der beiden Mädchen. Es war immer gut zu wissen, was die anderen beschäftigte!

»Man sagt, der normannische Eroberer will sich zum Weihnachtsfest in London krönen lassen«, drang das Getratsche an ihr Ohr. So hatten sich also die Neuigkeiten bereits herumgesprochen!

»Der Herr wird nach London reiten, um dabei zu sein! Er gehört zu den mächtigsten Freunden des neuen Königs! Hawkstone wird unter ihm wieder zu Glanz und Reichtum kommen!«

»Was meinst du, wird er Lady Liliana mitnehmen?«, erkundigte sich die kleinere Magd neugierig, und Edeva erkannte Lettice, eine der Enkelinnen des

Schmieds. Ein vorwitziges Ding, das keine Gelegenheit ausließ, die Arbeit zu schwänzen.

»Weiß ich's? Warum willst du das wissen?«

»Ich wäre nur allzu gern die Magd, die sie begleitet«, seufzte Lettice sehnsüchtig. »London! Denk doch nur! Eine richtige Stadt mit Häusern, Palästen, mit Märkten und Menschen, die man nicht von Geburt an kennt!«

»Du bist verrückt! Die Straßen sind unsicher, und eine Reise um diese Jahreszeit ist schrecklich beschwerlich. Außerdem wird die Lady Hawkstone ohnehin nicht im Stich lassen!«

»Ich an ihrer Stelle würde es tun, und wenn ich es noch dazu in Begleitung eines Mannes wie dem Ritter Cambremer tun könnte …«

»Was du nur an diesen normannischen Kerlen findest, Lettice! Das sind doch keine Männer! Die haben nicht einmal Bärte …«

Die Stimmen entfernten sich, und die Pforte des Kücheneinganges schlug mit einem Knall hinter den beiden Mädchen zu. Edeva stieß den angehaltenen Atem durch die Nase aus. Dumme Gänse, von denen nichts Besseres zu erwarten war, als dass sie jedem halbwegs gesunden Mannsbild nachliefen. Von ihnen hatte sie nichts anderes erwartet. Von Liliana allerdings …

Die Amme zog den dunklen Umhang enger um ihren schmerzenden Rücken und huschte hinüber zu den ebenerdigen Häusern, wo früher die Truppen des Stadthalters untergebracht gewesen waren. Jetzt standen dort die Spinnräder und Webrahmen, auf denen die Wolle der Schafe von Hawkstone zu jenem kräftigen und haltbaren Stoff verarbeitet wurde, aus dem auch ihr Mantel genäht worden war.

Zur Winterzeit herrschte dort immer reges Treiben, denn dies waren die Monate zum Spinnen, Weben und Nähen, denn die Arbeit auf den Feldern ruhte.

In diesem Jahr jedoch kümmerte das niemanden, und die Stuben standen leer. Die letzten Ballen Tuch waren auf geheimnisvolle Weise verschwunden. Es war kalt in den Wäldern, und Alfaric und die Seinen konnten von Glück sagen, dass wenigstens Edeva nicht vergessen hatte, in wessen Adern das wahre und edle Blut der echten Herren dieses Landes floss.

»He, Alte! Was treibst du dich auf den Höfen herum? Solltest du an einem solchen Tag nicht in der großen Halle am Feuer deine Knochen wärmen?«

Gilbert de Nansay tauchte wie ein Geist plötzlich vor Edeva auf, und sie hatte Mühe, ihr Erschrecken zu verbergen. Es hätte noch gefehlt, dass ausgerechnet der Gefährte Cambremers die Geheimnisse des alten Stollens entdeckte, der vom Brunnen der Färberei aus hinunter zum Steilufer des Cuckmere führte.

»Ich muss Tuch holen, für die Herrin!«, versuchte sie es mit einer Lüge.

»Tuch?« Nansay schüttelte den Kopf über so viel Einfalt. »Wenn du auch nur eine Elle Stoff in diesen Regalen findest, dann bist du erfolgreicher als andere, Alte! Vielleicht kennst du ja ein Versteck, das wir übersehen haben. Es könnte von Nutzen sein, wenn ich dich begleite …«

Auch das noch! Edeva war indes klug genug, nicht zu widersprechen. Sie schlurfte wortlos auf das Webhaus zu und öffnete den hölzernen Riegel. Drinnen war es düster, denn die vorgelegten Läden tauchten den großen Raum mit den Webstühlen in Finsternis. Es roch nach Staub und Schafsfett, nach den getrockneten Kräutern und Wurzeln, die zum Färben verwendet wurden und nach – Männerschweiß. Nach jener eigenartigen Mixtur aus Schweiß und Leder, Ale und Waffenfett eben.

Edeva zuckte zusammen. War es möglich, dass Alfaric oder einer seiner Krieger im Dunkeln auf sie wartete? Gab es Neuigkeiten? Gütige Mutter, sie musste diesen Ritter loswerden! Wenn er entdeckte, was im dunklen Webhaus vor sich ging, dann mussten sie ihn töten, und was Raynal de Cambremer in diesem Fall mit ihnen allen anstellen würde, daran wagte Edeva nicht einmal zu denken.

»Pfui Teufel!« Gilbert de Nansay besaß zu seinem Glück nicht die ausgeprägt gute Nase Edevas. Für ihn stank es bestialisch in der dunklen Hütte, und er hatte keine besondere Lust, wegen eines Ballen Stoffs, den diese Hexe vielleicht irgendwo versteckt hatte, in den Nebel dieser üblen Gerüche zu tauchen. »Es ist wirklich an der Zeit, euch ein wenig Zivilisation zu lehren! Such deinen Stoff und vergiss nicht, den Riegel wieder vorzulegen, wenn du gehst. Es stinkt, als würden alle räudigen Kater von Hawkstone hier ihre Spiele treiben!«

Mit einem Fluch trat er zurück und wandte sich ab. Edeva wagte erst aufzuatmen, als das Geräusch seiner Stiefeltritte bereits seit mehreren Herzschlägen verklungen war. Dann richtete sie sich auf und sagte ruhig: »Ich nehme an, du bist das, Alfaric!«

Ein Schnauben antwortete ihr von der schwärzesten Stelle der Hütte, und ein zischendes Geräusch verriet, dass Alfaric von Haven das tödliche Messer, dass er angriffslustig in der Hand gehabt hatte, wieder an seinem Gürtel unterbrachte.

»Warum hast du ihn nicht aufgehalten?«, knurrte

er unwillig. »Jede Normannenkehle, die wir durchschlitzen, ist ein Gewinn für diese Insel!«

»Nicht *diese*!«, betonte die Amme. »Er ist der Waffenbruder Cambremers. Sein Tod würde Hawkstone in ein Schlachtfeld verwandeln.«

»Unsinn!«, antwortete die Männerstimme aus dem Dunkeln gereizt. »Was ist? Hast du mit Liliana gesprochen? Weshalb kommst du allein?«

Edeva kratzte sich mit zwei Fingern hinter dem Ohr, eine Geste, die Liliana sogleich als Ratlosigkeit entlarvt hätte. Alfaric von Haven hätte es nicht getan, selbst wenn er mehr von der Amme gesehen hätte als die düsteren Umrisse ihrer schmächtigen, gebückten Gestalt. Er machte sich selten Gedanken über die Beweggründe anderer Menschen. Er erwartete, dass sie ihn fürchteten und ihm gehorchten.

Die Einzige, die Furcht und Gehorsam bisher erfolgreich und nachhaltig verweigert hatte, war Liliana von Hawkstone. Aber nun würde sie endlich ihre Meinung ändern müssen. Schließlich war er der Einzige, der für sie eintrat und sie verteidigte! Jetzt schuldete sie ihm Gehorsam, sogar den Gehorsam einer Ehefrau, denn nun konnte sie ihn nicht mehr ablehnen!

»Was ist?!«, wiederholte er herausfordernd, als Edeva noch immer schwieg. »Wo steckt meine Braut? Ich möchte sie in meine Arme schließen!«

»Gemach, gemach!«, zischte die Amme und wich unwillkürlich zurück, als sich Alfaric vor ihr aufbaute. »Du weißt, dass Liliana sich in Hawkstone nicht so frei bewegen kann wie ich!«

»Früher konnte sie jederzeit vom Erdboden verschwinden, wenn ich sie sehen wollte. Warum kann sie es jetzt nicht mehr, wenn die Normannen da sind?«, brummte der Sachsenfürst halsstarrig.

Edeva seufzte. Manchmal fiel es ihr schwer, Alfaric von Haven zu lenken. Größer als die meisten Männer, massig und muskulös, mit einem Wikingerkopf auf den Schultern, der ansehnlich gewesen wäre, hätte er nicht eine so bullig vorgewölbte Stirn und diese mehrmals gebrochene, schiefe Nase besessen, verfügte er über die grobschlächtig-brachiale Ausstrahlung eines gewalttätigen Mannes, eines Kriegers, der den Kampf dem Reden vorzog und der keine Furcht vor seinem Gegner kannte, aber leider auch über die eines tollpatschigen Freiers, den der schnelle Geist und die flinke Zunge jener Frau, die er besitzen wollte, verwirrten.

»Beruhige dich«, murmelte Edeva und legte die Handflächen beschwichtigend auf seinen Brustkorb. Er trug ein gepolstertes Lederwams, und sie konnte die Metallbeschläge spüren, die ein geschickter Sattler sowohl zum Schutz als auch als Schmuck dort eingesetzt hatte. »Was erwartest du? Dass sie sich wie eine Milchmagd zum Stelldichein schleicht? Das ist nicht ihre Art, du vergisst ihren Stolz! Sie ist die Lady des Rosenturms!«

Alfarics Augen wurden zu Schlitzen, und tief in seinem Brustkorb löste sich ein Geräusch, das sehr dem Knurren eines gereizten Wachhundes glich. »Es geht nicht an, dass die künftige Fürstin der Sachsen noch länger in der Gewalt der Normannen bleibt, begreift sie das denn nicht? Sie muss mit mir fliehen!«

Edeva ersparte sich die Antwort. Wenn es überhaupt einen Menschen auf der Welt gab, der Alfaric begreifen und genau in die Richtung drängen konnte, in der er ihn habe wollte, dann war sie jener Mensch. Es kam nur darauf an, seinen unbändigen Jähzorn nicht zu wecken.

»Zum Weihnachtsfest wird sie zu dir kommen«, versprach sie über Lilianas Kopf hinweg. »Der Normanne reitet nach London, um dort an der Krönung des Eroberers teilzunehmen. Er wird einen guten Teil seiner Männer mitnehmen. Die übrigen könnt ihr ohne Schwierigkeiten überwältigen, und dann werden wir das Fest mit deiner und Lilianas Hochzeit feiern!«

Dieses Mal klang der Laut aus Alfarics Brust zufriedener. »Gut! Wir werden rechtzeitig da sein. Was ist mit den versprochenen Vorräten? Ich habe heute Nacht nichts finden können, als ich mit meinen Männern danach suchte! Wir brauchen Ale, Mehl und Speckseiten!«

Jetzt drang der Seufzer aus Edevas eingefallener Brust. »Es gibt nichts, was ich für dich und die deinen beiseite schaffen könnte. Die Vorräte sind weggesperrt, rationiert und unter strenger Aufsicht. Vermutlich gibt es in den Gewölben im Moment nicht einmal eine Ratte, die, von den Normannen übersehen, auch nur vom kleinsten Käsestück nascht. Ihr werdet mit dem auskommen müssen, was ich euch in den Wochen zuvor gegeben habe!«

»Du meinst, davon sei noch viel da?« Alfaric lachte freudlos auf. »Meine Männer müssen essen, außerdem brauchen wir Waffen und Streitäxte! Und dann sind da noch die Weiber und Kinder, die sich wie eine Seuche an uns heften, weil sie ihre Männer verloren haben.«

»Haltet bis Weihnachten durch, dann werdet ihr die Schwerter und Waffen der Normannen und die nötigen Vorräte bekommen!«, versprach Edeva, und in diesem Moment glaubte sie ebenso wie Alfaric daran.

Hatte Liliana nicht ein blühendes Hawkstone im Spiegel des Wassers gesehen? Bepflanzte Felder, volle Ställe und überquellende Scheunen? Eine Zukunft voller Reichtum und Stolz lag vor ihnen, wenn erst Liliana und Alfaric beide über Hawkstone herrschten.

»Und nun musst du gehen!«, mahnte sie. »Der Ritter wird Verdacht schöpfen, wenn ich allzu lange in diesem leeren Haus herumsuche!«

Alfaric sah ein, dass sie Recht hatte. »Grüß meine Braut und sag ihr, dass sie die längste Zeit Jungfrau gewesen ist! Bis zum Frühling wird sie den ersten meiner Erben tragen!«

Edeva nickte, auch wenn sie bereits wusste, dass sie diese Botschaft nicht in ihrem Wortlaut überbringen würde. Es war Lilianas Pflicht, diesen Erben zur Welt zu bringen, nur das zählte. Wie Alfaric allerdings darauf reagieren würde, dass seine Gemahlin nicht mehr die Jungfrau war, die er erwartete, darüber wollte sie im Augenblick nicht nachdenken. Sie konnte nur hoffen, dass Liliana die Kräuter nahm, die sie ihr heimlich zugesteckt hatte. Es fehlte noch, dass sie am Ende ein Normannenbalg bekam statt des kleinen Kriegers, den Alfaric sich wünschte.

Die Zeit würde den Ereignissen die Richtung weisen, doch die alte Amme erschauerte unwillkürlich. Seit die Normannen auf die Insel gekommen waren, drehte sich die Welt schneller, und sie hatte den verwirrenden Eindruck, dass es ihr immer schwerer fiel, den Überblick zu behalten.

»Geh jetzt!«, schickte sie Alfaric unwirsch fort. »Es wird alles so kommen, wie du es wünschst!«

Ihre Worte glichen mehr einer Beschwörung als einer Versicherung, aber der Sachse war kein Mann, der auf solche Feinheiten achtete.

Raynal de Cambremer sah auf die bezaubernde Schläferin herab. Dicke, glänzend schwarze Haarsträhnen fielen wie Seide über das anmutige Profil, dessen andere Seite in das Kissen gedrückt war. Mit vorsichtigen Fingern schob er die Mähne hinter das zierliche Ohr und legte die Züge frei. Ein dichter Fächer aus langen, schwarzen, nach oben gebogenen Wimpern warf zitternde Schatten auf eine vom Schlaf rosige Wange. Der leicht geöffnete Mund wölbte sich von leidenschaftlichen Küssen geschwollen ausgesprochen verführerisch.

Der verlockende Anblick trug dazu bei, dass Raynal kein Verlangen danach hatte, den Traum der Nacht für die Wirklichkeit des Tages aufzugeben. Nur in der Nacht gehörte Liliana ganz ihm, wenn es ihm gelang, jene Mauer der Abwehr zu zerstören, die sie im Laufe eines jeden Tages um sich herum errichtete. Es waren zwei völlig verschiedene Frauen, die seine Sinne verwirrten. Eine ungesellige, scheue, die die Helligkeit dazu nutzte, seiner Aufmerksamkeit zu fliehen, und eine lebendige, leidenschaftliche, die sich schließlich doch in seine Arme warf und sich in der Liebe erschöpfte, bis sie in jenen tiefen Schlummer versank, der sie auch jetzt noch umfangen hielt.

Seine Fingerkuppen liebkosten die feine Linie ihrer leicht betonten Wangenknochen und den stolzen Schwung ihres eigensinnigen Kinns. Gütiger

Himmel, er hatte nicht geahnt, dass es möglich war, in den Armen einer Frau so viel Entzücken und atemloses Glück zu finden! Schon der Gedanke daran ließ ihn erschauern und weckte von Neuem sein Verlangen.

Hatte er sich wirklich einmal den Kopf darüber zermartert, wie er die Befehle Wilhelms umgehen konnte? Er musste nicht ganz bei Trost gewesen sein! Wer vertrieb einen Engel von seiner Seite, wenn er ihn besaß? Er würde gehorchen, auch auf die Gefahr hin, dass er es bereute, sobald er wieder zur Vernunft kam. Im Augenblick zählte nur die Tatsache, dass sie ihm gehören würde. Dass er das Recht über ihre Person und ihr Leben bekam.

Irgendwo im Haus bellte ein Hund, und er vernahm eine scharfe Männerstimme, die das Tier zum Schweigen brachte. Der Tag forderte trotz allem sein Recht.

Der Lärm drang auch in die friedliche Ruhe von Lilianas Schlaf, und ein tieferer Atemzug als zuvor hob ihre Brust, ehe sie die Augen aufschlug. Ihr Blick traf genau in das Zentrum der grünen Augen, die jede ihrer Bewegungen verfolgten.

Es war an jedem Morgen dasselbe. Sie bekam mehr und mehr den Eindruck, dass Raynal de Cambremer niemals schlief. Wenn er sie nicht liebte, bis sie atemlos um Gnade und Erfüllung bat, beobachtete er sie. Was erwartete er zu sehen? Sie wich seinem Blick aus und sah zu den geschlossenen Läden des Gemachs, durch die graues, unfreundliches Licht sickerte.

»Ist es schon Morgen?«

»Leider«, raunte er und griff nach einer der vorwitzigen Haarsträhnen, die sich wie ein Rahmen um die blasse, anmutige Brust gelegt hatte. »Ich wünschte, ich könnte die Stunden fest halten, wie ich dich in meinen Armen halte.«

Liliana ignorierte die Sehnsucht in seinen Worten. In ihren Ohren klang nur männliche Arroganz, die satte Zufriedenheit eines Menschen, der einmal mehr bekommen hatte, was er wollte.

Der lebendig rosige Schimmer auf ihren Wangen wich einer bleichen Mischung aus Scham und Schrecken. Weshalb nur war sie so schwach, so demütigend lüstern und leicht zu verführen? Sie hatte nicht geahnt, dass er so viel Macht über sie gewinnen würde.

»Lasst mich!«

Der schroffe Befehl hatte bereits etwas Vertrautes für den Normannen, so oft bekam er ihn an den Kopf geworfen. Liliana entzog sich ihm und rutschte zur Kante des Alkovens.

»Nicht freiwillig, mein Herz!«, scherzte Raynal und umfasste das eigensinnige Kinn mit starken Fingern, ehe er die spröde gewordenen Lippen küsste, die sich jetzt vor ihm verschlossen.

»O Gott!«

Die unmittelbare Gegenwart des Ritters, der Duft der Liebesnacht, der aus den Falten der Betttücher aufstieg und die befriedigten Signale ihres eigenen Körpers machten sie so tödlich verlegen, dass helle Röte wie eine Welle über ihre blasse Haut huschte. Was hatte sie ihn in schamloser Hingabe tun lassen? Sie schlug die zitternden Hände vor das Gesicht.

»Liliana!«, mahnte Raynal sanft und umfasste ihre Handgelenke. »Es ist alles gut. Es gibt nichts, wofür du dich schämen müsstest!«

»Wie könnt Ihr das sagen? Ihr habt mich zu Eurer

Hure gemacht!«, entgegnete sie mit erstickter Stimme.

Es waren weniger ihre Worte als der raue abgehackte Ton, in dem sie gesprochen wurden, der den Seigneur aus seiner morgendlichen Milde riss.

»Was hast du gesagt?« Er wollte seinen eigenen Ohren nicht trauen. Was, zum Henker, ging nun schon wieder hinter dieser makellosen Stirn vor?

»Ihr habt mich sehr wohl verstanden«, flüsterte Liliana voller Abscheu. »Es wäre besser gewesen, Ihr hättet mich getötet, als ich Euch den Gifttrunk geben wollte!«

»Da bin ich anderer Ansicht«, entgegnete er trocken, und seine Finger strichen liebkosend über ihren steifen Nacken. »Du schenkst mir so viel Freude, wenn ich dich in meinen Armen halte, dass ich mir durch eine so unbeherrschte Tat selbst Schaden zugefügt hätte!«

Liliana erschauerte unter der Berührung und dem Zorn auf die eigene demütigende Schwäche. »Ihr habt mich verhext!«

»Natürlich!« Raynal begriff sehr wohl, dass Liliana nach Erklärungen suchte – und seien sie noch so absurd –, um ihren Anteil an den Ereignissen zu entschuldigen. Aber er dachte nicht daran, den Sündenbock für etwas zu spielen, das sie beide unzweifelhaft mit der gleichen Heftigkeit begehrten. »Ich fürchte, dass du ebenfalls eine Hexenmeisterin bist. Du hast mich mit unstillbarer Sehnsucht nach deinen lilienweißen Gliedern und dem Feuer deiner Leidenschaft geschlagen. Ich kann nicht ohne dich sein!«

»Ihr macht Euch über mich lustig!«

Liliana hielt für Spott, was für den Ritter nur das Zitat aus einer der zahllosen Liebesballaden war, die am Hofe Wilhelms zum Vergnügen der schönen Damen gesungen wurden. Sie schlüpfte unter den Decken hervor und eilte an die Truhe, auf der ihre Kleider lagen, die sie am Vorabend in unziemlicher Hast abgelegt hatte.

»Du hältst mir deine eigene Missetat vor«, antwortete Raynal und erhob sich mit wachsendem Ärger. »Was soll ich von einer Geliebten halten, die mich des Nachts mit ihrer Glut vom Schlafen abhält und mir im Licht des Morgens vorwirft, ich hätte ihr die Ehre geraubt? Willst du nicht endlich mit diesen Narrenpossen aufhören?«

»Ein guter Vorschlag!«, zischte Liliana und zerrte die Bänder ihres Kleides fest. »Hören wir auf mit diesen Narrenpossen! Lasst mich in Frieden und sucht Euch eine willige Magd für Eure Lust! Ich hasse Euch!«

»Wenn die vergangenen Stunden ein Beispiel für deine Art zu hassen waren, dann kann ich gut damit leben«, erklärte Raynal unwirsch, aber gedämpft, da er mit dem Kopf in einem Hemd steckte und erst jetzt mit wirren Haaren wieder auftauchte. Blonde Strähnen fielen in seine Stirn, und das weiße Leinen betonte die natürliche Bräune seiner Haut. Die hellen Zähne blitzten auf.

Liliana gab einen rauen Laut von sich und schlüpfte in die flachen Lederschuhe, ehe sie zur Tür eilte. Sie wollte nur noch fort von ihm.

»Hör auf, dich gegen die Tatsachen zu wehren«, riet Raynal erbost. »Es ist nicht Sache der Frauen, gegen sich selbst zu kämpfen!«

Liliana blieb stehen und begegnete seinem Blick. Für einen Herzschlag lang glaubte sie, dort Mitgefühl zu entdecken, Verständnis für ihr Benehmen.

Aber woher sollte ein Normanne wissen, was in ihr vorging? Normannen waren Räuber, Diebe und Mordbrenner! Und dieser hier war der Schlimmste von allen. Er hatte ihr nicht nur die Heimat, sondern auch den Stolz genommen. Er hatte ihr das Ausmaß der eigenen Schwäche gezeigt und sie gelehrt, sich selbst zu hassen.

»Warum findest du dich nicht mit den Dingen ab, wie sie sind?«, erkundigte er sich erneut. »Du gefällst mir. Es macht mir großes Vergnügen, das Lager mit dir zu teilen, und ich werde immer für dich sorgen.«

»Ihr schlagt der Lady von Hawkstone vor, die Rolle Eurer Buhle zu spielen?«, antwortete Liliana mit einer atemlosen Gegenfrage.

»Aber nein, du …« Raynal brach ab.

Die Hartnäckigkeit, mit der sie ihn auch in dieser Angelegenheit zum bösen Schurken stempelte, zerrte an seiner Geduld. Dieser kleine Dickkopf verdiente es nicht, dass er seine Ängste besänftigte. Die Lady von Hawkstone würde noch früh genug erfahren, welches Unrecht sie ihm angetan hatte.

»Du magst es sehen, wie du es willst. Tatsache ist: Ich bin dein Herr, und du schuldest mir Gehorsam. Du kannst diese Folgsamkeit sofort unter Beweis stellen. Triff Vorbereitungen, mit mir auf Reisen zu gehen. Du wirst mich nach London zur Krönung meines Herzogs begleiten. Wir brechen zum nächsten Neumond auf.«

Lilianas Augen weiteten sich. Raynal vermochte nicht zu sagen, ob vor Staunen oder vor Widerspruch. Bei dieser Frau war nie etwas klar und einfach.

»Was ist meine Rolle auf dieser Reise?«, flüsterte

Liliana tonlos. »Gefangene? Beute? Spielzeug? Wollt Ihr mich zusätzlich demütigen?«

»Zum Henker, hast du nicht einen einzigen erfreulichen Gedanken in deinem Kopf?«, brauste der Ritter auf. »Wilhelm ist dein neuer König, und du bist die Lady von Hawkstone! Es gehört sich, dass du ihm deine Aufwartung machst und seinen Befehlen folgst. Daher wirst du an meiner Seite reiten!«

Liliana wich vor ihm zurück, bis sie die Wand in ihrem Rücken spürte. Gütiger Himmel, nie und nimmer würde sie als Geliebte dieses Mannes vor seinem Herrn paradieren und auch noch das Knie vor dem Eroberer beugen!

»Ich werde Eurem räuberischen König den Lehnseid verweigern!« Sie hob trotzig das Kinn. »Wollt Ihr etwa das Risiko eines öffentlichen Skandals eingehen?«

Raynal runzelte die Stirn. Er hätte ihr sagen können, dass sie sich wegen dieses Eides ohnehin keine Sorgen zu machen brauchte. Der neue Herr von Hawkstone musste diesen Schwur leisten. Aber er bezweifelte, dass ihr diese Auskunft besser gefallen würde. Sie würde nicht hören wollen, dass sie nur die erfreuliche Dreingabe für den neuen Seigneur des mächtigen Rittergutes war.

»Überleg dir gut, was du in London sagst und tust!«, murmelte er aus diesen Gründen unerwartet nachsichtig. »Der Ritt wird dir reichlich Zeit lassen, deine Gedanken zu ordnen!«

Liliana sah ihm schweigend dabei zu, wie er in seine Kleider schlüpfte, die Bänder schloss und die Schnallen befestigte. Er hatte eine ebenso elegante wie präzise Art, sich zu bewegen. Gleichgültig, ob er sein Gewand anlegte oder mit Gilbert de Nansay zum Training die Schwerter kreuzte. Eine Mischung aus großer innerer Ruhe und geschmeidiger Athletik sprach aus all seinen Bewegungen. Er war zweifellos ein Mann, der wusste, was er wollte, und den man nicht unnötig reizen sollte. Dennoch konnte sie nicht anders als ihm Trotz bieten. Sie durfte die Liste ihrer Fehler nicht auch noch durch falsche Nachgiebigkeit krönen.

»Ich werde nicht mit Euch reisen«, murmelte sie mehr für sich als für ihn. »Gleichgültig, was immer Ihr sagen oder befehlen werdet.«

Raynal schwieg. Wozu um etwas debattieren, das ohnehin längst beschlossene Sache war? Trotzdem konnte er nicht verhindern, dass tief in seinem Inneren eine neue Art von Respekt vor Liliana wuchs. Wäre sie ein Mann gewesen, sie wäre ein höchst ernst zu nehmender Gegner. Aber glücklicherweise war sie eben eine Frau …

13. Kapitel

Liliana rümpfte die zierliche Nase, als sie die sanfte, kleine Stute sah, die ihren Sattel trug. Ein hübsches Spielzeug für eine Lady, aber kein Pferd für die Herrin von Hawkstone, die normalerweise die wildesten Hengste unter ihren Willen zwang. Wofür hielt sie der Normanne? Was war mit Noir geschehen, dem schwarzen Streitross, das sie bei ihrer ersten verhängnisvollen Begegnung geritten hatte?

Raynal de Cambremer sah die verächtlich gekräuselte Nase und verbarg ein Lächeln hinter seiner undurchdringlichen Miene. Er las Lilianas Gedanken, und sie amüsierten ihn. Er hatte in höchsteigener Person den Befehl gegeben, der Lady die fügsamste Stute im Stall zu satteln.

Nachdem er ihren Eigensinn und ihre wilden Entschlüsse kannte, dachte er nicht daran, ihr ein Pferd zur Verfügung zu stellen, das ihren kriegerischen Geist womöglich zur Flucht verleiten würde. Zwar verboten die Jahreszeit und das Wetter eine solche Tat von selbst, aber dies galt nur für vernünftige Zeitgenossen. Er hatte gelernt, das unberechenbare Temperament der Lady von Hawkstone in seine Überlegungen einzubeziehen. Die ruhige Stute war das richtige Pferd für sie!

Die prüfenden Blicke des Ritters glitten über die übrigen Mitglieder der Reisegruppe, die sich zum Aufbruch vor den Säulen des Herrenhauses zusammengefunden hatte. Der stetige, eisige Nieselregen, der sich mit nassem Schnee abwechselte, sah ganz danach aus, als wolle er tagelang andauern. Der Morgen war noch nicht richtig hell, aber die Waffen glänzten nass und bedrohlich in der Dämmerung. Gilbert de Nansay würde Hawkstone während Raynals Abwesenheit befehligen und halten.

Jetzt kehrten dessen Augen wieder zu der Lady zurück, die ihren dicht gewebten Umhang enger um sich zog und die Füße in den kleinen Stiefeln in die Flanken des Pferdes drückte. Im Schatten der Kapuze erahnte er ihre Miene mehr, als er sie sah. Stiller Zorn strahlte aus ihrer Richtung zu ihm, gleich der stetigen Wärme eines Glutbeckens.

Es war ihr nicht gelungen, sich gegen die Macht seiner Befehle aufzubäumen, aber er wusste, dass dies keinen Sieg über ihren rebellischen Geist bedeutete. Die Lady fürchtete niemanden. Er hatte sogar

Zweifel daran, ob sie Gott fürchtete, auch wenn er sie damit einer Todsünde verdächtigte. Aber er hatte noch nie gesehen, dass sie zum Gebet in die kleine Kapelle trat, die sich in den Schatten des Rosenturms duckte.

»Gottes Segen über deine Reise«, sagte Gilbert de Nansay in diesem Moment, und die Hände der beiden Freunde umklammerten jede den Unterarm des anderen. Der Gruß zweier vertrauter Waffengefährten, die sich ihrer Stärke bewusst waren, die aber dennoch gelernt hatten, mit den Unsicherheiten eines mühsam zu befriedenden Landes zu rechnen. »Und grüß mir die schönen Damen des Hofs!«, fügte Gilbert grinsend hinzu.

»Solange die Herzogin und ihr Hofstaat noch in der Normandie weilen, werden sich die Tränen über deine Abwesenheit in Grenzen halten, mein Lieber!«, spottete Raynal gutmütig und gab das Zeichen zum Aufbruch. »Hüte mir Hawkstone und bleib der Tatsache gewahr, dass es in den Wäldern von kampfeslüsternen Sachsen wimmelt!«

Liliana beobachtete den Abschied der beiden Ritter aus schmalen Augen. Hinter ihnen entdeckte sie Edeva, die sich in den Schatten der Säulen drückte und mit keiner Geste zu verstehen gab, dass sie ihr eine gute Reise wünschte. Wie auch, es kam ihr ja selbst so vor, als würde sie in eine Verbannung geschickt, von der sie nicht wusste, wie lange sie andauern würde.

Edeva sah den verlorenen Blick und den schmal zusammengepressten Mund Lilianas. Es gefiel der Amme ebenso wenig wie der Lady selbst, dass man sie zu dieser unerwarteten Reise zwang, die alle Pläne vereitelte. Sie hatte versucht, einen Stalljungen zu Alfaric zu schicken, aber der Knabe war noch nicht wieder erschienen. Entweder hatte man ihn ergriffen oder er hatte sich entschieden, bei den Rebellen zu bleiben. Edeva zog es vor, an die zweite Möglichkeit zu glauben.

Die Reihen der Bewaffneten schlossen sich ohne ausdrücklichen Befehl um Liliana. Die Lady sah über behelmte Köpfe hinweg und an Lanzen vorbei, als sie einen Abschiedsblick auf den kahlen, verwitterten Rosenturm warf, der gleich einem urzeitlichen Ungeheuer über Hawkstone wachte. Würde sie das Symbol ihrer Heimat je wieder sehen? Das nasse Banner des Normannen wehte wie zum Trotz über die Zinnen und brachte zornige Röte auf ihre Wangen.

Monate waren seit der großen Schlacht vergangen. Monate, in denen sich Wilhelm der Normanne und seine räuberischen Ritter wie eine biblische Heuschreckenplage in das eroberte Land gefressen hatten. Wer sollte ihnen jetzt noch Einhalt gebieten?

Die sächsischen Fürsten? Die letzten jener Männer, die sich in Machtkämpfe verstrickt hatten, statt geeint und stark dem Eroberer Trotz zu bieten? Liliana hatte keine gute Meinung von ihren Fähigkeiten. Die Besten von ihnen waren im Pfeilhagel der Eroberer gestorben und hatten wie ihr Vater Kinder, Frauen und Schwache zurückgelassen. Die unschuldige Beute der Sieger!

Das neue, verstärkte Tor von Hawkstone schlug hallend hinter ihnen zu, und die hohen Wände der Palisadenmauern verschwanden in den Schleiern des Regens. Liliana starrte zwischen den wippenden Ohren der kleinen Stute hindurch und versuchte, ihre Verzweiflung zu beherrschen. Einmal mehr kämpfte sie die Panik nieder, die in ihrem Inneren aufstieg, eine Panik, die zu ihrer treuen Begleiterin geworden war, seit sie gelernt hatte, dass sie sich selbst misstrauen musste, weil der eigene Körper sie verriet.

Es war das erste Mal, dass sie seit der schicksalhaften Schlacht die Bannmeile des großen Rittergutes verließ. Überall entdeckte sie noch Spuren des Kampfes, die auch die vergangenen Wochen nicht getilgt hatten. Doch erst als sie auf die Ruinen eines kleinen Weilers trafen, der die nördliche Grenze von Hawkstone markierte, stutzte Liliana. Der Geruch nach kaltem Rauch und verbranntem Fleisch war so intensiv, dass das Massaker unmöglich länger als ein paar Tage zurückliegen konnte. Mit Sicherheit lag es nicht Wochen zurück!

Unwillkürlich riss sie am Zügel der kleinen Stute und zwang sie gegen den Trott der Reisegruppe zum Stehen. Raynal de Cambremers wachsamen Augen entging die Störung keineswegs. Er befahl Halt und begab sich an die Seite der widerspenstigen Lady, die bereits aus dem Sattel gesprungen war.

»Was, zum Henker, ficht Euch an?«, erkundigte er sich barsch und stieg ebenfalls vom Pferd.

»Dies ist der Weiler von Hawkforest!«, entgegnete Liliana empört. »Euch mag das Schicksal dieser Hand voll Menschen gleichgültig sein, aber für mich sind sie Männer und Frauen, die zu Hawkstone gehören! Was ist mit ihnen geschehen? Wohin sind sie gegangen?«

Raynal de Cambremer hatte mit einer Handbewegung einigen Kriegern befohlen, die Ruinen zu durchsuchen, und ihr Kopfschütteln sagte ihm in diesem Augenblick, dass nichts mehr zu retten war.

»Bedankt Euch bei den sächsischen Rebellen, die das Land unsicher machen, Demoiselle«, antwortete er kalt, den vermeintlichen kulturellen Unterschied zwischen ihnen absichtlich betonend. »Sie haben dafür gesorgt, dass die armen Teufel von Hawkforest keinem Herrn mehr dienen können außer ihrem Schöpfer. Sie benötigen inzwischen so dringend Nahrung, dass ihre eigenen Landsleute nicht mehr vor ihnen sicher sind, wenn sie ihre Hilfe verweigern. Lasst uns weiterreiten. Es hat keinen Sinn, dass Ihr dieses Elend aus der Nähe betrachtet!«

Liliana holte tief Luft, aber der durchdringende Gestank, der aus den Trümmern aufstieg, verstärkte nur ihre Übelkeit. Sie erinnerte sich an Sigwart, den bärtigen Köhler, und seine rundliche Frau Marian. Marian hatte ihr bei jedem Besuch Säcke ihrer getrockneten Beeren und jene köstlichen Pilzragouts aufgedrängt, die sogar die Küche von Hawkstone in Neid versetzten. Zu denken, dass die geschickte, lebhafte Marian unter diesen schrecklichen Resten lag, die einmal ein blühender Weiler gewesen waren …

»Wollt Ihr im Ernst behaupten, dass es Sachsen waren, die ihresgleichen wie Schlachtvieh massakrieren?« Sie starrte Raynal zornig an. Wütend auch deswegen, weil sie in seinem Blick Mitleid entdeckte, das sie von ihm nicht haben wollte. Zorn war immer noch das beste Mittel, um jenes würgende Elend zu beherrschen, das gallig und bitter aus ihren Eingeweiden emporstieg.

»Ich habe nicht genügend Männer, um jeden einzelnen Winkel dieses riesigen Lehens ausreichend zu schützen«, wehrte sich Raynal gegen die unausgesprochenen Vorwürfe. »Ich hoffe, der Herzog wird im Zuge der Krönung und im Frieden des Weihnachtsfestes ein Ohr dafür haben, dass ich weitere Krieger benötige.«

»Mein Vater benötigte niemals Krieger. Ihm genügten die Männer, die in Hawkstone geboren wurden und ihm die Treue schworen!« Liliana konnte der Versuchung zu sticheln nicht widerstehen.

»Das war in einer anderen Zeit«, sagte Raynal betont friedfertig.

»In einer schöneren Zeit«, fauchte Liliana erbittert. »Damals musste man weder in Hawkstone noch in Hawkforest fürchten, dass einem die Marodeure das Dach über dem Kopf anzündeten! Dies war eine friedliche Insel, bis Ihr Euren Eisenfuß an unsere Küsten setztet.«

»Natürlich«, erwiderte der Ritter sarkastisch. »Deswegen war Harold gezwungen, seine friedfertigen Verwandten in offener Feldschlacht zu besiegen, ehe er in Eilmärschen nach Süden eilen konnte, um seine vermeintliche Krone gegen Wilhelm den Normannen zu verteidigen. Ihr seid schnell bei der Hand, Eure Urteile zu fällen, Dame! Lasst uns jetzt weiterreiten! Dies scheint mir kein Ort zu sein, der sich für ein Lager eignet.«

Liliana spürte die Röte auf ihren Wangen. Ihr Vater hatte wenig von den Ränken berichtet, die bei Hofe um die verwaiste englische Krone gesponnen worden waren. Hawkstone hatte stets seine machtvolle Unabhängigkeit bewahrt, seine Loyalität für den König war eine Selbstverständlichkeit. Allein, wer war nun der rechtmäßige König? Harold war tot, und seine machthungrigen Anverwandten waren ebenfalls gefallen oder in alle Winde verstreut.

Sie nahm schweigend die Hilfe des normannischen Ritters an, um sich wieder im Sattel einzurichten. Der Umhang lag schwer und feucht auf ihren Schultern, wenngleich er dem Regen noch immer erfolgreich trotzte. Der mehrfach gewalkte, robuste Stoff aus den Webstuben von Hawkstone war der normannischen Wolle weit überlegen. Sie sah es an den tropfenden Rändern der anderen Mäntel und dem verbissenen Ausdruck klammen Frierens, der die Gesichter der Männer zeichnete. Trotzdem sehnte auch sie sich inzwischen nach einem warmen Feuer, einem heißen Getränk und einem Ort, der nicht nach Tod und Verwesung stank.

Seit sie den Rosenturm hinter sich gelassen hatten, schien es ihr zunehmend, als hätte sie den letzten Halt in ihrem Leben verloren. Die Lady von Hawkstone war zum hilflosen Blatt geworden, das durch das Land wehte. Sie hatte nicht nur ihren Mut, sondern auch ihre Ehre verspielt. War es nicht gleichgültig, was jetzt noch mit ihr geschah?

Durch das unerwünschte Band instinktiven Verständnisses mit ihr verbunden, erfasste Raynal de Cambremer die düstere Verzweiflung ihres Geistes. Der Anblick des zerstörten Weilers hatte etwas in Liliana zerbrochen. Er hatte ihr die Illusionen geraubt, die sie trotz allem aufrecht hielten. Zu sehen, dass Hawkstone die Seinen nicht zu schützen vermochte, stürzte sie in tiefe Zweifel am eigenen Wert.

Er beschleunigte das Tempo des Rittes in der Hoffnung, bis zum Einbruch der Nacht eine Herberge oder wenigstens einen geschützten Platz zu finden, der es ihnen ermöglichte, dem unablässigen Regen ebenso zu entfliehen wie dem Wald, der sich um sie schloss. Auf dem Weg, der zur Straße nach Canterbury führte, standen die Pferde bis zu den Knöcheln im Schlamm, und er führte Meile um Meile durch unergründlichen Forst.

Die unheilvolle Stille unter den düsteren Baumriesen wurde nur vom Schnauben der Tiere, dem Quietschen der nassen Sättel und dem leisen Klirren der Zaumzeuge gebrochen. Manchmal ergossen sich kleine Bäche über die Reiter, die sich auf Ästen und trockenen Blättern gesammelt hatten, ehe das Gewicht des Wassers allzu schwer wurde. Doch als der Zug endlich den durchweichten Forst hinter sich gelassen hatte, tauschten die Reisenden seine Unbilden gegen jene des Nebels ein.

Raynal unterdrückte einen Fluch. Schon jetzt wünschte er sich, er hätte diese Reise niemals antreten müssen. Er konnte keinen Zusammenstoß mit den marodierenden Sachsen riskieren, solange seine Männer die Erbin von Hawkstone in ihren Reihen hatten. Das vermaledeite Wetter zwang ihn jedoch, ausgerechnet jetzt am Waldrand zu nächtigen. Ein Ritt im nächtlichen Nebel war zu gefährlich.

Ein wärmendes Feuer verbot sich unter diesen Umständen von selbst, aber Raynal bezweifelte ohnehin, dass sich irgendwo genügend trockenes Holz dafür gefunden hätte. Er gab die entsprechenden Befehle und wandte sich am Ende Liliana zu, die erstarrt auf ihrer Stute saß. Die Hände in den verzierten Lederhandschuhen lagen untätig auf dem Knauf ihres Sattels, das Gesicht war nass und bleich.

»Es tut mir Leid, aber wir müssen hier bleiben«, erklärte er bedauernd. »Es wird ein wenig unbequem sein, aber uns bleibt keine andere Wahl! Lasst Euch vom Pferd helfen!«

Liliana glitt steif aus dem hölzernen, gepolsterten Damensitz und blieb reglos neben der Stute stehen.

Sie machte weder Anstalten, sie in den Kreis der anderen Reittiere zu führen, die von zwei Kriegern bewacht wurden, noch ergriff sie die Gelegenheit, jene dringenden menschlichen Bedürfnisse zu verrichten, die sie nach einem stundenlangen Ritt sicher ebenso bedrängten wie die Männer. Raynal schüttelte den Kopf.

»Ihr seid störrischer als jedes Maultier, liebwerte Dame«, knurrte er in einer bitteren Parodie zeremonieller Höflichkeit und packte sie am Oberarm, während er mit einer Bewegung des Kinns Befehl erteilte, sich um ihre Stute zu kümmern.

Liliana gab einen Laut des Protestes von sich. Sie sträubte sich nicht aus Trotz, sie fand es lediglich unerwartet schwierig, einen Fuß vor den anderen zu setzen. Raynal spürte ihr Zittern unter seinem Griff, und er vergaß, dass er eben noch wütend auf ihren Eigensinn gewesen war. In der Berührung ihrer biegsamen und vertrauten Gestalt fand er sich den vielfältigen Gefühlen ausgeliefert, die sie in ihm weckte. Nach kurzem Kampf siegte der Wunsch, sie zu beschützen, sie zu wärmen und die unnatürliche Starre ihrer Glieder zu lösen.

»Es tut mir Leid, Kleines«, murmelte er so nahe an ihrem Ohr, dass niemand außer ihr es vernahm. »Deine Heimat ist nicht für Dezemberreisen geschaffen, aber wir haben keine andere Wahl. Komm, lass dir in den Schutz dieser Tannen dort helfen. Wenn du etwas getrunken und gegessen hast, wirst du dich besser fühlen!«

Liliana erbebte unter dem Gemurmel der vertrauten Stimme ihrer Nächte. Manchmal gelang es ihr, den Ritter und den Mann, in dessen Armen sie lag, voneinander zu trennen. So als wäre der Kämpfer ein völlig anderer und der wunderbare Geliebte nur das Phantom ihrer verbotenen, sinnlichen Träume. In Augenblicken wie diesem freilich, wo sie die Stärke seiner Hände fühlte und von seiner Sorge eingehüllt wurde, blieb ihr die gnädige Täuschung versagt. Dann zuckte sie vor dem Abgrund zurück, an dem sie stand.

Raynal de Cambremer ahnte nichts von ihren widersprüchlichen Empfindungen. Er drängte sie auf den provisorischen Sitz und reichte ihr seinen eigenen Trinkschlauch. »Es ist roter Wein, wie ihn der Herzog nicht schlechter trinkt. Er wird wieder ein wenig Farbe in Eure Wangen bringen. Ferrand, sieh nach, ob wir eine Zeltbahn in den Zweigen befestigen können, damit die Lady ein wenig Schutz hat, und dann bring ihr zu essen!«

Er war die Höflichkeit in Person. Wie er es nur fertig brachte, seine Stimme von einem Moment zum anderen zu verändern? Den Samt daraus zu verbannen und so zu tun, als interessiere ihn nichts anderes, als ihr in tadelloser Höflichkeit zu dienen? Liliana griff nach dem Trinkschlauch und nahm fast panisch einen großen Schluck.

Sie trank und hustete, als der schwere unverdünnte Wein durch ihre Kehle rann. Nach dem ersten Schock spürte sie gleichwohl eine willkommene Wärme, die er auf seinem Weg in ihren leeren Magen verbreitete. Sie hatte das Frühmahl an diesem Morgen verweigert. Es hatte ihr schon vor dem Gedanken gegraut, etwas schlucken zu müssen, aber nun war ihr Magen so leer, dass der Wein ein wahres Feuerwerk darin entzündete.

»So ist es gut«, lobte der Ritter, als sei sie eine Jagdhündin, die sich seinem Befehl unterwarf. »Und geht nicht zu weit in den Wald hinein, wenn Ihr Eure Notdurft verrichten müsst. Es ist schon recht dunkel, und der Nebel verwischt die Konturen zusätzlich. Es ist eine Nacht für Räuber und wilde Tiere.«

Er erwartete keine Antwort. Er ging davon, um sich um die Belange des Lagers zu kümmern, vollkommen davon überzeugt, dass er sie bei seiner Rückkehr wieder vorfinden würde. Sie ahnte, was er dachte. Wo sollte sie schon hin in dieser Wildnis ohne Licht? Sie war eine Frau und trotz aller Widerspenstigkeit mit Sicherheit für jeden einzelnen Krieger dankbar, der sie schützte.

Der Wein weckte Lilianas Lebensgeister. Sie sah sich unter halb gesenkten Wimpern neugierig um. Sie hatten die Grenzen von Hawkstone irgendwann im Laufe des späten Nachmittags endgültig hinter sich gelassen. Liliana wusste nicht, wo sie sich befanden. Irgendwo auf dem Weg nach Romney Marsh, vermutete sie, wo der Ritter auf die Straße von Canterbury nach London treffen wollte. Canterbury hatte sich ebenso wie die Stadt an der Themse am Ende dem Eroberer unterworfen. Dort warteten sichere Mauern und der Komfort fester Häuser auf die müden Reisenden.

Liliana sah auf, als sich der junge Knappe des Seigneurs vor ihr verneigte. Er trug nicht einmal die ersten Zeichen von Bartwuchs, und sein offenes rundes Gesicht unter den braunen Locken war das eines arglosen Knaben. Seine hagere Gestalt klappte regelrecht zusammen, als er ihr einen Imbiss anbot.

»Ich kann Euch leider nur kaltes Fleisch, Käse und etwas Brot bringen, Lady«, erklärte der Jüngling beflissen. »Aber ich denke, es ist besser als nichts. Gott segne Eure Mahlzeit, Lady!«

Sie sah, dass er ihr die Speisen auf einem kleinen Schild reichte, das er zuvor mit einem sauberen Leinentuch bedeckt hatte, und schenkte ihm für so viel Mühe ein Lächeln, das ihr gar nicht bewusst wurde. Ferrand hingegen lief bis zu den Ohren feuerrot an.

»Danke«, murmelte sie kaum hörbar und griff nach dem Brot, das tags zuvor aus den steinernen Öfen von Hawkstone gekommen war. Unter der harten Kruste war das Innere noch weich und duftend, und sie grub mit plötzlichem Appetit ihre Zähne hinein. Es knirschte ein wenig beim Kauen und erinnerte sie daran, dass auf Hawkstone das Getreide jetzt mit feinen Spelzen gestreckt wurde, damit die Vorräte über den Winter ausreichten.

Auch das sorgfältig abgemessene Käsestück und die Fleischscheibe bewiesen, dass sogar die Vorräte für diese Reise streng rationiert worden waren. Edevas tollkühne Unterstützung der sächsischen Rebellen hatte ihnen allen einen strengen und kargen Winter beschert. Liliana kaute mit mechanischer Gründlichkeit, während ihre wirren Gedanken sich mehr und mehr klärten. Ihre Blicke flogen über ihre Reisegefährten, deren Umrisse im Nebel unwirklich verwischt erschienen, obwohl sie alle nur wenige Schritte voneinander entfernt lagerten.

Eine Nacht am Wegesrand war für diese Männer nichts Ungewöhnliches. Jeder hatte seine eigene Methode, sich einzurichten. Die meisten ruhten halb gegen ihre Sättel gelehnt, die Waffen griffbereit zur Hand, während die Trinkschläuche kreisten. Bis auf ein paar halblaute Bemerkungen gab es keine Gespräche, und sogar die Pferde, die mit Fußfesseln das karge Wintergras zupften, schnaubten nur manchmal gedämpft. Aus dem Wald hinter ihnen drang der hohle Ruf eines Käuzchens und das vereinzelte Knacken und Knirschen nächtlicher Tiertritte, aber der Nebel dämpfte sogar diese scharfen Laute.

Liliana pickte sorgfältig die letzten Brotbrösel von ihrem Umhang und ließ mit einer kaum sichtbaren Bewegung Käse und Fleisch in einer Tasche darunter verschwinden. Der verhängnisvolle Entschluss, den sie in ihrem Inneren gefasst hatte, lenkte ihre Bewegungen.

Sie würde nicht zulassen, dass man sie gleich einer erbeuteten Sklavin zur Krönung des neuen Herrschers schleppte! Sie hatte die eigene Ehre verraten, indem sie sich dem Normannen hingegeben hatte, aber sie würde diese unverzeihliche Dummheit nicht mit überflüssigem Gehorsam krönen!

Sobald sich auch nur die kleinste Gelegenheit dazu ergab, wollte sie fliehen. Zurück in die Wälder. Wenn es ihr wenigstens gelang, Hawkforest zu erreichen. In den Ruinen fand sich vielleicht noch etwas zu essen, und sie konnte sich fürs Erste dort verbergen. Weiter wollte sie in diesem Augenblick gar nicht denken. Dieser Weg war schon lang und schwer genug, denn sie würde die Stute zurücklassen müssen. Zum einen war das Tier völlig erschöpft, zum anderen wurden die Pferde bewacht.

Raynal de Cambremer sah ihren Blick zu den Pferden gleiten, und er glaubte, eine Spur von Sehnsucht darin zu lesen. Sie wünschte sich auf- und davonzureiten, gleichgültig, wie steif und wund sie sich fühlte. Er konnte es ihr nicht übel nehmen. Für eine Frau von so empfindlichem Stolz waren die Ereignisse schwer zu ertragen. Aber nicht einmal die Erschöpfung und die Müdigkeit konnten ihrer Schönheit den geheimnisvollen Glanz nehmen.

Sie hatte die Kapuze des Umhangs abgestreift, und das feine Oval ihres Antlitzes leuchtete in der Dämmerung wie altes Elfenbein. Die streng geflochtenen und aufgesteckten Zöpfe ließen sie älter wirken, aber auch edler und melancholischer als die Sirene mit den wirren Haaren, die ihm so unvergessliche Nächte geschenkt hatte.

Er bekämpfte den närrischen Impuls, zu ihr zu treten und sie in seine Arme zu nehmen. Vor seinen Männern sollte er sich kein solches Zeichen von Schwäche erlauben. Er konnte ja selbst kaum die Macht erklären, die ihn zu Liliana zog. Sie würden sich gedulden müssen, alle beide. Doch die Tatsache, dass sie in seiner Reichweite war, dass er sich nicht fragen musste, was sie tat und wie es ihr ging, war ihm schon Erleichterung. Er hatte gelernt, die Tage und Stunden zu fürchten, die er ohne sie verbrachte, denn sie hatte, ohne dass er es verhindern konnte, Macht über ihn und seine Gedanken gewonnen.

Die Dunkelheit sank über das stille Lager am Waldrand, und gleichzeitig hörte es endlich auf zu regnen. Ein schneidend kalter Wind erhob sich stattdessen, und sogar die Pferde drängten sich Wärme suchend aneinander. Der Ritter überzeugte sich davon, dass Liliana unter der provisorisch aufgespannten Zeltbahn Schutz gefunden hatte, dann lehnte er sich in ihrer Nähe gegen den eigenen Sattel und schloss die Augen. Er schlief, kaum dass sein Kopf den Sattel berührte; er hatte gelernt, die kurzen Phasen der Ruhe zu nutzen. Die Wachen waren eingeteilt, und er vertraute der Fähigkeit seiner Krieger, rechtzeitig vor jedem drohenden Unheil zu warnen.

Liliana zitterte unter ihrem Umhang. Sie war müde, aber sie hielt sich gewaltsam wach. Sie lauschte angespannt in die Nacht hinaus. Der Wind nahm an Stärke zu und brauste rauschend in den Wipfeln des Waldes. Durch die jagenden Schatten des Nebels hindurch glaubte sie, schemenhaft Wolken und eine schmale Mondsichel erkennen zu können. Wenn sie jetzt nicht ihre ganze Kraft zusammennahm, würde die Erschöpfung den Sieg davon tragen.

Schließlich richtete Liliana sich langsam und unendlich behutsam auf und horchte auf eine Bewegung unter den Schläfern. Kein Laut. Raynal schien seinen Kriegern sogar das Schnarchen untersagt zu haben! Sie machte einen ersten, vorsichtigen Schritt aus ihrem provisorischen Unterschlupf heraus und erschauerte im Eishauch des Windes. Dann folgte der zweite Schritt, und schließlich schlich sie auf Zehenspitzen zwischen den vermummten, stummen Gestalten hindurch, ohne dass auch nur eine Einzige von ihnen das lautlose Phantom bemerkte.

Es war zusätzliches Glück, dass der Wachposten, auf den sich Raynal verlassen hatte, gegen einen Baum gelehnt ebenfalls schlummerte. Liliana tastete sich durch die Finsternis blindlings in die Richtung, die sie sich in der Dämmerung einzuprägen versucht hatte. Der Wind war mit ihr im Bunde und übertönte jedes Geräusch. Ihr Umhang blieb schon bald an Dornenranken hängen, Zweige schlugen in ihr Gesicht, und immer wieder stolperte sie über Hindernisse, die sie nicht sehen konnte. Dennoch hielt sie keinen Moment inne. Sie wusste nur allzu genau, dass sie nie wieder eine solche Chance erhalten würde, vor Raynal de Cambremer zu fliehen!

Sie versuchte vergeblich, jeden Gedanken an den selbstherrlichen Normannen aus ihrem Kopf zu verbannen. Sie belegte ihn mit allen Schimpfnamen, die ihr einfielen, und listete im Geist seine Verbrechen auf. Umsonst. Raynal pochte in ihrem Blut und ihrem Herzen. Sie schwitzte jetzt, obwohl die Nacht kalt und nebelfeucht auf ihrer Haut lag.

Was er wohl sagen würde, wenn er entdeckte, dass sie fort war? Würde er sie suchen? Vermutlich nicht, die Zeit drängte, und sie hatten Hawkstone viel zu spät verlassen. Wenn er an der Krönung teilnehmen wollte, konnte er keine Zeit mit der Jagd nach einer störrischen Sachsenprinzessin verschwenden.

»Er wird sich nicht den Zorn seines Herrschers zuziehen wollen, indem er zu spät kommt«, sagte sie sich und keuchte mit zitternden Beinen und brennenden Lungen weiter. Tränen brannten in ihren Augen, aber als sie mechanisch die Hand hob, um sie fortzuwischen, war die Haut trocken. Es war ihr Herz, das weinte ...

14. Kapitel

»Sag, dass es nicht wahr ist!«

Der scharfe Ruf des Ritters klang so kalt und drohend, dass Ferrand den Kopf noch tiefer zwischen die Schultern zog. Seit er Raynal de Cambremer als Knappe diente, hatte er diesen Ton noch nie vernommen. Aber er wusste sofort, dass sich äußerster, glühender Zorn dahinter verbarg.

»Ich konnte die Lady nirgends finden, Seigneur«, wiederholte er bebend. »Ich ... ich nahm an, sie sei für ihre morgendliche Notdurft in die Büsche verschwunden. Ich habe gewartet, aber das ist nun schon so lange her, dass ich fürchte ...«

»Schweig!«

Ferrand schwieg nur allzu gern. Er hatte das Gefühl, je länger er sprach, umso schlimmer wurde sein Versagen. Ein vorsichtiger Blick auf seinen Herrn zeigte ihm die eiserne Maske eines Kriegers, der seine Gefühle zu verbergen wusste. Lediglich die scharf eingekerbten Mundwinkel und das mörderische Funkeln in den grünen Augen verrieten, dass der Ritter um Beherrschung rang.

Raynal de Cambremer knirschte mit den Zähnen und schlug mit der geballten Faust gegen den Stamm einer Eiche. Er riss sich die Haut an der rauen Borke auf, aber es kümmerte ihn nicht. Er empfand nichts außer rasender Wut! Mörderischen Ingrimm, in dessen Zentrum Liliana von Hawkstone stand. Sie hatte ihn getäuscht! Wie einen dummen Jahrmarkts-Narren an der Nase herum geführt und sitzen gelassen!

Nie und nimmer hätte er ihr die Kühnheit zugetraut, in einer solchen Höllennacht zu verschwinden. Wohin wollte sie denn gehen, meilenweit von jedem Dorf entfernt, am Rande eines undurchdringlichen Forstes? Wohin sie sich auch wandte, überall wartete der Tod auf eine hilflose junge Frau.

»Es sei denn, sie ist gar nicht so hilfsbedürftig wie du in deiner Einfalt annimmst, mein Freund!«, wies ihn seine innere Stimme jäh auf eine ganz andere Möglichkeit hin. »Hattest du nicht den ganzen langen Ritt über das Gefühl, beobachtet zu werden? Bisher konntest du dich stets auf deine Sinne verlassen. Warum sollte sich das ausgerechnet in England ändern? Es ist möglich, dass die Dame wusste, dass sie nur eine günstige Gelegenheit abpassen musste, damit ihre Flucht gelingt.«

Raynal atmete tief durch. »Was ist mit den Pferden, Ferrand? Sind sie vollzählig, unverletzt?«

Der Knappe nickte mehrmals. Wenigstens eine Frage, auf die er positiven Bescheid geben konnte, denn er war auch bei den Reitpferden gewesen, um nach der verschwundenen Dame zu suchen. »Keines fehlt, Herr! Sogar die Stute der Lady ist noch da!«

Kein Zweifel, sie hatte Hilfe bei ihrer Flucht gehabt. Raynals Zorn ertrank in bitteren Selbstvorwürfen. Von ein paar saphirblauen Augen betört hatte er Vorsicht und Vernunft außer Acht gelassen. Vermutlich warteten Liliana und ihre sächsischen Freunde bereits auf seine nächste Dummheit. Sie hatten die Falle bereits gestellt, und er brauchte nur noch wie ein Trottel in den Wald stürmen, um die Dame aus ihrer vermeintlichen Bedrängnis zu retten, damit er mit all seinen Männern den Tod von sächsischer Hand fand. Aber damit hatten sie sich verrechnet!

Sollte die Lady doch sehen, ob sie mit ihren rebellischen Landsleuten besser zurecht kam als mit den Normannen. Je schneller sie verschwand, umso gesünder war es für seinen Seelenfrieden.

»Wir reiten weiter!«, bellte er als Fazit dieser Gedanken den Knappen an und deckte ihn mit einer Reihe von weiteren Befehlen ein.

»Aber was ist mit Lady Liliana?«, wagte der Jüngling zu fragen. »Sie kann nur in den Wald zurück geflohen sein. Allein, ohne Pferd und ohne Waffe. Es wird ihr Böses zustoßen, Ihr könnt nicht …«

»Erzähl mir nicht, was ich kann und soll, Ferrand!«, sagte der Ritter kalt. »Tu deine Pflicht und überlass es mir, die Entscheidungen zu treffen!«

Ferrand zuckte unter der Wucht dieses grimmigen

Tadels zusammen und gehorchte. Allein seine Augen glitten immer wieder am Rand des Forstes entlang, der schweigend und düster im morgendlichen Licht hinter ihnen lag: eine dunkle, geheimnisvolle Welt, viele Rittstunden breit, von Gefahren durchzogen.

Raynal de Cambremer verstand seine Besorgnis besser, als der Jüngling ahnte. Auch er musste sich zwingen, nicht ständig an Liliana zu denken. Er redete sich ein, dass ihr keinerlei Gefahr drohte und dass sie sich längst in Sicherheit befinden musste, aber die Beklommenheit blieb. Das niederschmetternde Gefühl, viel mehr verloren zu haben als eine störrische Geisel, nagte an ihm.

Aber hatte er nicht in harten Klosterjahren gelernt, die weiche Seite seines Herzens zu verleugnen? Beherrschung zu wahren und das zu tun, was erforderlich war? So sehr unterschied sich der Alltag eines Ritters gar nicht von dem eines Mönches.

Die kahlen Brombeerranken waren das Ärgste. Sie krallten sich in die Säume des Umhangs, rissen an den Röcken und kratzten Furchen in das empfindliche Leder der Schuhe. Die feinen Reitstiefel einer Lady waren nicht wie das derbe, widerstandsfähige Schuhwerk der Krieger und Ritter für jeden Marsch geeignet. Liliana setzte dennoch in sturer Selbstüberwindung einen Schritt vor den anderen. Sie hatte sich an die lähmende Erschöpfung ebenso gewöhnt wie an das Stechen in ihrer Brust.

Längst hatte sie jedes Zeitgefühl und jeden Sinn für irgendeine Himmelsrichtung verloren. Sie stolperte durch die Dunkelheit, ohne zu bemerken, dass sich die Schwärze der Nacht unmerklich in das Silbergrau des heranbrechenden Morgens wandelte. Vor ihren müden Augen tanzten feurige Kreise, und sie sah den starken Ast nicht, der quer vor ihrem Weg hing.

Mit einem dumpfen Laut stieß sie mit der Stirn dagegen, und ihren Lippen entfloh ein leiser Schmerzenslaut, ehe sie wie von einer Axt gefällt zu Boden stürzte. Die jähe Ohnmacht entzog der Willenskraft, die sie bisher angetrieben hatte, ihren Halt. Tiefe Erschöpfung ließ kurze Besinnungslosigkeit in todesähnlichen Schlaf übergehen.

Halb von ihrem schmutzigen Umhang bedeckt lag sie kaum atmend zwischen vermodertem Eichenlaub und Moos. Eine Lumpenpuppe, deren Farben sich mit dem Braun der Erde und dem Grauschwarz der Äste zu einem formlosen Hügel vermischten, den kein menschliches Auge mit einem lebenden Wesen in Verbindung gebracht hätte.

Die hartnäckige, feuchtwarme Berührung von etwas Rauem, Hartnäckigem drang letztendlich doch in Lilianas betäubtes Bewusstsein. Sie wehrte sich dagegen, aus dem barmherzigen Dunkel ihrer Zuflucht gerissen zu werden. Warum ließ man sie nicht in Frieden sterben? Die unbeholfene Abwehr ihrer Finger war kaum mehr als ein kurzes Aufflattern von Leben, aber es genügte, um den Plagegeist vor Begeisterung heiser aufbellen zu lassen und sie einen Regen aus Blättern und vermoderter Erde auszusetzen.

»Zum Donner, was ist los, Devil? Wirst du wohl endlich aufhören, den Boden aufzugraben, du blödes Vieh!«

Die vierschrötige Riesengestalt im Pelzwams, die den Hund begleitete, stieß das reglose Bündel grob mit der Fußspitze an und sah sich mit einem unerwarteten drohenden Knurren des Hundes konfrontiert.

»Hast du den Verstand verloren, Bestie?«

Alfaric von Haven scheuchte den kalbsgroßen, tiefschwarzen Jagdhund mit einem kräftigen Fußtritt zur Seite und brachte sich gleichzeitig vor seinen scharfen Zähnen in Sicherheit. Devil war kein gehorsamer Hund. Seine Launen hielten sich jedoch die Waage mit seinen Fähigkeiten als Jagd- und Spürhund, Eigenschaften, die der junge Sachsenfürst dringender denn je benötigte. Indes sah es nicht so aus, als sei die Beute der Rede wert, die Devil an diesem Morgen abseits des Weges im Brombeerdickicht aufgespürt hatte.

Der Schwarze ließ sich unweit des Bündels auf die Hinterbeine nieder und gab sich den Anschein, als wolle er bewachen, was dort lag. Mit einem Knurren, das jenem des Hundes nichts nahm, ließ sich Alfaric auf ein Knie nieder und zerrte den nassen, schmutzigen Stoff zur Seite. Als Erstes sah er aufgelöste dunkle Flechten, einen schlanken, bleichen Hals und die Kontur einer von ihm abgewandten, mit Erde beschmutzten Mädchenwange, die ihm seltsam vertraut erschien. Aber erst als die Gestalt mit einem tiefen Stöhnen den Kopf wandte, begriff er, weshalb.

»Liliana!«

Obgleich auch Liliana die Stimme erkannte, dauerte es eine geraume Weile, ehe ihr schmerzender Kopf die Wahrheit in heisere Silben fassen konnte. »Alfaric? Alfaric von Haven?«

»Bei allen Göttern, was tust du hier, Herrin des Rosenturms?«, rief der Sachsenkrieger entrüstet und wich vor ihr zurück, als habe sie eine ansteckende Krankheit. »Und wie siehst du aus?«

Liliana rappelte sich unter Mühen auf und fand dabei in Devil einen unerwarteten Helfer. Der breite, stämmige Rücken des tiefschwarzen Höllenhundes diente ihr als Halt, und über ihre Finger, die sie im wolligen Nackenfell des Tieres vergraben hatte, drang eine Ahnung von Wärme und Leben in ihre erstarrten Knochen. Sie kämpfte gegen die erschöpfte Benommenheit, die ihr Denken lähmte. Woher kam Alfaric, und was wollte er von ihr?

Bis sie halbwegs ihre Sinne beieinander hatte, fand sie sich von weiteren bärtigen Sachsen umgeben, die so gewalttätig und wild aussahen, dass sie keinen von ihnen erkannte, obwohl die meisten aus Dörfern waren, die auf Hawkstoneland lagen. Unwillkürlich drängte sie sich noch enger an den Hund.

Devil war einer der Rüden von Nostran, dem ehemaligen Jagdhund ihres Vaters. Sie erinnerte sich daran, wie sehr es ihr missfallen hatte, dass er Alfaric den jungen Hund zum Geschenk machte. Offensichtlich hatte er die raue Behandlung überlebt, aber sein Verhalten zeigte, dass er seinem Herrn nur bedingt vertraute. Liliana wagte kaum, die Finger aus seinem Fell zu nehmen.

»Alfaric!«, wiederholte sie krächzend mit einer Stimme, die sie kaum als die ihre erkannte. Es gelang ihr nur mühsam, ihr Entsetzen zu verbergen. »Ich kann es kaum glauben! Wie hast du mich gefunden?«

»Devil war's«, entgegnete der Sachsenfürst knapp. »Ich wähnte dich auf Hawkstone! Was tust du allein im Forst? Du solltest bis zum Weihnachtsfest auf mich warten. Verdammt, Weib, kannst du niemals das tun, was man dir befiehlt? Es ist an der Zeit, dass du gehorchen lernst!«

Liliana erschauerte und versuchte, ihre Fassung wieder zu finden. Sie wusste, dass man Alfaric nicht zeigen durfte, wie sehr man ihn fürchtete. Es weckte die schlimmsten seiner vielfältigen schlechten Eigenschaften, wenn er sich übermächtig und stark fühlte, besonders einer Frau gegenüber, die seine hartnäckige Werbung abgelehnt hatte und ihn verabscheute.

»Denkst du, ich hätte die Macht, über mein Tun zu befehlen?«, entgegnete sie leise. »Der Normanne wollte mich nach London zur Krönung des Eroberers schleppen. Es gelang mir, ihm zu entfliehen!«

Alfaric verengte die Augen zu Schlitzen, und seine groben Züge erstarrten, während sich hinter der vorgewölbten Stirn das schwere Geschäft des Denkens abspielte. Gewöhnlich reagierte er aus Zorn, aus Machthunger oder schlichter Gier heraus. Darüber nachgrübeln zu müssen, was ein anderer beabsichtigte und welche Pläne er möglicherweise schmiedete, reizte ihn aufs Blut.

»Wo ist der Kerl? Wie viele Männer hat er bei sich? Wo können wir ihn erwischen?«, bellte er Liliana schließlich so verärgert an, dass sie unwillkürlich noch weiter zurückwich. Wäre nicht die warme Flanke des Rüden gewesen, die sich stützend gegen ihre Oberschenkel drückte, sie wäre gefallen.

Raynal in Alfarics Händen? Ihr Herz hämmerte und traf seine Entscheidung, ehe ihr Kopf dazu etwas sagen konnte. Das edle, männliche Gesicht des Normannen schob sich vor die bärtige, verzerrte Maske des Sachsenfürsten, unter dessen Stirn böse, helle Augen glitzerten. Er sah sich bereits die blutige Streitaxt über dem fremden Ritter schwingen.

»Ich weiß es nicht,« erwiderte Liliana und versuchte, ihre Stimme so überzeugend wie möglich klingen zu lassen. »Es war Nacht, als ich floh, und ich kann nicht sagen, wie lange es gedauert hat, ehe ihr mich gefunden habt. Ich bin kreuz und quer durch den Forst gelaufen, um meine Spuren zu verwischen.«

Dies war die Wahrheit, und doch verschwieg sie bewusst, dass das Lager am Waldrand gelegen hatte und Raynal die Richtung auf Romney Marsh eingeschlagen hatte. Es gab keinen Grund, die Eroberer zu schützen, aber sie wollte nicht zusehen müssen, wie Ferrand und die anderen abgeschlachtet wurden. Alfaric und seine Männer schienen in der Überzahl zu sein, und sie würden keine Gnade kennen, wenn ihnen Normannen in die Hände fielen.

»Nun denn,« knurrte Alfaric eher befriedigt als überrascht. »Ich wusste immer, dass dein Vater es mit deinen Fähigkeiten bei der Jagd übertreibt. Ein Mann hätte sich Zeichen gemerkt, Himmelsrichtungen oder Wegstrecken, aber eine Frau … bah!«

In seiner arroganten Selbstherrlichkeit kam er gar nicht auf die Idee, dass Liliana ihm absichtlich Auskünfte vorenthielt. Sie senkte die Lider. Sie sagte nichts, während er zwei Späher auf den Weg schickte und den Rest seiner Männer zum Aufbruch trieb.

»Du kommst mit mir«, wandte er sich eher beiläufig an die junge Frau.

»Wohin?« Das hatte ihr noch gefehlt. Sie wollte nicht aus der Gewalt des einen Mannes in die des anderen übergehen.

»Vorerst in unser geheimes Lager«, befahl Alfaric. »Wenn ich's recht bedenke, gefällt es mir, dass ich dich gefunden habe. Hawkstone ist ohnehin zu gut befestigt, um es in einem einfachen Handstreich zu nehmen, wie's die Alte vorgeschlagen hat. Wir werden es erobern, wenn der Frühling kommt!«

»Hawkstone erobern!«, entrüstete sich Liliana und ließ jede Vorsicht außer Acht. »Du musst den Verstand verloren haben, Alfaric von Haven!«

»Schweig!«, knurrte der und bedachte sie mit einem Blick, der sie erschauern ließ. »Ich werde nicht zulassen, dass du als mein Weib die Stimme erhebst. Ich bin dein Herr, und du wirst tun, was ich sage!«

Liliana erbebte. Obwohl alles in ihr nach Protest schrie, beging sie kein zweites Mal den Fehler, Alfaric vor seinen Männern zu widersprechen. Sie kannte den empfindlichen Stolz des jähzornigen Sachsenfürsten. Auch wenn sie nicht daran dachte, seine Frau zu werden, ihre Ablehnung durfte nicht an die Ohren anderer Männer gelangen. Sie war nun wohl oder übel gezwungen, jene Folgsamkeit zu heucheln, die er von ihr erwartete.

Auch würde sie sich fürs Erste mit ihrem hartnäckigen Freier arrangieren müssen, damit sie aus diesem Wald herausfand. Sie senkte die Lider und schwieg. Lediglich die Finger in Devils Hals verkrampften sich.

»Ich sehe, wir verstehen uns!« Alfarics wölfisches Grinsen legte eine Reihe gelblicher, aber kräftiger Vorderzähne frei, und seine Hand packte Lilianas Oberarm mit eisernem Griff, ehe sie ausweichen konnte. »Ich möchte dich an meiner Seite haben, Kleines! Wir wollen doch nicht, dass dir Schaden zustößt?!«

Liliana stolperte, aber der Griff ließ nicht zu, dass sie fiel. Die unmittelbare, körperliche Gegenwart Alfarics ließ ihr beinahe die Sinne schwinden. Eine

Mischung aus altem Schweiß und roher Gewalt brach über sie herein und lähmte alles Denken. Nur eine einzige verhängnisvolle Erkenntnis blitzte am Rande ihres Bewusstseins auf: Sie hatte mit ihrer Flucht vor Raynal de Cambremer einen schrecklichen Fehler begangen!

»Vorwärts!«, knurrte Alfaric und zog sie so heftig voran, dass ihre Füße über den Boden schleiften. »Es drängt mich, unsere Hochzeit zu feiern, Lady von Hawkstone! Danach werden wir die normannischen Hunde ins Meer zurückwerfen und unsere Küsten mit ihren Leichen bedecken. Nie wieder soll sich ein Fremder auf unsere Insel wagen!«

Liliana setzte zögernd einen Fuß vor den anderen. Von der Beule an ihrer Stirn breitete sich ein schmerzendes Pochen in ihrem Kopf aus, und sie verlor sehr bald jedes Gefühl für Entfernung und Zeit. Ihr war übel vor Hunger, und sie hätte ihre ewige Seligkeit für einen Schluck Wasser gegeben. Alfaric und seine Männer dachten jedoch weder an Essen noch an Trinken. Sie waren harte Krieger, die in den vergangenen Wochen Flucht und Entbehrung kennen gelernt hatten. Wer zu schwach war, blieb zurück.

Als sie mit der hereinbrechenden Dunkelheit die Hütte eines Jagdpflegers erreichten, war Liliana zu erschöpft, um das verbrannte Dach und die halb verwesten Körper zu bemerken, die von den verkohlten Balken des Verschlages hingen, der einmal die beiden Schweine der Familie beherbergt hatte.

Alfarics wüste Flüche galten lediglich der Tatsache, dass die Mordbrenner, die vor ihnen gewütet hatten, gründliche Schurken gewesen waren. Sie fanden keinen Krümel Brot, kein Korn, nicht einmal einen Rest Brei in irgendeiner Schüssel. Lediglich eine kleine Quelle hinter dem Haus bot reichlich frisches Wasser. Es schmerzte beim Trinken an den Zähnen, denn der Frost hatte die Steine ringsum schon mit klarem Eis überzogen.

Liliana hatte inzwischen nicht einmal mehr Kraft zum Trinken. Alfaric musste ihr das kostbare Nass förmlich aufdrängen, doch es lief wieder aus ihren Mundwinkeln und nässte ihr Kleid.

»Trink!«, schnauzte er verärgert. »Ich brauche eine starke Frau, die mir starke Söhne schenkt!«

Das eisige Wasser gepaart mit derart unerfreulichen Zukunftsplänen riss Liliana gewaltsam aus ihrer Betäubung. Sie strich sich die wirren Haarsträhnen aus der Stirn und setzte sich auf, immer darauf bedacht, möglichst Abstand zwischen sich und Alfaric zu bringen. Blinzelnd starrte sie auf den Sachsen, der vor dem Hintergrund des kleinen Feuers, das seine Männer im Kamin entfacht hatten, einen bedrohlichen Schattenriss bildete.

Gütiger Himmel, was hatte sie getan, um ausgerechnet in Alfarics Gewalt zu enden? Schon als halbwegs gesitteter Freier hatte er sie mit seinem wilden Bart und seiner selbstherrlichen Art abgestoßen, aber nun? Er hielt sie für sein Eigentum!

»Noch trage ich deine Söhne nicht«, wagte sie zu widersprechen und nahm ihm den Wasserschlauch aus der Hand, auch wenn ihr Arm unter dem unerwarteten Gewicht zitterte.

Alfaric brach in schallendes Gelächter aus und packte ihr Handgelenk. Zum einen, um es zu stützen, zum anderen, um ihr zu beweisen, dass sie sich in seiner Macht befand.

»Wir könnten schon heute etwas daran ändern, mein Mädchen«, sagte er unerwartet friedlich, sobald er sich wieder beruhigt hatte. »Mir macht es nichts aus, wenn meine Männer dabei zusehen, wenn ich dich besitze! Du bist es doch, die stets auf all dem Zeremoniell und den feinen Sitten besteht, und ich werde dich nicht enttäuschen. Ich nehme dich erst auf mein Lager, wenn der Priester unseren Bund gesegnet hat, wie es sich gehört. Ich bin schließlich ein Edelmann!«

Liliana starrte auf die behaarte, schmutzige Pranke, die ihr schmales Gelenk umklammerte. Im Flammenschein leuchteten helle Härchen auf dem Handrücken, und die Adern traten dick hervor. Stahlharte Finger mit breiten Kuppen und eingerissenen schwarzen Fingernägeln drückten sich in ihr Fleisch, und sie konnte nicht verhindern, dass sie erneut zu zittern begann.

»Keine Angst, Herzchen!« Alfaric fand auch dies zum Lachen. »Du wirst eine Hochzeit bekommen, die der künftigen Herrin unseres Landes gebührt. Meine Männer werden auf dein Wohl trinken!«

Er gab sie frei, und die Hand samt dem Wasserschlauch sank auf den fest getretenen Boden der Hütte. Ein dünner Strahl lief heraus und versickerte im moderigen Stroh auf dem Bodens. Liliana wünschte sich innigst, ebenfalls zu Wasser zu werden und in der Erde verschwinden zu können. Erschöpfung und Mutlosigkeit trieben ihr die Tränen in die Augen. Was auch immer sie getan oder versucht hatte, seit ihr Vater Hawkstone verlassen hatte, um mit seinen Männern in einem vergeblichen Kampf zu sterben, es war stets das Falsche gewesen!

»Trink!«, drängte Alfaric in diesem Augenblick von neuem. »Wenn du trinkst, spürst du den Hunger nicht mehr so, und wenn wir später unser Hauptquartier erreichen, werde ich dich für alles entschädigen!«

Liliana trank in durstigen Zügen. Sie spürte, wie sich Devil an ihre Seite drängte und seine Wärme mit ihr teilte. Die Anspannung ließ langsam nach. Sie legte die Arme um den Hals des Hundes und bettete ihren Kopf auf seine Flanke. Er roch nach Wald und Tier, nach der richtigen Ordnung der Dinge. Sie schloss die Augen und versuchte, sich in die Zeit zurückzuträumen, als Devil noch ein kleiner verspielter Welpe gewesen war, ein tapsiges Bündel schwarzes Fell, das ihr auf Schritt und Tritt durch eine Welt gefolgt war, die ihr jetzt wie ein Märchen erschien.

15. Kapitel

»Hört auf, Eure Scherze mit mir zu treiben, Raynal de Cambremer. Über solche Dinge kann ich nicht lachen, das wisst Ihr genau!«

»Es ist kein Scherz, Beau Sire!«, bedachte Raynal den englischen König mit der traditionellen Anrede des Herzogs der Normandie.

Er wusste, die Zeichen im Gesicht Wilhelms zu deuten. Wenn er die Lippen so streng aufeinander presste, dass die Mundwinkel zu beben schienen, vermochte er seinen Zorn kaum noch zu zügeln. Dann tobte der Ärger in ihm, wenngleich seine Haltung nach außen tadellos war und die dunklen Augen wenn nicht freundlich, so doch neutral blickten. Trotzdem hatte es keinen Sinn, ihm die Einzelheiten der vertrackten Geschichte zu verschweigen.

Je eher er alles berichtete, umso eher hatte er es hinter sich.

»Hawkstone hat sich wie seine Erbin als schwer zu regierendes Terrain erwiesen. Seine Herren scheinen seit jeher eigenmächtig und stolz regiert zu haben. Es ist schwer zu sagen, ob der König dem Herrn von Hawkstone oder der Herr von Hawkstone dem König gehorchte. Die Menschen, die im Schatten dieses Banners leben, sind von eigenem Stolz.«

»Erzählt mir keine Dinge, die ich längst weiß. Sagt mir lieber, warum die Lady von Hawkstone nicht an Eurer Seite ist!«

So sehr Raynal es schätzte, einem klugen, menschenkundigen Fürsten zu dienen – es gab Momente, in denen diese Eigenschaften störend wurden. Die grimmige, breite Gestalt gehörte einem Mann, der, als Bastard geboren, gelernt hatte, andere seinem Willen zu unterwerfen. Er besaß nichts, was er sich nicht aus eigener Kraft erkämpft hätte. Aber wenn er es besaß, hütete er es mit der eifersüchtigen Tüchtigkeit eines strengen Vaters, und er verlangte diesen nimmermüden Eifer auch von seinen treuen Dienern.

»Liliana von Hawkstone wollte nicht mit nach London kommen. Sie ist während der Reise hierher entflohen, weil es ihrem Stolz widerstrebt, das Knie vor Euch zu beugen!«, entschied sich der junge Ritter erbittert für die Wahrheit.

»In der Tat?«

Raynal dankte seinem Schöpfer, dass dieses Gespräch unter vier Augen stattfand. Wie er eine derartige Blamage angesichts einer offiziellen Audienz hätte bewältigen sollen, war ihm ein Rätsel. Wilhelm triefte geradezu vor Spott.

»Sie ist entflohen? Könnt Ihr mir das näher erklären? Davongelaufen wie ein Schoßhündchen? Zwischen den Marktbuden von London entschlüpft?«

»Ihr könnt die Lady von Hawkstone nicht mit den Damen der Frau Herzogin vergleichen«, versuchte der tödlich verlegene Ritter sein Versagen zu erklären. »Sie ist eine gefährliche Person. Sie hat als Krieger verkleidet das letzte Aufgebot der Alten und Jungen angeführt, als wir das Lehen nahmen, und die Niederlage nie akzeptiert. Danach wollte sie mich töten. Ich kann von Glück sagen, dass ich im letzten Moment Verdacht schöpfte, als sie mir Gift in den Wein mischte.«

»Ein Mannweib also, dem nur der Bart fehlt, damit es Angst und Schrecken verbreitet?«, erkundigte sich der Herzog mit zunehmender Neugier. »Habt Ihr deswegen zugelassen, dass sie flieht? Damit Ihr sie nicht zur Gemahlin nehmen müsst, wie ich es befohlen habe?«

Raynals Ehrlichkeit zwang ihn zur Richtigstellung dieses Irrtums, obgleich er wusste, dass er sich damit nur noch mehr ins Unrecht setzte. »Liliana von Hawkstone ist Schönheit und Weiblichkeit schlechthin, Beau Sire. Wenngleich etwas größer als der Durchschnitt der Frauen, hält sie sich mit anmutiger Grazie. Ihr Haar ist schwarz wie der sternenübersäte Mitternachtshimmel, ihre Augen haben die Farbe reiner Saphire, und ihr Mund gleicht einer Rosenblüte. Niemand kann sie ansehen, ohne sie zu bewundern.«

»Und dieser zauberhafte Engel führt das Schwert und mischt Gift?« Der Spott in den Augen des Herzogs machte düsterer Vorsicht Platz.

»Ihr Mut und ihre Furchtlosigkeit können es mit

ihrer Schönheit aufnehmen«, gestand Raynal mit einem verräterischen Seufzer.

»Und Ihr habt sie unterschätzt!«, traf Wilhelm wie ein meisterlicher Bogenschütze mitten ins Schwarze. »Und ich habe Euch überschätzt, Raynal de Cambremer! Hawkstone hätte ein Zeichen des Friedens für Sachsen und für Normannen werden können. Eine englische Lady aus ältestem Adel, die sich mit einem meiner besten Ritter verbindet, wäre das beste Beispiel für ein friedliches Miteinander von Sachsen und Normannen in meinem Königreich geworden. Und nun ...?«

Der Ritter schwieg mit mahlenden Kiefern. Was sollte er antworten? Wie diesen Vorwürfen begegnen?

»Ich hatte den Befehl, Hawkstone zu nehmen und zu halten, Sire«, entschied er sich auch jetzt für die Wahrheit. »Diesen Befehl habe ich befolgt. Auch habe ich die Besiegten ehrenhaft behandelt und überflüssiges Blutvergießen verhindert. Ich habe sogar davon abgesehen, die Lady für ihren Giftanschlag mit mehr als ein wenig gerechtem Zorn zu bestrafen. Dennoch kann ich nicht umhin, dem Himmel zu danken, dass er mich vor dieser Gemahlin bewahrt hat. Wer will schon eine Frau, der er nicht über die Breite des Bettes hinweg traut?«

Dem Herzog entging in dieser leidenschaftlichen Rede der Unterton von gekränkter Männlichkeit nicht. Bei aller Wahrheitsliebe verschwieg Raynal de Cambremer offensichtlich ein paar Einzelheiten, die er auch seinem Herzog nicht anvertrauen wollte.

»Freut Euch nicht zu früh, mein Freund«, murmelte Wilhelm nachdenklich.

Er trat an den breiten Arbeitstisch seines Gemaches und schob die Dokumente, die dort lagen, beiseite. Es machte beinahe den Eindruck, als sei das Thema für ihn erledigt. Raynal indes kannte ihn gut genug, um zu ahnen, dass er nicht so leicht davonkommen würde. Der Herzog hasste es, wenn man seine Pläne durcheinander brachte. Und an diesem Plan hatte ihm besonders viel gelegen.

»Ich habe einen neuen Auftrag für Euch, für dessen Erledigung Ihr mit Eurer Ritterehre bürgen werdet«, sagte er jetzt so unheilschwanger, dass der Ritter das Schlimmste befürchtete. Dennoch konnte er nichts anderes tun, als den Kopf senken und gehorchen.

»Ihr werdet Liliana von Hawkstone suchen und finden,« fällte Wilhelm das Urteil, auf das er im Grunde bereits wartete. »Ihr werdet dieses Mädchen zu Eurer Gemahlin machen und gemeinsam mit ihr über Hawkstone herrschen. Es geht nicht an, dass diese englische Rose meinem besten Ritter auf der Nase herumtanzt, mein Freund! Findet heraus, wo sie steckt und bringt der Dame bessere Manieren bei.«

»Ihr wisst nicht, was Ihr von mir verlangt, Beau Sire!«

»Was denn?« Mit einem Male schwangen Freundschaft und Wärme in der Stimme des Königs, und ein Arm legte sich um Raynals breite Schultern. »Kann es sein, dass du Angst vor einem englischen Mädchen hast, mein Freund? Fang die Rebellin und zähme sie dir. Die Art, wie du sie geschildert hast, sagt mir, dass sie dir unmöglich gleichgültig sein kann!«

»Ich bin *ihr* gleichgültig!«, rutschte es Raynal heraus, ehe er die Worte wägen konnte.

Der König grinste wie ein vergnügter Possenreißer. »Und das sagt ausgerechnet ein Ritter, bei dem die Damen meiner Gemahlin vor Entzücken seufzen, wenn er in ihre Nähe kommt? Raynal, ich habe den Eindruck, du bist deiner Meisterin begegnet!«

Der Seigneur ballte die Fäuste, aber er ging nicht auf die neuerliche Provokation ein. Er hatte ohnehin schon zu viel gesagt.

Wilhelm rieb zufrieden die Handflächen gegeneinander. »Ich werde der Pate eures ersten Kindes sein! Sagt mir Bescheid, wenn es so weit ist, Raynal!«

»Ich bin Euer Diener, Beau Sire!«, murmelte der Ritter und floh aus dem Kabinett seines Fürsten, ehe dieser mit seinen Adleraugen auch noch entdeckte, dass er im Grunde nicht böse über diesen Auftrag war.

Seit sie nach Lilianas Flucht die Stadt an der Themse erreicht hatten, fühlte er sich, als habe er in einer Schlacht eine schlimme Wunde erhalten, die nicht heilen wollte. Er konnte weder die Befriedigung Wilhelms teilen noch die nötige Begeisterung für die Krönung aufbringen, die in der Abtei von St. Peter in Westminster von seiner Eminenz, dem Erzbischof von York, mit eigenen Händen vorgenommen worden war.

Es war ein erhebender, aber auch gefährlicher Moment gewesen, denn niemand hatte gewusst, ob sich die unberechenbaren Bewohner von London nicht doch gegen den aufgezwungenen neuen König erheben würden. Dass sie es am Ende nicht taten, war für Wilhelm das schönste Geschenk an jenem festlichen Tag gewesen. Allein Raynal brachte nicht die Ruhe auf, den Triumph zu teilen. Seine Gedanken waren an der Straße nach Romney Marsh zurückgeblieben, und je mehr er über die Ereignisse nachdachte, umso eher kam er zu dem Schluss, dass er sich doch getäuscht haben musste.

Liliana mochte stolz, widerspenstig, unberechenbar und viel zu unabhängig für eine Frau sein, aber ihr fehlte jede Spur von Heimtücke. Auch der Giftanschlag war nur ein Akt purer Verzweiflung gewesen. Hätte er sie nicht davon abgehalten, sie wäre selbst in den Tod gegangen. Sie wäre nicht fähig gewesen, sich an einer Falle zu beteiligen, die ihm und seinen Männern den sicheren Tod gebracht hätte.

Er hatte einen schrecklichen Fehler begangen, indem er sich nicht die Mühe machte, sie zu suchen. Je länger er grübelte, umso sicherer war er sich, dass Liliana sich in Gefahr befand, in tödlicher Gefahr.

Der Befehl des Königs ermöglichte es ihm immerhin, sich ohne Verzögerung auf ihre Spur zu setzen. Welch ein Segen! Er hatte ohnehin bereits entdeckt, dass er nicht zu jenen Männern zählte, die ihre Befriedigung darin fanden, an der Seite des neuen Königs mit der eigenen Bedeutung zu prahlen. Nein, er gehörte nach Hawkstone!

»Du darfst keine Angst haben. Sobald er nur den kleinsten Funken von Feigheit in dir spürt, ist es vorbei! Zeig ihm nicht, dass du dich fürchtest!«

Wieder und wieder betete Liliana sich selbst diese Litanei vor. Sie war zu ihrer ständigen Begleiterin geworden, seit sie halb von Sinnen und erschöpfter als je zuvor in ihrem ganzen Leben in die große Felsenhöhle an der Küste gestolpert war, die Alfarics Halle und Hauptquartier zugleich war. Sie hatte von den Höhlen gehört, die sich in die schroffen Kalkfelsen bohrten, aber es war das erste Mal, dass sie eine davon betrat. Feucht, windgeschützt und nicht so klirrend kalt wie ein Versteck im Wald boten sie eine Zuflucht für alle, die sich Alfaric von Haven und seinen Männern angeschlossen hatten.

Es war ein wilder, disziplinloser Haufen, auf den der sächsische Heerführer seine Macht gründete. Zu Lilianas Überraschung befanden sich auch eine Menge Frauen und Kinder darunter, abgerissene, verhungerte und jämmerliche Gestalten, die Gatten, Brüder und Väter verloren hatten. Aus zerstörten Dörfern und abgebrannten Höfen, aus kleinen Fischerdörfern und einsamen Weilern hatten sich die Überlebenden hierher geflüchtet und täuschten eine Macht vor, die Liliana schon nach wenigen Tagen als Illusion durchschaute.

»Du wirst uns alle ins Unglück stürzen!«, hatte sie Alfaric zu sagen gewagt. »Die Zeit der Streitäxte ist vorbei! Das Land gehört den Rittern und ihren Pferden, den befestigten Herrensitzen und den Männern, die mit Schwert und Lanzen kämpfen. Hast du schon einmal gesehen, wie treffsicher ihre Bogenschützen sind? Weißt du, dass sie sich täglich in ihrer Kunst üben?«

»Bah! Die normannischen Hunde haben die große Schlacht nur gewonnen, weil Harold fiel«, hatte Alfaric erwidert. »Das Durcheinander nach seinem Tod hat ihnen den Durchbruch ermöglicht! Ohne dieses Unglück hätten wir sie im Sumpf zerstampft!«

»Die Schlacht ist vorbei! Warum kannst du nicht Frieden schließen?«

»Weil ich kein Weib bin! Ich werde kämpfen oder sterben!«

»Es redet sich leicht vom Sterben, wenn man es

nicht tun muss«, hatte sie zu spotten gewagt und sofort die Zeche für diese Frechheit bezahlen müssen.

»Davon verstehst du nichts«, hatte Alfaric sie angeschrien und mit der Faust in ihr offenes Haar gegriffen. Während sie noch fürchtete, er würde ihr den Hals brechen, hatte er einen so brutalen Kuss auf ihre Lippen gedrückt, dass sie Blut schmeckte.

»Das ist's, wovon die Weiber etwas verstehen, mein Täubchen! Und dass du's gleich weißt: Sobald uns ein Priester in die Hände fällt, wird er uns verheiraten, und dann verschaffe ich dir eine andere Art Unterhaltung!«

Liliana fuhr sich mit dem Handrücken über die geschundenen Lippen und spürte noch immer den Riss in der Haut. Ihr Mund fühlte sich taub und wund an, und der metallische Geschmack des Ekels schien seit Tagen nicht mehr daraus zu weichen. Trotzdem versuchte sie, die Reste ihres Mutes und ihrer Vernunft zusammenzunehmen. Sie musste diese Ehe verhindern! Sie musste mit Alfaric sprechen, ehe ihre eigene Angst sie davon abhielt.

Sie fand ihn in der runden Seitenhöhle, die er mit bunt durcheinander gewürfelten Beutestücken zu einer Mischung aus Gemach und Schatzkammer gemacht hatte. Bei ihrem Anblick rollte er sich von den hoch aufgeschichteten Fellen, die sein Bett bildeten.

»Du besuchst mich? Welch unverhofftes Vergnügen! Setz dich, trink einen Becher Ale mit mir!«

»Ich will nichts trinken, ich muss mit dir reden«, platzte Liliana ohne Vorrede heraus. »Dies ist keine gute Zeit, um zu heiraten, Alfaric!«

»Sie ist ebenso gut wie jede andere!«, grinste er bösartig und riss viel sagend an seinen Beinkleidern.

»Und wenn mir erst die Herrin des Rosenturms gehört, werden auch die letzten Sturköpfe unter mein Banner treten!«

»Es wäre besser, Frieden zu schließen, statt neue Schlachten zu planen«, entgegnete Liliana vorsichtig und versuchte zu verbergen, wie wichtig ihr die nächste Bitte war. »Ich könnte deine Sache bei dem normannischen Ritter in Hawkstone vertreten. Er besitzt das Ohr des Königs!«

»Das Ohr dieses Königs ist für mich nur von Interesse, wenn ich es abschneiden kann! Und dieser normannische Schurke wird sich nicht mehr lange seiner Macht in Hawkstone erfreuen können.«

Liliana erschrak. »Was hast du vor?«

»Das geht dich nichts an! Pack dich fort! Warum kannst du nicht aufhören, dich in die Angelegenheiten der Männer zu mischen? Es ist an der Zeit, dass ich dir ein Kind mache, damit du etwas anderes zu tun hast!«

Mit einem leisen Aufschrei floh Liliana in die Haupthalle. Sie lehnte sich schwer atmend an die feuchte Wand und sah sich mit dem bitteren Gefühl des absoluten Versagens um. Frauen und Kinder waren von den Männern an den Rand und in die feuchten Nischen gedrückt worden. Die trockene Mitte gehörte dem Feuer, dessen Rauch durch die Kavernen abzog, und den Kriegern, die dort ihre Waffen prüften, den erbeuteten Wein tranken und sich mit jener Sorte von Mädchen vergnügten, denen es gleichgültig war, für wen sie die Beine breit machten. Hauptsache, sie erhielten ausreichend zu essen und zu trinken dafür.

Das Gegröle der Männer übertönte das Weinen der Kinder und die Seufzer der Frauen. Konnte nur sie die verzweifelte Hilflosigkeit spüren, die über diesem vermeintlichen Hauptquartier lag? Es war doch nur eine Frage der Zeit, bis sie alle untergingen!

Niemals in ihrem ganzen Dasein hatte sie sich so machtlos und schwach gefühlt. Niemand würde in dieser feuchten Höhle, die mehr einer Hölle glich, für sie eintreten, wenn Alfaric diese Farce einer Hochzeit mit ihr feierte. Es war nur noch eine Frage der Zeit. Der Sachse unterwarf sich dem Warten auf einen Priester lediglich, weil er keinerlei Zweifel an der Rechtmäßigkeit seiner Heirat mit der Herrin von Hawkstone aufkommen lassen wollte. Sie ertappte sich bei dem flehentlichen Gebet, dass alle Männer Gottes einen großen Bogen um diesen Landstrich machen sollten!

Liliana schloss die Augen und versuchte, den schlimmen Fantasien zu entfliehen, aber auch das war ein Fehler. Sobald sie alles andere ausschloss, beherrschte Raynal de Cambremer ihre Sinne. Alfarics Grobheiten, seine derben Zudringlichkeiten und seine aufgezwungenen Küsse ließen sie erst wirklich die Kluft begreifen, die sich zwischen dem Normannen und dem Sachsen auftat. Wenn sie an Raynal dachte, weitete sich ihr schmerzendes Herz, und ihre Glieder wurden schwer vor Sehnsucht.

Ein schriller Frauenschrei hob sich grell über den allgemeinen Lärm. Liliana riss ihre Augen erschrocken auf. Schon wieder eine Vergewaltigung? Alfarics Männer legten sich keinen Zwang an, wenn es um die elternlosen Mädchen und Mägde ging, die keine Beschützer hatten. Sie versuchte, im Halbdunkel der rauchenden Fackeln nähere Einzelheiten zu erkennen, da entdeckte sie die beiden Frauen.

Die Ältere stützte die unförmige Jüngere bei dem Versuch, ein wenig näher an die Wärme und das Feuer zu gelangen. Keiner der Krieger machte ihr Platz, und in ihrem aufflammenden Zorn darüber vergaß Liliana sogar das eigene Elend. Hatte denn keiner von diesen Kerlen auch nur eine Spur von Menschlichkeit in sich? Was sollte nur aus ihrer armen Heimat werden, wenn es niemanden mehr gab, der sich um die Schwachen kümmerte? Wenn Frauen und Kinder sich selbst überlassen blieben und nur noch Beute waren.

Sie drängte sich empört zwischen den Flegeln hindurch und trat an die Seite der beiden Frauen. »Was hat sie?«, wandte sie sich an die Ältere und betrachtete das Mädchen, dessen Gesicht von einer Anspannung verzerrt war, die von großen Schmerzen sprach. Trotzdem kamen ihr die mädchenhaften, runden Züge bekannt vor.

»Sie bekommt ihr Kind, das arme Ding«, seufzte die Frau. »Aber wir haben nicht einmal einen Platz, wo sie sich niederlegen könnte, von einem Gebärstuhl oder sauberen Tüchern ganz zu schweigen!«

Liliana fühlte sich auf tragische Weise bestätigt. Die Schwangere war selbst noch ein Kind und in einer Lage, in der sich auf Hawkstone nicht einmal das ärmste Tier befunden hätte. Der Gedanke an Hawkstone brachte sie indes auf die richtige Spur. Jetzt wusste sie, woher sie das Mädchen kannte.

»Du bist Agnes, nicht wahr? Du bist Hausmagd in Hawkstone. Was hast du hier zu suchen, Kind? Hat dich Edeva davongejagt? Davon weiß ich gar nichts!«

Die Schwangere war jenseits von Ehrerbietung oder Angst. Sie stieß zwischen zwei Wehen ein bitteres Lachen aus, das eher wie ein Weinen klang. »Ich bin von selbst gegangen, ehe sie mich wegschicken konnte. Ich dachte, er würde mir helfen. Es ist doch sein Kind, das da in mir wächst, seit er sich mir aufgezwungen hat!«

»Sein Kind?« Liliana folgte ihrem Blick, der in Alfarics Richtung ging. »Er?«, fragte sie verblüfft.

»Wer sonst?«, entgegnete Agnes in anklagenden Ton. »Wir mussten es immer ausbaden, wenn er in Hawkstone erschien und nicht erhört wurde, Herrin! Wer ihm über den Weg lief, den warf er ins Heu!«

Es war kein Vorwurf, nur eine resignierte Feststellung, aber sie traf Liliana mitten ins Herz. Anscheinend hatte sie auch in guten Zeiten als Herrin des Hauses versagt, wenn nicht einmal die Mägde in Sicherheit gewesen waren. Sie hatte sich in dummem Hochmut für perfekt gehalten und keinen Gedanken daran verschwendet, wie Alfaric mit ihrer Ablehnung fertig werden würde.

Agnes ächzte unter der nächsten Wehe, und Liliana erkannte in der zweiten Frau jetzt Ellen, die älteste Tochter von Sweyne, dem Waffenmeister. Sie hatte ihren Mann im vergangenen Frühling verloren, als der Cuckmere über die Ufer trat und sein Fährboot mit sich riss. Es hatte Tage gedauert, ehe der tobende Fluss die Leiche des Fährmanns frei gab, und seitdem war Ellen verschwunden gewesen. Sweyne hatte sich große Sorgen um sie gemacht.

»Ellen …«

»Schon gut, Herrin!« Die Frau wollte offenbar weder reden noch Fragen beantworten.

»Wo bist du gewesen? Dein Vater …«

»Meint Ihr nicht, es wäre besser, wenn wir uns um Agnes kümmern?«, wehrte Ellen ihre Aufmerksamkeit ab. Liliana sah, dass ihre ehemals braunen Haare zu einem weißen Knoten zusammengefasst waren und ihre Züge die gesunde Fülle verloren hatten. Dennoch glomm Entschlossenheit und Mut in ihren Augen.

Sie nickte und traf eine schnelle Entscheidung. »Komm mit, Agnes. Ich weiß einen Platz, wo du dein Kind zur Welt bringen kannst. Es ist nicht die Gebärstube und Hawkstone, aber es ist besser als dieses Höllenloch voller betrunkener Rüpel!«

Sie stützte das Mädchen auf der einen Seite und winkte Ellen auf die andere. Dann führte sie alle beide in das winzige Gelass, das Alfaric neben seiner Höhle für sie abgeteilt hatte. Es enthielt nicht mehr Besitztümer als eine kratzige Decke auf etwas Stroh, einen Wasserkrug und ihren Umhang, aber es war unter diesen Umständen wahrer Luxus. Ellen sank dankbar auf den Strohsack, und Liliana eilte davon, um den Wasserkrug zu füllen.

In der großen Halle hielt sie eines der Mädchen auf, das mit den Männern Ale trank und ihnen unziemliche Freiheiten erlaubte. »Du da, sieh zu, dass du irgendwo saubere Tücher und etwas Wein auftreibst. Beeil dich! Und schließ dein Mieder!«

»Du hast mir gar nichts zu befehlen, Herrin!«, zwitscherte die Kleine boshaft und riss sich aus dem energischen Griff. »Wir sind nicht deine Mägde, auch wenn du es gern hättest, Liliana von Hawkstone!«

»Tu, was ich dir sage, wenn du nicht willst, dass du mehr Ärger bekommst, als du vertragen kannst«, erhielt sie in einem Ton zur Antwort, der sie ebenso zum Gehorsam zwang wie die störrischen Mägde von Hawkstone. Lilianas blaue Augen konnten sich in eine Art von Eis verwandeln, die sich augenblicklich Respekt verschaffte.

Es war Alfaric, der am Ende den größten Ärger machte, als er in den Unterschlupf polterte, wo sich die drei Frauen um die Gebärende bemühten, die schon seit Stunden in ihrer Qual wimmerte. Er hatte das Geschrei und die Umtriebe satt, und er sagte es in aller Grobheit.

Liliana konnte seine Vorwürfe nicht mit anhören. Sie brachte ihn knapp und wütend zum Schweigen. »Du wirst auch gesunde Kinder brauchen, wenn du herrschen willst, Alfaric von Haven! Ein Volk besteht nicht nur aus Kriegern und Huren! Und falls es dir entgangen sein sollte: Es ist dein Kind, das diese arme Magd da unter Schmerzen zur Welt bringt! Wie es aussieht, bist du nach meiner Ablehnung nicht gerade an Kummer gestorben.«

In ihrer Empörung hatte sie zum Ton der Lady von Hawkstone zurückgefunden, und Alfaric zog sich brummelnd in die Reihen der Männer zurück. Er hasste es, wenn Liliana so hochnäsig war und ihn wie einen lästigen Bettler fortschickte. Er würde darüber nachdenken, wie er sie dafür bestrafen konnte.

Ellen sah seinen lauernden Blick und zog ihre Schlüsse daraus. Sie lebte inzwischen lange genug bei den Aufständischen, um sich keine Illusionen über ihren Anführer zu machen.

»Er zürnt Euch, Herrin«, flüsterte sie, während sie mit flinken Fingern über den geschwollenen Bauch der Gebärenden tastete. »Männer wie er mögen es nicht, wenn man ihnen widerspricht. Und dieser hier mag es noch weniger als alle anderen.«

»Kümmere dich nicht um ihn«, entgegnete Liliana mit mehr Ruhe, als sie in Wirklichkeit empfand. »Sag mir lieber, warum es bei Agnes so schrecklich lange dauert. Es ist doch alles in Ordnung?«

»Ja, ja, natürlich. Es ist das Erste, da dauert's immer länger …« Ellen richtete sich auf und trat zwei Schritte von dem jammernden Mädchen zurück, ehe sie Liliana mit einem verstohlenen Zeichen zu sich winkte und ihre Stimme bekümmert senkte. »Ich fürchte, das Kleine kommt mit den Füßen zuerst, und in so einem Fall kann's auch leicht sein, dass sich die Nabelschnur um den Hals wickelt und es sich bei der Geburt erwürgt. Traurig, aber vielleicht das Beste, was dem armen Wurm passieren kann. Was wird unter diesen Umständen schon aus ihr und dem Kind, wenn es am Leben bleibt?«

»Alfaric wird für die beiden sorgen müssen,« entgegnete Liliana trocken.

»Ach, Herrin!« Um Ellens blasse Lippen zog sich ein trauriges Lächeln. »Männer wie er kümmern sich nie um die Folgen ihrer Taten, und der Verlobte der Kleinen kann ebenfalls nicht mehr helfen …«

»Sie ist verlobt? Wo ist der Mann?« Lilianas Blicke glitten suchend über die Männer in der Halle.

Ellen schüttelte den Kopf. »Er ist dort, wo die meisten ehrlichen und tapferen Männer dieses Landes geblieben sind. Auf dem Schlachtfeld. Es kamen wenige zurück, um die ihren zu schützen. Agnes' Jack war der älteste Sohn des Müllers von Uckfield, ein prächtiger Bursche. Ein anständiger Junge, der vielleicht das Kind Alfarics um des Mädchens willen als das seine aufgezogen hätte.«

»Und Alfaric lebt«, rutschte es Liliana in bitterer Anklage heraus.

»Deswegen solltet Ihr ihn nicht zusätzlich reizen«, riet Ellen und zog sie in das Licht der nächsten

Fackel. Ehe sie noch leiser weitersprach, musterte sie die junge Frau seltsam eindringlich. »Es tut nicht gut, wenn er Euch in dieser Zeit auch noch schlägt, Herrin.«

»Es ist egal«, seufzte Liliana und berührte wie abwesend ihre wunde Lippe. »Vielleicht tötet er mich ja. Das wäre ohnehin das Beste!«

»Wie könnt Ihr das sagen? Wollt Ihr etwa, dass dieses Kind nie das Licht der Welt erblickt? Ihr versündigt Euch gegen das neue Leben, Herrin!«

Liliana blinzelte. »Was hat es mit Agnes' Kind zu tun, wenn Alfaric mich schlägt, Ellen?«

»Agnes' Kind?« Ellen bekreuzigte sich hastig, als ihr klar wurde, was diese ahnungslose Frage bedeutete. »Gütige Mutter Gottes, kann es sein, dass Ihr es noch gar nicht bemerkt habt? Ist Euch denn nicht aufgefallen, dass Ihr umsonst auf Eure monatliche Reinigung gewartet habt? Ich rede von dem Kind das in eurem Leib heranwächst!«

Liliana starrte die Frau wie vom Donner gerührt an. Sie hörte die Worte, aber sie war nicht fähig, mit auch nur einer Silbe zu antworten. Sie hatte das Ausbleiben ihrer monatlichen Blutung auf die Aufregung und den Kummer geschoben. Sie war sogar glücklich darüber gewesen, dass ihr wenigstens dieses Übel erspart blieb.

Wie hatte sie nur so dumm sein können? Hatte Edeva sie nicht gelehrt, Krankheiten zu erkennen und zu heilen? Wie oft hatte sie an ihrer Seite den Beschwerden einer Schwangeren über die Mühsal dieser Zeit gelauscht. In all diesem Wissen hatte sie sich blind geweigert, auch nur einen Hinweis ernst zu nehmen. Dabei gab es wahrhaftig genügend davon. Es erklärte die würgende Übelkeit, die sie mit morgendlicher Regelmäßigkeit heimsuchte, das Spannen in ihren Brüsten, die Müdigkeit, die Schwäche. Sie trug ein Kind!

»Ihr seid noch ganz am Anfang, nicht wahr?« Ellen wusste Bescheid, wenngleich nicht eines der kleinen Würmchen, welche sie dem Fährmann von Hawkstone geschenkt hatte, auch nur aus dem Säuglingshemdchen herausgewachsen war. Sie kannte das Leid einer Mutter aus eigener, bitterster Erfahrung und versuchte, Liliana zu trösten. »Es wird ein Sommerkind, Herrin. Bewahrt es Euch, bis dahin haben wir alle das Schlimmste vielleicht überstanden!«

Die junge Frau auf dem provisorischen Lager heulte auf und wand sich von neuem unter Krämpfen. Liliana eilte an ihre Seite. Was Anfangs eine Mischung aus christlicher Regung und dem Wunsch gewesen war, Alfarics Aufmerksamkeit zu entrinnen, wurde jetzt zur Flucht. Sie wollte nicht darüber nachdenken, was die unverhoffte Entdeckung für sie und ihr Leben bedeutete.

16. Kapitel

Der Abend vor dem Dreikönigstag wurde zum kältesten seit Menschengedenken. Feiner Schnee rieselte aus einem grauschwarzen Himmel und blieb wie Staub auf der hart gefrorenen Erde liegen. Er legte sich in die Falten der Umhänge, bestäubte die geschlossenen Helme der Reiter und knirschte unter den Hufen der Pferde, die sich dem großen Tor von Hawkstone näherten, das um diese Tageszeit längst verschlossen vor ihnen lag.

»Das Signal!«, befahl Raynal de Cambremer, und der Klang des Horns hob sich klagend und schrill über die weitläufige Anlage des Gutes.

Der Ritter sehnte sich nach einem Feuer und einem Becher Gewürzwein, und er nahm an, dass es seinen Männern nicht anders erging. Er hatte sie mit einem Gewaltritt zu ihrem ersten Lager zurückgeführt und gemeinsam mit ihnen tagelang jeden noch so verborgenen Pfad entlang ihrer Reiseroute abgesucht. Allein, sie hatten nicht viel mehr gefunden als verbrannte Hütten und die halb verwesten Toten vergangener Mordanschläge. Es war eine Plage gewesen, im hart gefrorenen Boden Gräber für die armen Teufel auszuheben. Sogar der unverwüstliche Ferrand hing inzwischen wie ein nasser Getreidesack in seinem Sattel.

Es dauerte seine Zeit, ehe das Schleifen hinter den mächtigen Stämmen verriet, dass von innen der große Balken entfernt wurde, der die beiden Torflügel blockierte. Der Atem von Menschen und Pferden stieg in dicken Wolken in die eisige Luft. Quälend langsam schwang das Tor nach innen.

»Bei Gott, du bist es wirklich!«

Gilbert de Nansay eilte über das Vorfeld herbei, den Mantel nur nachlässig über das Wams geworfen und das Gesicht eine einzige Frage. Er hatte seinen Ohren beim Klang des Hornsignals nicht getraut. »Ich wähnte dich bei den Krönungsfeiern in London! Was ist geschehen? Weshalb kommt ihr vor der Zeit nach Hause?«

Raynal winkte ab und ließ sich steif aus dem Sattel gleiten. Das eisig gefrorene Leder des Zaumzeuges knirschte, als er es einem herbeieilenden Stallknecht überreichte. Er spürte weder seine Finger in den Handschuhen noch seine Füße in den Stiefeln. Er war zu Eis erstarrt und folgte grimmig Gilbert de Nansay in die Wärme der großen Halle, wo seine Ankunft das abendliche Mahl unterbrochen hatte, wie die halb vollen Essbretter bewiesen.

Die Helligkeit der vertrauten Halle, in deren Wandhalterungen Fackeln leuchteten, während riesige Scheite im Kamin die Kälte nach draußen verbannten, traf ihn völlig unvorbereitet. Von einem Zorn besessen, der alles übertraf, was er jemals gefühlt hatte, fand er sich von unpassender Fröhlichkeit umgeben. Seine Augen flogen über die vollen Schüsseln, und seine Nasenflügel weiteten sich unter dem Duft von Wildschweinbraten und Grütze.

»Wie ich sehe, lasst ihr es euch wohl ergehen«, knurrte er und stürzte den dampfenden Becher Gewürzwein hinunter, den Gilbert ihm schweigend reichte.

»Morgen feiern wir das Dreikönigsfest. Hast du das vergessen, mein Freund?«, erinnerte sein Gefährte fröhlich. »Leg den Harnisch ab und setz dich! Erzähl, weshalb ihr so unvermutet schnell wieder nach Hause gekommen seid. Wo hast du die Lady gelassen? Hat Wilhelm sie dir weggeschnappt? Das wird der Herzogin wenig gefallen. Sie liebt ihren Herrn und will ihn sicher nicht teilen!«

Der Seigneur de Cambremer schien ganz in das Geschäft vertieft, seine steifen, gepunzten Reithandschuhe von den Fingern zu streifen. Ferrand stand in Reichweite, um sie zusammen mit Umhang und Harnisch an sich zu nehmen. Auch er wich Gilberts fragendem Blick aus und machte nicht den Eindruck, als wage er eine Auskunft zu geben, die sein Herr für sich behielt.

Eine höchst eigenartige, befremdliche Stille breitete sich langsam unter den Männern aus. Endlich sah der Ritter auf und ließ seinen Blick nachdenklich durch den Raum schweifen. Auch das sächsische Gesinde machte keine Anstalten, seine Neugier zu verbergen. Ein jeder fragte sich, weshalb Liliana von Hawkstone sich nicht an seiner Seite befand.

Niemand wusste Genaues darüber, wie die Dinge zwischen ihr und dem Normannen standen. Die Lady hatte das Geheimnis ihrer verbotenen Leidenschaft zu wahren gewusst, aber jedem war klar, dass es etwas zu bedeuten hatte, dass sie jetzt nicht an des normannischen Ritters Seite stand. Was war auf dieser Reise geschehen?

In der Nähe des großen Kamines entdeckte Raynal, was er suchte: die dunkle, gebückte Gestalt der alten Amme, die Liliana anfangs nicht von der Seite gewichen war. Die alte Hexe wich seinem Blick indes so schnell aus, dass er nicht sagen konnte, ob er Neugier oder Triumph darin gelesen hatte.

Keinesfalls war es jedoch Sorge um ihre Herrin, wie es verständlich gewesen wäre. Der Schluss, dass sie etwas über ihr Schicksal wusste, lag so nahe, dass er sich unwillkürlich entspannte. Zumindest war Liliana noch am Leben, wenn sich die Alte wie eine schwarze Spinne am Kamin wärmte. Aber sie würde noch lernen müssen, dass sich Raynal de Cambremer nicht von einer Gruppe hinterhältiger Weiber an der Nase herumführen ließ.

»Unsere neue Königin braucht sich ebenso wenig wie die Herzogin um die Treue ihres Herrn zu sorgen«, beantwortete er jetzt die Fragen seines Stellvertreters und Freundes so laut, dass es alle hören konnten. »Und was die Lady von Hawkstone betrifft: Sie hat es vorgezogen, ihm gar nicht unter die Augen zu treten.«

Gilbert de Nansay runzelte die Stirn über so viel umständliches Gerede. »Was willst du damit sagen? Und was ist mit der Hoch …«

»Zum Henker!«, unterbrach ihn der Ritter mit einem Fluch, ehe er Dinge ausplauderte, die nicht in die Öffentlichkeit der Halle gehörten. »Ich habe dir gesagt, was ich weiß, und mehr ist da nicht zu berichten. Die Lady ist mir entwischt, ehe wir London erreichten, und nun muss sie wohl selbst entscheiden, ob sie nach Hawkstone zurückkehren und die Verantwortung dafür übernehmen will oder nicht. Und nun lasst uns essen, mein Magen knurrt wie ein Rudel hungriger Wölfe.«

Allein, es war kein fröhliches Mahl, das Normannen und Sachsen in der Halle von Hawkstone vereinte. Die rätselhaften Andeutungen Raynals hatten den meisten den Appetit verdorben, doch niemand wagte es, weitere Fragen zu stellen.

Auch Edeva sah missmutig ein, dass der Normanne seine Geheimnisse für sich behalten würde. Alfaric musste erfahren, dass er sich wieder in Hawkstone befand, aber wie sollte sie dem erklären, dass er diese Neuigkeit vor Liliana besser geheim hielt? Sie misstraute der jungen Frau, seit sie so willig das Lager des Seigneurs geteilt hatte. Allerdings fürchtete sie auch, dass der Aufenthalt in Alfarics Hauptquartier nicht gerade dazu geschaffen war, die zärtlichen Gefühle der Lady für den rauen Sachsenfürsten zu fördern.

Raynal de Cambremer floh in die erleuchtete Halle, sobald er Hunger und Durst gestillt hatte. Es widerstrebte ihm, mit Gilbert über die Befehle des Königs zu sprechen, auch wenn er seinem Waffengefährten das Recht einräumte, darüber Bescheid zu wissen.

»Ich werde dir morgen Rede und Antwort stehen«, verschaffte er sich eine Galgenfrist. »Für heute gönne mir den Frieden einer Nacht, die ich nicht in eisigem Frost auf nackter Erde verbringen muss.«

Gilbert de Nansay fügte sich widerstrebend. Er kannte Raynal gut genug, um zu ahnen, dass mehr hinter seinem Schweigen und dem Wunsch nach Ruhe steckte. Sein Freund hatte sich nicht dem Einfluss der Dame Elisabetta de Cambremer entzogen, nur um jetzt das Gesetz des Handelns wieder einer Frau zu überlassen, und sei sie auch noch so bezaubernd. Was war auf dieser Reise geschehen?

Ferrand hatte währenddessen ein Feuer im Kamin des Herrengemachs entfacht und zusätzliche Felle auf den Alkoven gelegt. Doch die Wärme kämpfte vergeblich gegen den eisigen Kern in Raynals Brust. Die Suche nach Liliana hatte ihm genügend Muße gelassen, über die närrischen Finten des Schicksals nachzusinnen.

Wie war es nur zu erklären, dass die Lady das Leben einer verfemten Flüchtigen dem der Frau an seiner Seite vorzog? Flößte er ihr solchen Abscheu ein? Hatte er sie zu irgendetwas gezwungen? Bis auf das verhängnisvolle erste Mal nach dem heimtückischen Mordanschlag hatte er stets nur ihr Wohlergehen im Auge gehabt. Die Leidenschaft ihrer gemeinsamen Nächte war doch nicht einseitig gewesen. Keine Frau konnte eine solche Hingabe vortäuschen! Es hatte ihr gefallen, davon war er überzeugt.

Raynal trat an den Kamin und starrte in das

gleißende Licht der Flammen, ohne das Feuer zu sehen. Die nagenden Zweifel ließen ihm keinen Frieden. Und wenn sie nun doch blindlings geflohen war, ohne die Konsequenzen ihres Handels zu bedenken? Wenn ihr Stolz, ihre Anmut und ihre Schönheit in den Hände von Wegelageren und Strauchdieben gefallen war?

Würde dann aber die besorgte Glucke, ihre Amme, der treue Schatten, der ihr ständig folgte, mit derartiger Gelassenheit am Feuer sitzen? Er hatte die Alte in ständiger Sorge um Liliana kennen gelernt. Wenn sie sich jetzt nicht um die Geschehnisse kümmerte, dann gab es ein Geheimnis, das sich seiner Kenntnis entzog.

Allein, was konnte er tun? Der Forst gab seine Mysterien ebenso wenig preis wie Edeva die ihren. So schwer ihm der Schluss fiel, Lilianas unerwartete Flucht konnte nur mit Verrat halbwegs vernünftig erklärt werden. Ihr Rang machte sie nicht nur zu einer wichtigen Person für König Wilhelm, sie war auch für ihre eigenen Landsleute von großer Bedeutung und nicht zuletzt für ihn selbst. Es gab eine Menge Fragen, und er würde nicht ruhen, bis sie ihm Auge in Auge Rede und Antwort stand!

»Warte auf mich, Liliana von Hawkstone!«, murmelte er erbittert. »Ich werde nicht zulassen, dass du dich deiner Verantwortung entziehst!«

»Wie kann ein Mensch all dies ertragen?«, seufzte Liliana und tauchte den warmen Leinenlappen in das kalte Wasser, um ihn anschließend erneut auf die heiße Stirn der kleinen Magd zu legen. Es war wenig genug an Erleichterung, die sie Agnes damit verschaffen konnte. Seit mehr als einem Tag mühte sich das arme Ding, die Frucht ihres Leibes freizugeben, aber nichts geschah.

Der mächtig aufgeblähte Leib schien immer härter zu werden, und mit Ausnahme von Ellen hatten alle anderen Frauen längst aufgehört, sich um das leidende Mädchen zu kümmern. »Da ist nichts zu machen!«, lautete die einhellige Meinung. »Lasst sie in Frieden sterben!«

Liliana verweigerte sich dieser traurigen Vorhersage. Sie fühlte sich für Agnes verantwortlich. Wenn die Kleine ihr Leben und ihr Kind verlor, dann nur, weil sie auf Hawkstone nicht den selbstverständlichen Schutz genossen hatte, der ihr gebührte. Weil sich ein Mann, der sich als ihr Freier ausgegeben hatte, bei ihr geholt hatte, was ihm von ihrer Herrin verweigert worden war.

»Es rührt sich nicht mehr!«, raunte Ellen, nachdem sie für eine Weile das Ohr auf den Körper der Gebärenden gelegt hatte. Sie ahnte, was das bedeutete, und richtete sich ächzend auf, die Hand in das eigene Kreuz gedrückt. »Es wird sein, wie ich's vermutet habe. Es hat sich mit der Nabelschnur selbst erwürgt!«

»Was … was bedeutet das?«, flüsterte Liliana tonlos. »Wie geht es nun weiter?« Sie blickte auf das wachsbleiche, gequälte Gesicht mit den geschlossenen Lidern. Tiefe dunkle Schatten lagen unter den Augen, und die Atemzüge waren langsam und kaum hörbar.

»Sie wird ihrem Kind folgen!« Ellen bekreuzigte sich entmutigt. »Wenn's eine Möglichkeit gäbe, das tote Kind aus ihrem Leib zu holen, dann vielleicht … Aber so töten sich die beiden gegenseitig. Das Kind vergiftet die Mutter! Wir können nur für sie beten!

Die Mutter Gottes wird sich ihrer armen Seelen annehmen.«

Liliana hatte nicht geglaubt, dass es eine Steigerung für die verzweifelte Ohnmacht geben könnte, die sie empfand. Nun musste sie einsehen, dass sie sich getäuscht hatte. Sie konnte nichts anderes tun, als Agnes' Stirn zu kühlen, ihre Hand zu halten und ihr beim Sterben zusehen.

Das totenbleiche Antlitz auf der groben Decke war nur noch Haut und Knochen. Eine vage Ahnung davon blieb, wie die lachende, gesunde Milchmagd einmal ausgesehen hatte. Hübsch war sie gewesen, und ein Müllerssohn hatte um sie geworben und mit ihr von einer gemeinsamen Zukunft geträumt. Hübsch genug war sie gewesen, um die lüsterne Aufmerksamkeit eines abgewiesenen Freiers zu reizen, der keine Hemmungen kannte.

Die Worte der Gebete wollten Liliana nicht einfallen. In ihr war so viel Zorn und Aufbegehren, dass Frömmigkeit keinen Platz mehr fand.

Ihre Finger ballten sich zu Fäusten. Die Nägel gruben sich schmerzend in die Ballen, und heiseres Flüstern drang aus ihrer Kehle. »Was ist das für ein Gott, der die Frauen für die Fehler der Männer straft?«

»Versündigt Euch nicht, Herrin!«, riet Ellen und legte ihre Hand beruhigend auf Lilianas verkrampfte Finger. »Auch in den alten Zeiten der Göttin starben die Frauen im Kindbett, und die Männer fochten sinnlose Schlachten. Dies ist keine Erfindung Alfarics und seiner Krieger, dies ist der Lauf der Welt, dem wir uns fügen müssen.«

Liliana schwieg. Sie konnte den einfachen Glauben der Frau nicht teilen. Aber sie wusste auch nicht, was sie stattdessen glauben sollte. Sie wünschte sich nur, mit Agnes tauschen zu können.

»Hier, zieh das an! Der Mönch ist da, der uns zusammengeben wird!«

Liliana schrak auf. Ein weiches Bündel traf sie an der Schulter und fiel auseinander, als es zu Boden fiel. Eine Fülle schwerer, cremefarbener Seide sank in dichten Falten halb über die sterbende Magd, halb über die unbewegliche Edeldame. Der glatte, glänzende Stoff reflektierte das Licht und leuchtete wie frisch gefallener Schnee. Wo das Gewebe auf das Stroh gerutscht war, saugte es sich jedoch bereits mit roter Flüssigkeit voll, Agnes' Blut, das in stetigem Strom zwischen den Beinen des Mädchens hervorsickerte und sein Leben mit sich nahm.

»Was soll das?«, fragte Liliana böse. »Willst du der armen Kleinen ein Totenhemd schenken?«

Alfaric hatte seine Arme in die mächtigen Hüften gestützt und ragte bedrohlich vor ihr auf. »Das ist dein Hochzeitskleid, Weib! Zieh es an und komm aus diesem Schlupfwinkel heraus. Bruder Dunstan wartet. Er wird uns das Sakrament der heiligen Ehe spenden.«

»Nein!« Liliana öffnete den Mund, aber es drang nur ein leises Quietschen aus ihrer Kehle. Sie blickte auf das prächtige Gewand und fragte sich, wo es wohl gestohlen worden war. Gleichzeitig spürte sie das energische Zupfen Ellens an ihrem Arm. Sie warnte stumm vor jedem Widerspruch.

»Ich werde ihr helfen, Herr!«, sagte sie jetzt und stellte sich schützend vor Lilianas rebellisch verzogene Miene. »Sie ist gleich so weit! Ihr werdet eine Braut haben, um die Euch alle beneiden!«

»Beeilt euch!«, knurrte Alfaric von Haven missmutig. Der Anblick der sterbenden Magd schlug ihm trotz aller Rücksichtslosigkeit auf den Magen. Oder war es der merkliche Hauch von Widerstand und Abscheu, der ihn aus Lilianas Richtung anwehte? »Ich bin die Warterei auf dieses Frauenzimmer leid! Und dann sorgst du dafür, dass das da fortgeschafft wird!«

Mit *das da* war die leblose Agnes gemeint, die während der Auseinandersetzung ihren letzten Atemzug getan hatte. Liliana berührte die kühlen Lippen des Mädchens mit den Fingerspitzen. Es war nicht einmal nötig, ihre Augen zu schließen, denn der Abschied war so sanft und unmerklich gekommen, dass es zu schlafen schien, für immer vereint mit dem armen Wesen, das sich und seine Mutter umgebracht hatte.

»Es hilft ihr nicht mehr, wenn Ihr Euch verweigert«, flüsterte Ellen und zerrte Liliana von der Toten weg. »Zieht die Lumpen aus! Wenn er will, dass Ihr dieses Kleid tragt, müsst Ihr es tun. Kommt schon, Ihr habt keine andere Wahl. Denkt daran, dass Ihr nicht mehr allein seid!«

Liliana zuckte zusammen. Es war ihr gelungen, das Wissen um ihr Kind in der hintersten Ecke ihres Bewusstseins zu verbergen. Musste Ellen es ausgerechnet jetzt ans Licht zerren? Gütiger Himmel, Alfaric würde keine Zeit verlieren, sie auf sein Lager zu werfen, und sogar er würde feststellen, dass sie ihre Jungfräulichkeit bereits verloren hatte. Was dann?

»Hört auf, all das Wenn und Aber in Eurem Kopf zu wälzen«, durchschaute Ellen ihre Ängste. »Tut einfach eines nach dem anderen, wie es nötig ist …«

Diese einfache Logik hatte etwas Verführerisches.

Liliana begann, sich auszukleiden. Die Lumpen an ihrem Körper waren einmal ein sehr elegantes, warmes Reitgewand gewesen. Ihre Flucht durch den Wald und die vergangenen Tage in den Höhlen hatten es in ein schmutzstarrendes Etwas verwandelt, das sich in Farbe und Geruch ihrer tristen Umgebung angepasst hatte. Sie konnte sich nicht mehr daran erinnern, wann sie sich zum letzten Male auch nur die Hände gewaschen hatte, und es widerstrebte ihr, die glänzende Seide anzufassen.

Es handelte sich um ein üppiges Untergewand, über dem eine elegante Dame eine Tunika aus Samt oder feiner Wolle trug, so dass man nur die fein gefältelten Ärmel und eine Handbreit des prächtig bestickten Saumes sah. Wer immer dieses Wunder gestohlen hatte, den passenden Überwurf hatte er bei seinem Raubzug ebenso vergessen wie das dazugehörige Hemd. So kam es, dass die feine Seide wie Wasser an Lilianas ungeschütztem Körper herabfloss und die Linien auf provozierende Weise nachzeichnete. Es wäre ein wunderbares Kleid gewesen, hätte sie es mit dem richtigen Zubehör unter anderen Umständen tragen können.

In seiner jetzigen Form empfand Liliana es als zusätzliche Kränkung. Da seine ehemalige Besitzerin ein wenig kleiner, aber allem Anschein nach mindestens doppelt so breit wie sie gewesen war, passte das Kleid nur notdürftig. Der runde Ausschnitt rutschte ständig über ihre schmalen Schultern, und die Fülle der Falten legte sich wie eine seidene Fessel über ihre Beine, während die bloßen Füße und die zierlichen Knöchel sichtbar blieben.

»Was für ein lächerliches Narrenspiel«, flüsterte sie verzweifelt. »Ich sehe aus, als käme ich geradewegs aus einem Alkoven! Wem will er damit etwas beweisen?«

»Sich selbst und seinen Männern«, entgegnete Ellen mit jener praktischen Einschätzung der Lage, die sie schon mit der armen Agnes bewiesen hatte. »Der ursprüngliche Plan, dass er am Weihnachtstag in Hawkstone einfällt, die Normannen vernichtet und Euch als Siegesbeute erobert. Jetzt muss er wenigstens auf diese Weise zeigen, dass ihm die Herrin des Rosenturms gehört!«

Liliana erschauerte bei dem Gedanken an das Blutbad, das Alfaric in Hawkstone angerichtet hätte. Ein sinnloses Gemetzel, denn sie zweifelte nicht daran, dass am Ende die Normannen gesiegt hätten. Die kühle Präzision, mit der Raynal de Cambremer die Verteidigung des Lehens organisiert hatte, verdammte die Sachsen angesichts des Chaos', das in Alfarics Hauptquartier herrschte, geradezu zur Niederlage.

Liliana wusste, dass die Männer, die sich ihrem aufdringlichen Verehrer unterworfen hatten, großartige Kämpfer waren, aber sie hatten nicht gelernt, einem Befehlshaber zu gehorchen und gemeinsam nach einem Plan zu handeln. Sie kämpften mit dem Mut von Wölfen, aber jeder für sich allein! War es nicht am Ende auch Harolds Verhängnis gewesen, dass die zerstrittenen Stämme und Brüder die Stärke des Ganzen ausgehöhlt hatten?

»Die Herrin des Rosenturms vermag nichts mehr auszurichten«, entgegnete sie, während sie versuchte ihr Haar mit Hilfe ihrer zehn Finger so zu entwirren, dass sie einen Zopf daraus flechten konnte. »Der Rosenturm kann nur noch zum Sinnbild unseres Unterganges werden, wenn Alfaric nicht endlich

Vernunft annimmt. Die Männer, deren sture Köpfe er mit dem Durst nach diesem unerreichbaren Sieg vernebelt, würden in ihren Dörfern viel dringender gebraucht!«

»Gütige Mutter Gottes, Herrin! Hat Euch denn niemand gelehrt, dass es Dinge gibt, in die sich die Frauen auf keinen Fall einmischen sollten? Alfaric von Haven wird sich auch von einer Lady keine Vorschriften machen lassen. Nicht einmal von einer, die seinen Erben trägt!«

Die drohende Katastrophe, die sich aus dieser Tatsache ergab und die Liliana bisher so erfolgreich verdrängt hatte, brach von Neuem über ihr Denken herein. Sie bekam ein Kind. Ein Kind von Raynal de Cambremer, dem Normannen, und nicht von Alfaric, dem Sachsen, wie Ellen vermutete! Was sollte sie tun? Was *konnte* sie tun?

»Du wirst keiner Menschenseele ein Wort davon verraten, hörst du?« Sie suchte den Blick von Sweynes Tochter. Konnte sie ihr nach all den Jahren noch befehlen? Zählte die Loyalität von Hawkstone, auch wenn sie der Vergangenheit angehörte? »Wenn Alfaric davon erfährt, dann aus meinem Munde!«

»Keine Sorge, Herrin!« Ellen winkte ab und brachte ein verblasstes, rosenfarbenes Band aus den Tiefen einer Rocktasche zum Vorschein. »Das könnte als Gürtel hingehen, damit könnten wir die Falten ein wenig züchtiger legen. Wartet, ich helfe Euch …«

Liliana zog eben die Schlaufen fest, als zwei grinsende junge Burschen hereinplatzten und sie angafften wie ein Wunder.

»Was wollt ihr?«, fauchte sie gereizt.

»Wir sollen die Tote fortbringen«, sagte der eine, während der andere ständig trocken schluckte, so dass sein Adamsapfel wie ein Ball auf und ab tanzte.

Auch auf Alfaric von Havens Gesicht legte sich Einfalt, als Liliana endlich in die große Höhle trat. Eine Art Festtafel war auf Brettertischen aufgebaut worden, und zahllose, neue Fackeln hatten die alten, rauchenden Reste an den feuchten Wänden ersetzt. Das Licht ließ die schmale Gestalt in der weißen Seide förmlich aufleuchten. Die feenhaft anmutige Bewegung, mit der sie über den Felsboden schritt, glich einem Tanz, und die reglose Miene, hinter der Liliana ihre tiefe Verzweiflung verbarg, dem klaren Antlitz einer traurigen Madonna.

Bruder Dunstan, der sich bis zu jener verhängnisvollen Schlacht um die Seelen der Bürger von Uckfield gekümmert hatte, bekreuzigte sich abergläubisch bei diesem Anblick. Er sah die blutigen Säume und den behelfsmäßigen Gürtel des Gewandes. Ein zweiter Blick in Alfarics triumphierende Züge und auf die Faust, die Lilianas Handgelenk umspannte, ließ ihn die Drohung erahnen, die über ihr schwebte, den Zwang, der sie dazu brachte, die Worte des heiligen Gelübdes mit kaum vernehmbarer Stimme stockend zu wiederholen. Ihre Finger waren eiskalt, als er sie mit den Händen ihres Gatten vereinte.

»Ich werde für Euch beten, Herrin!«, raunte er ihr leise zu, während er das Zeichen des Kreuzes über ihrer Stirn machte.

»Ihr könnt beten, dass sie heute Nacht meinen Sohn empfängt, Mönch!«, rief Alfaric triumphierend und wartete nicht einmal den letzten Segen ab, ehe er seine Gemahlin in eine brutale Umarmung riss und ihr einen schmatzenden Kuss auf die kühlen, leblosen Lippen drückte. Die Hochrufe seiner Kumpane bildeten den Auftakt für ein wüstes Gelage.

Als Liliana wieder zu Atem kam, begriff sie, dass es nur eine Möglichkeit gab, die nächsten Stunden zu überleben. Sie musste Alfaric ihren Körper ausliefern, um ihren Geist zu retten. Sie wusste, was sie erwartete, und sie nahm an, dass der Sachse sich nicht sonderlich mit liebevollen Feinheiten und lustvollen Raffinessen aufhalten würde. Ihm ging es um die eigene Befriedigung, dann würde er sie in Ruhe lassen. Vielleicht war er bis dahin sogar zu betrunken, um zu bemerken, dass seine Braut keine Jungfrau war.

Sie klammerte sich an diese aberwitzige Hoffnung, während sie neben ihm saß, kaum trank, wenig aß und sich nicht bewegte, wenn seine Hände sich Freiheiten herausnahmen, die seine Männer zum Grölen brachten. Die Seide riss bereits an mehreren Stellen, und die Male seiner schmutzigen Fingernägel brannten.

»Trinken wir auf den Lord und die Lady von Hawkstone!«, brüllte Alfaric und hob einen Pokal, der Liliana an einen Messkelch erinnerte.

Die Männer jubelten, und Liliana dachte an Agnes. Was hatten sie mit ihrem Körper getan? Hatten sie ihn über den Abgrund ins Meer geworfen? Was geschah mit einer toten Frau, die niemand haben wollte? Oder mit einer, die vom falschen Mann ein Kind bekam?

Heilige Mutter Gottes, es war irgendwann im Oktober oder November geschehen! Bald würde ihr Leib die erste Wölbung zeigen und ihr Geheimnis verraten. Und dann?

17. Kapitel

Ein grober Stoß beförderte Liliana auf den Berg von Fellen und gestohlenen Kleidern. Der erstickende Geruch nach Schweiß und Schlimmerem stieg in ihre Nase, und sie würgte verzweifelt. Alfaric war betrunken, schrecklich betrunken. Aber dennoch nicht berauscht genug, um schnarchend neben ihr auf das Lager zu fallen. In seinen glitzernden Augen stand eine Gier, die Liliana an das äußerste Ende des Lagers trieb.

Alfaric grunzte lediglich und packte ihren Knöchel. Mit einem Ruck riss er sie an sich, und ihr Kopf schrammte hart gegen die Felswand. Als das Dröhnen nachließ, sah sie, dass er sprachlos auf ihre nackten Beine glotzte, die bis weit über das Knie hinauf frei gelegt worden waren. Es war ein Blick, der sie hoffen ließ. Vielleicht gelang es ihr, doch ein wenig Macht über ihn zu bekommen.

Sie war schließlich nicht mehr die unbedarfte, unschuldige Tochter des Herrn von Hawkstone. Sie wusste inzwischen, was Mann und Frau voneinander wollten. Sie hatte die Leidenschaft in den Armen eines Fremden kennen gelernt und begriffen, dass die Gefühle des Körpers über Stolz und Zorn siegen konnten. In ihre Panik mischte sich jäh ein Hauch von Erregung.

Sie erinnerte sich allzu gut an unaussprechliche Wonnen und pure Lust. Warum hatte sie solche Angst vor dem Sachsen? Weil sie sich für das schämte, was zwischen ihr und dem Normannen geschehen war? Weil sie fürchtete, dass er es entdecken würde?

»Komm schon, Täubchen!« Alfaric rollte sich halb

auf sie, und unter seinen rohen Fäusten riss die kostbare Seide des gestohlenen Hochzeitsgewandes vollends.

»Nicht so grob«, flehte Liliana. »So warte doch, Alfaric! Ich will …«

»Halt's Maul, Weib!«, schnauzte er und schlug ihr mit dem Handrücken so brutal über den Mund, dass sie vor Schmerz aufschrie.

»So hab' ich's gern! Schrei ruhig, das wollen sie hören, wenn eine Jungfrau daran glauben muss!«

»Wie kannst du es wagen, mich zu schlagen?« Liliana war so außer sich, dass sie einmal mehr das Falsche sagte.

Alfaric lachte dröhnend. »Weil's mein gutes Recht ist, Weib! Du gehörst jetzt mir! Du bist in meiner Macht, und wenn's mir gefällt, dich zu prügeln, dann geht das niemanden etwas an!«

»O Gott!!«

Lilianas Ausruf galt weniger Alfarics Drohung als der Erkenntnis, dass er Recht hatte. Das Sakrament der Ehe gab jedem Mann die uneingeschränkte Befehlsgewalt über seine Frau. Sie gehörte ihm, mit Haut und Haaren und ihrem ganzen weltlichen Besitz. Es wäre auch nicht anders gewesen, hätte ihr geliebter Vater sie an einen Gatten ihrer Wahl übergeben.

Liliana kämpfte gegen Stoffreste, Panik und die Strähnen ihres langen Haars. Wie sollte sie Alfaric unter diesen Umständen erklären, dass sie nicht einmal ihre Jungfräulichkeit in diese aufgezwungene Ehe einbrachte?

Alfaric legte jedoch ohnehin keinen Wert auf Erklärungen. Er packte ihre Brüste und knetete die zarte Fülle, als müsse er sich ihre Beschaffenheit bis ins Letzte einprägen, während Liliana vor Schmerzen wimmerte.

»Du gehörst mir, Rose von Hawkstone! Komm schon, zier dich nicht …«

Sie wand sich, um seinen brutalen Grobheiten zu entrinnen. Sie wartete vergeblich auf jenes heiße Aufflammen der Lust, das sie in Raynal de Cambremers Armen erfahren hatte. Dies hier war Entsetzen, pure Gewalt, stechender Schmerz und vollkommene Rücksichtslosigkeit. Zähne, die sich in ihr Fleisch gruben, anstatt es zu kosen und zu küssen. Finger, die nur Pein hinterließen, blaue Male und aufgeplatzte Striemen. Rohe Gewalt, die ihre Glieder verdrehte und die Seide in Fetzen von ihrem Körper riss, ehe sie gewaltsam ihre Beine spreizte. Rote Flammen der Qual zuckten vor Lilianas Augen, und sie schrie jammernd auf, als er seine kräftigen Finger wie eine tödliche Waffe in sie stieß.

»Jetzt hör schon auf zu flennen, du dumme Gans!«, fluchte Alfaric und drängte seine zum Bersten geschwollene Männlichkeit so gewaltsam in ihren trockenen Schoß, dass sie vor Schmerz aufstöhnte. Sie vergaß zu atmen, und als die samtige Schwärze ihr Bewusstsein auslöschte, ließ sie sich dankbar fallen. Sie wollte nie wieder aufwachen.

Alfaric kümmerte sich nicht darum. Er pumpte schnaufend und grunzend seine animalische Lust in den leblosen, blassen Körper und überschwemmte ihn mit seinem Samen. Das Blut, das er für die Bestätigung ihrer Jungfräulichkeit hielt, rann aus den Wunden, die er in seiner Rücksichtslosigkeit mit den Fingernägeln Lilianas zarter Weiblichkeit zugefügt hatte, und er war viel zu sehr mit dem Triumph über sie beschäftigt, um näher hinzusehen.

Als Liliana wieder zu sich fand, lag er schwer und schnarchend auf ihrem Haar. Er hatte sich nicht einmal die Mühe gemacht, seine Kleider abzulegen. Mit aufgezogenen Beinlingen und schlaffer Männlichkeit war er in den Schlaf gefallen, kaum dass er bekommen hatte, was er so dringend verlangte. Ihr Schoß schmerzte glühend, und als sie mit einem leisen Wehlaut die Hand auf ihren Oberschenkel legte, fasste sie in ihr eigenes Blut.

Heilige Mutter Gottes, da war so viel Blut, dass es ihr schien, als müsse alles zerrissen und zerstört sein. Ihr Körper sirrte, und in ihren Augen brannten ungeweinte Tränen. Wie hatte sie nur einen einzigen Herzschlag lang glauben können, mit Alfaric wäre es dasselbe wie in den Armen des Normannen? Raynal de Cambremer hatte sie geliebt, aber Alfaric von Haven hatte sie auf brutalste Weise von jeder Unschuld und Ahnungslosigkeit befreit. Sie würde nie wieder dieselbe Frau wie zuvor sein.

Liliana zerrte ihre Haare unter seinen Armen hervor und rollte sich so weit entfernt wie nur irgend möglich von ihm zusammen. Ein verzweifeltes Knäuel des Schmerzes und der Angst. War es überhaupt möglich, dass jenes winzige Leben, das in ihr wuchs, diese wüste Vergewaltigung überlebt hatte, oder verließ es längst mitsamt dem Blut ihren geschundenen Körper?

Eine harte Berührung an ihrer Schulter, dort, wo das Mal eines groben Bisses sich bereits entzündet hatte, weckte Liliana, ohne dass sie im ersten Augenblick sagen konnte, wo sie sich befand und ob es Tag oder Nacht war. Sie spürte nur unsagbaren Schmerz.

»Verflucht, was ist denn das für eine Schweinerei! Wie siehst du aus?«, hörte sie Alfaric schimpfen.

»Man könnte meinen, ich hätte dich umgebracht, statt dir zu zeigen, wie du einem Manne Lust bereiten kannst!«

Die brutale Wirklichkeit eines kalten Morgens, der sich mit eisiger Klarheit über Körper und Haut legte, ließ die junge Frau erschauern. Dämmeriges Licht drang durch einen Spalt hoch oben im Felsen in die kleine Seitenhöhle. Aber die frische Luft, die von dort herabsank, vermochte nicht den Gestank des ungewaschenen, bärtigen Mannes und seiner nächtlichen Aktivitäten zu vertreiben. Liliana zog die Fetzen des Seidenkleides notdürftig über ihre Blöße, aber sie konnte nicht verhindern, dass ihre Zähne fröstelnd aufeinander schlugen und ihr Magen mit seinen üblichen morgendlichen Kapriolen drohte.

Alfaric erhob sich knurrend und brüllte nach Wein, ehe er sich wieder seiner Gemahlin zuwandte. Seine Nüstern blähten sich vor Verachtung.

»Ich will nicht, dass du aussiehst wie etwas, das sich im Schweinekoben gewälzt hat«, knurrte er wütend. »Mach dich sauber und zieh dir etwas an, das meiner Herrin angemessen ist!«

Liliana schluckte und versuchte, ihren Verstand in Bewegung zu setzen. Sie ahnte, dass nicht seine Sorge um ihre Gesundheit, sondern seine Furcht um die Unantastbarkeit der eigenen Position hinter diesem Befehl steckte. Gleichzeitig begriff sie, dass Alfaric, offensichtlich von dem Blut getäuscht, nicht daran dachte, ihr Vorwürfe zu machen. Anscheinend war noch nicht alles verloren! Sie musste sehen, dass sie ihre Position stärkte!

»Und wo soll ich diese Gewänder hernehmen, mein Herr?«, fragte sie bitter. »Alles, was ich besaß, hast du mir vom Leib gerissen! Vermutlich kann ich von Glück sagen, dass ich deine Aufmerksamkeiten in dieser Hochzeitsnacht überlebt habe!«

Ein Funke der alten, hochfahrenden Lady Liliana blitzte in ihren Augen und verärgerte Alfaric ebenso, wie er ihn erleichterte. Solange sie sich beschwerte, war sie gesund. Eine Tatsache, die er angesichts ihres Zustandes und der Menge von Blut ein wenig in Zweifel gezogen hatte. Er brauchte sie als Lady von Hawkstone für seine Pläne, nicht als wimmerndes Wrack.

»Ich wollte dir nicht wehtun, Täubchen«, spielte er tollpatschig den Zerknirschten. »Es war die Leidenschaft, verstehst du? Ich habe mich so lange nach dir verzehrt, dass es mit mir durchgegangen ist …«

»Geh!«, flüsterte Liliana voller Abscheu. »Und versuch, irgendein Gewand zu finden, in dem ich nicht aussehe wie eine deiner Huren!«

Überraschenderweise gehorchte er diesem heiseren Befehl. Kurz darauf erschien Ellen und winkte zwei Männer herein, sobald sie sich davon überzeugt hatte, dass die Lady hastig unter die Felle verschwunden war. Die beiden schleppten einen großen Weidenkorb, den sie mit einem leisen Plumps neben Alfarics Truhe abstellten.

»Fort mit euch!«, scheuchte Ellen die Sachsen wieder hinaus und wandte sich der jungen Frau zu, um sie näher zu betrachten.

»Gütige Mutter Gottes!«, ächzte sie beim Anblick der Male auf ihrer Schulter. »Ihr seht aus, als wäret Ihr in eine Schlacht geraten, Herrin!«

»Hilf mir«, bat Liliana bedrückt. »Ich habe den Eindruck, dass alles in mir zerstört und zerrissen ist.«

Ellen ahnte, dass sich hinter dieser Klage noch

eine andere Sorge versteckte. »Blutest du? Hast du krampfartige Schmerzen? Ein Ziehen im Rücken?«

»Nein!«

»Dann ist sicher alles in Ordnung«, tröstete sie die Lady mit größerer Überzeugung, als sie tatsächlich empfand. »Ihr werdet sehen, wenn Ihr sauber seid und warme Kleider tragt, ist die Welt schon wieder ein bisschen schöner. Ich werde mich gleich darum kümmern.«

Sie eilte davon und kehrte kurz darauf mit einem Ledereimer voll eiskaltem Wassers zurück. Liliana verbot sich, an die Bäder von Hawkstone zu denken, und schrubbte sich mit solcher Hingabe Blut, Schweiß und andere Scheußlichkeiten vom Körper, dass die Haut auch dort rosig glühte, wo sie nicht die dunklen Spuren von Alfarics brutalen Aufmerksamkeiten trug. Währenddessen nahm sich Ellen den Inhalt des Korbes vor, der ein eigenartiges Sammelsurium textiler Beutestücke enthielt.

»Ich möchte nur wissen, auf welchem Schlachtfeld Alfaric Frauenkleider erbeutet hat«, fragte sich Liliana kopfschüttelnd, während sie ihr zusah.

»Die meisten seiner Männer sind Strauchdiebe, Wegelagerer und Halunken«, entgegnete Ellen nüchtern. »Sie haben sich unter seinem Banner gesammelt, weil sie in einem Königreich, das zu alltäglicher Ordnung zurückkehrt, den Galgen oder den Stock fürchten müssen. Im Grunde sind sie arme Teufel ...«

An diesem Morgen jedoch fehlte Liliana die Fähigkeit zum Mitleid mit dem Elend anderer. Sie schwieg und zog einfach der Reihe nach, was Ellen ihr reichte.

Da jene die Kleider unter anderen Gesichtspunkten aussuchte als Alfaric, trug die Lady bald ein wärmendes Untergewand aus gebleichter, heller Wolle über einem festen Leinenhemd. Ein ärmelloser Mantel aus tiefrotem Samt, mit grauem Marderfell gefüttert, entpuppte sich als passendes Überkleid, wenngleich er nach Länge und Schnitt eher das Kleidungsstück eines Mannes zu sein schien. Dank Lilianas Größe reichte er bis zu ihren Zehenspitzen, und die Schlaufen verschlossen ihn züchtig bis zum Hals hinauf. Dass er eher formlos über ihren Körper fiel und ihre Weiblichkeit verhüllte, verlieh ihr die Illusion von Sicherheit.

Bis auf die bläulichen Schatten der Erschöpfung und des Schmerzes unter ihren Augen verschwanden alle Zeichen der nächtlichen Erniedrigung unter Stoff und Pelz. Sogar seidene Strümpfe hatten sich gefunden, damit sie in ihre eigenen Stiefel schlüpfen konnte und nicht länger barfuß gehen musste.

»Jetzt seht Ihr wieder aus, wie es sich für die Lady von Hawkstone gehört«, stellte Ellen befriedigt fest, nachdem sie die straff geflochtenen Zöpfe zu einer Art Krone auf dem Scheitel fest gesteckt hatte.

Liliana ahnte, dass der eiskalte Kern tief in ihrem Inneren von noch so vielen, prächtigen Kleidern nicht mehr gewärmt werden konnte. Trotzdem bedankte sie sich bei Ellen mit einem Kuss auf die Wange.

»Ich weiß nicht, weshalb du dich Alfaric angeschlossen hast, Ellen«, flüsterte sie. »Aber ich danke dem Himmel, dass du hier bist!«

»Es war wegen Agnes und ihresgleichen«, brummte Ellen widerwillig. »Glaubt Ihr denn, jemand kümmert sich um die Brut, die ihre Väter verloren hat? Ich habe mich immer nach einem Kind gesehnt und alle verloren. Hier sind so viele, denen ich helfen kann …«

»Ich werde dir helfen!«, versprach Liliana.

»Helft Euch lieber selbst!«, riet Ellen praktisch.

Liliana presste die Lippen aufeinander. Die Einfältigkeit, mit der sie noch gestern angenommen hatte, dass Alfaric von Haven wenigstens die Herrin des Rosenturms respektieren würde, entlockte ihr jetzt nur noch eine spöttische Grimasse. »Bin ich denn überhaupt fähig, mir selbst zu helfen, Ellen?«

»Gebt Euch nicht auf, Herrin!« Ellen ahnte, was in ihr vorging. »Euer Einfluss auf ihn ist größer, als Ihr denkt. Sonst hätte er mich nicht in Euren Dienst gestellt und Euch diese Kleider gegeben. Normalerweise hütet er seine Schätze argwöhnischer als jeder Geldverleiher.«

Liliana duckte sich unter der Last der Verantwortung, die ihr da auf die Schultern geladen wurde. Alfaric zu beeinflussen, bedeutete, mit ihm zu leben, ihn zu ertragen.

»Warum eilt Ihr mit Euren Gedanken immer meilenweit voraus«, tadelte Ellen sanft. »Eine kluge Frau setzt Schritt nach Schritt. Ehe Ihr Pläne schmiedet, müsst Ihr essen!«

Die Reste des Hochzeitsmahls bestanden in erster Linie aus zähem Wildbret und saurem Wein, aber Liliana verspürte mit einem Schlage einen solchen Hunger, dass sie sich Bissen für Bissen zum Kauen zwang und das Fleisch mit verdünntem Wein hinunterspülte.

»So ist es schon besser«, lobte Ellen sie wie ein gehorsames Kind. »Ihr benötigt schließlich Stärke für zwei!«

Für zwei? Liliana lächelte versonnen.

»Warum, zum Henker, sitzt du hier herum und unternimmst nichts?«

Gilbert de Nansay beobachtete mit schmalen Augen zu, wie Raynal mit Hingabe sein Schwert polierte. Dies war Ferrands Arbeit, aber er kannte seinen Freund gut genug, um zu wissen, dass er mit solchen Tätigkeiten seinen unruhigen Geist zu klarer Ruhe und Überlegung zwang. Es hatte keinen Sinn, ihn in solchen Momenten zu einer schnellen Antwort zu drängen. Er würde sprechen, wenn er seine Argumente formuliert und durchdacht hatte, nicht eher.

»Was meinst du, das ich tun sollte, mein Lieber?«, antwortete Raynal nach langem Schweigen schließlich mit einer ärgerlichen Gegenfrage.

»Was schon? Die Lady suchen und Wilhelms Befehle nicht länger ignorieren!«

Der Ritter hob sein Schwert und prüfte die Schneide mit dem konzentrierten Blick eines Fachmanns. Obgleich es in der Waffenkammer klirrend kalt war, trug er nur ein ärmelloses Lederwams über dem wollenen Hemd. Die Arbeit und sein Zorn heizten ihm ein, während Gilbert die Handflächen trotz eines pelzgefütterten Umhangs, der in einhüllte, aneinander rieb.

»Wenn es etwas gibt, an dem Lady Liliana noch mehr hängt als an ihrem freien Leben, dann ist das Hawkstone«, erwiderte er gelassen. »Es ist nicht nötig, ihr durch halb England nachzulaufen. Früher oder später wird sie ihre Fühler wieder in unsere Richtung ausstrecken, und dann es gibt nur einen einzigen Menschen, mit dem sie Verbindung aufnehmen wird. Sorg du nur dafür, dass die alte Amme Tag und Nacht beobachtet wird. Ich bin sicher, dass es einen Weg gibt, Hawkstone zu verlassen und zu betreten, den wir nicht kennen. Andernfalls hätte man niemals in so kurzer Zeit so viele Vorräte fortschaffen können, ohne dass wir etwas davon bemerkt hätten.«

Gilbert de Nansay bekundete seine Zustimmung, indem er sofort verschwand, um den Befehl weiterzugeben. Raynal fuhr vorsichtig mit der Fingerkuppe über die Schwertschneide und nickte befriedigt, als in der Hornhaut seines Daumens ein haarfeiner Riss entstand. Er war bereit zum Kampf, denn eine innere Stimme sagte ihm, dass der Waffenstillstand über den Jahreswechsel hinaus nicht mehr lange anhalten konnte.

Gütiger Himmel, er würde den Tag segnen, an dem er endlich wieder wie ein ehrlicher Mann kämpfen konnte und nicht im ständigen Zwist mit den eigenen Zweifeln und Vorwürfen lag. Es waren immer dieselben Fragen, die ihm zusetzten. Warum hatte er nicht besser auf sie Acht gegeben? Was hatte ihn daran gehindert, sie zu fesseln und dafür zu sorgen, dass sie nicht wie ein Phantom verschwand?

Jede Sorge, jeder düstere Gedanke und jede grauenvolle Vorstellung, die sich um Liliana und ihr Schicksal rankten, grub sich mit Dornenranken in sein Fleisch. Er konnte nicht sagen, wann ihm das volle Ausmaß seines Verlustes zu Bewusstsein gekommen war.

An jedem Morgen, da seine Hand nach den schlanken Gliedern tastete, die nicht neben ihm lagen? Im Verlauf der Tage, an denen sein Auge vergeblich nach dem Schimmer schwarzen Haars Ausschau hielt und er den melodiösen Klang ihrer Stimme vermisste? Ganz zu schweigen von dem beharrlichen, sehnenden Verlangen, das er nach ihrem Körper empfand, nach dem Entzücken, das nur sie allein ihm schenken konnte?

Würde es möglich sein, dass sie noch einmal von vorn begannen, wenn er sie wieder fand? Konnte er sie für jene Zukunft gewinnen, die Wilhelm für sie beide plante, oder war der Hass zu stark, den sie auf alles Normannische empfand? Würde sie sich dem Befehl des Königs zur Heirat widersetzen?

Mit einem inbrünstigen Fluch stieß Raynal sein Schwert in die Scheide und verließ die Waffenkammer. Unter dem Türsturz blieb er stehen und prüfte mit scharfem Blick den grauen Himmel. Es begann erneut zu schneien. Stetig dichter werdende Flocken rieselten unaufhaltsam aus den Wolken und deckten die Spuren im Hof zu, die von den Ställen zum Haus führten, von den Unterkünften der Männer zur großen Halle und vom Brunnen zum Hühnerstall. Das Gesinde von Hawkstone hatte sich ebenso wie die normannischen Krieger unter die schützenden Dächer zurückgezogen.

Ob es Feuer und Wärme gab, dort, wo sie sich befand? Es war nicht die Witterung, um in einem Waldversteck oder einer dachlosen Ruine zu hausen. Andererseits, sehr viel mehr würden die letzten Sachsen in ihrer eroberten Heimat nicht mehr finden. Die befestigten Städte folgten dem Befehl der Bischöfe und Stadtoberhäupter, sich dem neuen König zu beugen. Die Dörfer ahmten das Beispiel gern nach, denn Wilhelm ließ Gnade vor Recht ergehen. Er strafte nur dort gnadenlos, wo es unvermeidlich war.

Raynal wollte sich eben abwenden, als er die vermummte, kleine Gestalt unter dem tief gezogenen Dach des Backhauses entdeckte. Er erkannte Edeva, die sich dort offensichtlich um das Feuer gekümmert hatte, denn eine senkrechte Rauchsäule stieg in den Himmel. Jetzt blickte sie sich nach allen Seiten um, als suche sie eine Gefährtin. Nach kurzem Zögern wandte sie sich jedoch nicht dem Haus zu, wie sie es hätte tun müssen, wenn sie sich nur um die Brote gekümmert hätte. Sie schlurfte stattdessen zu dem abgedeckten Brunnen hinüber. Auch dort blickte sie verstohlen über die Schulter zurück, als fürchte sie Verfolgung.

Unwillkürlich wich Raynal in den Schatten des Türstocks zurück. Was hatte die Alte vor? Dort hinten gab es nur noch das Färberhaus und die Webkammer. Leere Gebäude, denn in diesem Winter wurde weder Tuch gefärbt noch Wolle gesponnen. Raynal stieß den Atem zwischen den Zähnen aus. Leere Häuser, die niemand betrat … Warum fiel ihm das erst jetzt auf?

Ohne sich um seine bloßen Arme zu kümmern, eilte er mit großen Schritten an den Ställen vorbei auf die Schmiede zu, in der ebenfalls kein Feuer brannte. Von dort aus konnte er ungesehen die Rückseiten des Färberhauses und der Weberhütte erreichen. Die Dunkelheit brach jetzt so schnell herein, dass von seiner Gestalt kaum mehr als ein Schatten blieb, der mit dem Holz verschmolz. Edeva sah ihn nicht, obwohl sie mit größter Vorsicht darauf achtete, dass niemand entdeckte, dass sie in die verlassene Weberei schlüpfte.

Dieses Mal wurde sie jedoch von einem Meister verfolgt, der die Kunst des Lauschens und Spionierens im Kloster gelernt und es als Page eines Herzogs, der von Feinden umgeben war, zur Perfektion gebracht hatte. Mit scharfem Auge und noch besserem Gehör gesegnet war es Raynal ein Leichtes, eine zweite Person zu bemerken und das halblaut geführte Gespräch zu verfolgen. Was den Ritter allerdings erstaunte, war, dass die zweite Stimme ebenfalls einer Frau gehörte. Eine Verschwörung der Weiber?

»Ist sie wirklich unverletzt?«, versicherte sich Edeva mehrmals, und Raynal teilte ihre Erleichterung, als die andere Frau dies knapp bestätigte. »Lady Liliana ist stark. Es bedarf schlimmerer Schicksalsschläge, um sie zu besiegen.«

Das nachfolgende Gemurmel war zu leise, um mehr zu verstehen. Erst Edevas energische Forderung erreichte wieder sein Ohr.

»Ich muss zu ihr! Wie könnte ich meine Kleine in einem solchen Moment im Stich lassen! Hast du nicht bei Agnes gesehen, was geschieht, wenn sich niemand um die jungen Frauen kümmert? Sie braucht einen Menschen, der sich ihrer annimmt.«

Pure Genugtuung wärmte Raynal besser als jeder Mantel. Das Glück war endlich einmal auf seiner Seite! Wer allerdings diese Agnes war, deren Tod die beiden Frauen so berührte, vermochte er nicht in Erfahrung zu bringen. Stattdessen verriet ihm das Gespräch, dass die Vorräte der Rebellen zur Neige gingen und die Unruhe unter den Männern es für ihren Anführer immer schwieriger machte, sie zu einen.

»Hätte er nicht die Herrin des Rosenturms an seiner Seite, sie hätten sich längst in alle Winde zerstreut«, hörte er die fremde Stimme.

Edeva empörte sich. »Ich muss zu ihr, du siehst es selbst. Es wird gerade darauf hinauslaufen, wenn man Alfaric von Haven nicht daran hindert, sich wie ein närrischer Kerl zu benehmen. Sobald es aufhört zu schneien, wirst du mich führen, und ich will kein Wort mehr davon hören, dass ich zu alt oder zu schwach für diesen Weg bin!«

Raynal spähte vorsichtig um die Ecke, als die beiden Frauen die Weberei verließen. Auch die Botin war eine ältere Frau. Sie stolperte mehrmals, und Edeva führte sie zum Hintereingang der Küche. Sie konnte sich auf die Verschwiegenheit des Gesindes verlassen, und niemandem würde es auffallen, wenn eine Magd mehr durch Hawkstone schlurfte.

Es gab im Moment keine Herrin, die alle Gesichter kannte und sich um jede einzelne Frau kümmerte. Es gab nur Edeva, die ihre eigenen Ränke schmiedete und keinem Herrn gehorchte. Aber dieses Mal würde er ihr zuvorkommen. Er hatte seine Lektion gelernt, so wie Liliana von Hawkstone in Kürze die ihre lernen würde.

Gilbert de Nansay traute seinen Ohren nicht, als Raynal pfeifend in die Halle schlenderte und so zufrieden aussah wie ein Kater, der einen Sahnetopf gefunden hatte.

»Was ist geschehen? Hast du entdeckt, wie man Brunnenwasser in Burgunder verwandelt?«, wunderte er sich über den abrupten Stimmungswechsel seines Waffenbruders.

»Besser!«, grinste Raynal und hockte sich auf den Platz, den der alte Waffenmeister eben hastig frei machte, weil ihm eine Magd etwas ins Ohr geflüstert hatte. »Wir werden auf die Jagd gehen, mein Lieber! Sobald es aufgehört hat zu schneien!«

18. Kapitel

»Nein!«

Lilianas Augen wurden zu schmalen Schlitzen, und sie wich nicht eine Handbreit vor den Männern zurück, die sich als bedrohliche Phalanx vor ihr aufgebaut hatten. In den vergangenen Wochen voller Verzweiflung hatte sie gelernt, ihre Furcht zu verbergen.

Auch jetzt gelang es ihr, jenes herrische Auftreten an den Tag zu legen, das Alfaric und seine Krieger ebenso verärgerte wie faszinierte. Nach der Benommenheit der ersten Tage hatte sie sich gleich einer Katze aufgerappelt und in die Rolle der Gemahlin des Anführers gefunden. Ihre natürliche Autorität hatte das alltägliche Leben in den Klippenhöhlen zu lenken begonnen, und als die Männer die Gefahr bemerkten, war es längst zu spät gewesen.

Sie war die Herrin, unter der die Leichtsinnigsten wieder zu sich selbst fanden. Aus den Gefährtinnen des Aufruhrs wurden wieder ehrbare Bäuerinnen, Mägde, Leibeigene und Mütter. Jene hatten als Erste begriffen, dass sie für den Schutz der Kinder, für volle Näpfe und eine Art Ordnung zu sorgen vermochte, die Sicherheit und Hoffnung für die Zukunft versprach. Mit Ellen an ihrer Seite vollbrachte sie für die mutlosen Frauen ein kleines, aber wirksames Wunder.

Ihre Maßnahmen beschworen jedoch gleichzeitig den Zorn der Männer herauf. Liliana ließ die Vorräte bewachen. Sie gab nur heraus, was unbedingt nötig war, um das Überleben zu sichern. Auch wenn der bitterste Frost gebrochen schien und es nicht mehr ohne Unterlass schneite – das Land ächzte noch unter der eisigen Herrschaft des Winters, und in den Dörfern standen die Vorratsscheunen leer, die nicht angezündet worden waren. Niemand konnte wissen, wie lange man unter diesen schwierigen Umständen noch in der Höhle ausharren musste.

»Wenn ihr Hunger habt, dann geht auf die Jagd!«, sagte Liliana zu der aufgebrachten Gruppe. »Das ist allemal besser, als hier herumzuhocken und aus lauter Langeweile Streit anzufangen!«

»Warum sollen wir jagen, wenn wir Hawkstone überfallen und die Normannen von dort verjagen könnten? Dort gibt es Vorräte, Häuser und Sicherheit für uns alle!«, brüllte Thomas, der zu den übelsten Schurken an Alfarics Seite zählte. Er hatte die Statur eines Schmieds und das Gemüt eines gereizten Ebers. Kein Tag verging, an dem er nicht in einen Streit verwickelt wurde und mit den Fäusten dafür sorgte, dass ihm niemand ein zweites Mal widersprach. Liliana verabscheute ihn.

»Ja, geh nur nach Hawkstone«, riet sie kalt. »Spieß dir dein dummes Hirn an den neuen Palisaden auf und lass dich von den Normannenschwertern in einen Igel verwandeln. Dann wird es sich hier wesentlich besser leben lassen, Thomas!«

Gedämpftes Gelächter im Hintergrund jagte jähzornige Röte in die Stirn des Sachsen. Er konnte Spott nicht vertragen, und Spott von einer Frau brachte sein Blut zum Kochen.

»Von einem Holzzaun lassen sich nur Weiber und Schwächlinge abhalten!«, brüllte er prahlerisch. »Normannen sind Feiglinge, die sich wie Schafe im Pferch zusammendrängen. Wir werden die Wölfe sein, die sie schlachten!«

Das beifällige Gemurmel war Balsam für seine gekränkte Eitelkeit. Lediglich Liliana gab einen Laut von sich, der an das gereizte Fauchen einer Wildkatze erinnerte. Thomas hörte nur den Beifall. Er sonnte sich in der vermeintlichen Anerkennung, denn im Geheimen träumte er davon, an Stelle von Alfaric der Anführer des wilden Haufens zu werden und diesem Weib dort den Gehorsam einzuprügeln, der ihr dringend Not tat. Seit er die Frau in dem aufreizenden Brautgewand erblickt hatte, verfolgten ihn die Linien ihres geschmeidigen Körpers.

Vielleicht kehrte Alfaric von dem Streifzug, zu dem er gestern Nachmittag mit drei Gefährten aufgebrochen war, nicht zurück. Die bloße Möglichkeit ließ Thomas' mächtigen Brustkorb noch breiter werden und seine Männlichkeit anschwellen. Niemand würde ihm die Herrin streitig machen können. Er war der Stärkste von allen!

»Mach Platz und gib die Vorräte heraus, Weib!«, forderte er jetzt. Er fühlte sich der allgemeinen Zustimmung sicher und tat einen drohenden Schritt auf Liliana zu, aber die wirkte vollkommen unbeeindruckt. Sie hatte die Arme über dem pelzgesäumten Mantel verschränkt und musterte ihn aus blauen Augen, die es an Frost mit der winterlichen Kälte aufnehmen konnten.

»Pack dich fort, Thomas! Alfaric hat mir die Aufsicht über die Vorräte übertragen, und daran hat sich nichts geändert. Wenn du dir deinen Wanst voll stopfen willst, dann geh auf die Jagd oder arbeite. Herumlungern und Saufen ist nicht die Art eines anständigen Mannes!«

»Verdammtes Frauenzimmer!«, brüllte der Sachse und erhob in seinem Jähzorn die geballten Fäuste gegen Liliana. »Ich werde dir zeigen, was die Art eines anständigen Mannes ist ...«

»Nichts wirst du!«

Alfaric von Haven tauchte wie ein Phantom im Eingang der Höhle auf. Trotz seiner massigen Gestalt bewegte er sich so pfeilschnell, dass Thomas seinen Mund noch nicht geschlossen hatte, als ihn ein Hieb zu Boden streckte, der einem ausgewachsenen Ochsen den Schädel zertrümmert hätte. Er fiel wie ein Klotz zwischen seinen Kumpanen zu Boden, ohne dass diese mehr taten, als zur Seite zu treten, damit er sie nicht berührte.

Liliana schloss die Augen. Was sie auch tat, sie vermochte sich nicht an die brachiale Gewalt zu gewöhnen, mit der Alfaric die Menschen beherrschte, die sich in seiner Macht befanden.

»Und was dich betrifft, Herrin!« – er betonte den Ehrentitel so spöttisch, dass sie die Lider erschrocken aufriss – »Du wirst deinen geliebten Gemahl doch hoffentlich mit der Zuneigung einer guten Frau begrüßen! Ich bin schließlich eben noch rechtzeitig gekommen, um dich vor Thomas zu retten!«

Er riss Liliana in eine grobe Umarmung, zerquetschte ihre Lippen unter einem besitzergreifenden Kuss und betatschte ihre Brüste mit solcher Brutalität, dass ihr gequälter Aufschrei in seinem Mund erstickte. Es bereitete ihm offenbar ausgesprochenes Vergnügen, sie vor den anderen zu quälen.

Sie ahnte, dass er damit aufhören würde, wenn sie in Tränen ausbrach und ihn anflehte, aber zu diesem Mittel wollte sie um keinen Preis greifen. Ihr Stolz verbot, dass sie sich in all dem Schmutz und all dem Elend, in das er sie gerissen hatte, auch noch demütigte.

Natürlich bekam Alfaric einen seiner schrecklichen Wutanfälle, als sich herausstellte, dass er Thomas mit dem mörderischen Hieb in die Hölle befördert hatte, wo er ohne Zweifel hingehörte. Liliana war zwar die Leid Tragende dieses Ausbruchs, aber sie empfand dennoch eine vage Befriedigung. Wieder ein Holzkopf weniger, der mit der Streitaxt verheiratet war und auf eine Fortsetzung der Feindseligkeiten gegen die Normannen drängte. Welch eine Dummheit es war, sich gegen deren effiziente, gut ausgebildete Streitmacht zu stellen, war ihr erst zu Bewusstsein gekommen, als sie sah, wie Alfaric seine Männer führte.

Im Grunde tat er keinen Handschlag, um sie für den lebenswichtigen Kampf, den er ständig predigte, zu stärken. Sie lungerten in ihrem Versteck herum, warteten auf den Frühling und träumten davon, wieder plündernd und mordend durch die Lande zu ziehen. Sie hatten Zerstörung auf ihr Banner geschrieben, und Liliana gab ihnen nicht einmal Zeit bis zum Frühsommer. Spätestens im Juni würden sie aufgerieben, zersprengt und besiegt auf den Feldern liegen, die sie besser gepflügt und bestellt hätten, als sie zu Schlachtfeldern zu machen.

Die Frage war, was dann mit den Frauen, Alten und Kindern geschah, die sich unter ihren vermeintlichen Schutz geflüchtet hatten? Die Berichte über die Schlacht bei Hastings und die Massaker in den umliegenden Dörfern waren im Laufe der vergangenen Monate ausgeschmückt und weitergetragen worden. Auch wenn Liliana die Normannen als vernünftige Männer kennen gelernt hatte – sie konnte nicht ausschließen, dass sie zu drastischen Maßnahmen greifen würden, um den Keim des Aufruhrs für immer zu ersticken. Würden sie nicht in den Müttern, Söhnen und Töchtern der Männer, die sie auf dem Schlachtfeld getötet hatten, eine ständige Gefahr sehen?

»Wie es aussieht, hast du auf deinem Streifzug zwei Männer verloren, einen weiteren in der Höhle getötet und keine neuen Vorräte erbeutet«, wagte Liliana sich vor, nachdem ihr rasender Gemahl sich wieder etwas beruhigt hatte. Er löffelte schmatzend einen Napf Gerstengrütze in sich hinein, die Liliana aus dem großen Bottich abgefüllt hatte, der ständig über dem Feuer hing.

Sie hatte den Küchendienst übernommen, denn während der Arbeit füllte sich die kleine Nebenhöhle mit etwas Wärme, obwohl ihr der ständige Essensgeruch manchmal Übelkeit verursachte. Trotzdem war sie zu dem Schluss gekommen, dass Frieren das schlimmere Übel war.

»Misch dich nicht in Dinge ein, die dich nichts angehen,« knurrte Alfaric finster.

»Sehr wohl betreffen diese Dinge auch mich«, widersprach Liliana beharrlich. »Die Schlacht ist geschlagen und unsere Heimat in der Hand des Eroberers. Wir können uns mit ihm verständigen oder sterben. Ich versichere dir, dass es eine Menge Menschen unter deinem Kommando gibt, die keinen Sinn mehr darin sehen, für eine aussichtslose Sache ihr Leben zu lassen.«

»Natürlich, Weiber! Weiber sind nicht fähig zu denken. Sie sind nur für eines gut.« Alfaric warf die leere Schale achtlos hinter sich und fixierte Liliana aus gierig funkelnden Knopfaugen. »Zieh dich aus, Weib!«

Liliana schluckte. Sie hatte gelernt, diesen Befehl

zu fürchten, aber auch, ihm augenblicklich zu folgen. Tat sie es nicht, zerriss Alfaric ihre Kleider und schlug sie so lange, bis sie schluchzend und halb ohnmächtig die Besudelung ihres Leibes erdulden musste. Ein gewisses Maß an regloser Fügsamkeit hingegen ließ ihn die Angelegenheit schnell hinter sich bringen und schützte sie vor schlimmeren Wunden als blauen Flecken und roten Kratzmalen.

»Es ist heller Tag!«, rutschte es ihr trotz allem heraus, aber Alfarics Griff nach der Peitsche belehrte sie schnell eines Besseren.

Hastig löste sie die Schlaufen des Übergewandes und streifte es über die Hüften. Sie faltete es sorgfältig und legte es auf die Truhe. Anschließend folgten das wollene Unterkleid, die Strümpfe, die zerkratzten Stiefel und dann auch das Hemd. Schauer der Kälte und des Abscheus zogen ihre blasse Haut zusammen, und sie atmete scharf aus, als die fünf Riemen der Peitsche auf ihre Schulter fielen und von dort über die runden Brüste rutschten.

Die Schwangerschaft hatte ihre Fülle noch vergrößert, und die rosigen Knospen standen wie Perlen hervor. Wann würde Alfaric dies auffallen? Lange konnte es nicht mehr dauern, denn er fand ein geradezu närrisches Vergnügen darin, sie splitternackt zu betrachten. Sie war die Beute, die er sich am heißesten ersehnt hatte!

»So ist's schön!«, grinste er zufrieden und ließ die Peitsche zu Lilianas unendlicher Erleichterung wieder fallen. »Du gefällst mir noch immer. Komm schon, zieh mich aus! Worauf wartest du? Ein Gatte, der müde nach Hause kommt, ist auf die Dienste seines Weibes angewiesen!«

Liliana wusste, was er von ihr erwartete, und der

Ekel würgte sie schon, ehe sich ihre steifen Finger mit den Schnüren seiner Beinkleider zu Ende gemüht hatten. Alfaric genoss es immer wieder aufs Neue, ihre spröden Lippen auf seinem Geschlecht zu spüren. Er rammte sein stinkendes, schmutziges Glied bei jeder Gelegenheit in ihr Gesicht, in diesen Mund, der so ärgerliche Dinge sagen konnte und sich so hochnäsig verzog, auch wenn er schwieg. Es verschaffte ihm stets vollendete Befriedigung, ehe er sich am Ende ächzend in ihren Schoss versenkte, damit nicht ein kostbarer Tropfen seines Samens verloren ging.

Es erzürnte ihn zwar, dass sie so wenig Leidenschaft zeigte, aber ihr Schmerz war eine gute Entschädigung dafür. Es gefiel ihm, wenn sich ihr blasser Leib in Qualen wand und ihr vermaledeiter Stolz nur ein unterdrücktes Ächzen erlaubte. Sie gehörte ihm! Lange genug hatte er darauf gewartet!

»Knie dich hin! Vorwärts!«, schrie er jetzt, während sie sich hustend und spuckend über den Mund fuhr.

Ehe Liliana begriff, was er vorhatte, hatte er sie grob zu Boden gestoßen und riss ihre schmalen Hüften mit beiden Pranken wieder hoch. Nur einen Atemzug später nahm er sie wie eine Stute von hinten. Seine Hände glitten höher und quetschten ihre empfindlichen Brüste, während seine Zähne sich roh in ihren Nacken gruben. Ihr missbrauchter Körper widersetzte sich dem gewaltsamen Eindringen, aber gegen die rohe Gewalt des Mannes war er machtlos.

Vor Lilianas Augen tanzten feurige Kreise, denn es gelang ihr immer seltener, Geist und Körper voneinander zu trennen und ihn gleichmütig tun zu lassen, was er wollte. Die Veränderungen ihres Körpers machten sie weicher und anfälliger, und gleichzeitig wuchs ihre Furcht vor dem Moment, in dem er ihre Schwangerschaft entdecken würde. Unter dem Schwall der Obszönitäten, die er in ihre Ohren sabberte, spürte sie, dass er zu einem schnellen Ende kam. Er ließ sie los, und sie sank kraftlos und keuchend mit dem Gesicht nach vorn auf den Strohsack.

Wie üblich befestigte er seine Beinkleider wieder, grunzte befriedigt und ließ sie wie ein gebrauchtes Stück Abfall einfach liegen, um sich zu seinen Kumpanen zu gesellen. Unrat, mehr war sie nicht mehr, sagte sich die Lady von Hawkstone bitter, ehe sie sich aufrappelte und sich notdürftig säuberte. Sie schlüpfte steif in ihre Kleider und versuchte, ihren Geist auf die nächste Aufgabe zu konzentrieren. Sie verbot sich, darüber nachzudenken, wie lange sie dieses Leben aushalten würde. Sie verbot sich auch die Erinnerungen an Raynal de Cambremer. Wenn sie einmal damit begann, darüber nachzugrübeln, was sie verloren hatte, würde sie närrisch werden, das wusste sie. Sobald sie den Fehler beging, sich der Liebkosungen und Küsse zu entsinnen, die ihren Körper in Flammen gesetzt hatten, würde die Qual ihrer Tage unerträglich werden.

Sie spülte den beschmutzten Mund, wusch sich das Gesicht und ignorierte das dumpfe Pochen in ihren Brüsten. Es war das normale Los einer Ehefrau, ihrem Gatten zu Gefallen zu sein. Sie hatte nur nicht geahnt, dass dies so schrecklich sein würde. Es war kein richtiges Dasein, und es war auch noch kein echter Tod. Es war langsames, qualvolles Vegetieren. Wären nicht so viele unschuldige Seelen von ihr und ihrem Eintreten für sie abhängig gewesen, sie hätte nicht gezögert, dem allen ein Ende zu machen. Sogar um den Preis ihrer ewigen Seligkeit. Die Hölle konnte nicht schlimmer sein als das Leben mit Alfaric von Haven!

»Edeva!«

Liliana glaubte zu träumen, als sie die gebückte Gestalt der alten Amme erblickte, die durch die große Höhle schlurfte. Bei ihrem Anblick brach sie endlich in die Tränen aus, die sie bisher unter größten Mühen unterdrückt hatte. Edeva bedeutete Hawkstone, Zuhause, Kindheit und Sorglosigkeit. Einen herzzerreißenden Augenblick lang glaubte sie, dass die Amme auch dieses Mal ihre Probleme lösen würde.

»Je nun, Kindchen!« Edeva versuchte angestrengt, Rührung und Schrecken zu verbergen. Seit sie erfahren hatte, dass Liliana sich bei Alfaric befand, hatte sie das Mädchen in Sicherheit gewähnt. Der Mann war geradezu närrisch verliebt in die Lady und würde sie mit Sicherheit auf Händen tragen.

In den wenigen Wochen hatte sich das stolze Mädchen, das ihr in Hawkstone zuletzt so erfolgreich getrotzt hatte, freilich sehr verändert. Vor ihr stand eine fremde junge Frau. Der Schmelz der Mädchenhaftigkeit, der ihren verwirrenden Zauber ausgemacht hatte, war ungesunder Blässe und einer neuen Reife gewichen. Tiefe bläuliche Schatten unter den Augen und rötliche Male an der Schläfe betonten die durchsichtige Zerbrechlichkeit ihrer schmalen Gestalt. Sie war immer zierlich gewesen, aber nun war sie nur noch ein Schatten ihrer selbst, der sich durch pure Willenskraft aufrecht hielt.

»Gütige Mutter, was ist geschehen?«

Edeva fasste nach Lilianas Arm und zog sie in den

Schatten. Sie legte keinen Wert auf überflüssige Aufmerksamkeit. Erst in diesem Moment begriff sie, weshalb Ellen das Risiko auf sich genommen hatte, ihrem Vater zu begegnen, obwohl ihr Sweynes Vorwürfe arg zugesetzt hatten. Liliana von Hawkstone war nicht nur schwanger, sie sah auch so aus, als würde sie im nächsten Augenblick zusammenbrechen. »Es geht dir nicht gut?«

Liliana schüttelte in einem Anflug des alten Trotzes den Kopf. »Es ist alles in Ordnung, aber ich erwarte ein Kind!« Und damit gleich alles gesagt war, fügte sie hinzu: »Es ist nicht Alfarics Kind, Edeva!«

»Schscht!« Die Amme legte einen Finger auf Lilianas Mund und runzelte die Stirn. Sie hatte es gefürchtet. »Du brauchst dir keine Sorgen zu machen, Kind. Ich bin bei dir! Edeva wird alles in Ordnung bringen. Nur keine Angst, meine kleine Prinzessin!«

Liliana verzog bitter den Mund. Die vertraute Litanei der Kindheit hatte ihre Wirkung auf sie verloren. Sie machte sich keine Illusionen mehr. »Wie willst du denn Ordnung in dieses Leben bringen?«

Ihre Handbewegung umfasste das Flüchtlingslager in der Höhle, die kranken Kinder, die mutlosen Frauen, die unzufriedenen Krieger. »Du müsstest die Zeit zurückdrehen und ihnen einen Trank einflößen können, der sie zur Vernunft bringt, damit sie kein zweites Mal in einen sinnlosen Kampf hineinrennen!«

»Den Trank wirst erst einmal du bekommen, mein Mädchen«, flüsterte Edeva. »Gibt es einen Platz, wo du für dich sein kannst? Ein Feuer, über dem man Wasser erhitzen kann?«

Liliana nickte und glaubte, dass die Amme um ihre Gesundheit besorgt war. Sie lächelte Ellen flüchtig zu, die sich wie ein Schatten an Edevas Fersen geheftet hatte. Sie fragte sich, ob sie ihr böse oder dankbar dafür sein sollte, dass sie alte Dienerin an ihre Seite geholt hatte. Dass sie Ellen seit Tagen nicht mehr zu Gesicht bekommen hatte, fiel ihr erst jetzt im Nachhinein auf.

Sie führte die beiden Frauen in die kleine Höhle mit dem Kochfeuer, wo der Grützekessel eine trügerische Hoffnung auf ausreichend Nahrung und Wärme verbreitete. Wie üblich kauerten ein paar hungrige Kinder in der Nähe des duftenden Breis. Kleine, viel zu ruhige Zwerge, die den Erwachsenen misstrauten und bei ihr Zuflucht suchten, weil sie ihnen zu essen gab. Auch jetzt richteten sich ihre erwartungsvollen Blicke auf die Lady.

»Raus mich euch!«, schnauzte Edeva in einem Ton, der das Grüppchen blitzartig verschwinden ließ, ehe Liliana Einspruch erheben konnte.

»Je nun«, kam die Amme ohne Umschweife zur Sache und legte ihr Bündel auf den Strohsack. »Wir brauchen heißes Wasser und einen Becher. Die nötigen Kräuter habe ich bei mir!«

»Welche Kräuter?« Liliana strich sich mit dem Handrücken über die Stirn. »Es geht mir gut, ich habe es dir gesagt! Du brauchst keine Kräutertränke zu brauen.«

»Welche Kräuter? Gütige Göttin!« Edeva warf die Hände in die Luft und schnaubte. »Was für eine Frage! Du hättest schon längst nach mir schicken sollen. In den ersten Monaten ist es immer am leichtesten. Aber du brauchst trotzdem keine Angst zu haben, ich bin bei dir, und alles wird gut werden! Es wird schnell vorbei sein!«

»Kann es sein, dass ich nicht verstehe, wovon du

redest?«, fragte Liliana, obwohl sich irgendwo in ihrem gemarteten Geist bereits eine schreckliche Erkenntnis breit machte.

»Wovon werde ich schon reden?« Edeva beherrschte die Kunst, Fragen mit Gegenfragen auszuweichen, vollkommen, und Lilianas Fassungslosigkeit reizte sie. »Von dem Balg, das dir der Normanne angehängt hat. Du musst es loswerden! Wie ist es dir nur gelungen, Alfaric in der Hochzeitsnacht zu täuschen? Ich habe um dich gefürchtet, Kleines! Weiß er, dass du in der Hoffnung bist?«

»Nein …«, flüsterte Liliana und erstickte fast an dem Laut.

»Das dachte ich mir«, Edeva brummte zufrieden. »Er ist nicht der Mann, der sich über den Körper einer Frau Gedanken macht. Hauptsache, sie gefällt ihm. Jeder andere würde zumindest ihre monatliche Reinigung zur Kenntnis nehmen. Aber er ist vermutlich so wild darauf, seine Söhne in dich zu pflanzen, dass er …«

»Hör auf!« Lilianas Stimme klang so schrill, dass die Amme abbrach. »Du weißt nicht, was du redest«, fügte sie leiser hinzu.

»Mir scheint, du weißt nicht, in welcher Gefahr du bist!«, widersprach Edeva nachdrücklich. »Alfaric darf niemals erfahren, dass der Normanne die Herrin des Rosenturmes geschändet hat! Er kennt die Prophezeiung so gut wie jeder andere, und ein Mann wie er wird dir die Schuld an den Geschehnissen geben, Herzchen! Wir müssen jede Erinnerung daran tilgen! Ich werde den Trank bereiten, und du wirst ihn heute noch nehmen, hast du mich verstanden? Jede Stunde zählt …«

»Nein!«

Liliana wich an die Felswand zurück, bis sie die Härte des feuchten Steins zwischen ihren Schulterblättern spürte. Das glimmende Feuer warf rötliche Schatten über die gebückte Gestalt Edevas, die jetzt mit einem Tuchsäckchen hantierte, das sie aus ihrem Bündel gezogen hatte. Gütige Mutter Gottes, sie kannte den schlimmen Sud, den Edeva für solche Zwecke braute. Er leitete eine vorzeitige Geburt ein und tötete alles Leben ab, manchmal auch das der Mutter.

Unwillkürlich legten sich ihre Handflächen schützend über die kaum merkliche Wölbung ihres Leibes. Nur sie spürte das Wachsen, die winzige Gegenwart einer Existenz, die sie bisher nur am Rande ihres Bewusstseins zur Kenntnis genommen hatte. Raynal de Cambremer und nicht Alfaric hatte seinen Samen in sie gepflanzt. Einen Sohn oder eine Tochter, einen kleinen Menschen, der seinen Ursprung jener innigen Umarmung und der Verzückung verdankte, von der sie jetzt wusste, dass sie zwischen Mann und Frau keine Selbstverständlichkeit waren.

Edeva mischte den wartenden Tod mit heißem Wasser, und der scharfe Geruch der Kräuter überlagerte jenen der Gerstengrütze. Liliana schmeckte pure Galle. Wie konnte die Amme auch nur einen Herzschlag lang annehmen, dass sie ihr eigenes Kind töten würde? Die einzige kostbare Erinnerung an ihre Liebe?

»Nein!«, murmelte sie tonlos noch einmal. Dieses Kind war alles, was ihr von Raynal de Cambremer blieb. Es hatte ein Recht darauf, dass sie sein Leben beschützte und ihm all die unendliche Zuneigung schenkte, die sie seinem Vater nicht mehr geben konnte.

»Hab' keine Angst!« Edeva glaubte, den Grund für Lilianas Widerstand zu kennen. Schließlich hatte sie immer gewusst, was ihr Schützling dachte. Weshalb sollte sich dies geändert haben? »Die Schmerzen sind nicht so schlimm wie die bei einer Geburt, und wir werden Alfaric sagen, dass du deine Reinigung heftiger als sonst bekommen hast. Wenn du willst, hast du damit gleich einen Grund, künftig mehr Rücksicht von ihm zu fordern. Es kann nicht schaden, wenn er mit dir etwas sanfter umgeht, als er es mit seinen anderen Weibern gewöhnt ist.«

»Sprichst du von Agnes?« Liliana klammerte sich unter der Fülle der Empfindungen, die in ihr aufwallten, an dem sicheren Ärger fest. »Hast du davon gewusst, dass er unsere Mägde vergewaltigt? Wieso hast du mir nie davon berichtet?«

»Es gehört sich nicht, die Lady von Hawkstone mit solchen Dingen zu belästigen«, schnaufte Edeva. »Immerhin warst du eine Jungfrau aus edlem Hause!«

»Es gehört sich nicht!« Liliana stieß sich von der Wand ab und stemmte die Hände in die Hüften. »Gehört es sich denn, die Frauen eines Haushaltes zu nehmen, der einem Gastfreundschaft bietet? Bei Gott, wenn dieser Mann meinen Vater abgeschlachtet hätte, würdest du immer noch Worte finden, ihn zu verteidigen!«

»Musst du denn so übertreiben?«, entrüstete sich die Amme. »Er ist dein Gemahl!«

»Ein schöner Gemahl!« Verächtlich bogen sich Lilianas Mundwinkel nach unten. »Ein Fürst der Abenteurer und Halsabschneider, dessen einzige Befähigung zum Anführer darauf beruht, dass er geschickt genug war, sich nicht in der Senke von Senlac abschlachten zu lassen.«

Edeva schnalzte missbilligend mit der Zunge. »Du bist überreizt und erschöpft, Kindchen. Du weißt nicht, was du redest! Alfaric war von Beginn an für die Herrin des Rosenturms bestimmt! Es ist ein Segen, dass er die Schlacht mit den Normannen überlebt hat!«

Liliana betrachtete das zerfurchte Gesicht der alten Frau und entdeckte das störrische Glimmen in den schwarzen Augen. Sie fragte sich, ob Edeva tatsächlich wusste, was sie da sagte. Die Amme wurde alt und wunderlich. Wieso bemerkte sie das erst jetzt?

»Hast du es schon vergessen?«, fragte sie traurig. »Die Rosen von Hawkstone sind in einer einzigen Septembernacht verblüht.«

»Sie werden zu alter Pracht finden, wenn du wieder über das Land herrschst! Du hast es selbst gesagt, als du in den Spiegel des Wassers geblickt hast!«

»Ein dummer Wunschtraum. Dein Kräutertrank hatte mich berauscht.«

»Wie kannst du es wagen, den Spiegel der Lüge zu zeihen! Der Spiegel sagt immer die Wahrheit!«

»Eine kindische Wahrheit ...«, murmelte Liliana, aber so leise, dass die Amme es nicht hörte. Sie begriff, dass sie sich nicht länger auf Edeva verlassen konnte. Im Gegenteil, die Alte stand so bedingungslos auf Alfarics Seite, dass sie beinahe zu einer Feindin geworden war. Gottlob hatten sie die vergangenen Wochen gelehrt, sich nur noch auf die eigene Stärke und das eigene Herz zu verlassen.

Ein Herz, das unter der jäh entdeckten Zuneigung

für ihr Kind aufblühte. Mit einem Schlag war das kleine Leben zum Zentrum ihres Seins und ihrer Pläne geworden. Sie würde keinesfalls zulassen, dass ihm Böses geschah! Schon gar nicht von Edeva!

»Gieß den Trank ins Feuer!«, sagte sie in ruhiger Bestimmtheit. »Du glaubst doch nicht, dass ich ihn trinke? Mein Kind soll leben! Ich werde es zur Welt bringen.«

Edeva verschüttete vor Schreck das heiße Wasser. »Das darfst du nicht tun!«

»Wer sollte es mir verbieten?«

»Ich!«

Einen schweigenden Augenblick lang standen sich die beiden Frauen gegenüber. Liliana tat einen tiefen Atemzug und löste endlich die Hände von ihrem Leib. »Du hast kein Recht dazu! Du bist nur meine Amme und nicht meine Mutter!«

»Entweder du trinkst diesen Sud, oder ich sage Alfaric, dass der Normanne die Herrin des Rosenturms geschändet hat. Nicht nur einmal und wahrhaftig nicht gegen ihren Willen!«

Der letzte Nachsatz war es, der Lilianas Zuneigung für Edeva den endgültigen Todesstoß versetzte. Die Bosheit und der Versuch einer gemeinen Erpressung entband sie von den Pflichten des Kindes für eine Frau, die ihr Leben bisher begleitet und behütet hatte.

»Du kannst mir weder etwas befehlen noch mich unter Druck setzen«, erwiderte sie in verblüffender Kaltblütigkeit. »Ich werde dieses Kind schützen, gegen jeden! Auch gegen dich!«

19. Kapitel

»Offenbar hat diese Höhle tatsächlich nur einen einzigen Ein- und Ausgang!« Ferrand schlüpfte an die Seite seines Herrn und schüttelte den Kopf über so viel Leichtsinn. »Wir haben alles abgesucht! Die Sachsen fühlen sich dermaßen sicher, dass sie nicht einmal zuverlässige Wachen aufgestellt haben.«

»Wer sollte sie an diesem gottverlassenen Küstenstrich schon überfallen?«, entgegnete Raynal trocken. »Jedes Boot würde an den Felsen zerschellen, und die Wälder sind undurchdringlich. Ohne einen ortskundigen Führer ist jeder Fremde verloren, und die Sachsen halten uns für Fremdlinge. Deswegen fühlen sie sich sicher.«

Ferrand beging nicht den Fehler zu antworten. Er hatte ohnehin schon zu viel gesagt. Raynal de Cambremer war in den letzten Wochen zu einem wortkargen Führer geworden. Auch zuvor war er zwar selten zum Plaudern aufgelegt gewesen, aber es war offensichtlich, dass er stumme Qualen litt, und Ferrand hatte das Gefühl, dass die Lady die Ursache dieser Schweigsamkeit war.

Raynal ahnte glücklicherweise nichts von den naseweisen Schlüssen seines romantischen Begleiters. Er sah sich nach seinen Männern um und gab das vereinbarte Zeichen zum Angriff.

Seit Ferrand und Raynal den beiden Frauen gefolgt waren, hatte Gilbert de Nansay eine Truppe der erfahrensten Kämpfer in ihrem Rücken bereitgehalten. Jetzt endlich war es so weit! Dieses Mal durfte kein Sachse entkommen! Jeder Einzelne von ihnen wusste, was ihr Anführer erwartete!

Liliana war die Erste, die, von ungewöhnlichen

Geräuschen abgelenkt, Edevas zornigen Worten keine Aufmerksamkeit mehr schenkte. In der großen Höhle herrschte immer ein gewisser Lärm, denn die Untätigkeit machte die Männer gereizt und streitlustig. Aber dies klang nicht nach dem üblichen Gebrüll. Sie vernahm das Klirren von Metall, mit dem Schwerter gegen Streitäxte trafen und die Schmerzensschreie getroffener Männer.

»Wir werden angegriffen!«, rief sie entsetzt.

Ehe Edeva und Ellen sie zurückhalten konnten, war sie an ihnen vorbei in die Haupthöhle gestürzt. Sie versuchte, sich im Zwielicht der Fackeln zu orientieren, aber es war kaum möglich, in dem Chaos Freund und Feind zu unterscheiden. Was sie deutlich vernahm, waren die schrillen Schreie der Frauen und das ängstliche Weinen der Kinder, die offenbar plötzlich zwischen die Fronten geraten waren.

Liliana packte kurz entschlossen ein kleines Geschöpf, das neben ihr stand, und schob es hastig in die Höhle mit dem Kochfeuer. Trotz des infernalischen Lärms konnte sie ein paar junge Frauen auf sich aufmerksam machen, und eine nach der anderen versuchten sie, sich in ihre Richtung zu schieben und die Kinder mit sich zu zerren.

Während die Felswände vom Gebrüll der kämpfenden Männer und dem Klirren der Waffen widerhallten, füllte sich der kleine Nebenraum schließlich so weit, dass Mensch an Mensch stand, so eng, dass trotz des Spaltes in den Felsen über ihnen kaum genügend Luft zum Atmen da war und die Letzten rückwärts wieder hinausgedrängt wurden.

Liliana schien es, als könne sie die Angst mit Händen greifen, die von dem verzweifelten Menschenpulk ausging. Sie wurde am Ende so weit in die große Höhle hinausgeschoben, dass sie das Gleichgewicht verlor und dem nächstbesten Schwertkämpfer vor die Füße stolperte. Mit einem wüsten Fluch riss er seine Waffe hoch.

Zu spät! In Lilianas Gewand klaffte ein Riss, und aus einer Wunde an ihrem Oberarm rann warmes Blut über Samt und Wolle. Sie spürte es und wartete auf den Schmerz, der folgen musste, aber im Augenblick fühlte sie nur, wie sich um sie herum alles drehte.

Normannische Worte prasselten auf sie ein, und plötzlich verstand sie nicht, was der Mann sagte, obwohl sie seine Sprache seit ihrer Kindheit beherrschte. Sie sah nur eines: Es war Raynal de Cambremer, der vor ihr stand, der sie verletzt hatte. Das markante, entsetzte Männergesicht, war das Letzte, was sie erblickte, ehe sie die Besinnung verlor.

Was danach folgte, wurde in ihrer Erinnerung zu einem wirren Fiebertraum. Sie glaubte, auf einem Pferd zu sitzen, das mitten durch eine Feuersbrunst ritt. Ihr war entsetzlich heiß, und in ihrem Arm tobte wilder Schmerz. Dann wieder fror sie schrecklich, und jemand häufte Pelze und Decken über sie, bis sie zu ersticken glaubte und sich gegen die Hitze aufbäumte.

In ihrem verstörten Geist mischten sich die wüsten Flüche einer normannischen Stimme mit der besorgten Litanei einer Frau, deren brüchige Stimme ihr seltsam vertraut schien. Und dann waren da eigenartige Bilder, die sie mehr als alles andere verstörten. Ein kleines Mädchen mit feuerroten Haaren und durchscheinend blasser Haut, das sie aus großen, grünen Augen vorwurfsvoll ansah.

Seine dünne Stimme klang in ihrem Kopf, und

obwohl sie die Worte nicht verstand, begriff sie den Vorwurf. Es war an ihr, dieses kleine Mädchen zu schützen. Nur sie allein konnte ihm zu seinem Recht auf Leben verhelfen. Sie durfte der Schwäche nicht nachgeben und alles dahingehen lassen. Sie hatte keine Zeit, sich auszuruhen. Sie hatte eine Pflicht übernommen!

»Da bist du ja endlich wieder! Gütiger Himmel, kannst du nicht aufhören, dich von einer Gefahr in die nächste zu stürzen? Musst du ständig dein Leben in die Waagschale werfen und mich zu Entscheidungen zwingen, die ich nicht treffen will? Herr im Himmel, ich wünschte, ich wäre dir nie begegnet!«

Die erbitterten Vorwürfe rissen sie schneller aus ihrer Benommenheit, als es jede Medizin vermocht hätte. Wie ungerecht, ihr allein alle Schuld anzulasten!

»Ihr habt das Schwert gegen mich erhoben«, erwiderte sie schwach, aber unmissverständlich. »Ich versuchte nur, mich zu verteidigen. Ich wünschte, es wäre mir besser gelungen!«

Raynal de Cambremer brach in ein Gelächter aus, in dem sich Erleichterung und Erbitterung ebenso mischten wie Bewunderung und Gekränktheit. Die unverwüstliche Energie der Lady von Hawkstone suchte ihresgleichen. Nur sie konnte Flucht, missliche Umstände und eine Schwertwunde hintanstellen, um als Erstes ihr persönliches Missfallen auszudrücken. Dabei war doch wohl er es, der das Recht zum Vorwurf auf seiner Seite hatte.

Liliana hingegen sagte sich, dass es nur einen Menschen auf der ganzen Welt geben konnte, der es fertig brachte, sie von einer Sekunde zur nächsten so wütend zu machen. Nicht einmal Alfaric in all seiner gedankenlosen Grobheit und unerträglichen Schlichtheit weckte in ihr den beharrlichen Wunsch, in unbeherrschter Rage zu schreien. Sie versuchte, sich zu bewegen, und entdeckte, dass sie zwischen Unmengen von Pelzen gefangen in einer eisernen Umarmung auf einem riesigen Pferd saß, das sich gegen einen jener nasskalten Stürme vorankämpfte, die für die Februartage ihrer Heimat so typisch waren.

»Wohin bringt Ihr mich?« Außer einer breiten Schulter und bleigrauem, von Wolken verhangenem Himmel vermochte sie nichts von der Gegend zu erkennen, durch sie getragen wurde.

»Unter das Dach, unter das du gehörst!«, bekam sie unfreundlich zur Antwort. Vielleicht hatte sie sein Lachen nur geträumt.

Liliana erschauerte und spürte einen heftigen Schmerz in ihrem rechten Oberarm. Das Brennen vertrieb die letzten Schleier der Ohnmacht aus ihrem Bewusstsein, und die Erinnerung kehrte zurück. Der Kampf, das Blut, die Todesschreie! Was war geschehen? Wo waren die Kinder, die Frauen und die Männer? Hatte sie einmal mehr die Ihren im Stich gelassen?

Raynal spürte weniger ihre Bewegung als die Unruhe, die sie mit einem Schlag ergriff. Es war, als gäbe es eine besonderes Band zwischen ihnen, das es ihm ermöglichte, Dinge zu ahnen, die sie ihm nicht sagen wollte. Eben dieses Band sagte ihm auch, dass Liliana sich in Gedanken schon wieder auf der Flucht befand.

»O nein, Lady von Hawkstone,« antwortete er so barsch, als hätte sie ihn gefragt. »Keine Freiheiten mehr. Keine einsamen Entscheidungen. Nur Gehorsam. Absoluter Gehorsam!«

Liliana erahnte die Bedingungslosigkeit dieses Befehls. Er würde ihrem Gewissen keine Erleichterung verschaffen, auch wenn sie darum flehte, also schwieg sie trotzig. Ihre Schläfen schmerzten, ihr Arm brannte, und in ihrem Magen breitete sich eine nur allzu vertraute Übelkeit aus. Gut, dann würde sie eben stumm bleiben und im Notfall die Galle einmal mehr über seine Kleider würgen. Er hatte es nicht anders gewollt.

Ihr unbeugsamer Stolz rettete sie indes davor, seine ungeteilte Aufmerksamkeit auf so demütigende Weise zu erheischen. Trotzdem drehte sich alles vor ihren Augen, und sie betrachtete das Tor von Hawkstone, das sich wie von Geisterhand vor ihnen öffnete, als habe sie es noch nie gesehen. Es war eine andere Frau, die in diese Mauern zurückkehrte, nicht jene, die vor dem Weihnachtsfest so trotzig und selbstherrlich davongeritten war. Wie schade, dass das Leben einer kindischen Rebellin keine zweite Chance zuteilte.

Lilianas Traurigkeit verging schlagartig, als Raynal sie ohne großes Federlesen in das Schlafgemach schleppte, das einmal ihrem Vater gehört hatte. Es war jetzt sein Gemach, und sie nahm nicht an, dass er es ihretwegen räumen würde.

Bis sie jedoch trotz der pochenden Schmerzen in ihrem Arm ihr wirres Haar notdürftig aus dem Gesicht gestrichen hatte, so dass sie in angemessener Haltung protestieren konnte, fand sie sich auf einem hohen Lehnstuhl neben dem prasselnden Kaminfeuer wieder. Ein so bezwingender grüner Blick bannte sie auf diesen Sitz, dass sie kaum zu atmen wagte.

Heilige Mutter Gottes, sie hatte vergessen, wie wundervoll er aussah, auch wenn er wütend auf sie war. Sie konnte nichts anderes tun, als ihre Augen an diesem Anblick zu erfreuen. Sie hatte nicht gewusst, wie sehr sie diese Freude vermisste!

Wo Alfaric bullige Härte und beängstigende Gewalttätigkeit verkörperte, zeigte der normannische Ritter die beherrschte Kraft eines disziplinierten Kriegers und Edelmannes. Sogar in diesen Moment, in dem seine Augen vor Zorn eiskaltes Feuer sprühten und seine wohl geformten Lippen einen schmalen Strich bildeten, wusste Liliana, dass er sie niemals mit körperlicher Gewalt bedrohen würde, dass sie nichts Böses von ihm zu fürchten hatte.

Wenn sie Angst hatte, dann nur vor sich selbst. Vor dem, was sie fühlte und was ihr Herz sie zu tun drängte. Es durfte nicht sein, weniger denn je! Sie hatte jedes Recht darauf verloren.

»Erwarte keine Entschuldigungen von mir«, sagte er in diesem Moment frostig. »Es ist nicht meine Art, Frauen zu verletzen, aber eine Frau, die sich ständig in die Angelegenheiten der Männer mischt, muss damit rechnen, dass sie zwischen die Fronten gerät.«

Der ungerechte Vorwurf riss Liliana aus ihrer stummen Bewunderung. Sie liebte ihn, ja, aber deswegen würde sie noch lange nicht zu allem Ja und Amen sagen, was er von sich gab.

»Nennt Ihr es Einmischung, wenn ich Frauen und Kinder vor Euren Waffen in Sicherheit bringe?«, fauchte sie heiser. »Hättet Ihr auch unsere Kinder abgeschlachtet? Oder habt Ihr es gar längst getan?«

»Hältst du mich für einen gewissenlosen Schlächter? Oder was geht hinter deiner Stirn vor?«

Das sagte ihm Liliana lieber nicht. Sie schloss stattdessen aus seiner Empörung, dass zumindest die Kleinen irgendwo in Sicherheit waren.

»Wie habt Ihr diese Höhle nur gefunden?«, forschte sie deutlich weniger angriffslustig.

»Deine alte Amme war so freundlich, uns den Weg zu weisen!«

»Edeva? Das ist unmöglich! Sie würde ihr Leben für die Sache der Sachsen geben. Es ist undenkbar, dass sie Alfaric verraten hat!«

Raynal zerrte die Reithandschuhe von den Fingern und musterte das elende Häufchen Frau, das in Pelz und Stoff gewickelt auf dem Stuhl kauerte. Trotz ihres Leids und allen Schmutzes besaß sie Ausstrahlung einer Fürstin, der auch die misslichsten Umstände nichts von ihrer Majestät nehmen konnten.

»Von Verrat war keine Rede«, korrigierte er ihren Irrtum. »Mir war von Anfang an klar, dass sie mit den Diebstählen der Vorräte zu tun hatte und gegen mich und meine Männer hetzte. Es war nur nötig, sie zu beobachten und ihr zu folgen. Ich wusste, dass du früher oder später mit ihr Verbindung aufnehmen würdest. Du magst die Normannen für Dummköpfe halten, aber ich versichere dir, dass wir das nicht sind!«

Liliana senkte den Blick. Sie hatte ihn nie für einfältig gehalten, stets für viel zu gefährlich. Gefährlich für ihr Land, gefährlich für sich selbst. Es waren Männer wie er, die über alle Grenzen und alle Vorbehalte hinweg Neues schufen und unbekannte Wege gingen. Warum musste ausgerechnet dieser Mann ihr Feind sein?

»Was werdet Ihr mit uns tun?«, fragte sie scheinbar gleichmütig.

»Was schlägst du vor?«

Eine eigenartige Mischung aus Ärger, widerwilligem Respekt und bitterem Spott durchflutete Liliana. Alfaric wäre nie auf den Einfall gekommen, ihr eine solche Frage zu stellen. Frauen existierten für ihn nur zu einem einzigen Zweck. Wie abscheulich, dass ausgerechnet dieser Mann ihr als Einziger die Ehre antat, sie als denkendes und fühlendes Wesen anzuerkennen.

»Macht ein Ende mit dem Blutvergießen«, antwortete sie spröde und hielt seinem Blick stand. »Ihr habt es nicht nötig, Eure Überlegenheit und Stärke an dem traurigen Rest Sachsen zu beweisen, der nicht begreifen kann, dass sich die Zeiten geändert haben. Lasst sie am Leben und gebt Ihnen die Möglichkeit, in Euren Landsleuten die neuen Herren zu achten. Der Frühling steht vor der Tür, und sie haben einen Winter der Verzweiflung und des Hungers hinter sich. Sie wissen, dass der nächste Winter noch schlimmer werden wird, wenn sie nicht auf ihre Felder zurückkehren. Auch Sachsen können ihre Streitäxte und ihren Stolz nicht essen. Sie haben Frauen und hungernde Kinder.«

»Wie klug du bist, meine Schöne!«, murmelte Raynal de Cambremer, und Liliana sah erschrocken, dass er plötzlich neben ihrem Stuhl stand. Sie hatte nicht bemerkt, dass er sich ihr genähert hatte, und sie erstarrte unter der Hand, die die pelzgefütterte Kapuze von ihren Haaren streifte. »Gilt dieser Wille zum Frieden auch für deine eigene liebliche und unbezähmbare Person?«

Liliana kämpfte mit dem jämmerlichen Rest ihrer Kraft gegen die Folgen dieser sanften Berührung. Sie verwandelte ihre Knochen in Wasser, und ihr Herz schlug mit einer Sehnsucht, die heftiger schmerzte als die Wunde an ihrem Arm. Erst jetzt, wo sie gelernt hatte, unter Alfarics unerwünschten Aufmerksamkeiten zu leiden, begriff sie die Magie, die zwischen ihr und dem Normannen aufbrach, sobald sie einander ansahen, einander berührten. Ihr einziger Wunsch war es, in seinen Armen zu liegen. Dennoch war jetzt nicht der Moment, auf ihr Herz zu hören. Jetzt nicht und nie wieder!

»Ich werde weder Messer noch Schwert oder Gift gebrauchen, um Euch oder einem anderen Normannen zu schaden«, schwor sie mit leiser Stimme. »Ist es das, was Ihr von mir hören wollt?«

Raynal de Cambremer ahnte, dass sie ihn absichtlich missverstanden hatte. Es kränkte ihn, aber er beließ es dabei. »Und wie sieht es mit deinen flinken Beinen aus?«, forschte er trocken. »Wirst du wieder verschwinden, sobald ich dir den Rücken zuwende?«

»Wohin sollte ich mit dieser Wunde schon gehen?«, entgegnete Liliana müde.

»Es ist nur ein Kratzer. Ein Riss im Fleisch, der kräftig geblutet, aber keinen größeren Schaden angerichtet hat. Eine von den Frauen hat sich der Sache noch in der Höhle angenommen und deinen Arm verbunden. Wenn du ausreichend kräftige Nahrung zu dir nimmst und genügend schläfst, wirst du die Schwäche durch den Blutverlust schnell überwunden haben!«

Liliana glaubte ihm, denn bis auf ein dumpfes Pochen spürte sie inzwischen keinen Schmerz mehr, wenn sie den Arm ruhig hielt. Ihre lange Ohnmacht war vermutlich eher auf ihre allgemeine Erschöpfung als auf die Verletzung zurückzuführen. In den vergangenen Wochen hatte sie nur von ein paar Löffeln Gerstengrütze und wenigen Bechern Wasser am Tag gelebt, obwohl sie beinahe ununterbrochen auf den Beinen gewesen war. Ganz zu schweigen von Alfarics quälenden Anforderungen, denen sie zu jeder Tages- und Nachtzeit hatte entsprechen müssen.

»Gibst du mir dein Wort, Liliana von Hawkstone, dass du unter diesem Dach bleibst und dich meinen Befehlen beugst?« Der Ritter stellte diese Frage eigentlich mehr der Form halber. Er erwartete weder ein Nicken noch eine ausdrückliche Bestätigung.

»Ihr habt mein Wort«, flüsterte Liliana und hielt mit schwerem Herzen seinem langen Blick stand.

Saphirblaue Augen maßen sich für einen endlosen Moment jenseits aller messbaren Zeit mit kühlen grünen. Der Ritter erwartete Trotz und entdeckte zu seinem Erstaunen eine neue Reife, aber auch Traurigkeit und Einsamkeit darin. Die völlig unerwartete Sanftheit jedoch, die gleichfalls aus diesen Augen sprach, erfüllte ihn mit solcher Wärme, dass ein Schauer der Erwartung durch seinen mächtigen Körper rann und seine Stimme sich belegte. War es möglich, dass er ein Versprechen in diesem Blick las? Eine Hoffnung?

»Rühr dich nicht aus dieser Kammer«, befahl er barsch und schalt sich heimlich einen Narren. »Ich erwarte, dich hier zu finden, wenn ich zurückkomme!«

Es glich fast einer Flucht, als er sich mit weit ausgreifenden Schritten entfernte und die Tür hinter ihm ins Schloss klickte. Liliana stieß zitternd den Atem aus und spürte zum ersten Male ein winziges, schmetterlingsgleiches Flattern in ihrem Leib. Eine

Bewegung, so schwach und doch gleichzeitig so unverkennbar und erleichternd, dass sie vor Erstaunen darüber erstarrte und Raynal de Cambremer auf der Stelle vergaß.

Das erste Lebenszeichen ihres Kindes! Das erste Lebenszeichen *seines* Kindes! Nein, sie hatte ihn doch nicht vergessen. Sicher hatte es eine besondere Bedeutung, dass sie gerade in diesem Moment die Bestätigung dafür erhielt, dass Leben in ihr wuchs. Dass all der Kummer, all die Not und all das Blutvergießen nicht vermochten, dieses unbezähmbare kleine Wesen zu zerstören, das in solcher Leidenschaft gezeugt worden war. Das durch seine Existenz bewies, dass ein Miteinander möglich war!

20. Kapitel

»Bis auf eine Hand voll unvernünftiger Holzköpfe handelt es sich um ein Trüppchen bedauernswerter Dörfler«, berichtete Gilbert de Nansay seinem Freund. »Ich habe Befehl gegeben, sie in die leeren Ställe zu bringen und dort unter Aufsicht zu stellen. Sie machen den Eindruck, als wären sie froh, endlich ein Dach über dem Kopf zu haben! Ich glaube, wir sollten Sweyne dafür gewinnen, mit ihnen zu sprechen. Der Alte ist ein kluger Kopf.«

»Und die Krieger?«

Raynal de Cambremer fand es unerwartet mühsam, sich auf die Pflichten zu konzentrieren, die seiner Entscheidung harrten. Er konnte nicht aufhören, über die Wärme eines sommerblauen Blickes nachzudenken, die sich wie flüssiges Feuer durch die

Barrieren arbeitete, hinter denen er sich selbst in Sicherheit gebracht hatte.

»Man hat sie im alten Weinkeller hinter Schloss und Riegel gesetzt«, erklärte Gilbert. »Die Wunden ihres Anführers und einiger anderer wurden versorgt, aber Dank haben wir dafür nicht erhalten. Ich bezweifle, dass dieser stumpfsinnige Hüne überhaupt weiß, was friedliches Miteinander ist. Das Vernünftigste für beide Teile wäre, ihn als Rebellen an den nächsten Ast zu knüpfen. Es würde dem Ärger ein Ende machen und seine Männer davon überzeugen, dass es besser ist, sich zu fügen.«

Raynal beschloss, das Problem zu vertagen. »Lass ihm und den anderen Zeit, über die veränderte Lage nachzudenken. Ein paar Tage in einem eiskalten, leeren Weinkeller können in dieser Jahreszeit wahre Wunder wirken! Haben wir genügend Vorräte, um die übrigen hungrigen Mäuler durchzufüttern?«

»Die Bogenschützen haben in den Wäldern gute Beute gemacht, und die Netze aus dem Fluss sind ebenfalls voll. Es ist nicht üppig, aber es wird niemand hungern müssen«, fasste Gilbert die Lage knapp zusammen. »Ich habe zudem einen Trupp in die Höhlen geschickt, damit die Vorräte unserer sächsischen Freunde dort nicht ungenutzt verderben. Wie es scheint, haben sie auch die Scheunen und Häuser ihrer eigenen Landsleute geplündert.«

»Der Krieg macht die vernünftigsten Männer zu Narren«, entgegnete der Ritter sarkastisch. »Wie weit sind die Arbeiten am Tunnel zum Fluss?«

»Fast fertig. Die Männer haben damit begonnen, kaum dass die beiden Frauen den Geheimgang passiert hatten. Aus dieser Richtung wird es für Hawkstone nie wieder unliebsame Besucher geben!«

»Wolle Gott, dass du Recht behältst«, knurrte Raynal und ließ einen prüfenden Blick über die Mauern und Türme von Hawkstone schweifen, das inzwischen nicht länger einem romantischen Landsitz mit reicher Vergangenheit, sondern einer wohl bewachten Festung glich. »Es ist bereits zu viel Blut geflossen, seit wir auf diese Insel gekommen sind.«

Gilbert de Nansay hatte keinen Zweifel daran, dass sein Kampfgefährte bei dieser Bemerkung an ein ganz bestimmtes Blut dachte. Er hatte den Ausdruck fassungslosen Entsetzens in den Augen seines Freundes wahrgenommen, als die Lady von Hawkstone unter seinem Schwertstreich zusammengebrochen war. Er hätte nicht erschütterter wirken können, wenn er selbst in diesem Moment einen tödlichen Streich empfangen hätte.

Nur das Auftauchen des wutschnaubenden sächsischen Anführers, der sich wie ein Berserker auf den Ritter warf, hatte diesen aus seinem Schock gerissen. Von ihm in einen mörderischen Kampf gerissen, der erst ein Ende gefunden hatte, als der Sachse aus mehreren Wunden zugleich blutete und einen verheerenden Schwerthieb in den Oberschenkel erhielt, hatte er sich erst wieder um Liliana kümmern können, als jene bereits von den Frauen geborgen und versorgt worden war. Ohnmächtig zwar, aber nur oberflächlich verletzt. In einem schmutzigen Fetzengewand und sogar in ihrer Bewusstlosigkeit von herzzerreißender Zartheit und Schönheit. Raynal hatte sie in eines der pelzgefütterten Beutestücke gehüllt und zu seinem eigenen Pferd getragen, wo er sie nicht mehr aus den Armen ließ. Es sprach mehr aus all dem als die Besorgnis eines Mannes, der die Lady von Hawkstone als Pfand für seinen König benötigte, das hätte Gilbert geschworen.

Dabei hätte er bis vor kurzem ohne Nachzudenken seinen väterlichen Erbteil darauf verwettet, dass es keine Frau auf der ganzen Welt gab, die Raynal de Cambremer aus seiner gelassenen Selbstbeherrschung reißen konnte. Ganze Scharen von kapriziösen Edelfräuleins, selbstbewussten Erbinnen und verliebten Demoiselles hatten dies versucht und waren kläglich gescheitert. Ritter ohne Herz nannten sie ihn heimlich hinter seinem Rücken.

Er tauschte einen Blick mit Ferrand, der gleich ihm auf weitere Befehle wartete. Was war mit dem Boten, der dem König die Ergreifung der Lady melden sollte, mit den Männern, die den erfolgreichen Handstreich durchgeführt hatten und auf Anerkennung oder gar Belohnung rechnen durften?

Raynal erhaschte diesen Blick. Sie würden ihn nicht geringer achten, wenn er seine Pflichten aufschob und der Lady den Vorrang gab. Trotzdem zwang er sich, die Versuchung zu ignorieren und seine Schuldigkeit zu tun. Jetzt, da sich die sächsische Lady wieder in seiner Gewalt befand und über ihre Zukunft entschieden werden musste, wollte er in dieser Sache nichts überstürzen.

Die Anzeichen der Kapitulation, die er wahrzunehmen glaubte, bestätigten ihn in seiner Vorsicht. Liliana tat nichts ohne Grund. Wenn sie sich zum Aufgeben entschloss, dann sicher, weil sie sich Vorteile davon erhoffte. Man würde sehen müssen, was sie im Schilde führte.

Raynal de Cambremer gab sich einen Ruck und widmete sich den Problemen seiner Männer. Ferrand wurde in die Badestuben geschickt und mit weiteren Aufgaben betraut, während Gilbert de Nansay Mühe hatte, mit seinem Gefährten Schritt zu halten. Raynal sah sowohl nach den Sachsen in den Ställen als auch nach den Gefangenen im ehemaligen Weinkeller. Anschließend prüfte er die Botschaften, die ein Kurier des Königs in seiner Abwesenheit gebracht hatte, und schrieb von eigener Hand eine Nachricht an Wilhelm, ehe er mit gerunzelter Stirn die aktuellen Waffen- und Vorratslisten überflog.

Erst dann fand er Zeit, einen Becher Wein zu trinken und eine der würzig gefüllten Wildpasteten zu essen, die eine sächsische Magd aus der Küche gebracht hatte. Er kaute bedächtig und trat unter die Arkaden hinaus, die den rechteckigen Innenhof einfassten. Die kastig geschnittenen niedrigen Buchsbaumhecken, die die Fläche in Beete aufteilten, ließen bereits eine Ahnung von frischem Grün erkennen. Die Luft roch nach frischer Erde und neuem Leben.

Inzwischen hatte sich die Dämmerung über Hawkstone gesenkt, und die Schragentische für das Abendessen wurden in der Halle gedeckt. Raynal erinnerte sich daran, dass er seit Tagen nicht aus den Kleidern gekommen war und vermutlich kein bisschen besser als sein Schlachtross roch. Ehe er auch nur den Versuch unternahm, Liliana mit den Befehlen ihres neuen Königs zu konfrontieren, war sicher ein Umweg über die Badestuben angeraten.

Er leerte den Weinbecher und schenkte Gilbert, der soeben zu ihm trat, ein flüchtiges Lächeln. »Ich glaube, dieser Tag war recht erfolgreich. Was jetzt noch ansteht, kann bis morgen warten. Du findest mich in den Bädern, wenn es trotzdem Probleme gibt.«

Gilbert sah ihm nach, als er davonging, gefolgt von einem riesigen, pechschwarzen Untier, von dem niemand wusste, woher er kam. Wieso der Hund in seinem kantigen Schädel den Entschluss gefasst hatte, ausgerechnet dem normannischen Seigneur auf Schritt und Tritt zu folgen, vermochte Gilbert nicht zu erklären. Raynal bemerkte seinen Schatten erst kurz vor den Bädern.

»Könntest du davon Abstand nehmen, dich um den Posten meines Schoßhundes zu bewerben, mein Guter?«, schlug er dem Tier nach einer kurzen Inspektion trocken vor. »Du hast weder die Größe noch das passende Benehmen für eine solche Aufgabe.«

Ein tiefes Grollen aus der breiten Hundebrust antwortete ihm, und der riesige Kopf legte sich auf eine so anrührende Weise schief, dass Raynal ein Lachen nicht unterdrücken konnte.

»Du meinst, ich pflege überflüssige Vorurteile gegen dich und dein Land? Nun gut, dann komm mit hinein. So wie du aussiehst, kann auch dir ein wenig Wasser nicht schaden.«

Das mächtige Tier schien jedes Wort zu verstehen. Es drängte sich neben Raynal in die Badestube und ließ sich auf die Hinterpfoten nieder, während der Ritter seine Kleider abzulegen begann. Wie befohlen hatte Ferrand das große Becken erwärmt, und duftende Dampfschwaden trieben über dem hellen Marmor. Auf der Bank daneben lagen trockene Tücher sowie eine Schale mit Seifenschaum und ein paar kostbare Fläschchen mit Ölessenz bereit.

Über den blumigen Duft der unverkennbar und sommerlich vom Wasser aufstieg, rümpfte Raynal verblüfft die Nase. »Kann es vielleicht sein, dass Ferrand glaubst, ich hätte es nötig, nach Rosen zu duften?«

Ein erschrockenes Keuchen und Plätschern aus der Mitte der Dampfschwaden ließ sowohl den Ritter wie den Hund erstarren.

»Wer, zum ...« Splitternackt riss Raynal de Cambremer den Dolch an sich, den er eben neben seine Kleider gelegt hatte, und wandte sich mit einem gewaltigen Sprung dem Geräusch in dem Marmorbecken zu.

Im selben Moment brach sein vierbeiniger Begleiter in hysterisch freudiges Winseln aus, und die windmühlenartigen Bewegungen seines Schweifes vertrieben einen Teil der Dampfschwaden. Raynal entdeckte eine blasse Gestalt im Wasser, die sich vergeblich bemühte, ihre paradiesische Blöße mit den Händen halbwegs zu bedecken.

Gleichzeitig blieb ihr jedoch keine Hand mehr frei, um den Hund, der nun halb im Wasser stand, abzuwehren! Mit seiner großen, rosigen Zunge schleckte er hingebungsvoll über ihre Wangen, ihre Schulter, ihren Hals, offensichtlich närrisch vor Begeisterung darüber, dass er die Herrin seines Hundeherzens wieder gefunden hatte.

»Kusch!«, befahl Raynal energisch und erlaubte sich ein lausbübisches Grinsen, als Frau und Hund gemeinsam erstarrten.

»Nicht, dass es mich verwundert, dass Ihr einmal mehr meine Befehle missachtet, Lady« fügte er hinzu. »Aber dieses Bad wurde für mich bereitet. Es hat Ferrand ziemliche Mühe gekostet, die riesigen Öfen anzuheizen und genügend Wasser anzuwärmen.«

Liliana, rosig überlaufen von Wärme und Verlegenheit spielte mit dem Gedanken, einfach unterzutauchen. Sie hatte der Versuchung nicht widerstehen können, sich in die Bäder zu schleichen. Sie fühlte sich elend und schwach, aber noch schlimmer war der Schmutz, der sie von Kopf bis Fuß bedeckte. Sie dachte nicht daran, sich in diesem Zustand zwischen saubere Laken zu legen.

Zu ihrer unaussprechlichen Freude hatte sie das große Becken warm, dampfend und einladend vorgefunden. Es war ihr so selbstverständlich erschienen, in den gewohnten Luxus einzutauchen, dass sie keinen Gedanken daran verschwendet hatte, ob dies alles für sie gedacht gewesen war.

Sie hatte reichlich Rosenessenz in das warme Wasser gegeben und die Kleider abgestreift, die starr von Blut, Schmutz und anderen Hässlichkeiten nur noch ein Ärgernis darstellten. Die angenehme Wärme, der vertraute Duft und die Stille hatten sie in einen Kokon der Zufriedenheit gehüllt, so dass sie trotz des pochenden Schmerzes in ihrem Arm den Kopf auf den Marmorrand gelegt hatte und eingeschlafen war. Bis sie die Stimme eines Mannes und das Winseln eines Hundes geweckt hatten.

»Ich hatte Hunger, und ich war durstig«, entgegnete sie mit einer Spur von Trotz. War ihm nicht bewusst, dass er sie seit Stunden vergeblich hatte warten lassen?

»Deswegen trinkt Ihr nun mein Badewasser?«, erkundigte Raynal sich spöttisch.

Liliana kicherte bei dieser Vorstellung. Vom Wasser, vom Schlummer und der vertrauten Umgebung entspannt kam ihr mit einem Mal die absurde Situation zu Bewusstsein, in der sie sich befand. Vor ihr ragte in den Dampfschwaden ein nackter Mann mit einem Dolch auf, gleich einer antiken Statue, die ihr

Vater immer wieder in der Erde von Hawkstone gefunden hatte. Ein ausgesprochen angenehmes Bild!

Ihre Blicke wanderten ungeniert über die prachtvolle Männergestalt, deren muskulöse Sehnigkeit durch die vollendeten Proportionen noch unterstrichen wurde. Die mächtigen Oberschenkel wölbten sich über die schmalen Hüften hinaus, und die breiten Schultern waren nur dazu da, die schmale Taille und den flachen, harten Bauch zu betonen. Das blonde Dreieck der hellen Locken auf seiner Brust fand das Gegenstück um seine Männlichkeit. Liliana beobachtete in atemloser Faszination, wie sie sich unter ihrem bloßen Blick aufrichtete und anschwoll.

Sie schrie leise auf und wich tiefer in das Becken zurück, so dass ihre Umrisse nur noch eine verführerische Ahnung im Dunst waren. Raynal fühlte sich in diesem Moment ebenso befangen wie sie. Es hatte nicht in seiner Absicht gelegen, ihr sein glühendes Verlangen so unmissverständlich kundzutun, aber er entdeckte, dass er keinen Einfluss mehr auf seinen Körper und dessen heiße Sehnsüchte hatte.

Mit einem halb unterdrückten Fluch warf er den Dolch auf das Häufchen der Kleidungsstücke und stieg über die marmornen Stufen hinunter in das rosenduftende, warme Wasser. Es hatte keinen Sinn, die rätselhafte Anziehungskraft zu leugnen, die ihn an die Seite dieser Frau zwang.

Liliana sah ihn auf sich zukommen. Ihr Herz raste und übertönte sogar das leise Hecheln von Devil, der sich neben ihr am Rande des Beckens auf dem Marmor niedergelassen hatte. Sein mächtiger Kopf ruhte auf den Vorderpfoten, und sein Atem bewegte die feinen Löckchen an ihren Schläfen.

Der Hund konnte nichts Bedrohliches an der Männergestalt, die sich Liliana näherte, erkennen. Er hatte seine Herrin gesucht, seit man sie alle aus der Höhle vertrieben hatte. Statt ihrer hatte er diesen Mann gefunden, der nach ihr roch und ihn schließlich wieder an ihre Seite gebracht hatte. Er fand die Einheit der beiden Menschen weit selbstverständlicher als jene selbst.

Raynals Bewegung verursachte winzige Wellen, die bis zu Liliana ausliefen. Es schien ihr, als berührte er sie bereits, noch ehe er sie erreicht hatte. Sie konnte ihm nicht ausweichen, und zum ersten Male wollte sie ihm auch nicht entrinnen. Sie war nicht mehr die ahnungslose, jungfräuliche Kriegerin, die ihm getrotzt und ihn bekämpft hatte. Sie hatte jene Gefühle, die sie als sündig und falsch bekämpft hatte, so lange unterdrückt, dass sie sich nun mit Macht befreiten.

»Du erlaubst, dass ich mein Bad mit dir teile?«, murmelte Raynal, als ginge um eine Aufforderung zum Reigen. »Dieses Becken scheint mir groß genug für uns beide zu sein …«

Liliana erinnerte sich an den Abend im Regen, als er sie vom Rosenturm getragen hatte. Mit einem Schlag begriff sie, dass es schon damals kein Zorn gewesen war, den sie empfunden hatte, sondern nur unendliche, beinahe schmerzhafte Sehnsucht. Das Wissen darum, dass er die andere Hälfte ihres Seins war, dass sie sich ohne ihn nie vollkommen und glücklich fühlen konnte, überflutete sie wie das Wasser, das um ihre vollen Brüste spielte und die Erinnerungen an alle anderen Berührungen von ihr wusch.

Ihre rosig überhauchte Haut schimmerte durch das Wasser, und die schwarzen Haare schwammen wie seidene Schlingpflanzen um ihre Schultern. Raynal sah die dunklen Male an ihren Oberarmen und die Kratzer auf ihrer Schulter, aber er hielt sie für die Folgen des Kampfes, in den er sie selbst verwickelt hatte. Die enge Binde um ihren Oberarm war nass, aber ohne jede Blutspur. Ofensichtlich hatte sich die Wunde bereits geschlossen. Vorsichtig berührte er eine besonders üble, schon verschorfte Schramme an ihrem Hals.

»Du passt nicht gut genug auf dich auf, mein Herz!«

»Dann beschützt mich, Seigneur!«

»Mit meinem Leben und für immer«, schwor Raynal in tiefem Ernst, ehe er sie an sich zog und ihre Lippen mit den seinen bedeckte.

Lilianas Hände legten sich auf seine breiten Schultern, und sie schmiegte sich willig in seine Arme. Ihr Mund blühte unter seinem Kuss zu leidenschaftlichem Leben auf, und ihr Körper rieb sich verlockend an seiner männlichen Härte.

Die sinnliche Leidenschaft ihrer Reaktion war mehr, als Raynal sich erträumt hatte. »Kann es sein, dass du auf dieser langen Reise deine Dornen verloren hast, meine schöne Rose?«, raunte er überrascht.

»Findet es heraus«, seufzte Liliana. Sie entdeckte, wie wundervoll es sich anfühlte, wenn sich seine Hände um die beiden Hälften ihres Pos spannten und sie so hart an seine männliche Erregung drückten, dass in ihrem Leib jene besondere Art von Sehnsucht entstand, die nur seine intimste Gegenwart stillen konnte. Ihre empfindsamen Brüste schienen zu noch pralllerer Fülle anzuschwellen, und die erregten Knospen rieben sich in den kurzen, drahtigen Haaren auf seiner breiten Brust.

»Wie schön du bist«, schwärmte er und zog sie auf die glatte Marmorbank, die an einem Ende des Beckens bequemes Sitzen erlaubte. »Kann es sein, dass ich nur träume? Das du verschwunden bist, wenn ich allein auf meinem Lager erwache?«

»Findet es heraus, edler Seigneur!«, wisperte Liliana und entdeckte unerwartetes Vergnügen in dem zärtlichen Geflüster. Bislang hatten ihre Unterhaltungen aus Fragen, Vorwürfen, heftigen Reden und Gegenreden bestanden. Liebevolles Geplauder war neu.

Unter seinen kundig sanften Händen fand sie die sinnliche Empfindsamkeit ihres Leibes wieder. Jene zugleich wonnevolle und wilde Spannung, die ihren Atem beschleunigte und sie erschauern ließ, als sich seine Lippen um eine Brustspitze schlossen und zärtlich an ihr saugten. Ihr Kopf sank willenlos gegen seine Schultern, als er sie auf seinen Schoß zog und sich mit Hingabe diesem Spiel widmete, während er zugleich die andere Brust streichelte und die pralle Spitze mit den Fingerspitzen massierte. Glühende Speere der Lust schossen von dort in Lilianas Schoß, und ihre Seufzer verloren sich im Dunst.

Es war nicht das erste Mal, dass Raynal sich an der unverfälschten, natürlichen Leidenschaft, mit der Liliana auf seine Zärtlichkeiten antwortete, berauschte. Dennoch kam es ihm so vor, als hielte er dieses Mal eine andere und neue Lady in den Armen. Noch nie hatte sie sich mit so ausschließlicher Hingabe geschenkt! In diesem Moment gab es kein Zögern, keine Ablehnung mehr, nur noch Nachgiebigkeit und sehnsüchtiges Verlangen. Es war, als berührten sich nicht nur ihre Hände und ihre Körper, sondern auch ihre Seelen.

Der Dampf legte sich, und obgleich das Wasser durch die Heizkanäle der alten römischen Badeanlage warm blieb, wurde die Luft klarer. Die Dunstschleier, die Liliana in jene unwirkliche Fee verwandelt hatten, senkten sich und zurück blieb eine rosig überhauchte Sirene, deren Lächeln einen Mann um den Verstand bringen konnte.

So wie sie auf seinen Oberschenkeln saß, reichte das Wasser genau bis zu ihren Brustspitzen, die rosig und begehrlich wie verführerische Früchte leuchteten. Raynal umfing sie mit seinen Händen und strich mit der Zungenspitze über den Riss an ihrer Schulter.

»Du gehörst mir, Lady von Hawkstone!«, schwor er mit rauer Stimme. »Niemand wird es mehr wagen, dir wehzutun oder dich zu verletzen!«

Liliana senkte die Stirn auf den blonden Kopf und drängte den Seufzer zurück, der in ihr aufstieg. In diesem kostbaren Moment wollte sie an nichts anderes als an ihn und ihre Liebe denken. Nicht einmal daran, dass es tausend und einen Grund gab, warum sie ihm nie für immer gehören konnte. Nur in diesem Augenblick stand nichts und niemand zwischen ihnen. Alles, was sie hatten, war diese kostbare Zeit ohne Missverständnisse und Vorwürfe. Sie musste ihn auskosten, damit sie es nicht ein Leben lang bereute, wenn sie es nicht tat.

Dennoch spürte Raynal plötzlich ein winziges Zögern. Seine Hand war liebkosend zu ihrem Schoß geglitten, aber sie kam nicht weiter. Liliana presste die Beine zusammen. Er ahnte den Seufzer, den sie unterdrückte, und schalt sich einen Dummkopf. Es war noch nicht so lange her, dass er sie mit dem Schwert verletzt hatte, und nun erwartete er pure

Hingabe. Er konnte froh sein, wenn sie ihn nicht schroff abwies.

Liliana bemerkte, dass er von ihr abließ, und bereute auf der Stelle ihr Zurückzucken. Aber ihm zu sagen, dass sie den Schmerz fürchtete, kam nicht in Frage. Vielleicht hatten Alfarics brutale Grobheiten sie so zerstört, dass sie nicht mehr fähig war, die Liebe eines Mannes zu genießen?

»Du brauchst keine Angst zu haben«, versprach Raynal und hob sie gegen seine eigenen Wünsche aus dem Wasser. Er trug sie auf die breite Massagebank, die Ferrand mit weichen Tüchern belegt hatte, damit sein Herr nicht mit dem kühlen Marmor in Berührung kam. Dort setzte er sie ab und begann unendlich behutsam, die schlanken Glieder abzutrocknen, ohne sich mehr als jede Bademagd um ihre aufregende Nacktheit zu kümmern. Dann nahm er sich die nassen Haarsträhnen eine nach der anderen vor.

Es schien der jungen Frau geradezu unwirklich, in dieser hüllenlosen Intimität vor ihrem nackten Geliebten zu sitzen und sich die Haare trocknen zu lassen. Ihre Augen glitten wie magisch angezogen zu der Stelle, wo seine respektable Männlichkeit aller Zurückhaltung spottete und steil in die Luft ragte. Sie bekam eine trockene Kehle und schluckte angestrengt. Ihre Zunge glitt über spröde Lippen, und ein Brennen in ihrem Schoß ließ sie unruhig hin- und herrutschen. War es vielleicht doch möglich, dass sie …

»Kann es sein, dass du andere Dienste von mir möchtest?«, raunte Raynal mit einer Stimme, die wie Honig in Lilianas Glieder floss. »Ich werde nur das tun, was du befiehlst, Herrin!«

Lilianas schnelle Atemzüge verrieten sie ebenso wie die prall geröteten Brustspitzen. »Liebt mich!«, forderte sie flüsternd. »Lasst es mich vergessen!«

»Alles, mein Herz!«, versprach Raynal und fühlte sich in seinem Irrtum bestätigt. Sie grollte ihm noch.

Er schwor sich, ihr so viel Lust zu bereiten, dass sie an nichts anderes mehr denken konnte, und drückte sie flach auf die breite Marmorplatte. Kosend glitten seine Hände über die seidige Haut, und Liliana spürte erschauernd das zärtliche Kratzen der Schwielen von Zügeln und Pferd auf ihren vollen Brüsten, den Hüften, ihrem Bauch und ihren Oberschenkeln. Es war rau und zugleich unendlich erregend.

Diesmal öffnete sie die Beine dem sanften Druck und bot ihm das Geheimnis ihrer lockenden Weiblichkeit dar, feucht glänzende Blütenblätter vom Nektar ihrer Lust benetzt. Er beugte sich zum Liebeskuss darüber, und Liliana schluchzte auf, als sie das Streicheln seiner Zunge fühlte, die über die Hautfalten tanzte, leckte und lustvollen Aufruhr in ihrem Leib verbreitete.

Ihre Hände krallten sich in die feuchten blonden Locken und drückten seinen Kopf gegen ihre Weiblichkeit. Raynal rächte sich genussvoll, indem er die winzige Perle ihrer Lust mit der Zunge umtanzte, ehe er abwechselnd daran saugte und mit den Zähnen sanft daran knabberte. Liliana glaubte, vor Begierde den Verstand zu verlieren. Sie schrie leise auf und rutschte so unruhig auf der Platte hin und her, dass er fürchtete, sie würde ihm gleich aus den Händen gleiten.

»Heißt das, du möchtest mehr von mir spüren?«, erkundigte er sich in begehrlicher Folter und bedachte sie mit einem Blick, in dem grünes Feuer loderte. »Willst du dich mir ergeben?«

»Ja, nehmt mich!«, schluchzte Liliana außer sich, denn ihr Herz pochte zum Zerspringen, und ihr Blut raste. »Ja! Oh, ja! Bitte!«

Raynal eilte sich, dieser Bitte zu folgen. Auch seine Beherrschung erreichte langsam ihre Grenzen. Er stemmte sich über den verführerischen Körper und führte sein pochendes Geschlecht in die enge Pforte, die sich heiß und feucht um ihn schloss. Bebende Muskeln umfingen ihn so wollüstig, dass auch er aufstöhnte.

Lilianas Erregung riss auch die letzten Reste von Angst und Schmerz mit sich fort. Das seidig weiche Gleiten seiner heißen Männlichkeit weitete sie mit schmelzender Wonne. In dieser Vereinigung gab es keine Gewalt, nur das himmlische Gefühl vollendeter Harmonie in Bewegung und Fülle. Sie legte ihre Beine um seine Hüften und wölbte sich der Eroberung entgegen. Sie wollte ihn mehr und mehr, sich unter ihm auflösen und einfach vergehen.

Raynal erspürte die samtig feste Barriere am Ende ihrer Weiblichkeit und verharrte reglos. Das Wunder ihrer Hingabe beobachten zu können, war mehr, als er jemals von ihr erhofft hatte. Die tiefe, leidenschaftliche Konzentration, mit der sie ihn in seiner ganzen Größe aufnahm, zeigte sich in der winzigen steilen Falte auf ihrer Stirn, in der Art, wie sie die weißen Zähne in die Unterlippe grub, während ihr ganzer Körper rosig erglühte, als würde er von innen erleuchtet. Ihre Blicke trafen sich, und er sah, wie sich ihre Pupillen weiteten. Der endlose lustvolle Schauer, der Liliana durchlief, riss auch ihn davon.

Ihre Fingernägel gruben sich in seinen Rücken,

während sich ihr Leib in leidenschaftlichen Rhythmus um ihn zusammenzog und wieder löste. Er vergaß die Welt um sich her. Es gab nur noch den Sinnestaumel ihrer wilden Vereinigung, der sich gleich einer stetig heißer werdenden Flamme in die Luft schraubte und über alles menschliche Maß hinaus bis in ein sternenhohes Firmament reichte. Sie wurden dort hinausgeschleudert, zerstoben in gleißendes Feuer und fanden sich am Ende doch in den Armen haltend und nach Atem ringend in Hawkstone wieder.

»Der Himmel bewahre uns«, ächzte Raynal de Cambremer zwischen Erschöpfung und fassungslosem Erstaunen. »Ich hätte nicht gedacht, dass so etwas auf dieser Erde möglich ist!«

Liliana hob in gesteigerter Sensibilität den Blick und sah in seinen Augen eine Zärtlichkeit, die ihr die Tränen in die Augen trieb. Sie wandte befangen den Kopf und entdeckte Devil, der gleich einem friedlichen Höllenhund schnarchend am Beckenrand lag.

Raynal glaubte, dass sie sich fragte, was der Hund dort zu suchen hatte. Womöglich war ihr das schwarze Ungeheuer sogar ein bisschen verdächtig, das sich so unterwürfig auf sie gestürzt hatte. »Du brauchst keine Angst vor ihm zu haben. Er scheint harmlos zu sein. Er hat sich nur an meine Fersen geheftet. Ich habe keine Ahnung, wo er herkommt …«

»Es heißt Devil«, lachte Liliana, dankbar für das unverfängliche Thema. »Er wurde hier geboren, und er scheint recht glücklich darüber zu sein, dass er wieder nach Hause gefunden hat!«

»Ich bin froh, dass nicht nur er nach Hause gefunden hat«, entgegnete der Normanne und küsste viel sagend die seidige Schulter, die sich in seiner Reichweite befand. Dann senkte er die Stirn zwischen die seidigen Brüste und atmete den Duft nach Liebe und Rosen ein, der von Lilianas Haut aufstieg. Keine Frau auf der Welt roch so wundervoll wie sie.

Liliana schwieg. Sie begriff sehr wohl, was er sagen wollte, aber sie wollte nicht darauf eingehen. Jede Antwort würde nur zu Diskussionen führen.

Raynal fand nichts Falsches an ihrem Schweigen. Sie musste müde sein, nach all den Ereignissen dieses Tages und dieser unbeschreiblichen Vereinigung. Er sah es daran, wie ihre Wimpern flatterten und sie sich mit einem kaum hörbaren Seufzer in seine Arme kuschelte.

»Schlaf, mein Herz. Wir haben morgen Zeit, die Dinge zu bereden«, murmelte er in die rosige Ohrmuschel. Im Augenblick genügte es ihm, dass er sie wieder in seinen Armen halten konnte, während der Nachklang nie gefühlter Lust in seinem Körper verebbte.

21. Kapitel

»Herrin, Ihr müsst kommen! Es ist dringend! O bitte, wacht doch auf!«

Eine Hand zerrte an Lilianas Schulter und hörte nicht damit auf, bis sie endlich mit einem Seufzer die Augen öffnete und in Ellens besorgtes Gesicht blickte. Im ersten Moment wähnte sie sich noch in der Höhle und rechnete mit einer nächsten Katastrophe. »Was ist los, um Himmels willen?«

»Es eilt, Herrin! Ihr müsst uns helfen!«

Liliana gähnte herzhaft und blickte sich prüfend um. Sie lag in einem wundervollen Bett mit weichen Matratzen, federgefüllten Kissen und luftig warmen Decken, die sie in reines Wohlbefinden hüllten. Ein breiter Strahl Sonnenlicht tanzte über ein vertrautes Marmormosaik, und die verblassten Farben sagten ihr, dass sie sich im Herrenzimmer von Hawkstone befand.

»Ihr müsst kommen, Herrin!«, wiederholte Ellen noch drängender als zuvor und rang die Hände. Sie machte im Gegensatz zu Liliana nicht den Eindruck, als hätte sie gut geschlafen. »Er hält Gericht!«

»Wer hält Gericht?«

Liliana gähnte noch einmal hinter vorgehaltener Hand und versuchte, ihre wirren Gedanken zu ordnen. Tiefe Röte stieg in ihr Gesicht, als ihr klar wurde, dass Ellen sie im Bett des Seigneurs gefunden hatte, als sei dies ihr gutes Recht und ihr angestammter Platz.

Raynal hatte sie aus den Bädern getragen, daran erinnerte sie sich noch. Auch daran, dass er sie genötigt hatte, sein Abendessen mit ihm zu teilen, und ihr mit eigener Hand Bissen für Bissen in lachender Hartnäckigkeit zwischen die Lippen geschoben hatte. Daraufhin hatten sie sich erneut geliebt, und sie musste einen wohligen Schauer unterdrücken, weil ihr die unglaublichen Dinge einfielen, die er mit ihrem Körper getan hatte. Ihre Brüste prickelten, und ihr Schoß pochte beim bloßen Gedanken daran.

»Der Herr! Der normannische Ritter«, riss Ellen sie aus ihren heimlichen Überlegungen und warf die Hände mit einer hilflosen Geste in die Luft. »Er wird Alfaric und seine Männer des Aufruhrs gegen den

König anklagen! Eine der Mägde, die uns Brot brachte, hat erzählt, dass sie vor dem Rosenturm schon einen Galgen aufstellen! Nur Ihr könnt uns noch helfen!«

»Alfaric? Einen Galgen?«

Lilianas Wohlbefinden wich mit einem Schlag eisiger Kälte. Sie vergaß, dass sie Brüste besaß und im falschen Bett lag. Und sie begriff, dass es keinen Sinn hatte, die Wirklichkeit länger auszusperren. Die Fragen, die sie nicht hatte stellen wollen, drängten sich ungebeten in ihr Bewusstsein. Und die schlimmste zuerst.

»Dann lebt Alfaric noch?«

»Natürlich. Die Normannen haben alle gefangen genommen, die in ihre Hände fielen. Krieger, Frauen, Kinder, ein jeder wurde nach Hawkstone gebracht. Frauen und Kinder hat man in dem leeren Stall neben der Schmiede untergebracht. Wo die Männer geblieben sind, weiß ich nicht. Sie haben uns zu essen gebracht und Decken für die Kleinen. Ich hatte schon Hoffnung gefasst. Aber nun ...« Ellen rang die Hände.

»Was meinst du mit Gericht?«

»Für das Mittagsläuten sind alle in den Innenhof befohlen«, erklärte Ellen. »Sie sagen, er wird uns zu Leibeigenschaft verurteilen und die Anführer des Aufruhrs an den Galgen knüpfen! Die Glocke ist eben verklungen! Ich bin Euch suchen gegangen, weil ich Euch nirgends finden konnte! Wie fühlt Ihr Euch? Könnt Ihr aufstehen?«

»Du lieber Gott!« Liliana erschauerte, und bei der Gelegenheit fiel ihr auf, dass sie unter den wärmenden Decken keinen einzigen Faden am Leib hatte. »Ich denke schon, dass ich mich auf den Beinen halten kann. Aber ich brauche etwas zum Anziehen! Schnell!«

»Sind das Eure Truhen?« Ellen deutete auf zwei geschnitzte Kästen, die mit ihren kostbaren Beschlägen und bemalten Kassetten vertraut aussahen. Wann hatte Raynal ihre persönlichen Sachen in diesen Raum schaffen lassen?

»Es sieht so aus«, antwortete Liliana und schob jeden Gedanken an den Normannen aus ihrem Kopf. »In der kleineren findest du Hemden, Strümpfe und Untergewänder, und in der größeren müsste eine Tunika aus dickem blauem Wollstoff sein, die mit Rehpelz gefüttert ist.«

Wenig später trug Liliana das Kleid über einem hellblauen, hochgeschlossenen Untergewand, das um den Hals und die Handgelenke mit einem gleichfarbigen Seidenband gerafft wurde. Die schnell geflochtenen Zöpfe versteckte sie unter einem Silberreif mit passendem hellblauen Schleier. Dann raffte sie die Röcke und lief hinter Ellen her, die ihr bei der schnellen Toilette zur Hand gegangen war.

Sie begegneten keinem Menschen, denn alle Bewohner von Hawkstone hatten sich bereits auf dem großen Hof vor den Arkaden versammelt. Raynal de Cambremer stand mit verschränkten Armen im Kreise einiger sorgfältig ausgewählter Ritter vor den Sachsen, die sich eng aneinander drängten, als könnten sie sich auf diese Weise gegenseitig Mut machen.

Liliana erkannte sofort, dass der Ritter diesen Auftritt sorgsam geplant und vorbereitet hatte. Sein polierter Harnisch schimmerte wie Silber im Mittagslicht, und der grünseidene, mit Silberfäden bestickte Wappenrock war von einer Eleganz, die man in ihrer

Heimat nur vom Hörensagen kannte. Ein smaragdgrüner Umhang, mit schimmerndem braunen Pelz gefüttert, wurde mit einer silbernen Kette über seinen Schultern gehalten, und das breite Schwert raffte ihn an seiner Rechten zu gefälligen Falten.

Glänzende Stiefel reichten bis über seine Knie, und enge Lederbeinlinge umschlossen die mächtigen Oberschenkel wie eine zweite Haut. Er hatte auf eine Kopfbedeckung verzichtet, und sein goldgesträhntes Haar leuchtete in der Sonne. Mit regloser Miene und leicht gerunzelten Brauen sah er ihr entgegen. Liliana begriff, dass er damit gerechnet hatte, dass jemand sie alarmieren würde. Ihr später Auftritt gehörte ebenso zu seiner Inszenierung wie die prächtige Staatsrobe.

Unwillkürlich reckte sie das Kinn und straffte die Schultern zu jener vertrauten Erscheinung hochmütiger Noblesse, die Raynal ein Lächeln entlockte, das er im letzten Moment noch unterdrücken konnte. O ja, sie sah fürstlich aus, auch wenn ihr kaum Zeit geblieben sein konnte, auch nur Kleider anzulegen. Er hatte erkannt, wie dringend sie Schlaf und Ruhe benötigte, und er hatte ihr beides gönnen wollen, so lange wie möglich. Nun allerdings benötigte er ihre Anwesenheit, damit alles seine Ordnung hatte.

Er gab ein unmerkliches Zeichen, das Gilbert de Nansay weiterleitete. Im Hintergrund schwang eine Tür auf, und unter strengster Bewachung wurden die gefangenen sächsischen Krieger vor den neuen Herrn von Hawkstone geführt. Da er auf der Balustrade stand, die normalerweise als Aufstiegshilfe für Reiter diente, sah er aus beträchtlicher Höhe auf die besiegten Kämpfer herab.

Alfaric humpelte auf einen seiner Männer gestützt heran, und in den Pupillen unter der vorgewölbten Stirn brannten Hass und Bösartigkeit. Die Gefangenschaft und die Schmerzen hatten die natürliche Niedertracht seines schwierigen Charakters zur wilden Angriffslust eines gereizten Keilers geballt. Er verströmte eine solche Wut, dass Liliana spürte, wie sich die feinen Härchen in ihrem Nacken vor Unbehagen sträubten.

»Platz für die Lady von Hawkstone!«, befahl in diesem Augenblick eine vertraute Stimme neben ihr, und die Faust eines Jungen bot sich an, sie zu führen. Liliana lächelte Ferrand an, und der strahlte erleichtert zurück.

»Ihr seht aus wie eine Königin«, platzte er bewundernd heraus. »Darf ich Euch zu meinem Herrn führen? Er erwartet Euch!«

Liliana nickte und legte ihre Fingerspitzen auf seine Faust. Sie war sich der Blicke ihrer Landsleute bewusst. Sie sahen ihre makellosen Kleider, den Schleier mit dem Silberreif, und sie sich fragten vermutlich, ob sie noch zu ihnen oder schon zu den Normannen gehörte. Es war eine Frage, die Liliana selbst nicht genau zu beantworten vermochte. Sie trat in den Kreis der Ritter, aber sie vermied es, ihren Anführer zu grüßen.

Raynal de Cambremer akzeptierte und verstand diese Zurückhaltung. Es war ihm genug, sie an seiner Seite zu wissen.

Er hob seine Stimme. »Leute von Hawkstone! Wie ihr wisst, hat der Erzbischof von York am vergangenen Weihnachtstag Herzog Wilhelm zum König von England gesalbt. Er ist euer neuer Herrscher und Herr! Auch ich schulde ihm Treue und Lehnspflicht.

Zum Dank für meine Dienste hat er mir die Ländereien von Hawkstone übertragen und mich zu eurem Herrn gemacht!«

Liliana ließ ihre Augen unter halb gesenkten Wimpern über die Menschen schweifen und vermied dabei sorgfältig, in Alfarics Richtung zu schauen. Es genügte, wenn sie seine Anwesenheit spürte, den Zorn, der ihn fast erwürgte, wenn er um sich sah. Ohnehin nicht mit der Fähigkeit gesegnet, hinter die Dinge zu blicken, fiel ihm nur der Reichtum von Hawkstone auf. Neid und Hass auf den Normannen hielten ihn aufrecht, obwohl seine Wunde übel aussah und er kaum aus eigener Kraft stehen konnte.

Liliana hingegen erkannte die Handschrift Raynals in den Veränderungen, die das Gut prägten. Palisaden, Befestigungen und Gräben waren so angelegt worden, dass sie vom Rosenturm aus bewacht und von den zusätzlichen Ecktürmen an den Palisaden problemlos verteidigt werden konnten. Im Verein mit dem natürlichen Bollwerk der Flussschleife und den alten Erdwällen, die schon von den Römern angelegt worden waren, konnte Hawkstone jedem feindlichen Angriff die Stirn bieten. Ganz abgesehen davon, dass jetzt Bogenschützen und Krieger für seine Sicherheit sorgten und nicht Bauern und Handwerker.

»Jeder, der dem König die Treue schwören will, ist mir auf meinem Land willkommen«, fuhr der Ritter mit seiner Ansprache fort. »Sobald er seinen Eid geleistet hat, kann er in sein Dorf oder an seine Arbeit zurückkehren. Über Abgaben und Zinsen werde ich mit jedem einzelnen Pächter persönlich sprechen, aber ich kann euch versichern, dass es vernünftige Regelungen geben wird. Das Blühen und Gedeihen von Hawkstone sorgt auch bei euch für volle Bäuche und dichte Dächer. Es ist an der Zeit, die Frühjahrssaat auszubringen und den Aufruhr zu beenden. Euer König wünscht Frieden auf dieser Insel!«

Er machte eine kurze Pause und lauschte auf das Gemurmel der Sachsen, ehe er hörbar kälter von neuem das Wort ergriff: »Ich weiß dennoch, dass es unter euch trotz allem Männer gibt, die sich nicht unterwerfen wollen. Aufrührer, die glauben, das Rad der Zeit zurückdrehen und das Schicksal ändern zu können. Für sie ist kein Platz in Hawkstone, und für sie wird es keine Zukunft im neuen Königreich von England geben. Auf sie wartet der Tod!«

Ein gemeinsames Stöhnen flog durch die unruhige Menge. Jeder der Männer, der in einer gefährlichen Mischung aus Starrköpfigkeit und Abenteuerlust Alfaric von Haven gefolgt war, erkannte die Drohung. Der Normanne mochte Frieden wollen, aber er war kein Narr, der Wölfe am Leben ließ. Dabei hatte sein Angebot bereits einen Schimmer von Hoffnung in ihnen gesät.

Liliana erschauerte, aber sie begriff, dass Raynal nicht anders handeln konnte. Wenn Alfaric sterben musste, um den Frieden zu sichern, würde sie ihm keine Träne nachweinen! Sein Tod schenkte ihr die Freiheit! Aber durfte sie sich eine Freiheit wünschen, die ihr Gatte mit seinem Leben bezahlte?

Gütige Mutter Gottes, wie konnte sie so etwas denken? Hatte sie jeden Sinn für Ehre und Anstand verloren? Sie presste die Hand auf ihr wild pochendes Herz und schwankte unter der Wucht der Wahrheit. Bruder Dunstan hatte ihren Bund mit Alfaric im Namen Gottes gesegnet. Nur der Tod konnte ihn auflösen. Wenn sie allerdings von diesem Ende träumte, weil sie den dummen Illusionen einer Liebe nachjagte, die nie die ihre werden konnte, dann war sie nicht einen Deut besser als Alfaric selbst! Dann ermordete sie ihn bereits in Gedanken!

»Hängt sie!«

Raynals Urteil fiel mit tödlicher Konsequenz in die entstandene Stille.

»Nein!«

Liliana erschrak selbst vor dem hellen Fafarenton, mit dem sie ihren Widerspruch aussprach und das eigene Glück zerstörte. Mit erhobenen Händen wandte sie sich an den neuen Herrn von Hawkstone, der sie ansah, als frage er sich, ob sie den Verstand verloren hatte.

»Gnade, Seigneur!«, bat sie flehentlich. »Es ist schon zu viel Blut geflossen, und es dient dem Frieden nicht, wenn Ihr den Kindern den Vater und den Frauen den Mann nehmt. Die Männer wussten es nicht besser, sie glaubten, ihre Heimat und ihr Dorf zu verteidigen. Gebt ihnen Gelegenheit, dafür zu büßen, aber tötet sie nicht wie elende Verbrecher. Ist es denn falsch und unehrenhaft, für seinen König zu kämpfen? Ihr habt dasselbe getan. Der einzige Unterschied, der Euch von jenen Kriegern dort trennt, ist die Tatsache, dass Ihr gesiegt habt!«

»Schweig, Weib!«, brüllte Alfaric in besinnungsloser Wut und zerrte an seinen Fesseln. »Eher will ich sterben, als einen normannischen Hund um Gnade anflehen! Hast du keinen Stolz im Leib?«

Die Blicke des Ritters wanderten von der totenblassen Lady zu dem brüllenden Sachsen, der sogar verletzt und gebunden nicht bereit war aufzugeben.

»Für den da verleugnet Ihr Euren Stolz und bittet mich um Nachsicht?«, fragte er fassungslos und suchte in Lilianas Augen nach einer Erklärung für dieses Rätsel. Er fand sie nicht. Er sah nur den Schimmer von Tränen, der das Blau noch leuchtender und heller machte.

»Ich muss es tun«, flüsterte Liliana und sprach ihr eigenes Todesurteil. Sie senkte den Kopf, so dass der Schleier ihre Wangen berührte und Raynal ihre Züge verbarg. »Er ist mein Gemahl!«

»Euer Gemahl? Habt Ihr Gemahl gesagt?«

Der Ritter hatte das eigenartige Gefühl, dass sich die Marmorbalustrade unter seinen Füßen verflüssigte und er unaufhaltsam im Sumpf versank. Er blickte zu der Gruppe der Sachsen und erkannte in den Gesichtern, dass Liliana die Wahrheit gesagt hatte.

»Wie ist das möglich?« In seiner Ratlosigkeit stellte er dem Sachsen die Frage, denn Liliana schwieg mit schmalen Lippen.

»Es hat alles seine Ordnung«, erklärte Alfaric mit naivem Stolz, weil er instinktiv erkannte, wie er den verhassten Normannen wenigstens mit Worten verletzen konnte. »Wir wurden in meinem Hauptquartier von Bruder Dunstan getraut. Ihr könnt meine Männer fragen. Es ist erst ein paar Wochen her! Es war von Anfang an beschlossene Sache, dass die Herrin des Rosenturms die Gattin des Herrn von Haven wird. Ihr seid schuld, dass das Hochzeitsfest unter so ärmlichen Umständen stattfinden musste, Normanne!«

»Bei Gott!«, stöhnte Raynal de Cambremer und starrte auf den gesenkten Kopf mit dem zarten blauen Schleier. Das Knirschen seiner Zähne drang nur an Lilianas Ohren, und sie erschauerte unter dem grässlichen Laut. Sie ahnte, dass er mit aller Kraft um seine Selbstbeherrschung rang. Wenn er sich auch nur halb so elend fühlte wie sie selbst, dann war es wirklich erstaunlich, wie wenig man ihm davon ansah.

»Bei Gott!«, wiederholte Raynal mit einem eisigen Grimm, der sogar seine Männer verwunderte. »So sei es denn, wie Ihr es wollt, Lady von Hawkstone! Werdet glücklich mit diesem zärtlichen Gemahl, den Ihr Euch in Euer Bett gelegt habt! Aber Ihr garantiert mir gemeinsam mit Eurem Gatten das Wohlverhalten seiner Männer und Gesinnungsgenossen! Solange sie gehorchen, werdet Ihr leben. Es sei die Strafe für Euren Gemahl, dass er dieses Lehen nicht ohne meine Erlaubnis verlassen darf und meine Geisel bleibt, bis der Frieden für immer gesichert ist! Nehmt ihnen die Fesseln ab!«

Vor Lilianas Augen verschwamm der sonnige Mittag, und die Gesichter der Menschen um sie herum wurden zu Schemen. Sie hielt sich mit aller Kraft aufrecht, aber der Schlag, den ihr das Schicksal versetzt hatte, traf sie bis ins Mark. Wie jämmerlich kurz doch der Traum von Glück und Liebe gewesen war!

Raynal sah sie schwanken, aber er machte keine Anstalten, sie zu stützen. Sie hatte ihm eine Wunde geschlagen, die über alles menschliche Leid hinausging. Es schien ihm, als würde er nie wieder fühlen, vertrauen und lieben können. Liliana von Hawkstone hatte ihm in einem Moment das Herz aus der Brust gerissen, als er eben erst entdeckt hatte, dass er es besaß. Es geschah ihm recht, dass sie es nun mit ihren zierlichen Füßen im Staub zertrat. Narren verdienten kein besseres Los.

22. Kapitel

Liliana wusste, dass man ihr verstohlen nachsah, als sie über den Hof davonging. Neugierig, unverhohlen spöttisch die Normannen, vorsichtig, halb ängstlich, halb respektvoll die Engländer. Ob Normanne oder Engländer, niemand vermochte zu erklären, weshalb sie Einspruch gegen Alfarics Hinrichtung erhoben hatte. Nicht wenige jedoch grollten ihr deswegen, weil er nun genesen, gereizt und unerträglich wie ein böser Geist das Leben in Hawkstone durcheinander bringen würde.

Hastig schloss Liliana die Tür der Kräuterkammer. Sie trat an den Arbeitstisch und stützte sich seufzend mit den Handflächen auf die schwere Holzplatte. Das vertraute Aroma, die gewohnte Umgebung und das angenehme Dämmerlicht legten sich wie Balsam auf ihre angespannten Nerven. Es war noch nicht einmal Mittag, und sie fragte sich, wie sie diesen Tag überstehen sollte. Eine Frage, die sie sich in diesem Frühling beinahe an jedem einzelnen Tag gestellt hatte.

Mit den helleren Stunden, den lauen Winden und dem zunehmenden Sonnenschein richtete England sich unter der Herrschaft des neuen Königs ein. Was Liliana und ihren Landsleute über ihn zu Ohren kam, sprach von Gerechtigkeit, Vernunft und der Fähigkeit zum Regieren. Er vermied es, die Unterlegenen zu demütigen, und kontrollierte die eigenen Männer so genau, dass auch sie es nicht wagten, seinen Befehlen zuwider zu handeln. Nur so konnte sie sich auch erklären, weshalb Raynal de Cambremer die ständigen Herausforderungen und Beleidigungen Alfarics mit gleichmütiger Gelassenheit ertrug.

»Hier bist du! Man könnte meinen, du gehst mir aus dem Wege, Mädchen!«

Edeva huschte in den Raum und hielt sorgsam Abstand von Devil, der wie üblich reglos neben Liliana saß. Die beiden mochten sich nicht. Der schwarze Rüde zog bei ihrem Anblick stets die Lefzen über die respektablen Zähne und ließ ein grollendes Knurren hören. Seine Herrin hatte es aufgegeben, ihn zu mahnen, sie verstand. Auch sie mied die Gesellschaft der alten Amme.

Sie sah, dass Edeva einen Korb voll erster Minzesprösslinge bei sich hatte, und sie trat zur Seite, damit sie ihn auf dem Tisch abstellen konnte. Der frische Kräuterduft vertrieb ihre Benommenheit, und sie faltete die Hände über der runden Wölbung unter ihrem Rock, die inzwischen nicht mehr zu übersehen war.

»Gib doch Gythra die Minze, mir ist nicht mehr übel«, sagte sie, ohne auf die Vorwürfe ihrer alten Kinderfrau einzugehen.

»Gythra!«, schimpfte Edeva erbittert. »Ich möchte wetten, es ist ein Normannenbalg, das dieses dumme Ding da ausbrütet. Soll ihr ruhig schlecht sein! Vielleicht denkt sie dann beim nächsten Mal daran, dass es ein Fehler ist, sich mit den Normannen im Heu zu wälzen.«

Liliana gab einen scharfen Laut des Unwillens von sich. Warum nur hatte sie nicht früher bemerkt, dass Edeva so hässlich von anderen Menschen sprach? Ganz davon abgesehen, dass ausgerechnet diese letzte Beleidigung auf ihre Herrin ebenfalls zutraf.

»Ein Normannenbalg wächst auch in meinem Leib, Edeva!«, sagte sie kalt. »Du solltest besser auf deine Worte achten.«

»Gütige Mutter!«, schnaufte die Alte und dachte dabei nicht an eine christliche Gottheit. »Glaubst du, ich würde das einen Herzschlag lang vergessen können? Dass du dich geweigert hast, meinen Trank zu nehmen, als es noch möglich war? Du beschwörst auf uns alle eine Katastrophe herab, Mädchen! Auch wenn sich Alfaric augenblicklich in seiner vermeintlichen Manneskraft sonnt, er kann rechnen und hat Augen im Kopf. Wenn du im Sommer ein gesundes Kind zur Welt bringst, begreift auch er, dass er unmöglich der Vater sein kann! »

»Dem Himmel sei Dank, dass er es nicht ist«, entgegnete Liliana angriffslustig. »Was willst du von mir? Dass ich mein eigen Fleisch und Blut töte, nur damit Alfaric weiterhin den Wahn seiner Kraft und seiner Herrlichkeit pflegen kann? Ein schöner Herr, der kaum einen Tag erlebt, an dem er nicht betrunken ist und der ständig Streit und Unfrieden stiftet.«

»Es sind Untätigkeit und Demütigung, die an ihm nagen«, versuchte Edeva, an ihr Verständnis zu appellieren. »Seine Wunde macht ihm zu schaffen und ...«

»Verzeih, dass es mir am Mitleid für ihn gebricht«, fiel ihr Liliana schroff ins Wort. »Es ist seine eigene Schuld, wenn er die Salbenverbände abreißt, weil sie zu sehr jucken. Er hat das Benehmen eines verzogenen Kindes und den Verstand eines Scheunentors!«

»Er ist dein Gemahl!«

»Gott sei's geklagt!«

Edeva zuckte vor der Härte in Ton und Gesicht der jungen Frau zurück. Liliana hatte sich unter dem Druck der Ereignisse verwandelt. Sie war nicht länger die gehorsame Tochter, die ihr mit Respekt und Liebe begegnete. Wenn sie überhaupt noch Gefühle besaß, dann galten sie ausschließlich dem ungeborenen Kind, das sie wie ihren Augapfel hütete.

»Es ist dein Verstand, der ihn leiten sollte«, versuchte sie dennoch, an das Mädchen zu appellieren, das sie so sorgsam für die Aufgabe erzogen hatte, die es nun verweigerte. »Das weißt du genau. Alfaric ist ein Kämpfer, ein Anführer. Männer wie er benötigen den klugen Kopf einer Frau, der sie auf den richtigen Weg bringt. Mit deiner Hilfe kann Alfaric England befreien!«

»Du träumst, Edeva!« Liliana lachte bitter. »Bist du blind? Siehst du nicht, mit welcher Gewissenhaftigkeit der neue König seine Macht ausübt? Glaubst du, Hawkstone wurde umsonst zur Festung ausgebaut?«

»Hawkstone gehorcht dir!« Edeva rückte so nahe an Liliana heran, dass Devil alarmiert knurrte. »Du bist die Herrin des Rosenturms. Wenn du dich offen auf die Seite der Sachsen stellst und Alfaric den Lorbeer des Rosenturms übergibst, werden euch alle folgen. Hast du nicht selbst im Spiegel gesehen, dass Hawkstone an Macht und Einfluss gewinnen und herrschen wird!«

»Schscht!« Es wurde nicht ganz klar, ob Lilianas beruhigender Laut der altem Amme oder dem beunruhigten Hund galt. Sicherheitshalber schwiegen beide.

»Kann es sein, dass dir Macht und Ansehen mehr gelten als meine Zufriedenheit, meine Gesundheit?«, wandte sich die junge Frau erneut an Edeva. »Soll ich dir zeigen, was dein Alfaric von Haven für ein fabelhafter Krieger und Edelmann ist?«

Ohne sich um die entsetzte Miene der Alten zu kümmern, riss sie an ihrem Mieder, an den Bändern des Gewandes und streifte Überkleid und Unterkleid gleichzeitig über die Schultern. Im sanften Dämmerlicht der Kräuterkammer bot sie der Amme ihren Rücken dar, der über und über mit roten Malen und Striemen bedeckt war. Teils aufgeplatzt, teils schon verheilt, legten sie Zeugnis davon ab, wie Alfaric Gehorsam und Zuneigung seines Weibes zu erzwingen versucht hatte.

Ein erstickter Laut von der Tür her ließ beide Frauen mitten in der Bewegung erstarren. Es gab nur einen Menschen auf Hawkstone, dessen Ankunft Devil seiner Herrin niemals meldete, weil er annahm, sie würde seine Nähe ebenso spüren wie er. Raynal de Cambremer!

Der Ritter hatte die zornig erhobene Stimme Lilianas vernommen und seiner Neugier spontan nachgegeben. Er wollte erfahren, mit wem sie in der Kräuterkammer so erbittert stritt. Er hatte nicht damit gerechnet, sie mit herabgelassenen Kleidern zu finden, in der vollen Pracht ihrer vollkommen geformten Schultern und schwellenden Brüste, denn Alfaric tat sein verheerendes Werk nur auf ihrem armen Rücken.

»Hinaus!«, kreischte Edeva wie eine Furie. Sie stürzte sich auf den Ritter, der sie mit einer einzigen Bewegung unwillig zur Seite stieß. Mit zwei schnellen Schritten stand er vor Liliana, ehe sie die Kleider überstreifen konnte.

Diese war unter dem flammenden Blick der meergrünen Augen zu keiner Bewegung fähig. Ein Beben flog durch ihren Körper, und ihre sensiblen Brustspitzen wurden wie von selbst hart. Sie ahnte nicht, dass ihre Haut wie helle Seide schimmerte und die verlockende Wölbung ihres Busens dem Ritter heiße

Sehnsucht in die Lenden trieb. Gleichzeitig sagte ihm sein kritischer Verstand, dass sie dieses sinnliche Schauspiel absichtlich für ihn inszeniert haben musste. Dass sie sich auf diese subtile Weise an ihm rächen wollte. Nun, da sie herausgefunden hatte, dass er sich lieber in sein Schwert stürzen als die Frau eines anderen Mannes anrühren würde.

»Hübsch!«, murmelte er mit heiserem Sarkasmus. »Ist es bei den Sachsenfrauen üblich, sich fremden Männern in dieser Weise zu präsentieren? Ich könnte mich an den Brauch gewöhnen, wenngleich er bei uns eher zum Repertoire der Dirnen gehört!«

Die herzlose Beleidigung löste Lilianas Erstarrung. Sie schluchzte auf und floh seinem Blick. Sie wandte ihm den Rücken zu, nicht daran denkend, dass sie ihm damit etwas verriet, das er nie erfahren sollte, weil sie Angst vor seiner Reaktion hatte.

»Was, zum ...«

Sogar der Fluch blieb Raynal im Halse stecken, als er die entzündeten Male purer Gewalt auf der nackten Haut entdeckte. Er sah ein brutales Gitternetz, wie es nur eine Peitsche verursachen konnte. Wie von selbst hob sich seine Hand, und er berührte federleicht die geschundene Haut. Seine Zärtlichkeit trieb Liliana die Tränen in die Augen, und sie schluchzte auf.

»Dieser elende Barbar schlägt dich?«, hörte sie ihn fassungslos flüstern.

»Es ist das Recht eines jeden Ehemannes, seine Frau zu strafen«, kreischte Edeva und zerrte an Lilianas Kleidern. »Bedecke dich! Willst du endlich diese Kleider schließen, Mädchen? Schämst du dich nicht?«

Weder Liliana noch Raynal beachteten die alte

Frau. Liliana erschauerte unter der Liebkosung des Normannen, und er erkannte erschüttert, wie wenig er in ihrer Gegenwart seine Gefühle unter Kontrolle hatte. Er hatte versucht, sich diese törichte Liebe aus dem Herzen zu reißen. Er hatte gearbeitet wie ein Sklave, sich beim Waffentraining mit jedem einzelnen Mann gemessen und die Streitrösser auf den Wiesen am Fluss selbst zugeritten. Er hatte Bäche von Schweiß verströmt und sich bis in die Seele erschöpft des Abends auf sein Lager geworfen, aber es war ihm nicht gelungen, auch nur einmal Lilianas Bild zu vergessen, die sich ihm in der Nacht vor dem Drama mit so viel zärtlicher Leidenschaft hingegeben hatte.

»Man hat dich zu dieser Heirat gezwungen, nicht wahr?«, erkannte er mit jäher Betroffenheit die Wahrheit und spürte zugleich einen Strom der Erleichterung, der durch seine Adern floss. Die Flucht, die Heirat, all das war Teil eines Plans gewesen, den Alfaric geschmiedet hatte.

»Und wenn?«, entgegnete sie und riss ihn rau aus diesen Wunschbildern. »Es ist geschehen, die Schwüre sind gesprochen. Ich bin sein Weib, und nur der Himmel vermag uns zu trennen!«

»Warum hast du mich nicht um Hilfe gebeten? Ich hätte die Macht dazu gehabt!«, rief er vorwurfsvoll.

»Die Macht!« Das schlimme Wort verwandelte sich in Lilianas Kehle in pure Galle. Alles drehte sich bei den Männern um Macht. »Glaubst du, mit Macht sei alles zu regeln, Normanne? Wenn das wirklich deine Überzeugung ist, dann hast du genau so wenig begriffen wie der Mann, den du so überheblich Barbar nennst. Klammert euch nur an eure Macht!

Dann werdet ihr über brach liegenden Feldern verhungern und an leeren Wiegen weinen!«

Sie zerrte wütend ihre Kleider hoch und schloss mit fliegenden Fingern Schnüre und Schlaufen, während sie zum arroganten Ton ihrer Feindschaft zurückfand. »Was habt Ihr überhaupt in dieser Kammer zu suchen? Bin ich in meinem eigenen Hause nicht mehr sicher vor Eurer Neugier und Euren ständigen Fragen?«

Raynal sah zu, wie Wunden und Herrlichkeiten zugleich unter Schichten von Stoff verschwanden, während er Liliana aus brennenden Augen betrachtete. Er hatte sich diese Blicke verboten, sie gehörte einem anderen! Aber in diesem Moment holte er nach, was er in den Wochen zuvor versäumt hatte, und er entdeckte, was jedem anderen außer ihm längst bekannt war.

»Du bist in der Hoffnung?«

Gütiger Himmel, wenn Wilhelm davon erfuhr, konnte er es sich aussuchen, ob er ihn einen Narren oder einen Verräter schalt. Ein Kronprinz für den rebellischen Sachsen! Wie hatte das geschehen können? Der König schäumte ohnehin über seine vermeintliche Dummheit, Alfaric am Leben zu lassen.

»An manchen Tagen denke ich, es wäre besser gewesen, du hättest deine Laufbahn im Kloster fortgesetzt!«, hatte er seinem Ritter wutentbrannt geschrieben und kein Wort der Anerkennung für den unblutig zerschlagenen Aufstand gefunden. »Deine christliche Nächstenliebe bringt uns in unlösbare Schwierigkeiten. Konntest du dafür kein anderes Opfer finden als ausgerechnet den zügellosesten Kampfhund der Sachsen? Wer sagt dir, dass er nicht die Hand abbeißt, die ihn gegen meinen Willen füttert?«

»Ich bekomme ein Kind, ja!«, bestätigte Liliana mit einem Stolz, der seiner Meinung nach einer besseren Sache würdig gewesen wäre. »Hätte ich die Normannen zuvor um Erlaubnis dafür bitten sollen? Vermutlich, es ist ja ein kleiner Sachse, der da zur Welt kommt, nicht wahr? Werdet Ihr unsere Erstgeborenen töten wie einst Herodes im Gelobten Land?«

Der bittere, höchst ungerechte Vorwurf brachte Raynal wieder zur Besinnung. Nein, er hatte kein Recht, sich in diese Ehe einzumischen. Aber nur sein Gewissen wusste, wie brennend er sich danach sehnte, Alfaric von Haven mit seinem Schwert zu durchbohren. Es juckte ihn förmlich in den Fingern.

»Es scheint mir zumindest leichtsinnig von deinem Gatten, dass er die Gesundheit seines Erben aufs Spiel setzt, indem der die Mutter auspeitscht!«, entgegnete er mit verzerrter Miene. »Ist dies auch die sächsische Art, Liebe zu zeigen?«

Liliana zuckte unter der Wucht des zynischen Vorwurfs zusammen. Raynal durfte nie erfahren, dass er jedes Recht der Welt hatte, um dieses gefährdete Leben zu fürchten. Sie sprachen schließlich von *seinem* Kind. Von der Frucht ihrer verbotenen, wunderbaren Liebe, die sie gegen jeden Widerstand zur Welt bringen wollte, weil es sie umbringen würde, wenn sie nicht nur den Vater, sondern auch den Sohn oder die Tochter verlor.

»Du solltest besser auf deine Herrin Acht geben«, fuhr Raynal in seinem Zorn Edeva an, die gekränkt in einer Ecke an der Wand lehnte. »Ihr mögt uns ja für normannische Scheusale halten, aber ich kann euch versichern, dass man bei uns der Mutter seines Kindes Respekt und Verehrung entgegenbringt! Sie trägt neues Leben in sich, und das ist ein Grund, sie zu schonen und zu hätscheln, nicht einer, sie zu prügeln!«

»Ich kann auf mich selbst Acht geben«, fiel Liliana ihm spröde ins Wort. »Es ist nicht nötig, dass Ihr Euch für mich in die Schlacht begebt!«

Warum ging er nicht endlich? Warum verlängerte er die Qual ihres Herzens mit seiner Gegenwart? Warum erinnerte er sie mit jeder Silbe daran, dass sie aus dummem Stolz und alberner Überheblichkeit mit ihren eigenen Händen ihr Glück zerstört hatte? Nie in ihrem Leben hatte sie etwas so sehr bereut wie jene verhängnisvolle Entscheidung zur Flucht, die sie in Alfarics Gewalt gebracht hatte.

Edeva kannte sie gut genug, um die verräterische Schwäche zu entdecken, die in Lilianas Trotz mitschwang. Es war gefährlich, diese beiden sich selbst zu überlassen. Ebenso gut hätte man eine brennende Kerze neben ein Bündel trockenes Stroh stellen können. Eine Geste, ein Blick würden genügen, und das Feuer würde sich ohne Rücksicht auf die Folgen erneut entzünden.

»Komm mit!«, forderte die Alte und packte Liliana am Arm, als sei sie eine ungehorsame Magd. »Es sind einwandfrei zu viele Menschen in dieser Kammer, die sich ein Urteil über Dinge erlauben, die ihnen fremd sind. Wenn er nicht geht, dann gehen wir.«

Raynal de Cambremer beobachtete, wie sich Liliana zuerst aus dem Griff befreien wollte und dann doch gehorchte. Gefolgt von Devil verließen die beiden Frauen die Kammer, und ihm blieb nichts anderes übrig, als die Tür mit einem Fluch hinter sich zuzuschlagen.

»Gab es Ärger?«

Er fuhr herum und entdeckte Gilbert de Nansay, der vom morgendlichen Waffentraining kam und den jene Aura aus körperlicher Aktivität und strahlender Laune umgab, die nur Zufriedenheit mit sich selbst erschaffen kann. Wie er seinen Freund um diese Sorglosigkeit beneidete!

»Ich werde diese Sachsen nie verstehen!«, antwortete er, ohne auf die Frage einzugehen.

»Weil du die eine nicht verstehst?«, traf sein Kampfgefährte mitten ins Schwarze.

»Kann es sein, dass du dich um Dinge kümmerst, die dich nichts angehen, mein Freund?«, erkundigte sich Raynal kühl.

»Möglich«, räumte der andere humorvoll ein. »Aber irgendjemand muss dir einmal sagen, dass es keinen Sinn hat, so verdrießlich zu grübeln. Das Vernünftigste wäre wirklich, du könntest dich entschließen, diesen ungehobelten Alfaric von Haven in die Hölle zu schicken, wo er hingehört. Danach bist du frei, dem Befehl des Königs zu folgen und die Dame zu dir zu nehmen, die dir den Schlaf und die Ruhe raubt. Ich bin sicher, du tust ihr einen Gefallen damit.«

»Wenn es nur so einfach wäre«, seufzte Raynal und sah den Frauen mit dem Hund nach, die gerade unter den Arkaden verschwanden.

»Es *ist* so einfach!«, beharrte Gilbert trocken. »Niemand würde Alfaric von Haven auch nur eine Träne nachweinen. Am allerwenigsten das arme Geschöpf, das er so drangsaliert. Dabei sollte er es auf Händen tragen, nachdem es ihm das Leben gerettet hat, indem es gegen das eigene Wohl gehandelt hat.«

»Du wusstest, dass er sie schlägt?«

»Nein.« Gilbert runzelte die Stirn. »Aber es erstaunt mich nicht. Dieser Mann ist ein Scheusal. Ich frage mich nur, weshalb sie ihm trotz allem die Treue hält, denn dass sie sich geradezu närrisch in einen gewissen Normannen verguckt hat, sieht auch ein Blinder!«

»Sie hat *was*?« Raynal verschluckte sich und brach in trockenes Husten aus.

»Du lieber Himmel! Willst du es etwa leugnen?« Gilbert schüttelte den Kopf über so viel Unverstand. »Wo du auch gehst und stehst, folgt dir ihr Blick. Ein Blick, so traurig, dass nicht einmal die hart gesottensten Bogenschützen auch nur einen Scherz darüber zu machen wagen. Sie würden diesen elenden Sachsen liebend gern mit ihren Pfeilen spicken, um der Lady einen Gefallen zu tun. Dir ist doch klar, dass inzwischen Sachsen und Normannen den Boden verehren, den sie betritt? Wenn jemand Frieden auf Hawkstone schafft, dann sie!«

Raynal de Cambremer schwankte zwischen tiefstem Zweifel und aberwitziger Hoffnung.

»Was erwartest du von mir?«, rutschte es ihm gequält heraus. »Soll ich mich wie ein ehrloser Lumpenkerl verhalten, der seine Macht dazu benutzt, um einen Mann zu beseitigen, damit er dessen Frau besitzen kann? Kommst du mir jetzt vielleicht auch mit Beispielen aus der Heiligen Schrift?«

»Es wäre in diesem Falle immerhin Erfolg versprechender als ein Edelmann zu sein, der sich zu viele Gedanken um Ehre und Gewissen macht, mein Freund«, fasste Gilbert de Nansay die Lage in deutliche Worte. »Deine Skrupel helfen der guten Dame nicht aus ihrer Not!«

»Unsinn!«, wehrte sich der Ritter. »Er wird es nicht

wagen, ihr noch einmal weh zu tun! Nicht jetzt, wo er weiß, dass ich Kenntnis davon habe!«

»Heilige Einfalt! Glaubst du, das kümmert ihn? Im Gegenteil! Sollte er jemals auf den Gedanken kommen, dass er dich auf diese Weise reizen kann, wird sie es ausbaden müssen. Du kannst den Sachsen nicht mit Logik überzeugen!«

»Du übertreibst! Er wird es nicht wagen!«

Gilbert verdrehte die Augen über so viel hartnäckige Beschönigung einer vertrackten Situation. »Wie willst du es verhindern? Indem du eine Wache vor ihre Kammertür stellst? Indem du Alfaric an die christliche Nächstenliebe erinnerst? Der Mann ist ein Ungeheuer, das nach Rache dürstet. Je eher er zwei Fuß unter der Erde liegt, umso besser werden wir alle schlafen. Wenn du es nicht tust, dann …«

»Lass die Finger von ihm!«, warnte Raynal, der seinen impulsiven Freund nur allzu gut kannte. »Ich habe mein Wort gegeben, dass ihm nichts geschieht, solange er unter unserem Schutz lebt. Willst du mir nicht nur zum Ehebruch, sondern auch zum Lügen raten?«

»Schockschwerenot«, fluchte Gilbert, und seine gute Laune schwand dahin. »Manchmal habe ich den Eindruck, all diese frommen Jahre im Kloster waren zu viel für dein empfindsames Gemüt! Kannst du nicht ein Mal die zehn Gebote vergessen und wie jeder andere Mann schlicht deinen Vorteil sehen? Danach kannst du ja meinetwegen beichten!«

»Der König hat mir etwas Ähnliches geschrieben«, murmelte Raynal.

»Ich war schon immer davon überzeugt, dass unser Herrscher ein kluger Mann ist!«, behielt Gilbert das letzte Wort.

23. Kapitel

»Halt still!«, kommandierte Edeva und verteilte den lindernden Balsam über Lilianas ganzen Rücken. »Ich kann nur hoffen, dass keine Narben zurück bleiben. Du hättest mir gleich von diesen Striemen berichten sollen. Je eher die gereizte Haut beruhigt wird, umso schneller heilt sie.«

»Was interessiert mich die Unversehrtheit meiner Haut!«, trotzte Liliana der Behandlung. »Im Gegenteil, vielleicht missfallen Alfaric die Striemen ja, und er lässt mich endlich in Ruhe!«

»Du redest Unsinn!«, wies die Amme sie streng zurecht. »Er wäre längst nicht so grob zu dir, wenn du aufhören würdest, ihn ständig mit Worten und Taten zu reizen. Du schürst seinen Zorn absichtlich!«

Liliana verzog das Gesicht und verzichtete darauf, diesen Vorwurf abzustreiten. Alfarics Jähzorn war ihr allemal lieber als seine gewalttätigen Versuche, den Ehemann zu spielen. Es kümmerte ihn nicht, dass sie ein Kind erwartete. Wenn er diese Tatsache überhaupt zur Kenntnis nahm, dann nur, um ihr mitzuteilen, dass sie gefälligst einen Krieger zur Welt zu bringen habe und jener schon jetzt lernen müsse, sich seiner Haut zu wehren.

Machte sie ihn jedoch wütend, dann verlor er die Beherrschung. Sie musste dann seine Schläge ertragen, und am Ende humpelte er jedes Mal in die große Halle, wo er sich bis zur Besinnungslosigkeit mit Ale voll schüttete, die Mägde belästigte und Beleidigungen gegen die Normannen schrie. Sie ahnte, dass es Raynals striktem Befehl bedurft hatte, damit ihm in solchen Fällen niemand den Schädel einschlug. So fantasielos Alfaric normalerweise war, seine Fähigkeit, ausgefallene Kränkungen zu ersinnen, suchte ihresgleichen.

»Es ist gar nicht nötig, Alfarics Zorn anzufachen«, entgegnete sie jetzt freudlos. »Er ist der Zorn selbst. Ich wünschte, mein Vater hätte ihn vor der unseligen Schlacht nicht zu seinem Stellvertreter ernannt.«

»Dein Vater wusste, was er tat. Er besaß mehr Voraussicht als du«, zischte Edeva.

»Mein Vater hätte sich mit den Normannen arrangiert!«, behauptete Liliana widerspenstig und behielt ihre heimliche Vermutung für sich, dass Alfaric sich aus Machtbesessenheit selbst zum Nachfolger des Lords von Hawkstone ernannt hatte.

Edeva schnaubte vor lauter Ärger. »Deine Vorliebe für alles Normannische ist mir bekannt, Mädchen! Man muss fast ein Einsehen mit Alfaric haben, wenn du ebenso mit ihm redest wie mit mir!«

»Dass du auf seiner Seite stehst, ist mir bekannt!«, entgegnete Liliana nicht minder zornig. »Von Anfang an hast du mir zugeredet, seine Werbung anzunehmen!«

»War das etwa falsch? Er gehört zu den ersten Männern der Sachsen!«, verteidigte sich die Amme. »Und dieses Land wurde seit jeher von Sachsen regiert!«

»Und früher von Römern und noch früher von wilden Stämmen und Kelten«, ergänzte Liliana. »Du brauchst mich unsere Geschichte nicht zu lehren, ich kenne sie. Aber ich sehe auch, dass die Traditionen der Sachsen überlebt haben. Ihre Art zu regieren ebenso wie ihre Art zu kämpfen. Die große Schlacht hat bewiesen, dass die Zukunft den berittenen Kriegern und den Bogenschützen gehört. War es nicht ein verirrter Pfeil, der König Harold das Leben kostete und alles entschied?«

So überzeugend ihre Argumente auch klangen, Edeva wollte nichts davon hören. Eigensinnig brummte sie vor sich hin und verteilte Salbe und Meinungen gleichzeitig über Liliana, als könne sie auch ihre Ansichten in die Haut ihrer Herrin reiben.

»Dies war immer das Land der Sachsen, und es wird das Land der Sachsen bleiben«, beharrte sie auf ihrem Standpunkt. »Du wirfst dich nur auf die Seite der Fremden, weil du eine verhängnisvolle Schwäche für ihren Anführer empfindest!«

Schwäche? Liliana lächelte und schwieg. Es war keine Schwäche, es war Liebe! Tiefe, bedingungslose und unendliche Liebe. Ein Gefühl so weit wie das Meer und so endlos wie die Wälder auf dieser Insel. Aber wie sollte eine alte Frau wie Edeva das verstehen?

Es war dieses Lächeln, das Edeva endgültig davon überzeugte, dass sie handeln musste, wenn nicht alles auseinander brechen sollte. Sie verschloss den Balsamtiegel und trat von der Bank zurück, auf der Liliana saß. »Warte noch ein wenig, ehe du dich ankleidest. Die Paste muss erst richtig einziehen!«

»Es juckt!«, beschwerte sich Liliana und bewegte unbehaglich die bloßen Schultern.

»Das beweist, dass es wirkt«, behauptete die Amme und sah sich suchend in dem Gemach um, das Liliana seit ihrer Kindheit bewohnte und nun mit ihrem Gemahl teilen musste. Es gab wenig, das auf seine Existenz hindeutete, schon gar keine Waffen. Ihr seltsamer Zwitterstatus als Lady von Hawkstone und Geisel der Normannen machte eine rechtlose Gefangene aus der jungen Frau und aus ihrem Ehemann einen unzufriedenen Rebellen, der sich immer tiefer in seinen lodernden Hass verrannte.

»So kann es nicht weitergehen«, murrte die alte Frau und suchte mit einer Entschlossenheit, die nichts Gutes verhieß, Lilianas Blick. »Der Normanne muss sterben! Nur dann wirst du frei sein und Alfaric als deinen Gatten ehren können!«

»Welcher Normanne? Was redest du für einen Unsinn?« Liliana schrak aus ihren Träumen, als ihr klar wurde, dass die Ältere nicht länger von der Nützlichkeit ihres lindernden Balsams sprach.

»Der Normanne muss sterben!«, wiederholte Edeva mit sturer Hartnäckigkeit. »Solange er am Leben ist, belastet er deine Seele!«

Liliana zog ihre Kleider hoch, ohne auf die Salbenspuren zu achten. Eine nach der anderen knüpfte sie die Schlaufen fest. Es waren rein mechanische Bewegungen, vom Schock diktiert.

»Du bist närrisch geworden«, sagte sie schließlich mit einem vorsichtigen Atemzug. »Sogar noch verschrobener als Alfaric in seinen sinnlosen Hasstiraden. Was hat dir dieser Mann getan? Hast du vergessen, dass er mit solchen Anschlägen rechnet? Ich werde kein zweites Mal seinen Zorn auf mich herabbeschwören und sein Leben in Gefahr bringen! Hast du mich verstanden?«

»Die Frage ist eher, ob man dich verstehen kann, Herrin des Rosenturms!«, zischte die Alte und glich mit ihren verzerrten, faltigen Zügen gar nicht mehr der liebevollen Amme, die Lilianas Kindheit und Jugend begleitet hatte. »Ich werde nicht zulassen, dass du seinetwegen zur Verräterin an deinem Volk und seinen Traditionen wirst. Er muss sterben, und du wirst ihn töten!«

Liliana lachte auf, so absurd erschien ihr dieser Befehl. Der Laut erstickte jedoch ebenso schnell in ihrer Kehle, wie er erklungen war. Sie begriff, dass die Forderung in tödlichem Ernst gestellt worden war.

»Du bist verrückt! Nie und nimmer werde ich das tun!«, flüsterte sie tonlos.

»Und ob du es tun wirst«, erklärte Edeva herablassend. »Du hast keine andere Wahl, und du bist die Einzige, bei der er keinen Verdacht schöpfen wird. Er hegt dieselbe alberne Vorliebe für dich wie du für ihn. Er wird der Versuchung nicht widerstehen können, dich zu sehen, wenn du ihn darum bittest. Sag ihm, dass du seine Hilfe brauchst, dann wird er jede Vorsicht außer Acht lassen und an deine Seite eilen!«

»Hör auf!« Liliana schrie in einer Mischung aus Wut und Empörung. »Wie kannst du solche Dinge sagen! Glaubst du, ich würde den Vater meines Kindes töten? Hältst du mich für ein Ungeheuer?«

»Ich halte dich für eine kluge Frau.« Edeva war vollkommen gelassen. »Du wirst tun, was nötig ist und diese törichte Schwäche deines Herzens überwinden, denn ich werde dir einen guten Grund dafür nennen.«

Die Hartnäckigkeit der alten Frau, die über Raynals Tod sprach, als handle es sich um eine belanglose Angelegenheit des Haushalts, brachte Liliana an die Grenzen ihrer ohnehin nicht sehr großzügigen Geduld. Sie packte Edeva an den Oberarmen und schüttelte sie so heftig, dass die Leinenhaube der Amme verrutschte.

»Kein Wort mehr, hörst du!«, rief sie erbittert. »Du musst völlig von Sinnen sein! Wie kannst du nur annehmen, dass ich deinem Gefasel noch länger zuhöre?«

Edeva gab den Laut einer gereizten Schlange von sich und rückte die verrutschte Haube zurecht. Sie maß die junge Frau aus ihren tief eingesunkenen dunklen Augen und verströmte dabei eine solche Mitleidlosigkeit, dass diese entsetzt vor ihr zurückwich.

»Dummes Ding!«, zischte sie eisig. »Wenn hier jemand Befehle gibt, dann ich! Du bist nicht mehr als das gehorsame Werkzeug meiner Wünsche. Ich habe dich aufgezogen, damit du Alfaric gehörst! Du bist die Herrin des Rosenturms und für ihn bestimmt!«

Entsetzt starrte Liliana die Dienerin an. Sie empfand längst nicht mehr die kritiklose Liebe ihrer Kindheit für sie, dafür war inzwischen allzu viel geschehen. Aber bisher hatte sie trotzdem angenommen, dass Edevas Forderungen und Befehle von ihrer Zuneigung zu ihr diktiert wurden, dass sie auch die absurdesten Forderungen nur stellte, weil sie es gut mit ihrer jungen Herrin meinte. Aber jetzt?

»Der Himmel steh mir bei«, hauchte sie erschüttert. »Was hat das zu bedeuten? Erkläre mir, was ich nicht verstehen kann!«

»Es ist ganz einfach! Alfaric von Haven ist mein Sohn!«, entgegnete Edeva mit einem Stolz, der Liliana gerührt hätte, wäre sie nicht völlig durcheinander gewesen.

»Aber nein«, widersprach sie in dem vergeblichen Versuch, Ordnung in die Dinge zu bringen. »Das ist schlicht unmöglich! Ich kann mich an die Besuche seines Vaters bei dem meinem erinnern und auch an die Gemahlin, die ihn dabei begleitete! Sie war Alfarics Mutter, du verwechselst das!«

»Die lilienschöne Editha?«, spottete Edeva gehässig. »Sie bekam Krämpfe, wenn sich ihr ein Mann nur näherte, und als Alfarics Vater auf seinen ehelichen Rechten bestand, entpuppte sie sich schnell als unfruchtbar. Ich war zu jener Zeit ihre Zofe und die Geliebte des Herrn.«

Liliana schluckte und versuchte vergeblich, in der verbitterten Alten eine Frau zu finden, die jung und attraktiv genug gewesen sein musste, um die Begierde ihres Herrn zu wecken.

Edevas Worte sprudelten, als warte sie seit undenklichen Zeiten darauf, alles berichten zu können. »Als ich seinen Sohn zur Welt brachte, war Dame Editha nur allzu gern bereit, ihn als den ihren auszugeben und der Welt den Erben von Haven zu präsentieren. Es war ihre Rettung, denn mein Herr wollte sich von ihr trennen und sie in ein Kloster bringen. Sie versprach mir das Blaue vom Himmel dafür, dass ich den Betrug mitmachte.«

»Du willst sagen, dass der Herr von Haven nie etwas davon erfuhr?«, fragte Liliana verblüfft.

»Natürlich nicht«, erklärte Edeva gereizt. »Männer sind leicht hinters Licht zu führen. Das versuche ich, die ganze Zeit zu erklären. Aber kaum hatte das lügnerische Frauenzimmer die Zügel des Haushalts als Herrin und Mutter des Erben fest in der Hand, schob sie mich nach Hawkstone ab. Zu der Zeit erwartete ich wieder ein Kind, diesmal nur von einem reisenden Musikanten. Das Mädchen starb bei der Geburt und machte mich zur idealen Amme für die kleine Prinzessin von Hawkstone, deren Mutter im Kindbett dahinsiechte und schließlich starb.«

Die Geschichte war zu abenteuerlich, um erlogen zu sein. Hatte Liliana sich nicht selbst immer gefragt, weshalb Edeva diese närrische Zuneigung für Alfaric empfand? Wieso war sie blind für seine Fehler, seine Mängel und seine rohen Sitten? Man musste die Liebe einer Mutter empfinden, um über so viele Fehler einfach hinwegsehen zu können. Nur so bekam alles einen Sinn.

»Es ist wahr«, fügte Edeva hinzu, die in den sprechenden Zügen der jungen Frau lesen konnte, was ihr durch den Kopf ging. »Er ist mein Fleisch und Blut, und ich werde alles tun, damit er Britanniens neuer König wird! Und du wirst mir dabei helfen!«

Liliana versuchte, ihren Schock niederzukämpfen, während sie sich gleichzeitig den Kopf darüber zermarterte, wie sie der Alten nach dieser beunruhigenden Beichte begegnen sollte. Sie kam sich vor, als wäre ihr Leben auf eine spiegelglatte Rutschbahn geraten, auf der sie es nicht mehr mit eigener Kraft halten konnte.

»Du wirst deine Treuepflicht zu deinem Volk unter Beweis stellen und den Normannen töten«, flüsterte Edeva beschwörend.

»Nein!« Liliana erinnerte sich an ihren Stolz und hob trotzig das Kinn. Es gab nichts, womit dieses schreckliche Weib sie zu einer so ruchlosen Tat zwingen konnte. Gar nichts!

»Du täuschst dich«, raunte die Amme, als könne die junge Frau nicht einmal die geheimsten Gedanken vor ihr verbergen. »Du wirst es tun! Wenn du dich weigerst, werde ich Alfaric darüber aufklären, dass das Balg in deinem Bauch nicht das seine ist!«

Die Bösartigkeit dieser Drohung verschlug Liliana die Sprache. Sie konnte nur dastehen und die alte Dienerin fassungslos anstarren, die jetzt eigentlich von Rechts wegen so etwas wie ihre Mutter war. Zumindest ihre Schwiegermutter! Welch ein Hohn!

»Du weißt, was geschieht, wenn er davon erfährt«, fuhr Edeva heimtückisch fort. »Er wird dich nicht töten, denn du bist trotz allem die Herrin des Rosenturms. Aber er wird dieses Kind mit seinen eigenen Händen erwürgen, sobald du es zur Welt gebracht hast. Mit genau den Händen, die zuvor seinen Vater in die Hölle schickten. Willst du eine solche Schuld auf dich laden?«

Welche Frage! Jede Faser ihres Seins bäumte sich auf. Sie schuldete Raynals Kind Sorge und Schutz! Das kleine Wesen hatte nur seine Mutter, die es verteidigte, und sie durfte nicht versagen. Allein, was konnte sie tun? Wie sich davor schützen, von Edeva zum Werkzeug eines Mordes gemacht zu werden? Sie hatte nur ihren Verstand zur Unterstützung, und es wurde wahrhaftig Zeit, dass sie ihn gebrauchte!

»Du weißt, dass ich es nicht will«, sagte sie vorsichtig. »Und du weißt auch, dass dein Plan schlichter Wahnsinn ist. Wie willst du Raynal de Cambremer nahe genug kommen, ganz zu schweigen davon, dass niemand von uns eine Waffe hat!«

»Dies soll deine geringste Sorge sein!«

Edeva trat mit einem triumphierenden Lächeln an eine von Lilianas Truhen. Schleier befanden sich darin, zarte Hauben und Kästen voller Gürtel und Bänder, Strümpfe und die hauchfeinen Hemden, die die Lady von Hawkstone früher so gern zur Nacht getragen hatte. Inzwischen verzichtete sie darauf, denn Alfaric zerriss jedes Gewebe, das ihm zwischen die Finger kam, wenn er nach seiner Gemahlin griff.

Zwischen all diesem Tand, von dem Liliana den

Eindruck hatte, als gehöre er einer Fremden, zog Edeva einen silbernen Dolch heraus, dessen scharfe Schneide im Vormittagslicht aufblitzte. Sein Heft war mit kostbaren Smaragden und Perlen besetzt, und es schien ihr, als habe sie die Waffe schon einmal irgendwo gesehen. Und sie erinnerte sich. Damals im Bad, als er damit die Schlaufen ihrer regennassen Kleider einfach durchtrennt hatte.

»Es ist sein eigener Dolch!«, kicherte die Alte höhnisch. »Ich habe ihn in den Bädern gefunden, unter deinen Kleidern. Er hat ihn überall gesucht, aber niemand konnte ihm sagen, wo er geblieben war. Du wirst ihn morgen Abend in den Rosenturm locken, damit Alfaric dort seine tödliche Arbeit tun kann.«

»Wie das …?«

»Es wird so aussehen, als habe er ihn dabei erwischt, wie er mit seiner Frau herumtändelte. Jeder weiß, dass du die Augen nicht von ihm lassen kannst, und niemand wird an der Richtigkeit eines solchen Zeugnisses zweifeln. Ein Normanne, der die Gattin eines Sachsen lüstern verfolgt und dabei den Tod findet, das ist genau der Funke, den es braucht, damit unser Aufstand neue Nahrung bekommt. Wir werden dafür sorgen, dass die Neuigkeit auf der ganzen Insel verbreitet wird!«

Liliana sparte sich jeden Einwand. Wenn es sich bei den anderen Aufständischen um ebenso wirre Haufen handelte wie den von Alfaric, dann lohnte es nicht, die Boten zu senden. Aber es gab jetzt Wichtigeres zu klären.

»In den Rosenturm locken«, wiederholte sie nachdenklich. »Du faselst. Wie soll ich das anstellen? Hast du nicht gesehen, mit welcher Verachtung er mir begegnet, seit er weiß, dass ich Alfarics Weib bin? Eher würde er der Einladung einer Stallmagd folgen …«

Edeva runzelte die Stirn. »Willst du behaupten, du kennst deine Macht über diesen Normannen nicht? Er würde barfuß über glühende Kohlen laufen, wenn du es von ihm verlangtest! Er betet die Luft an, die du atmest! Er ist ein Narr!«

Liliana kämpfte mit den widersprüchlichsten Gefühlen. Bisher war sie zutiefst davon überzeugt gewesen, dass Raynal de Cambremer ihr zürnte. Dass er ihr den gemeinen Verrat nach jener wundervollen Nacht niemals verzeihen würde. Aber Edeva würde mit Sicherheit keine Lüge erfinden, um sie zu trösten. Im Gegenteil, wenn sie so etwas sagte, dann nur, weil es so offensichtlich war, dass alle es wussten. Alle, nur nicht die Frau, die es eigentlich betraf!

Edeva ahnte nicht, welches Geschenk sie ihr gemacht hatte. War es möglich, dass Raynal ihre Liebe trotz allem erwiderte? Dass der Normanne über Völker, Politik und Vernunft hinweg dieselbe verzehrende Sehnsucht nach ihr empfand wie sie nach ihm? Edeva kannte die Menschen, nicht einmal Liliana konnte dies abstreiten. Wenn sie sagte, dass es so war …

»Du hast keinen Grund, wie ein geblendetes Kalb dreinzuschauen, Mädchen!«, riss die Dienerin sie auch jetzt aus allen Träumen. »Hör mir zu! Ich bin sicher, inzwischen haben er und seine Männer einige Gerüchte über den Rosenturm gehört. Sie sind neugierig genug dafür. Gib ihm Nachricht, dass du ihm das Geheimnis des Rosenturms verraten wirst, aber nur, wenn er allein kommt …«

Liliana bedeckte den Mund mit den Fingerspitzen. Es sah nachdenklich aus, und es hinderte sie gleichzeitig daran, etwas Falsches zu sagen. Das Geheimnis des Rosenturms! Sie allein wusste um dieses Geheimnis, nicht einmal Edeva kannte es. Ihr Vater hatte es mit ihr geteilt, ehe er in die Schlacht geritten war, und danach war keine Zeit gewesen, mit der Amme darüber zu sprechen. Welch ein Glück!.

»Die Rosen von Hawkstone sind im vergangenen Herbst in einer einzigen Nacht verblüht. Wäre es nicht besser, die alten Geschichten und Symbole zu vergessen?«, verbarg sie ihre Gedanken geschickt hinter einer belanglosen Frage.

»Sie werden wieder blühen!«, beharrte die Amme und strich mit einer andächtigen Bewegung über die scharfe Klinge des Dolchs. »Sobald Alfaric über Britannien herrscht, werden sie wieder blühen!«

»Närrisches Zeug!«, rutschte es Liliana heraus.

»Findest du?«

Die tödliche Messerspitze lag plötzlich auf der Wölbung von Lilianas Leib. Sie lag nur auf, aber das gefährliche Gewicht der Waffe drang durch alle Schichten von Stoff, und es schien der jungen Frau, als hielte auch das Kind in ihrem Leib bang den Atem an.

»Es liegt an dir, dieses närrische Zeug so plausibel klingen zu lassen, dass der Ritter dir in den Turm folgt. Morgen Abend, gleich nach dem Lampenlöschen. Du weißt, in welche Gefahr du dein Kind bringst, wenn du es nicht tust!«

Edeva bemerkte die Blässe der jungen Frau und lächelte höhnisch. Eben noch bedrohlich glänzend war der kostbare Dolch plötzlich in den Falten ihres dunklen Gewandes verschwunden. Liliana senkte die Wimpern und versuchte, jenen Gehorsam vorzutäuschen, den die Ältere erwartete.

»Ich sehe, du denkst nach. Das ist gut, Mädchen! Dann wird dir dein kluger Kopf am Ende sagen, dass du keine andere Möglichkeit hast als zu gehorchen!«

Liliana sank mit zitternden Knien auf die Kante einer Truhe. Sie hatte gar nicht bemerkt, dass Edeva ihr Gemach längst verlassen hatte.

Gütige Mutter Gottes, was konnte sie tun? Wie sollte sie das Wunder vollbringen, sowohl den Vater als auch das Kind zu retten? Welch niederträchtige, grauenvolle Entscheidung ihr das Schicksal aufzwang!

24. Kapitel

»Mein Gott, es dreht mir den Magen um, wenn ich den Kerl auch nur anschauen muss«, murmelte Gilbert de Nansay und rückte auf der Bank zur Seite, damit Alfaric von Haven sein Auge nicht mehr beleidigte.

»Wenn du so empfindliche Magensäfte hast, dann solltest du vielleicht den Tag nicht gerade mit einer Speckseite beginnen«, erwiderte Raynal trocken und bediente sich seinerseits aus dem Grützentopf, der in Hawkstone die erste Mahlzeit des Tages enthielt. Dass auch er sich wunderte, Lilianas Gatten in aller Frühe in der Halle zu sehen, behielt er für sich. Gewöhnlich verschlief der Sachse den Tagesbeginn bis weit in den Vormittag hinein. Konnte es sein, dass ihn sein liebendes Eheweib an die Luft gesetzt hatte? Diese Vorstellung war so angenehm, dass sie ein Lächeln in Raynals Mundwinkel zauberte.

»Das ist Wildschweinspeck«, verteidigte Gilbert seinen morgendlichen Hunger und schnitt sich mit seinem Dolch noch eine Scheibe von der Keule ab, die vor ihm auf einem großen Holzbrett lag. »Und es ist mein gutes Recht, ihn zu verspeisen, denn es war schließlich mein Speer, der diesem Eber den Garaus gemacht hat.«

Raynals Augen blieben auf der fein ziselierten Klinge haften, und er fragte sich nicht zum ersten Male, wo sein eigener Dolch geblieben war. Wäre er zu Zeiten verschwunden, in denen der Sachse sich unter diesem Dach befand, er hätte gewusst, wer an erster Stelle zu verdächtigen war. Aber so …

»Schon wieder so tief in Gedanken?«, fragte Gilbert und begoss den Schinken mit einer guten Portion Ale. »Willst du mich daran teilhaben lassen?«

»Besser nicht«, entgegnete Raynal und beobachtete aus den Augenwinkeln, dass Lilianas Amme dem Sachsen ein Essbrett brachte, das reich beladen war und sich mit Gilberts Schinken durchaus messen konnte.

Es war ihm ein Rätsel, weshalb die Alte Alfaric verwöhnte, wenn sie doch gesehen hatte, was er der jungen Frau antat, der ihre erste Sorge gelten musste. Seit er die Lady von Hawkstone in dem Bemühen, ein Exempel an ihr zu statuieren, auf den Stufen ihres eigenen Hauses förmlich abgeladen hatte, war die Amme kaum von ihrer Seite gewichen. Dass sie ihre Herrin ausgerechnet in einem Augenblick, wo sie ihren Beistand am meisten benötigte, im Stich ließ, gab dem normannischen Ritter zu denken.

Zum ersten Male betrachtete er die Menschen von Hawkstone unter dem Gesichtspunkt ihrer Loyalität zu Liliana. Wer würde zu ihr halten, wer sie im Notfall gegen eigene Interessen verteidigen? Sweyne, der Waffenmeister, der schon ihrem Vater gedient hatte? Die Mägde, die mit seinen Bogenschützen und Kriegern schäkerten? Sahen sie ihre Herrin als Menschen oder als Symbol? Er hätte es nicht zu sagen vermocht, und die Ungewissheit verdarb ihm den Appetit. Er schob die Schale mit dem Rest Grütze von sich und stand auf.

»Schon fertig?«, erkundigte sich Gilbert und sah viel sagend auf die halb leere Schüssel, das frische Brot und die Pastete, die Raynal ebenfalls nicht angerührt hatte.

»Ich muss dir Recht geben«, entgegnete Raynal trocken. »Die Anwesenheit gewisser Menschen schlägt einem auf den Appetit.«

Ohne Gilbert Gelegenheit zu einer Antwort zu geben, folgte er Edeva und stellte die Alte unter den Arkaden. »Wie geht es deiner Herrin heute?«

Edeva wich dem forschenden Blick aus. »Wie soll es ihr gehen, Normanne? Sie ist nicht krank.«

»Aber sie wird es werden, wenn sie noch länger den Grobheiten ihres Gemahles ausgeliefert ist«, entfuhr es Raynal. »Wenn dir an deiner Herrin liegt, solltest du den Einfluss, denn du auf ihren Gemahl hast, zu ihren Gunsten nutzen!«

Edeva schien noch tiefer in die dunklen, formlosen Falten ihres Gewandes zu rutschen. »Ihr täuscht Euch, wenn Ihr denkt, ich hätte irgendeinen Ein …«

Raynal begriff im selben Moment, dass es ein Fehler war, mit dieser verschlagenen Person zu sprechen. »Lass es gut sein«, unterbrach er sie grob und ging grußlos davon. War er schon so von Sinnen, dass er seine Probleme mit einer Dienerin besprechen wollte?

Edeva sah ihm nach und für einen Herzschlag lang waren ihre faltigen Züge so von Hass verzerrt, dass sie einer Grimasse glichen. Diesen Normannen mussten sie loswerden, wenn Liliana jemals wieder zur Vernunft kommen sollte.

»Freu dich der letzten Stunden deines Lebens, Normanne!«, zischte sie tonlos. »Den nächsten Sonnenaufgang wirst du nicht mehr erleben!«

Liliana sah sich ein letztes Mal um, ehe sie die Tür öffnete. Seit sie denken konnte, hatte sie diesen Raum bewohnt, in diesem Bett geschlafen und des Morgens aus diesem Fenster geblickt, um den neuen Tag zu begrüßen. Der Gedanke, nie wieder über diese Schwelle zu treten und niemals hierher zurückzukehren, ließ sie innehalten.

Aber es war nicht Abschiedsschmerz, der sie zögern ließ, sondern die verblüffende Tatsache, dass sie keinerlei Bedauern oder Reue verspürte. Weshalb fiel es ihr so leicht, der Vergangenheit den Rücken zuzuwenden? Hatte sie bereits alle Tränen vergossen, all ihr Leid geklagt, blieb ihr denn nur noch Leere?

Nun, da sie die Entscheidung getroffen hatte, die sie so viele Stunden und Qualen gekostet hatte, stellte sie verdutzt fest, dass es ihr leicht fiel, die Wurzeln, die sie für fest verankert gehalten hatte, auszureißen. Die Welt um sie herum hatte sich verändert, und es war an der Zeit, dass sie endlich handelte, dass sie sich nicht länger wie ein Blatt in einem Strom von einem Strudel zum anderen treiben ließ.

Wenn sie überhaupt noch etwas empfand, dann war es Ärger über sich selbst. Warum hatte sie nur so lange gezögert, sich gegen Edeva zu stellen? Die

Amme hatte die vertraute Rolle der mütterlichen Freundin doch nicht erst jetzt gegen die der machtbesessenen Unruhestifterin getauscht. Warum hatte sie nicht schon Verdacht geschöpft, als Edeva sie gegen ihren Willen zwang, die Bilder im Wasser zu beschreiben? Man liebte einen Menschen nicht, dem man berauschende Tränke gab, um ihn den eigenen ehrgeizigen Plänen zu unterwerfen!

Liliana seufzte und straffte die Schultern. Wenn es eine Zukunft gab, an der ihr etwas lang, dann war es die ihres Kindes. Nichts war zu teuer, um für seine kostbare Sicherheit zu sorgen, und sie würde weder Edeva noch Alfaric weiterhin erlauben, dieses zarte Leben zu gefährden.

Hier hatten all ihre Überlegungen geendet. Wenn sie Raynal und sein Kind retten wollte, dann gab es nur einen einzigen Weg. Sie musste Hawkstone und seine Macht ohne Einschränkung an die Normannen übergeben. Wenn Raynal de Cambremer um das Geheimnis des Rosenturms wusste und die Beweise dafür in den Händen hielt, würden auch die letzten Unverbesserlichen einsehen, dass die Zukunft ihm und nicht Alfaric von Haven gehörte!

Leises Kratzen und ein Winseln an der Tür zeigte, dass Devil das Zögern seiner Herrin nicht verstand. Wollte sie nun hinaus oder nicht?

»Schon gut«, murmelte Liliana und tätschelte den mächtigen Kopf des Hundes. »Du wirst noch genügend Möglichkeiten bekommen, deine Beine zu gebrauchen. Wenn wir erst durch den Geheimgang sind, müssen wir uns sputen!«

Als sie mit dem schwarzen Tier an ihrer Seite durch die Halle ging, wurden bereits die Tische für das abendliche Mahl bereitet. Mägde, Kinder, Hausknechte, Katzen und Hunde bildeten das übliche Durcheinander eines geschäftigen Haushalts. Liliana rümpfte die Nase, denn es roch erstickend nach Rauch, Unrat, zu vielen Menschen und Hundekot.

Die dicke Strohschicht, die den steinernen Boden während des Winters gewärmt und bedeckt hatte, war längst vollkommen verdreckt. Sie war mit Unrat und Knochen durchsetzt und wurde vermutlich von zahllosem Getier bewohnt. Wie zur Bestätigung ihrer Vermutungen huschte eine wohl genährte Maus vor ihren Rocksäumen davon, verfolgt von einem struppigen silbergrauen Kater.

Edeva, die in all den Jahren stolz das Amt der Hausverwalterin eingenommen hatte, nahm es mit ihren Aufgaben nicht mehr so genau. Liliana konnte sie nirgends entdecken, und sie war froh darüber. Sie wollte die Amme niemals wieder sehen!

Raynal de Cambremer würde sich früher oder später mit dem Gesinde auseinander setzen müssen. Das Vernünftigste wäre, er würde sich eine Gemahlin nehmen, die mit energischer Hand Ordnung in das Durcheinander brachte.

Freilich ließ der bloße Gedanke an eine solche Verbindung Liliana jäh erschauern. Wer würde die neue Lady von Hawkstone werden? Eine jener normannischen Damen aus dem Hofstaat der neuen Königin? Ein Edelfräulein, das seidene Roben trug und seinen Gemahl mit süßen Reden verwöhnte? Der Gedanke, dass Raynal eine andere in den Bädern liebte und ihr all die wundervollen Liebkosungen zuteil werden ließ, die ihren eigenen Leib entflammt hatten, ließ ihr Herz schwer werden und ihre tränenlosen Augen brennen.

»Dummes Ding!«, schalt sie sich selbst und raffte

ihr Gewand, um dem Unrat auszuweichen. »Was erwartest du? Dass er sich nach einer sächsischen Lady sehnt und für immer allein bleibt? Es ist seine Pflicht zu heiraten und Erben zu zeugen!«

Er würde nie erfahren, dass die stolze Liliana von Hawkstone ihr Anrecht auf die ewige Seligkeit verkauft hätte, um mit jenem normannischen Edelfräulein zu tauschen. Und auch nicht, dass jenes Kind, das in ihrem Leib wuchs, der wahre Erbe von Hawkstone war. Gleichgültig, ob es nun ein Mädchen oder ein Knabe würde. Das Erstgeburtsrecht von Hawkstone kannte keinen solchen Unterschied. Aber wen scherten schon die alten sächsischen Rechte. Ab sofort galt normannisches Recht in Britannien!

Liliana trat aus der Halle unter die Arkaden auf den Hof hinaus. Weiches blaugraues Dämmerlicht lag nach dem Sonnenuntergang über den Dächern und Mauern. Eine launische Brise aus Osten trieb dunkle Wolken über den Himmel.

»Herrin! Die Amme sucht Euch!«

Ellen lief mit einem Wassereimer über den Hof und nutzte die Gelegenheit zu einem kleinen Plausch. Sie lebte jetzt unter dem Dach ihres Vaters neben der Waffenschmiede, und Liliana bekam sie nur selten zu Gesicht. Jetzt aber tauschten die beiden Frauen ein freundschaftliches Lächeln, und Ellens Augen glitten zu Lilianas Taille, während sie das schwere Behältnis auf den Boden stellte.

»Geht es dem Kleinen gut?«

»Es rührt sich mehr, als mir manchmal lieb ist.«

»Ihr dürft Euch nicht zu sehr anstrengen«, mahnte Ellen. »Sonst kommt es zu früh.«

»Mach dir keine Sorgen«, wehrte Liliana ab. »Wo hast du die Amme getroffen?«

»Sie war auf dem Weg in die Kräuterkammer, gefolgt von der kleinen Gythra, die vor Ungeduld von einem Fuß auf den anderen hüpfte. Ich fürchte, sie will einen Trank von der Amme, der sie von der Last befreit, die sie heimlich mit sich herumträgt!«

Wie immer war Ellen gut informiert. Liliana wusste, wen sie an Edevas Stelle zur neuen Haushofmeisterin von Hawkstone gemacht hätte. Allein, dies durfte nicht länger ihre Sorge sein. Trotzdem blickte sie besorgt über ihre Schulter zurück, ehe sie in einem Anflug von Trotz das Kinn hob. Sie war nicht länger das kleine Mädchen, das Edeva zu sich befehlen konnte.

Der Wind wurde heftiger und trieb kleine Staubfontänen vor sich her, ehe er an ihrem Umhang zerrte. Aus dem Backhaus drang das appetitliche Aroma frischen Brotes und mischte sich mit dem beißenden Gestank des Hühnerverschlages unter den westlichen Arkaden, in dem bereits nächtliche Ruhe herrschte. Liliana empfand die Geborgenheit des großen Haushalts mit schmerzlicher Intensität, und sie fühlte sich trotz ihres wachsenden inneren Abstandes immer noch verantwortlich für seine Bewohner.

»Sag Gythra, dass sie vorsichtig sein soll«, bat sie. »Edeva mag weder Normannenbastarde noch Mädchen, die sich mit den fremden Kriegern eingelassen haben. Es könnte sein, dass sie ihre gefährlichen Kräuter zu großzügig austeilt!«

»Ihr meint, sie würde …« Ellen blieben die Worte in der Kehle stecken, aber ihre weit aufgerissenen Augen sagten genug.

»Sie ist ein wenig wirr im Kopf, seit sich die Welt, die sie kennt, so sehr verändert hat«, sagte Liliana ruhig. Es konnte nicht schaden, wenn Ellen der Alten künftig auf die Finger sah.

»Könnt Ihr nicht mit ihr sprechen?«, fragte Ellen tonlos.

»Nein!« Liliana schüttelte den Kopf. »Sie hört nicht länger auf mich. Sie dient nur noch Alfaric, das solltest du doch wissen!«

Sie warf einen verstohlenen Blick zur Webstube und zum Färberhaus hinüber, deren Umrisse im ersten Dunkel bereits verschwanden. Dort hatte sie schon am Nachmittag das kleine Bündel mit ihren Habseligkeiten versteckt. Es war nicht schwer, denn sie benötigte ihre Kräfte für den Weg, sobald sie Hawkstone durch den geheimen Tunnel verlassen hatte.

Sie musste auf eigenen Beinen eine neue Heimat für sich und das Kind suchen, denn auch wenn es ihr gelungen wäre, sich in den Besitz eines Pferdes zu bringen, hätte sie damit nur Verdacht erregt. Eine Lady hoch zu Ross reiste nicht allein! So hatte sie nur ein wenig saubere Unterkleidung, etwas Proviant und den Lederbeutel mit den Juwelen ihrer Mutter gepackt. Sie sollten es ihr ermöglichen, im Gästehaus eines Nonnenklosters Unterkunft und Hilfe zu finden.

Sie hatte sich die Geschichte von der trauernden Witwe, die ihren Gemahl und ihr Gut bei der Invasion der Normannen verloren hatte, bereits zurechtgelegt. Sie hoffte auf die fromme Nächstenliebe der Nonnen und die verführerische Überzeugungskraft der kostbaren Steine.

»Es wäre besser gewesen, wenn Ihr nicht dagegen Einspruch erhoben hättet, dass er gehängt wird!«, sagte Ellen mitten in das zwischen ihnen lastende

Schweigen hinein, und ihre Abneigung gegen Alfaric war nicht zu überhören.

Liliana verzog den schönen Mund zu einem schmalen Strich und überließ es Ellen, daraus ihre Schlüsse zu ziehen. Sie hatte Alfaric bereits aus ihren Gedanken gestrichen. Jetzt galt es nur noch, Edevas wirre Pläne zu durchkreuzen.

»Kannst du mir einen Gefallen tun?«

»Jeden, Herrin!«, nickte Ellen.

»Dann sieh zu, dass du den Seigneur de Cambremer irgendwo findest. Ich erwarte ihn im obersten Stockwerk des Rosenturms, und er soll sich beeilen. Sag ihm, dass es um Hawkstone geht und dass es wichtig ist! Aber achte darauf, dass weder Edeva noch Alfaric davon erfahren!«

»Ihr könnt Euch auf mich verlassen!« Ellen nahm ihren Eimer auf und eilte davon.

Devil drückte sich enger an Lilianas Oberschenkel und gab ein Unheil verkündendes Knurren von sich, das tief in seiner Brust begann und in seinem mächtigen Körper vibrierte. Die junge Frau blickte sich misstrauisch um. Doch sie entdeckte nur das rötliche Glimmen der verlöschenden Esse in der Schmiede.

»Dort ist niemand!«, beruhigte sie den Hund und streichelte sein gesträubtes Nackenfell. »Ich hoffe nur, dein gefährlicher Anblick genügt, um mich und mein Kind zu schützen. Sollte jemals ein Angreifer erfahren, dass du den Mut eines Feldhasen hast, mein Freund, sind wir beide verloren!«

Devil schob die Schnauze in ihre Hand und wedelte heftig mit dem Schweif. Liliana lächelte traurig auf ihn hinunter und klopfte auf seine Flanke. »Wir sind ein schönes Paar, wir beide. Eine Lady, die sich aus der Verantwortung für ihr Erbe stiehlt, und ein

Jagdhund, der sich hinter ihren Röcken versteckt. Und nun komm, es hat keinen Sinn, das Unausweichliche noch länger hinauszuzögern! Je eher wir aus Edevas Fängen fliehen können, umso besser ist es für uns!«

Sie eilte weiter in die dunklen Schatten des Brunnenhauses und blickte zum Rosenturm hinüber. Die hereinbrechende Dunkelheit verhüllte die kahlen, dornigen Ranken, die auf allen vier Seiten an den Steinmauern hinaufkletterten. Obwohl der Frühling überall neue Triebe und Blätter hervorbrachte, zeigte sich keine noch so winzige Spur von Leben im trockenen Geäst der alten Rosen. Vier mächtige Stockwerke hoch, mit einem übermannshohen Gewölbe im Erdgeschoss, wirkte das Gemäuer ohne seinen vertrauten grünen Schmuck wie ein urzeitlicher Fels.

Ein starkes Gerippe aus uralten Balken verankerte jedes Stockwerk in den Steinen der quadratischen Außenmauern, und stabile Leitern führten von einer Plattform zur nächsten. Die Normannen hatten die morschen Sprossen erneuert, aber seit Alfaric und seine Männer gefangen genommen worden waren, stand kein Posten hinter den Zinnen. Jetzt genügte die Torwache, um Hawkstone zu schützen.

Der Kamin über den alten Bädern der römischen Villa stieß eine dichte Wolke von Holz- und Torfrauch aus, die der Wind sofort zu Boden drückte. Liliana kämpfte verbissen gegen den plötzlichen Hustenreiz. Als sie wieder atmen konnte, lief sie mit Devil so schnell es ging über den festgetretenen Boden zum Turm hinüber und drückte die Pforte auf. Man konnte sie nur von innen mit einem schweren Holzpflock verriegeln, aber der lag seit undenklichen Zeiten morsch und zersplittert in einer Ecke.

Devil sträubte sich, ihr in das Dunkel zu folgen und blieb halb drinnen, halb draußen mitten auf der Schwelle sitzen. Ein bebender Monolith der Feigheit.

»Komm schon, du dummer Kerl!« Liliana zerrte an seinem Fell. »Setz dich wenigstens drinnen hin, damit dich keiner sieht.«

Der riesige Hund gehorchte zögernd und tappte schwerfällig an ihre Seite. Er warf sie beinahe zu Boden, so heftig drängte er sich an ihre Oberschenkel. Liliana machte gar nicht erst den Versuch, ihn zur Ordnung zu rufen. Sie konnte verstehen, was er fühlte. Die tiefe Dunkelheit hatte etwas Lebendiges, Lauerndes, das auch ihr die feinen Härchen im Nacken sträubte.

Am liebsten hätte sie auf dem Absatz kehrt gemacht und sich in die helle Wärme des großen Hauses geflüchtet. Aber das verbot sich von selbst. Sie hatte eine Aufgabe zu erfüllen!

25. Kapitel

Raynal de Cambremer trat aus den Pferdeställen und warf einen prüfenden Blick zum Himmel. Der Wind kam vom Meer, aus der Normandie. Wie unendlich fern seine Heimat plötzlich war. Doch Cambremer, seine Brüder, seine ehrgeizige Frau Mutter und die väterliche Burg gehörten in eine andere Welt. Es gab nicht eine Faser in ihm, die sich zurücksehnte oder auch nur einen Hauch von Neid auf jene verspürte, die dort geblieben waren.

England hatte eine Saite in seinem Herzen angerührt, von deren Existenz er nichts geahnt hatte. Hawkstone schien der Platz zu sein, nach dem er immer gesucht hatte. Kein einfaches, problemloses Gemeinwesen, sondern eines, das er sich aus eigener Kraft erobern musste. Die alte römische Villa und ihre faszinierende Geschichte, die Menschen in ihrem natürlichen Stolz, die sich sogar unter dem Druck der Eroberer ihre Würde bewahrt hatten, weckten in ihm den Wunsch, all das zu bewahren und zu schützen.

Er legte sich indes keine Rechenschaft darüber ab, dass es ein besonderes Motiv für diesen Wunsch gab, das über alle anderen hinausreichte: seine tiefe, leidenschaftliche und aussichtslose Liebe zu Lady Liliana. Eine Liebe, die ihr nichts bedeutete. Sie wollte nichts von ihm. Weder sein Mitleid noch seine Leidenschaft. Weder seinen Schutz noch seine Hilfe.

»Ich kann für mich selbst sorgen!«, hatte sie ihm in ihrem teuflischen Sachsenstolz entgegen geschleudert, während aus ihren saphirblauen Augen Feindschaft flammte und sich wie ätzendes Feuer in sein Herz brannte. Wie konnte sie einem Manne die Treue halten, der sie auspeitschte und misshandelte? Wie hatte sie sich in jener Nacht mit so viel Hingabe und Leidenschaft verschenken können, wenn sie einem anderen gehörte? Was war das nur für eine Frau, die lieben konnte wie eine Göttin und dennoch keine Spur von Herz besaß?

Allein, musste er nicht dem Himmel dafür danken, dass sie bis ins Herz hinein eiskalt geblieben war? Hätte er annehmen müssen, dass sie seine Liebe erwiderte, würde er dann auch noch zögern, sich über alle Grundsätze christlicher Moral hinwegzusetzen und dieses Scheusal zu töten, das an ihrer Seite lebte und es wagte, sie mit der Peitsche zu misshandeln?

Es war nicht die Frage, ob sein König eine solche Tat entschuldigen würde oder ob Gilbert und die anderen nur darauf warteten. Es war weder die Angst vor der ewigen Verdammnis, die ihn davon abhielt, noch waren es jene Jahre christlichen Gehorsams im Kloster. Inzwischen würde er diesen Mord ohne Zögern mit eigenen Händen begehen, hätte er auch nur einen winzigen Herzschlag lang gespürt, dass Liliana ihn begehrte. Aber sie tat es nicht.

Sie hielt zu diesem Scheusal und nannte es Gemahl, während Raynal bei lebendigem Leibe tausend Tode starb. Er hatte nicht geahnt, dass er überhaupt so starker Gefühle fähig war. Der Augenblick, in dem er an jenem sonnigen Frühlingstag begriffen hatte, dass Liliana nie die Seine werden würde, hatte ihn in ein so auswegloses Chaos aus Zorn, Verzweiflung, Hass und Neid gestürzt, dass ihm förmlich das Blut in den Adern stockte.

Die Tage danach waren nicht besser gewesen. Zu wissen, dass dieser sächsische Barbar seine behaarten Pranken auch noch mit Gottes Segen auf die schöne Lady legte, machte jeden Schluck Wein zu Galle und jeden Bissen Brot zu Sägemehl. Nur Arbeit half. Gnadenlose, kräftezehrende, ununterbrochene Arbeit. Sie reduzierte die nächtlichen Stunden, in denen er grübelte und dann doch den Mut verlor, auf ein erträgliches Maß, weil sein erschöpfter Körper am Ende einfach den Verstand abschaltete und den nötigen Schlummer forderte.

Allein, jedes Mal, wenn er sie erblickte, brach die Wunde von neuem auf. Und nun, in dem Bewusstsein, dass sie auch noch ein Kind von diesem Scheusal erwartete, überfiel ihn der Hass mit solcher Gewalt, dass die Welt vor seinen Augen in roten Schleiern versank. Als er sich halbwegs wieder in der Gewalt hatte, hielt er die Gestalt mit dem großen Hund zuerst für eine Ausgeburt seiner überreizten Fantasie.

Aber dann sah er die Bewegung, mit der sie Devils Nackenfell streichelte, die unnachahmliche Anmut ihrer Geste, und das Elend kehrte mit unvermindertet Pein zurück. Sie zu sehen, ohne sie berühren zu dürfen, war Qual und Entzücken zugleich. Ein dunkler Umhang bedeckte sie von den Schultern bis zu den Füßen und verbarg die inzwischen deutlich sichtbare Wölbung ihres gesegneten Leibes.

Einen närrischen Augenblick lang erlaubte Raynal sich die Vorstellung, es wäre sein Kind, das sie da trug. Oft genug geliebt hatten sie sich. Es wäre ihm egal, ob eine Tochter mit Lilianas Juwelenaugen oder ein Sohn, der ihren ungezügelten Stolz erbte, in ihr wuchs.

Gott im Himmel, welch idiotischer Traum! Sie hatte nie den geringsten Zweifel daran gelassen, dass sie das Kind des Sachsen erwartete. Den Samen eines Mannes, der besser niemals Kinder gezeugt hätte, denn er würde jene schlimme Saat des Hasses weitertragen, die vernichtet werden musste, wenn diese Insel jemals Frieden finden sollte.

Unwillkürlich wich Raynal in den Stall zurück, damit sie ihn nicht ebenfalls entdeckte. Was hatte er ihr schon zu sagen? Dass er sie gegen jede Vernunft trotz allem liebte? Dass er sogar dieses Kind lieben würde, nur weil es in ihr wuchs und ein Teil ihrer selbst war? Sie würde ihn verspotten und mit jenem fernen, kühlen Blick ansehen, der ihn nicht einmal zur Kenntnis nahm, wenn er direkt vor ihr stand.

Aber was suchte sie um diese Zeit am Brunnen? Weshalb sah sie sich um, als befürchte sie, verfolgt zu werden? Ehe er eine Antwort auf diese Fragen fand, eilte sie gefolgt von ihrem Hund über den Hof weiter und verschwand im Turm. Was tat sie in dem alten Kastell? Raynal erinnerte sich jäh daran, dass er ihr schon einmal auf die oberste Plattform gefolgt war. Wollte sie jetzt nachholen, wovor er sie in jener Regennacht bewahrt hatte?

Unsinn! Sie war in der Hoffnung, und er konnte sich nicht vorstellen, dass sie ihr eigenes Kind töten würde. Trotz aller Herzlosigkeit, die er ihr vorwarf, hatte er bemerkt, dass sie sich stets um die Jungen und Schwachen bemühte. Allein, was führte sie in den Turm? Eine Verabredung? Heimlichkeiten? Neue aufrührerische Pläne, die den eben erreichten Frieden störten?

Die Wissbegier trieb ihn vorwärts, kaum dass die beiden Gestalten im Turm verschwunden waren. Er hatte vergessen, dass Ferrand mit dem Bad auf ihn wartete und dass sein Magen wie ein hungriger Wolf knurrte. Von einer unsichtbaren Macht gezogen folgte er einmal mehr den Spuren der Lady von Hawkstone. So eilig, dass ihm nicht auffiel, dass auch seine Gestalt zum Gegenstand neugieriger Blicke geworden war.

»Wo ist der Seigneur?«

Gilbert de Nansay stutzte, ehe er sich die Mühe machte, der Frau in dem einfachen Gewand der Magd eine Antwort zu geben. Sie verbreitete eine Autorität, die nicht zu ihren Kleidern passte. War sie nicht die Tochter des alten Waffenmeisters, die nun bei ihrem Vater lebte?

»Was willst du von dem Seigneur?«

»Das werde ich ihm berichten, wenn Ihr mir sagt, wo ich ihn finde!« Ellen behauptete sich vor dem jungen Ritter, als sei er nicht mehr als einer der jungen Burschen, die ihrem Vater und seinen alten Geschichten lauschten.

»Du führst eine kühne Zunge, Frau!«, stellte Gilbert fest. »Ich hoffe, deine Nachricht ist den Ärger wert, den du heraufbeschwörst!«

Er sah sich nach Raynals Knappen um, der im Durchgang zu den Privatgemächern seines Herrn herumlungerte und offensichtlich nichts zu tun hatte. Es schien, als wartete er darauf, dass sein Herr ins Haus kam und seine Dienste in Anspruch nahm.

»Ich habe eine Botschaft für den Ritter, die nur für seine Ohren bestimmt ist«, erklärte Ellen versöhnlich. Sie dämpfte ihre Stimme, damit niemand die nächsten Worte vernahm. »Es kann nicht in Eurem Sinn sein, dass jener dort davon erfährt …«

Ihre Kopfbewegung wies zu Alfaric von Haven, der soeben eine der jungen Küchenmägde in eine Nische neben dem großen Hauptkamin gedrängt hatte und das quietschende Mädchen lüstern betatschte. Gilbert folgte ihrem Blick und verzog das Gesicht. Es juckte ihn in den Fäusten, dem Befehl seines Freundes zuwiderzuhandeln und dem Sachsen eine blutige Lektion zu erteilen. Warum sollte man einen Mann schonen, wenn er sich in seiner eigenen Halle wie ein Schwein benahm?

»Denkst du, ich kümmere mich um diesen …« Gilbert brach ab, weil ihm schlagartig bewusst wurde, was dieser letzte Satz bedeutete. Die Frau konnte nur von einer einzigen Person geschickt worden sein.

»Heißt das, deine Herrin hat sich endlich besonnen und bittet ihn um Hilfe?«, zog er seine ganz persönlichen Schlüsse aus Ellens Mitteilung.

»Das kann ich Euch nicht sagen. Ich weiß nur, dass es wichtig ist und dass ich nicht säumen soll!«

»Der Himmel steh dir bei, wenn du mich anlügst!«, drohte Gilbert de Nansay, aber er zögerte nicht zu handeln. »Komm mit!«

Er eilte aus der Halle, ohne sich darum zu kümmern, ob Ellen ihm folgte. Wenn es nur die kleinste Möglichkeit gab, den tief sitzenden Kummer seines Freundes, um den er sehr wohl wusste, zu lindern, dann zählte jeder Augenblick. »Er ist entweder im Stall oder schon in den Bädern!«

In ihrer Eile übersahen sie beide, dass Edeva an Alfarics Seite trat und dem Techtelmechtel mit der Magd ein schnelles Ende machte. Niemand schöpfte Verdacht, als die alte Amme leise auf ihn einredete und ihn schließlich nach draußen führte. Unter den Säulengängen vor der großen Halle war es so dunkel, dass keine Menschenseele den juwelengeschmückten Dolch sah, der dort von einer Hand in die andere wechselte.

Liliana fühlte das rohe Holz der Leiter unter ihren Handflächen und betrat die erste Etage des Turms. Seine Erbauer hatten dafür Sorge getragen, dass die Stockwerke versetzt erreicht wurden, so dass im Falle eines Angriffs jede Plattform einzeln verteidigt und die Leitern eingezogen werden konnten. Dies war indes noch nie nötig gewesen. Die Herrinnen von Hawkstone hatten das oberste Stockwerk im

Sommer als luftigen Söller genutzt, und auch Liliana hatte als Kind den Aussichtspunkt geschätzt, der den Aufstieg mit einem herrlichen Blick über das Land belohnte.

Nach weiteren drei Leiterlängen erreichte sie das letzte Turmgemach, das durch vier schmale, kaum handbreite Fensterluken vom fernen Sonnenuntergang in einen Rest rötlichen Lichtes getaucht wurde. Die Höfe unten versanken bereits in der Finsternis. Im Halbdunkel machte Liliana das staubige Spinnrad aus, die alte Bank, die Hocker und die geschnitzte Truhe.

In den längst vergangenen Sommern ihrer Kindheit, wenn das karge Gemach nach Rosen geduftet und sie sich unter der schützenden Hand ihres Vaters sicher gewähnt hatte, war dies der Platz ihrer heimlichen Mädchenträume gewesen. Heute roch es nach Staub und modriger Feuchtigkeit, nach Taubenkot und der Notdurft, die die normannischen Wachmänner an Regentagen einfach in die Ecken gesetzt hatten.

Liliana rümpfte die Nase und tastete sich mit den Fingerspitzen an den Wänden entlang. Der westliche Eckstein der gemauerten Fensterbrüstung war ein wahres Meisterwerk verborgener Steinmetzkunst. Von außen betrachtet war er nicht mehr als ein klobiger, fast quadratischer Granitblock. Wenn man jedoch den geheimen Mechanismus in seiner hinteren Fuge kannte, ließ er sich schwerfällig nach innen drehen und gab einen Hohlraum preis. Liliana griff hinein und nahm das Päckchen an sich, das dort in Samt gehüllt verborgen lag, ehe sie den Stein wieder an Ort und Stelle schob.

Sie konnte der Versuchung nicht widerstehen, ein

letztes Mal zu betrachten, was sie da aufgeben wollte. Die Laterne der Wachleute stand auf der Truhe, und das Zunderzeug lag in einem wasserdichten Kästchen daneben. Wenig später schlug sie den Stoff im Schein der unruhigen Flamme auseinander.

Der schwere Goldschmuck schimmerte in glühendem Rot: der kostbare Kranz aus glänzenden, goldenen Lorbeerblättern für den Herrn von Hawkstone und das Geschmeide der Herrin, der Rosenreif mit den ziselierten Blüten und den schimmernden Rubinen dazwischen. Sie waren die jahrhundertealten Symbole der Macht von Hawkstone. Vor Kranz und Reif neigten sich seit ewigen Zeiten die Menschen an den Ufern des Cuckmere. Wer sie trug, besaß die Macht über Leben und Tod. Sobald sie Raynal diese Wahrzeichen anvertraute, würde er fraglos von allen als Herr anerkannt werden.

Die Rubine sprühten im Flammenschein rötliche Sterne, und die goldenen Blätter wirkten wie lebendig, gleichsam von einer geheimnisvollen Energie erfüllt. Liliana hatte nicht geahnt, dass es so schmerzlich sein würde, Hawkstone aufzugeben! Es war auch das Erbe des Kindes, das in ihr wuchs. Allein, was blieb ihr anderes übrig, wenn sie Stolz und Ehre gegen zwei Leben aufrechnen musste?

Wo blieb Raynal nur? Was, wenn Ellen ihn nicht fand? Wenn sie es nicht wagte, ihn in der großen Halle zu stören? Wenn ihm nichts daran lag, mit ihr zu sprechen und sein Stolz es ihm verbot, die Frau eines Sachsenfürsten zumindest mit seiner Aufmerksamkeit zu ehren? Sie hatte ihm genug Grund gegeben, sie zu verabscheuen, sie wusste es nur allzu gut. Sie hatte es in seinen zornigen Augen gelesen und aus seinen Worten vernommen.

Aber es war leichter gewesen, mit seiner Verachtung zu leben als mit dem Bewusstsein, dass er sie immer noch liebte und sie diese Liebe nicht annehmen durfte. Wenn sie nur an ihren letzten Streit in der Kräuterkammer dachte! Sie hatte ihm vorgeworfen, die Macht mehr zu lieben als alles andere, dabei hatte sie geahnt, dass sie nur die Hand nach ihm ausstrecken musste. Sie hatte seine Blicke auf ihrem geschundenen Rücken mit einer Intensität gefühlt, als würde er sie berühren …

Lilianas Fingerspitzen glitten liebkosend über die Konturen des Rosenreifes. Sie hatte ihn noch nie getragen. Sie kannte nur den Lorbeerkranz auf den grauen Haaren ihres Vaters. Der Rosenreif war ihr Hochzeitsschmuck, der Beweis dafür, das an ihrer Seite der neue Herr von Hawkstone schritt. Aber sie würde nie die rechtmäßige Gemahlin dieses neuen Herrn sein.

Liliana bemerkte nicht, dass ihre Tränen das Geschmeide netzten …

26. Kapitel

Raynal de Cambremer stolperte im Dunkeln über den lebendigen Berg aus schwarzem Fell, Muskeln und Knochen, der vor der untersten Leiter lag und keinen Zoll zur Seite wich. Lediglich ein warnendes Grollen drang aus der Kehle des Jagdhundes, als er die vertraute Witterung des Normannen aufnahm.

Der Seigneur, der zu den wenigen gehörte, die von Devils Sanftmut hinter seiner bedrohlichen Fassade wussten, klopfte entschuldigend auf eine Flanke, die er mehr fühlte als sah.

»Erspar uns beiden deinen Auftritt als Raubtier, mein Bester! Ich weiß, dass du hier auf deine Herrin wartest. Und nun geh zur Seite, dass ich zu dieser Leiter gelange!«

Devil gehorchte und trottete in der Finsternis auf die rückwärtige Seite des Aufstiegs, wo er sich schnaufend in den Staub fallen ließ, während Raynal mit der Geschicklichkeit eines Akrobaten die Stockwerke des Turms überwand, bis ihm das Licht der Laterne sagte, dass er die Frau gefunden hatte, nach der er suchte.

»O Gott, was ...?«

Liliana fuhr herum, als sie das schabende Geräusch auf der Leiter hörte. Der Rosenreif entglitt ihren Händen und fiel mit einem leisen Klirren auf den Holzboden. Er war so schwer, dass kleine Wölkchen von Staub aufstiegen und wieder hinuntersegelten.

»Habt Ihr mich erschreckt«, murmelte sie verlegen und bückte sich nach dem Schmuckstück.

Raynals Blick erfasste ihre Verwirrung und schob sie auf das kostbare Kleinod, das in ihren Fingern funkelte. Es war offensichtlich, dass er sie gestört hatte.

»Habe ich Euch dabei ertappt, wie Ihr Eure geheimen Schätze zählt, Lady?«, erkundigte er sich in schleppend spöttischer Höflichkeit, die nichts von seinen aufgewühlten Gefühlen verriet.

»Nicht meine.« Liliana wich seinem Blick aus und legte den Reif neben den Lorbeerkranz auf das Tuch im Schein der Laterne. »Es sind die geheimen Schätze von Hawkstone. Habt Ihr je davon gehört?«

Raynal trat wortlos näher und betrachtete, was vor ihm lag. Während seiner Jahre im Kloster von Rouen und später am Hof des Herzogs hatte er genügend Kleinodien gesehen, um zu erkennen, dass er es mit einer ebenso kostbaren wie alten Goldschmiedearbeit zu tun hatte. Beides war ein angemessenes Lösegeld für einen König.

»Dies ist also der Reichtum, den Ihr vor den Eroberern versteckt habt!«, knurrte er gereizt. »Höchst unpassend, dass ausgerechnet ich Euch dabei ertappe, wie Ihr Euch daran weidet, Lady!«

Liliana gefiel die Art, mit der er sie behandelte, keineswegs. Herablassend und spöttisch, kalt und anklagend. Trotzdem verlor sie keine Silbe darüber. Sie wehrte sich lediglich gegen den unberechtigten Vorwurf.

»Hätte ich Euch gebeten, mich hier zu treffen, wenn ich diese Dinge vor Euch verstecken wollte?«, fragte sie gekränkt.

»Ihr habt mich gebeten?« Raynal runzelte die Stirn. »Ist dies nicht wieder eine von Euren Lügen?«

Liliana gab einen Laut nervösen Unmuts von sich. »Was wollt Ihr damit sagen? Ellen hat Euch in den Rosenturm bestellt, und hier seid Ihr! Oder habt Ihr Euer Gespenst geschickt, Seigneur?«

Raynal verlor die Geduld. »Ich bin Euch gefolgt, weil ich zufällig Zeuge wurde, dass Ihr Euch mit allen Anzeichen der Heimlichkeit in diesen Turm geschlichen habt, Lady! Verzeiht meine Neugier. Aber ich habe durch bittere Erfahrungen gelernt, Euch zu misstrauen.«

Verwirrt wich Liliana vor ihm zurück. Seine zornige Anklage traf sie in einem Moment äußerster Verletzlichkeit. Sie hatte nicht mit Vorwürfen gerechnet.

Sie versuchte, sich zu fassen und zu erklären, was sie mit den Schätzen des Rosenturmes plante.

»Mein Vater hat diese Juwelen hier versteckt, ehe er in die große Schlacht aufbrach«, sagte sie kühl. »Es sind die uralten Symbole der Herrschaft über dieses Land, und man sagt, dass sie vor vielen Jahren vom obersten Druiden und der Priesterin der Muttergöttin getragen wurden. Der Segen der Erde ist in sie eingeschlossen.«

Die fremdartige, fast archaische Schönheit des schweren Goldschmucks bestätigte ihre Worte auf eine Weise, die den Ritter dazu brachte, nicht länger zu spotten.

»Ihr meint, dies ist so etwas die Krone der Seigneurs von Hawkstone?«, kam er der Wahrheit gefährlich nahe und berührte die Blätter des Lorbeerkranzes vorsichtig mit einer Fingerspitze.

Liliana nickte, und um ihre Lippen spielte ein feines Lächeln. »Ich war einmal dafür bestimmt, den Rosenreif zu tragen, und mein Gemahl hätte den Lorbeerkranz von meinem Vater übernommen.«

»Wäre es nicht besser für uns alle gewesen, Ihr hättet diese Juwelen für immer in ihrem Versteck vergessen?«

Liliana schwieg trotzig, und Raynal dachte an Alfaric von Haven. Die Vorstellung, dass der eckige Schädel den goldenen Lorbeer trug, war ihm über die Maßen zuwider. Weshalb teilte Liliana dieses Geheimnis mit ihm? Was bezweckte sie damit?

»Wollt Ihr damit Eure Freiheit und jene Eures Gemahls erkaufen?«, sprach er den Gedanken aus, der sich ihm förmlich aufdrängte.

»Nein!«, entgegnete Liliana heftig und bekämpfte den Wunsch, zornig mit dem Fuß aufzustampfen.

War jemals ein Mensch so missverstanden worden? Sie griff nach den beiden Kleinodien und hielt sie ihm in offenen Händen entgegen. »Nehmt! Hawkstone gehört Euch ohnehin schon, hiermit könnt Ihr es in Frieden regieren und müsst nicht länger Rebellion und Aufstand fürchten.«

Ihre Blicke begegneten sich, und er sah in der Tiefe der leuchtend blauen Augen, dass sie keinen Scherz mit ihm trieb. Es war ihr voller Ernst. In einer Mischung aus Ungläubigkeit und Faszination griff er nach dem Schatz und erwartete jeden Moment, dass sie ihn wieder an sich reißen würde, aber nichts geschah. Im Gegenteil, Liliana ließ die leeren Hände fallen, als könne sie ihr Gewicht nicht länger tragen und senkte die Lider.

»Wenn alles so ist, wie Ihr es sagt, dann gehört der Reif Euch und der Lorbeerkranz Eurem sächsischen Gemahl!«, erinnerte Raynal der Ordnung halber und schalt sich gleichzeitig einen Einfaltspinsel.

»Nein!« Liliana schüttelte so heftig den Kopf, dass die Kapuze von ihrem Scheitel rutschte und den aufgesteckten Zopf freigab. »Alfaric ist vom Ehrgeiz zerfressen, aber das allein macht keinen guten Herrn aus ihm. Hawkstone braucht künftig mehr als kühne Träume und mutige Männer. Wenn es gedeihen soll, braucht es Frieden, und den könnt allein Ihr gewährleisten!«

»Warum tust du das?«

Liliana holte tief Atem und legte den Kopf ein wenig in den Nacken, damit sie ihn besser betrachten konnte. Sie verweigerte sich dem vertrauten Du, zu dem er in diesem Moment zurückkehrte, ohne dass es ihm selbst zu Bewusstsein kam.

»Ihr wisst es«, sagte sie spröde und versuchte, sein

Bild in sich aufzunehmen, damit sie es für immer in ihrem Herzen tragen konnte. »Dies ist alles, was ich für Euch tun kann! Nehmt den Schatz und lasst mich gehen. Ich werde verschwinden und nie wieder zurückkehren!«

»Du darfst nicht gehen!«

»Ich muss!« Liliana versuchte, an seine Vernunft zu apellieren. »So versteht doch! Dieser Schatz ist alles, was Ihr benötigt, um zu herrschen. Wenn er in Eurem Besitz ist, wird kein Sachse mehr an Alfarics Träume glauben. Er sichert Euch den Frieden …«

Raynal verstand sehr wohl, was hinter Lilianas Worten verborgen war. »Du fürchtest um dein Leben, weil du dieses Geheimnis an einen Normannen verrätst, aber das ist Unsinn. Du erwartest das Kind des Sachsen. Seine Existenz wird dich in jedem Fall vor seiner Rache schützen! Du brauchst nicht zu fliehen, um dich zu retten!«

Liliana lachte bitter. »Ihr kennt ihn nicht. Hawkstone ist alles, was er will, und ich war immer nur das Mittel, das ihm die Macht über Hawkstone verschaffen sollte. Lasst mich gehen! Es gibt einen geheimen Gang, der mich …«

»Es gab ihn!«, unterbrach Raynal sie knapp. »Dieses Geheimnis habe ich ohne dich herausgefunden und für meine Zwecke verändert. Sollte jemals ein Mensch oder gar ein Getreidesack dieses Gut verlassen wollen, wird er es nur mit meinem Wissen tun.«

»Dann öffnet mir das Tor, ich bitte Euch!«, flehte Liliana, die mehr und mehr den Eindruck gewann, dass sich eine Falle um sie schloss.

»Ich werde dich nicht gehen lassen!«, antwortete der Ritter. »Nicht, ehe du mir ein paar Fragen so beantwortet hast, dass sie auch ein normannischer Barbar versteht!«

Lilianas Augen flogen von der Leiter zu ihm und wieder zurück. Über eine Treppe hätte sie ihm möglicherweise entwischen können. Aber nicht durch eine quadratische Luke mit einer senkrechten Leiter! Raynal verzog den Mund, ohne dass sein Lächeln seine Augen erreichte. Schritt um Schritt trat er auf sie zu.

»Was ...« Liliana schluckte und fuhr sich mit der Zunge über die trockenen Lippen. Vielleicht konnte sie doch diesen Handel mit ihm machen. Einen Versuch war es wert. »Was wollt Ihr wissen?«

»Du willst deinen sächsischen Gemahl tatsächlich verlassen?«

Sie nickte stumm.

»Wohin willst du gehen? Du erwartest doch ein Kind ...«

»Es gibt Klöster ...«

»Aber keine Nonnen mit Kind!«

Liliana versuchte, ihre Ungeduld zu zügeln. Das Frage- und Antwortspiel zerrte an ihren Nerven. »Aber es gibt ehrenwerte Witwen, die in Klöstern Zuflucht finden. Die Eroberer haben dafür gesorgt, dass es sogar eine ganze Menge davon gibt.«

Sie bereute diese kleine Bosheit schon, ehe sie die Röte auf seiner Stirn entdeckte. Es nutzte nichts, ihn zusätzlich zu reizen. Wie es schien, war sie auf seine Hilfe angewiesen, wenn er tatsächlich den Geheimgang verändert oder gar verschüttet hatte.

»Wenn du ihn verlassen willst, warum kannst du das nicht hier tun?«, hörte sie seine Stimme so leise und belegt, dass sie im ersten Moment den Sinn seiner Worte gar nicht erfasste.

Dann jedoch entfloh ihrer gepressten Kehle ein leises Schluchzen. »In Hawkstone bleiben? Als was? Als Magd? Als widerspenstige Ehefrau? Ich kann nicht in Alfarics Nähe bleiben, wenn er Hawkstone verliert, begreift das doch!«

»Ich würde für deine Sicherheit garantieren!« Jetzt stand Raynal so nahe vor ihr, dass der Lufthauch seiner Worte ihre Stirn berührte. »Ich könnte den Sachsen als Geisel an den Hof des Königs schicken! Du gefällst mir, das weißt du sehr wohl ...«

Jetzt waren es Lilianas Wangen, die vor Zorn und Scham glühten. »Nehmt den Rosenreif und den Lorbeerkranz des Herrn, aber erspart es mir, in den Augen der Menschen von Hawkstone das Urteil über die Verräterin zu lesen, die ihren von Gott angetrauten Gatten preisgegeben hat!«

»Welch eine Narretei!« Raynal stemmte links und rechts von ihrem Kopf die flachen Hände gegen das Mauerwerk, so dass sie dazwischen gefangen war. »Sag mir, was du von mir verlangst, und ich werde deine Wünsche erfüllen!«

Die Worte dröhnten in seinem Kopf, und er konnte kaum glauben, dass er sie gesagt hatte. Noch weniger konnte er allerdings Lilianas Reaktion darauf durchschauen. Ihre Lider flatterten, und sie sah aus, als würde sie im nächsten Moment in Ohnmacht fallen.

»Ich kann es nicht«, flüsterte sie tonlos. »Ihr werdet Hawkstone eine Herrin geben müssen, die sich um alles kümmert. Ich kann und will nicht an dem Ort die Dirne sein, an dem ich die Herrin gewesen bin!«

»Verfluchter, elender Sachsenstolz!«, knurrte Raynal und senkte seinen Kopf auf die störrischen Lippen, die ihn dazu brachten, Ehre und Aufgabe, Moral und Anstand einfach zu vergessen.

Ehe Liliana gewahr wurde, was er vor hatte, riss er sie in seine Arme und küsste sie mit einer Leidenschaft, aus der Zorn, Verzweiflung und vor allem Liebe sprachen. Er brannte ihr förmlich das Siegel seiner Inbrunst auf, und es war ihm in diesem Moment ganz und gar gleichgültig, ob sie später über ihn spotten würde oder nicht.

Liliana ahnte, dass sie diesen Kuss nicht erwidern durfte, wenn nicht alles verloren sein sollte. Aber ihre Lippen hatten plötzlich ihren eigenen Willen. Sie wurden weich und süß unter dem harten Überfall, sie öffneten sich und gewährten dem Ritter freie Bahn. Die atemberaubende Hingabe, mit der sie in seinen Armen geradezu dahinschmolz, ließ ihn alles vergessen. Was zählten Juwelen und Macht, wenn er den wahren Schatz von Hawkstone atmend, lebend und voller Leidenschaft in seinen Armen hielt?

»Wie kann ein solcher Mund lügen?«, raunte Raynal heiser und rang nach Luft, während seine Stirn sich auf die Lilianas senkte und sein Blick den ihren suchte.

»Er hat nie gelogen«, flüsterte sie erschöpft. »Nur geschwiegen ...«

»Bleib!«, forderte Raynal, und seine Küsse regneten über Lilianas Stirn, ihre Wangen, ihren Mund. »Verlass mich nicht! Ich werde für das Kind sorgen, das du erwartest. Es kann nichts dafür, dass sein Vater dir Schmerzen bereitet hat, und wir werden unser Bestes tun, seinen unschuldigen Sinn zu prägen, damit ...«

»Schscht!« Liliana legte einen Finger auf seine Lippen und gebot ihm Schweigen. »Wenn du auch nur einen Hauch von Zuneigung für mich empfindest, dann gib mich frei. Lass mich gehen!«

»Ich kann es nicht!«, stöhnte Raynal und presste sie an sich, so dass Liliana kaum noch atmen konnte. »Ich müsste mir das Herz aus der Brust reißen. Du bist alles, was ich jemals wollte, Sachsenprinzessin! Ich kann es nicht ertragen, dich zu verlieren. Du bist die Seele von Hawkstone! Ich liebe dich! Ich liebe dich mehr als mein Leben, meinen Stolz und meine Ritterehre!«

Liliana erschauerte unter der Eindringlichkeit dieses Geständnisses. Wie konnte sie eine solche Liebe abweisen? Und doch musste sie es tun. Sie durfte nicht zulassen, dass auch er sich in der Ausweglosigkeit ihrer verhassten Ehe mit Alfaric zerstörte. Er musste sich und Hawkstone retten, eine ehrenvolle Verbindung eingehen und die Ehebrecherin vergessen, die ihm die Sinne verwirrte.

Raynals Küsse indes verwirrten auch ihren klaren Verstand. Er spürte den Widerstand und versuchte ihn mit leidenschaftlicher Süße zu brechen. Seine Hände schlüpften unter ihren Umhang und fanden die Fülle ihrer Brüste, während seine Zunge in ihren Mund tauchte und reines Verlangen weckte.

Sie waren beide verloren für die Welt, und keiner von ihnen bemerkte den quadratischen, blonden Schädel, der sich gefolgt von breiten Schultern durch die Luke schob. Beim Anblick des eng umschlungenen Paares verzerrten sich die groben Züge bis zur Unkenntlichkeit. Dicke Venen pochten zornig an Alfarics Schläfen, ehe er sich mit einer Geschmeidigkeit, die im unerwarteten Gegensatz zu seiner bulligen Figur stand, hoch stemmte und sich auf die beiden Liebenden stürzte.

Liliana erhielt einen heftigen Stoß an der Schulter. Sie wurde nach hinten geschleudert, und über ihr erhob sich ein Gebrüll, das direkt aus der Hölle zu tönen schien.

»Verdammte, lügnerische Dirne!«, mischten sich Flüche und Beschimpfungen zu einer wüsten Anklage. »Ist das der Grund, weshalb du wie ein Stück Holz in meinem Bett liegst, wenn ich dich haben will? Du betrügst mich mit einem Normannen? Weiberpack! Elendes ...« Alfaric brach ab, verwirrt von dem Funkeln auf der Truhe und bückte sich. »Der Rosenreif und der Lorbeer! Hier sind sie also! Du hast sie vor mir versteckt!«

In geradezu heiliger Ehrfurcht hob Alfaric die beiden Schmuckstücke auf und drückte sie an seine mächtige Brust, während sich Liliana blitzschnell zwischen ihn und Raynal schob. Sie ahnte, dass der Normanne nach seiner Waffe tastete, und die Furcht diktierte ihr Handeln. In den scharfen Schatten der flackernden Laterne glich der Sachse einem bestialischen Ungeheuer, einem Giganten, der jeden Mann durch seine übermenschliche Körperkraft besiegen konnte.

Jetzt hob er den Kopf und blickte aus bösen kleinen Augen auf seine Gemahlin, die zitternd, aber unerschütterlich vor ihm stand.

»Du glaubst, du könntest mich zum Narren halten, Prinzessin des Rosenturms, nicht wahr?«, knurrte er heimtückisch und schob die beiden goldenen Kreise unter sein Wams, als seien sie sein angestammtes Eigentum. »Aber damit ist Schluss! Jetzt brauche ich dich nicht mehr, ich habe den Reif! Mehr ist nicht nötig, um zu herrschen! Ich habe ohnehin genug von dir! Du bist kalt und widerlich, hochnäsig und eingebildet. Eines von den Weibern, die wie ein Stück Eis im Bett liegen, weiß der Teufel, wie's überhaupt zugegangen ist, dass du von meinem Samen anschwillst. Wenn ich mir's recht überlege, will ich weder dich noch das verdammte Balg, das du da ausbrütest.«

Liliana spürte Raynals Knurren mehr, als sie es hörte. Sein Arm schob sie unaufhaltsam zur Seite, und aus den Augenwinkeln sah sie einen Dolch blitzen. Alfaric reagierte mit der Geschmeidigkeit eines wilden Keilers auf den Angriff. Der Dolch ritzte lediglich seine Faust, und sein mächtiger Hieb warf den Normannen krachend gegen das Spinnrad, dessen Streben unter seinem Gewicht zerbrachen.

Dann trieb Alfaric Liliana näher auf die Luke mit der Leiter zu, die auf die oberste, freie Plattform des Turms führte. Sie versuchte, ihre Angst im Zaume zu halten, nicht zu zeigen, wie sehr sie um Raynal fürchtete, aber sie hatte nicht mehr die Nerven dazu. Sie schrie und rettete sich mit einem wilden Sprung die Leiter hinauf.

Ihre Beine verhedderten sich jedoch in den Röcken, und sie fiel mit einem harten Ruck gegen die Holme des Aufstiegs, während sich im selben Augenblick Alfarics Finger um ihre Knöchel schlossen. Gütige Mutter Gottes, er würde sie niemals gehen lassen!

»Nicht so hastig, Weib!«, lachte Alfaric triumphierend. »Ich entscheide über den Zeitpunkt deines Todes! Ehebrecherinnen haben kein Recht auf Gnade!«

Liliana umklammerte die Leiterstreben mit aller Kraft und schluchzte in ihrer Panik. Sie ahnte, dass ihr der Sachse eher die Beine aus den Hüftgelenken reißen als loslassen würde. Ihre Kräfte ließen nach.

Schon öffneten sich die ersten Finger, aber da löste sich auch der Griff um ihre Beine.

Sie stürzte, und im Fallen vernahm sie ein gurgelndes Ächzen, ehe sie auf einem Hindernis landete, das zugleich hart und weich zu sein schien. Unter der Wucht des Zusammenpralls machte es eine Bewegung und streckte sich mit einem unheimlichen Ächzen.

»Was, um …?«

Liliana rutschte ab, stützte sich in warme Nässe und versuchte, ihren Blick zu klären. Silber blitzte auf. Ein Dolch! Eine Waffe, die bis zum Heft in Stoff und Leder steckte. Die Feuchtigkeit unter ihren Händen war Blut! Alfarics Blut, das in stetigem Fluss aus der tödlichen Wunde pulsierte!

»Um Gottes Willen!«

Liliana rappelte sich in Panik auf die Beine und entdeckte erst jetzt Raynal de Cambremer, dessen Stirn eine blutige Schramme querte, der aber ansonsten unverletzt zu sein schien.

Er stand vollkommen erstarrt und blickte auf den Sachsen hinunter. Er bot das Bild eines Mannes, der eben erst begriff, was er getan hatte.

»Du hast ihn getötet!«, flüsterte Liliana erschauernd und wischte sich die Hand an ihrem Rock ab, ohne es überhaupt zu bemerken.

27. Kapitel

»Er ist nirgends zu finden!«

Gilbert de Nansay wandte sich mit einem Achselzucken der Sächsin zu, die gleich ihm das leere Bad in Augenschein nahm, wo das warme Wasser ungenutzt verdampfte und die Leinentücher immer noch gefaltet bereit lagen.

»Die Tore werden bei Sonnenuntergang geschlossen«, seufzte Ellen. »Er muss sich doch irgendwo in diesen Mauern aufhalten.«

»Er schätzt von Zeit zu Zeit die Einsamkeit«, entgegnete der junge Ritter und fuhr sich in seiner Ratlosigkeit mit allen zehn Fingern durch die Haare. »Wir werden warten müssen, bis er von selbst auftaucht!«

»Unmöglich«, widersprach Ellen energisch. »Die Herrin wartet auf ihn. Dringend sogar. Kann er in den Quartieren der Bogenschützen sein?«

Gilbert zuckte mit den Achseln und verließ das Bad. Weshalb die Dame ausgerechnet jetzt auf Eile bestand, nachdem sie Wochen dazu gebraucht hatte, ihren Entschluss zu fassen, entzog sich seinem Verständnis. Trotzdem war er bereit, dieser Laune zu nachzugeben.

»Ich hoffe nur, deine Hartnäckigkeit zahlt sich für uns alle aus«, murmelte er und versuchte, das Knurren seines Magens nicht zu Kenntnis zu nehmen.

»Wartet …« Ellen packte ihn am Wams und verhinderte, dass er einfach drauflos stürmte. »Es ist besser, wir trennen uns. Sucht Ihr bei den Normannen, während ich durch die Ställe und Scheunen gehe. Sagt ihm, dass die Lady ihn hoch hinauf in den Rosenturm bestellt und dass es wichtig ist. Sie sagte, es ginge um das Wohl von Hawkstone, und sie lügt niemals!«

»Meinetwegen!«

Der junge Ritter verschwand, und Ellen eilte in die entgegengesetzte Richtung. Je länger diese seltsame

Suche dauerte, umso drängender wurde die Ahnung von drohender Gefahr und schrecklichem Unheil, das ihr die Haare im Nacken sträubte. All ihre Sinne sagten ihr, dass sich über dem Gut mehr als nur Regenwolken zusammenballten. Sie hatte es so eilig, dass sie es versäumte, zum Rosenturm hinüberzublicken, wo in den obersten Fensternischen jetzt das rötliche Licht einer Laterne glomm.

Edeva dagegen, die unter den Säulengängen des östlichen Flügels stand, ließ dieses schwache Licht nicht aus den Augen. Die ehemaligen Gästewohnungen des römischen Stadthalters, die sich in ihrem Rücken befanden, waren halb verfallen und nur von Fledermäusen und anderem Getier bewohnt. Eingebrochene Dächer und morsche Säulen sorgten dafür, dass jedermann diesen Gebäudeteil mied.

Alfaric wollte die Leiche des Normannen bringen und sie in eines der verfallenen Gemächer legen. Es würde sicher bis zum nächsten Tag dauern, ehe man sie fand. Wo blieb er nur? Welch kindische Dummheit von Liliana, den Normannen so früh in den Turm zu bestellen. Hatte sie ihr nicht ausdrücklich befohlen, damit zu warten, bis alle Lampen gelöscht waren? Was wäre geschehen, wenn sie nicht zufällig beobachtet hätte, wie er ihr in den Turm folgte?

In zunehmender Unruhe starrte sie auf den länglichen Lichtschimmer. Gab es Schwierigkeiten? Sollte sie Alfaric folgen? Manchmal war er ein wenig schwer von Begriff, auch wenn sie ihm alles genau erklärte, und auf Liliana konnte man sich nur noch eingeschränkt verlassen.

Liliana schloss entsetzt die Augen und spürte die heftigen Bewegungen ihres Kindes, das kräftig gegen die Wände seines mütterlichen Gefängnisses trat. Unwillkürlich legte sie eine beruhigende Hand auf ihren Leib und neigte sich schützend nach vorn.

Die Geste riss Raynal de Cambremer endlich aus seiner Erstarrung. Er eilte an ihre Seite und schloss sie wortlos in seine Arme. Er hatte alle Schwüre und Vorsätze verraten, um sie zu retten, aber er würde es jederzeit wieder tun!

»Dem Himmel sei Dank, er ist tot!«, schluchzte Liliana und suchte Zuflucht in der tröstenden Wärme seiner Umarmung.

»Du brauchst nie wieder Angst zu haben, mein Herz!«, bestätigte Raynal heiser. »Er kann weder dir noch deinem Kind jemals wieder wehtun!«

Es waren genau diese Worte, die Edeva vernahm, als sie sich die Leiter hinaufschob, die für ihre alten Knochen ein schweres Hindernis war. Sie schaute fassungslos auf das eng umschlungene Paar, ehe ihre suchenden Augen die leblose Männergestalt fanden, deren gebrochene Augen blicklos nach oben starrten. Ein krächzender Laut löste sich aus ihrer Kehle, der sogar in Lilianas lähmendes Entsetzen drang.

»Edeva!«

Sie rechnete mit Vorwürfen, mit Feindschaft, mit Verurteilung, aber nichts hatte sie auf die Maske erschütterten Begreifens vorbereitet, die das vertraute Antlitz der alten Amme verzerrte.

»Mörderin!«, kreischte sie mit überschnappender Stimme und verwandelte sich in eine heulende Furie. »Elende Mörderin! Du bist zum Fluch meines Sohnes geworden! Denke nicht, dass ich mit ansehe, wie du dich deines Sieges freust! Du wirst mit ihm untergehen! Alles wird untergehen! Der Tod wird

Hawkstone bekommen! Ich werde das Bild des Wassers im Paradies zur Wahrheit werden lassen ...«

»Es war nicht Alfaric!«, rief Liliana und gab das Geheimnis preis, das all die Zeit tief in ihrem Herzen verschlossen gewesen war. So tief, dass sie selbst sich jeden Gedanken daran verboten hatte. »Es waren seine Züge, die ich sah, nicht die Alfarics!«

Ihre Hand deutete auf Raynal de Cambremer, der eben seine Waffe wieder an sich nahm und schützend an ihre Seite trat.

»Umso schlimmer!«, gellte die kaum noch menschliche Stimme. »Ich werde das Schicksal ändern! Kein Fremder wird herrschen, wo mein Sohn hätte herrschen sollen!«

Brabbelnd, keuchend, lamentierend und Beleidigungen kreischend entfernte sich die Alte über die Leiter wieder nach unten. Liliana kehrte ihr traurig den Rücken zu. Sie erahnte ihren Schmerz, aber sie nahm keine der Drohungen ernst. Sie sah in Alfarics bleiches Gesicht, und vor ihrem inneren Augen tanzten Bilder aus seinem Leben.

Sie sah den heißblütigen jungen Krieger, der ihr den Hof gemacht hatte, den streitsüchtigen Anführer, der ihren Vater in die Schlacht begleitet hatte, den brutalen Marodeur, der sich ihr aufgezwungen und sie gequält hatte. Er hatte ein Leben voller Gewalt und Streit geführt, das von falschen Zielen bestimmt gewesen war. Angestachelt von einer ihm unbekannten Mutter, die den einfachen Geist des Knaben vergiftet und mit falschem Ehrgeiz gefüllt hatte, war er mit brachialer Gewalt durch ein viel zu kurzes Dasein gestürmt.

»Armer Alfaric!«, flüsterte sie aus dieser Einsicht heraus und beugte sich nieder, um ihm sanft die

Augen zu schließen. Was immer sie ihm vorzuwerfen hatte, es war nicht mehr wichtig im Angesicht seines Todes. »Ich hoffe für dich, dass du im Jenseits einen gnädigen Richter findest!«

»Bei Gott, Liliana! Es hätte nicht viel gefehlt, und er hätte dich in Stücke gerissen!«, murmelte Raynal de Cambremer, einmal mehr entwaffnet von der Frau, die er liebte. Er umfasste vorsichtig ihre Schultern, und seine Augen tasteten suchend über ihre Gestalt. »Hast du dich verletzt bei dem Sturz? Warum musstest du diese unsinnige Flucht wagen? Ich hätte ihn auch so überwältigt!«

»Er ist … er war stärker als du!«, widersprach sie auch jetzt noch.

»Und deswegen lenkst du ihn von mir ab und riskierst deine eigene Unversehrtheit? Bei Gott, wärest du einer meiner Krieger, ich würde dich wegen Ungehorsams das nächste Jahr lang ausschließlich Latrinen ausheben und Leimsud für die Bögen kochen lassen!«

»Dann kann ich von Glück sagen, dass ich nur Liliana bin. Liliana …«

Sie schüttelte den Kopf und schloss die Lider. Was war sie nun? Witwe? Geisel? Ehebrecherin? Sie bebte am ganzen Leib, aber das Kleine gab jetzt ein wenig Ruhe. Vermutlich war es erschöpft von der Vielzahl der Aufregungen. Bis in die Tiefe der Seele ermattet wie sie selbst.

»Gütiger Himmel, ich hätte es nicht ertragen, dich zu verlieren, mein Herz! Weißt du das?«

Raynals Gemurmel an ihrem Ohr, die romantischen Worte der Liebe, die Schwüre und Versicherungen hüllten sie in einen warmen Mantel aus Zuneigung und Geborgenheit. In diesem Augenblick wollte sie nicht mehr von ihm. Sie wollte ihn nur spüren und wissen, dass sie beide am Leben waren und nicht mit zerschmetterten Gliedern auf dem Grunde dieses Turmes lagen.

Liliana hatte keine Ahnung, wie lange dieser Zauber andauerte, und sie wusste auch nicht, aus welchem Grund sie wieder in die Wirklichkeit eintauchte. Vielleicht war es das Kratzen in ihrem Hals, das ferne Brausen und der rötliche Schimmer, der plötzlich wie ein Schleier in der Luft lag. Sie hustete und stemmte die Hände gegen die schützende Brust Raynals.

»Lass mich ...«

Die allzu vertraute, ärgerliche Bitte entlockte Raynal de Cambremer ein erheitertes Lachen. »O nein, Liliana von Hawkstone! Nie wieder, das schwöre ich dir bei allem, was mir heilig ist, denn ...«

Er brach ab, wandte den Kopf zur Luke und erfasste mit dem geschärften Sinn des Kriegers für Gefahr, was Liliana so beunruhigte. »Zum Henker! Der Turm brennt! Die Leitern stehen in Flammen!«

Dies war die Erklärung für den Rauch, das Brausen und den rötlichen Schein. Die hölzernen Leitern, die trockenen Balken und das Stroh, das den Boden im ersten Stockwerk bedeckte, weil dort die Wachen schliefen, wenn der Turm besetzt war, boten reichlich Nahrung für die gierigen Flammen, die vom Luftzug angefacht in beängstigender Schnelle näher kamen. Jetzt musste Liliana schon bei jedem zweiten Atemzug husten, und die Hitze stieg sengend durch die Luke zu ihren Füßen.

»Edeva!«, ächzte sie heiser. »Das ist Edevas Werk! Sie muss den Verstand verloren haben!«

»Komm mit!«

Liliana sträubte sich gegen Raynals Griff. »Wir können nirgendwo hin! Wir sind verloren! Das Innere dieses Turms besteht nur aus trockenem, uraltem Holz!«

Mit einem Schluchzen gab sie den Widerstand auf und flüchtete in seine Arme. Sie hatte ihn verlassen wollen, aber nicht auf diese Weise! Sie würden in diesem Inferno umkommen! Auch das arme Kind, das in ihrer Leidenschaft gezeugt worden war! Heilige Mutter Gottes, musste es denn wirklich so enden?

Das schrille Kreischen einer Stimme wurde zum Heulen und verstummte mit einem Schlag. Liliana ahnte, dass Edeva sich in ihrem Wahn in das selbst entfachte Feuer gestürzt hatte, um gemeinsam mit ihrem Sohn und der letzten Lady von Hawkstone den Tod zu finden.

Jetzt erhob sich dumpfes Hundegebell über den Lärm des Feuers. Devil rief vergeblich nach seiner Herrin! Jeder Atemzug legte sich bereits heiß und betäubend auf die Brust der beiden Liebenden. Liliana legte schwer atmend den benommenen Kopf an Raynals Schulter.

»O nein! So nicht! Warte!«

Der Ritter hielt sie mit einem Arm und beugte sich über den toten Alfaric. Mit der anderen Hand fasste er unter das Wams des Sachsen, barg den Rosenreif und den Lorbeer und steckte beides in das eigene Hemd. Dann packte er die junge Frau und zerrte sie trotz ihres Widerstands hinauf zu der letzten Plattform. »Dort oben können wir wenigstens noch atmen! Ich habe nicht die Absicht, uns bei lebendigem Leibe braten zu lassen!«

Liliana keuchte und hustete, ihre Augen tränten.

Es schien ihr, als sei die Last des Kindes doppelt schwer geworden, als spüre das kleine Wesen die Todesgefahr, in der es sich gemeinsam mit seinen Eltern befand. Sie prallte mit der Hüfte hart gegen die Leiter, und Raynals Griff riss ihr fast den Arm aus dem Gelenk. Dann ertasteten ihre Füße die Sprossen, und sie taumelte der erlösenden Nachtluft entgegen.

Sie sank auf die Knie, stemmte die Arme gegen die rauen Holzbohlen und rang keuchend um Luft, während Raynal sich über die Zinnen beugte und die Tiefe abschätzte. Erst nach ein paar Herzschlägen war sie im Stande, ihm zu folgen. Das lodernde Feuer in den unteren Stockwerken warf über die Fensterschlitze gespenstische rötliche Flammenzungen in die Nacht hinaus, die den Turm in orangefarbene Schleier hüllten.

Rauch wallte in einer dichten Säule um sie herum zum Himmel, und von Ferne hörte sie das aufgeregte Schreien der Menschen von Hawkstone, die sich um den brennenden Turm herum versammelt hatten. Der Ruf nach Eimern, Wasser und Männern, die löschen konnten, wurde laut. Es galt zu verhindern, dass der unerwartete Brand auf Ställe oder Scheunen übergriff. Auch die Strohdächer der Gesindehäuser waren in Gefahr. Dort unten herrschte Aufregung, aber keine Panik, da niemand ahnte, dass hinter den Zinnen des Turmes zwei Menschen um ihr Leben kämpften.

Liliana räusperte sich nervös und strich die wirren Strähnen aus der Stirn. Ihr Zopf hatte sich gelöst. Wie lange dauerte es, bis die Flammen sich nach oben durchgefressen hatten und ihr Haar ansengten? Die uralten trockenen Balken brannten wie

Zunder, und aus der Leiteröffnung stieg die Glut eines Backofens.

»Ist es möglich, dass es an der Nordseite des Turms keine Fensterschlitze gibt?«, hörte sie Raynals Stimme.

»Natürlich!«, antwortete sie zerstreut. Was interessierte ihn ausgerechnet in diesem Moment die Bauweise des Turms? »So werden die kalten Nordwinde abgehalten, und jede warme Brise aus dem Süden fängt sich im Inneren der Mauern. Der Turm ist älter als die Villa und alle anderen Gebäude. Die ersten Bewohner von Hawkstone wussten sich auch gegen die Tücken der Witterung nach besten Kräften zu schützen. Aber ist das nicht nebensächlich?« Ihre heisere Stimme brach.

»Keine Angst, mein Herz!« Raynal trat zu ihr. Er zog sie in seine Arme, und die pulsierende Kraft seiner atmenden Brust verlieh ihr tatsächlich eine trügerische Illusion von Sicherheit. »Noch ist nicht alle Hoffnung verloren. Komm mit!«

Er zog sie zu den nördlichen Zinnen, wo sie tatsächlich den Eindruck hatte, dass die gefährliche Glut weniger stark loderte. »Gib mir deinen Umhang! Schnell!«

Liliana tat, was er verlangte, obwohl sie glaubte, dass nichts sie würde retten können. Geistesabwesend sah sie ihm zu, wie er das feste Gewebe mit dem blutigen Dolch in Streifen schnitt, die er hastig verknotete, um eine Art Strick daraus zu machen.

»Tritt hinter mich!«, befahl Raynal knapp. »Ich werde versuchen, dich mit diesem Seil in meinem Rücken zu sichern. Es müsste möglich sein, wenn du deine Arme um meinen Hals schlingst und dich bemühst, hastige Bewegungen zu vermeiden.«

»Was hast du vor?ì

»Ich will uns über die Rosenranken nach unten bringen«, entgegnete er sachlich. »Sie sind in einer Art Spalier verankert, und die dicksten Ranken machen den Eindruck, als könnten sie das Gewicht eines Mannes tragen!«

»Aber doch nicht das zusätzliche einer Frau und eines Kindes«, protestierte Liliana. Vor die Wahl gestellt zu verbrennen oder sich zu Tode zu stürzen, zögerte sie, sich für das eine oder andere zu entscheiden.

»Das werden wir sehen!«, entschied der Ritter. »Jetzt vergiss ein einziges Mal zu widersprechen und tu, was ich dir sage!«

»Ich widerspreche nie…«, widersetzte sie sich seinem Vorwurf trotz allem.

»O Gott!« Raynal verdrehte die Augen und brachte es sogar in diesem bedrohlichen Augenblick fertig, zu ihr ein Lächeln zuzuwerfen. »Du bestehst nur aus Widersprüchen, Lady Liliana! Aber dies ist nicht der Zeitpunkt, daran etwas zu ändern! Ich bitte dich, folge mir!«

Die dringliche Bitte und ein mörderisches Krachen im Inneren des Turms, das rings aus den Fensterluken Funken aufstieben ließ und sie in eine Wand aus Licht und Feuer hüllte, sorgten dafür, dass Liliana stumm gehorchte. Sie legte die Arme um die breiten Schultern Raynals und spürte das Seil, das er über Kreuz um ihre Schultern und Hüften führte und dann vor der eigenen Brust verknotete.

Eng an die muskulöse Gestalt des Normannen gepresst fühlte sie die runde Wölbung ihres Leibes, die das Kind barg, besonders deutlich. Sie waren Eins, alle Drei! Eine unverhoffte, verblüffende Ruhe breitete sich in ihrem Körper aus. Was auch geschah, sie würden es gemeinsam erfahren!

Als Raynal indes die Hände auf die Zinnen legte, zuckte Liliana plötzlich zusammen. »Die Dornen! Du kannst die Ranken nicht fassen, sie sind voller Dornen!«

Sie spürte sein Achselzucken mehr, als dass sie es sah. »Ich kann keinen Stoff um meine Hände wickeln, ich muss fühlen, wo ich bin und was ich greife! Es wird gehen! Es muss!«, sagte er ruhig. »Und nun, um der Liebe Gottes willen, halte dich fest und bete!«

Das schlichte Ansinnen verschlug Liliana die Rede. Er hatte Recht, sie konnte nicht mehr tun als den Beistand des Himmels auf sie herab flehen. Sie senkte den Kopf gegen seine Schulter und schloss die Augen. Sie spürte, dass sie hochgehoben wurde und mit einem Male schwankend und hart in den provisorischen Seilen hing, die sie aneinander fesselten. Sie bemerkte auch den kaum merklichen Atemzug des Ritters, als sich erste Dornen schmerzhaft in seine Hände bohrten, während im Inneren des Turms ein neuerliches Dröhnen verriet, dass das nächste Stockwerk in sich zusammenbrach.

Die Ranken der uralten Heckenrosen woben ein knorriges Netz aus morschem Holz rund um den alten Turm. Liliana hörte sie brechen, fühlte das gefährliche Schwingen, sobald Raynal den nächsten Halt suchte, und die Gefahr, wenn sich dieser Halt nach außen neigte, weil das Gewicht der beiden Menschen das brüchige Geflecht zu sehr beanspruchte. Zwischen Himmel und Erde hängend, von Rauch und einer unmenschlichen Hitze umgeben, die von den Steinen abzustrahlen schien, befanden sie sich außerhalb der Welt, in der sie bisher gelebt hatten.

Liliana nahm nicht einmal mehr die Geräusche des Brandes und der Menschen wahr, die gegen ihn kämpften. Auf jeden angestrengten Atemzug Raynals konzentriert versuchte sie, ihm mit ihrem ganzen Denken und Fühlen zu helfen. Sie hatte ihm nie gesagt, wie sehr sie ihn liebte! Jetzt sagte sie es ihm ohne Worte, indem sie auf einer Ebene mit ihm Verbindung aufnahm, von der sie selbst nicht hätte sagen können, wo sie sich befand. Sie waren eins. Untrennbar verbunden in Tat und Denken, in Gegenwart und Zukunft, mit Geist und Körper.

Raynal de Cambremer empfand ihr Gewicht nicht als Last. Sie war Teil seiner selbst, und wenn er sich rettete, brachte er auch Liliana in Sicherheit. Wie hätte er aufgeben können? Sie war doch die andere Hälfte seines Seins! Das Herz, von dem alle gedacht hatten, dass er es nicht besaß.

Dieses Herz zu fühlen, linderte die grausamen Qualen in seinen Händen und überall dort, wo die scharfen Spitzen der Dornen seine Kleider bis auf die Haut einrissen. Vorsichtig tastete er sich Zoll um Zoll auf dem Steg eines alten Spaliers entlang, das sich bedenklich senkte.

Schweiß rann ihm in Strömen über die Stirn, brannte in seinen Augen und hinderte ihn daran, sich zu orientieren. Er wusste nur, dass sein Ziel unter ihm lag. Dort, wo die kostbare Last auf seinem Rücken leben und atmen konnte!

28. Kapitel

Gilbert de Nansay stemmte die Hände in die Hüften und musterte den alten Turm, der in lodernden Flammen stand. Glühende Brandzungen schlugen aus den Fensterschlitzen und leckten gierig an den Steinen, wo sie reichlich Nahrung im trockenen Holz der Rosenranken fanden und die stürmische Nacht taghell erleuchteten.

»Irgendein Idiot hat im Stroh eine Laterne umgeworfen«, murmelte er und winkte die Männer zurück, die mit einer Eimerkette versucht hatten, die Flammen zu löschen. »Es hat keinen Sinn! Das Feuer wird so lange wüten, bis das Holz verbrannt ist. Achtet lieber darauf, dass keine Funken auf die anderen Dächer fliegen.«

Als er selbst zu den gefährdeten Ställen hinüberging, um die Vorsichtsmaßnahmen zu überprüfen, drückte sich ein schweres Gewicht gegen seine Oberschenkel. Ein schwarzer, winselnder, sehr vertrauter Schatten folgte ihm in der Dunkelheit.

»Devil!«

Lilianas ständiger Begleiter! Was hatte es zu bedeuten, dass er jetzt mit der Schnauze an seinem Wams zerrte und sich aufführte, als seien alle Dämonen der Hölle hinter ihm her? Himmel, in der plötzlichen Aufregung über den Brand hatte er Ellens Botschaft völlig vergessen! Liliana wollte im obersten Stockwerk des Rosenturms auf Raynal warten. Hatte sie etwa die Laterne umgeworfen?

Gilbert fuhr herum und eilte zurück zum Turm. War es möglich? Im selben Moment schien es ihm, als habe er auf halber Höhe im nächtlichen Dunkel eine Bewegung gesehen. Unmöglich! Oder etwa …?

»Messire! Dort oben sind Menschen!«

Ferrand hatte den Schatten ebenfalls wahrgenommen. Innere Unruhe hatte ihn getrieben, den brennenden Turm zu umrunden und nach seinem Seigneur zu suchen. Es kam ihm seltsam vor, dass Raynal de Cambremer, der sich sonst um jedes noch so kleine Ereignis in Hawkstone kümmerte, ausgerechnet dann nicht zur Stelle sein sollte, wenn der alte Rosenturm in hellen Flammen stand! Und jetzt jaulte auch noch dieser Hund, dass es einen Stein erweichen konnte. Lady Liliana schien ebenfalls wie vom Erdboden verschluckt!

»Du täuschst dich!«, schüttelte Gilbert dennoch den Kopf. »Dieses Inferno überlebt kein Mensch, und die Fensterhöhlungen sind doch viel zu eng, als dass ...«

Er brach ab, denn im selben Moment löste sich erneut eine der Ranken vom Turm. Ein merkwürdig unförmiges Bündel schwankte für atemberaubende Sekunden vor dem rötlichen Glühen des Feuers, ehe es die Schwerkraft doch wieder zurück an die Mauer zog.

»Da klettert jemand an den Ranken herab!«, schrie Ferrand mit schriller Stimme. »Gütiger Himmel, das geht niemals gut! Die Steine glühen bereits, und das Spalier wird brechen!«

Gilbert hielt sich nicht mit Mutmaßungen über die Vergeblichkeit des selbstmörderischen Kletterkunststückes auf. Etwas an der seltsam geformten Erscheinung schien ihm vertraut. Er kannte nur einen einzigen Menschen, der in seiner Tollkühnheit versuchen würde, sich selbst und seine Liebe auf so halsbrecherische Weise vor dem Tode zu retten.

»Das Fuhrwerk!«, brüllte er über das Brausen des

Feuers hinweg. »Schnell! Das Fuhrwerk mit dem alten Heu, das bei den Pferdeställen steht! Schiebt es her und stellt es an die Nordseite. Nun los, glotzt nicht so dämlich, Männer! Macht schon!«

Er hastete selbst zu dem Gefährt hinüber, das erst an diesem Nachmittag aus einem nahe gelegenen Dorf herbeigeschafft worden war, weil es nicht mehr genügend trockene Streu in Hawkstone gab. Man hatte es unter das schützende Vordach des Stalls geschoben, bis die Knechte Zeit fanden, es zu entladen. Nun stemmte sich der Ritter gemeinsam mit den Männern gegen die Speichen der Holzräder und versetzte das schwere Fuhrwerk mühsam in Bewegung.

»Haltet aus, Herr!« Ferrand hüpfte wie ein Kobold auf und nieder, während er seinem Ritter die tröstliche Botschaft zu übermitteln versuchte, dass sich Hilfe näherte. »Vorsicht! Nicht auf diese Seite!«

Aber Raynal, in dessen Ohren das eigene Blut rauschte, hörte weder ihn noch das andere Gebrüll. Mit der Kraft der Verzweiflung hangelte er sich zur nächsten Ranke. Er spürte nur allzu deutlich, dass Lilianas Griff um seinen Hals an Kraft verlor, dass ihr Körper zunehmend schwerer wurde, während sich das mörderische Feuer durch die Steine brannte. Es verkohlte bereits die Sohlen seiner Stiefel und sengte die Säume seines Gewandes. Er roch den typischen Horngestank glimmender Wolle …

»Allmächtiger!«, ächzte Gilbert und versetzte dem Rad einen letzten Stoß. Im Angesicht des Turms schien der Heuhaufen jämmerlich klein!

Jemand schüttete Eimer um Eimer Wasser über das trockene Gras, damit es nicht gleich in Flammen aufging. Im selben Moment durchbrach die Feuersbrunst die oberste Plattform, und eine orangerote

Säule tauchte Hawkstone in das rötliche Licht eines atemberaubenden Sonnenuntergangs.

Der Wind fachte die Lohe zu einer gigantischen Fackel an, die alle Blicke auf sich zog. Gilbert de Nansay musste sich zwingen, die Augen von dem Schauspiel ab- und der Nordwand des Turms zuzuwenden, wo sein Waffengefährte um sein Leben rang. Er hatte mehr als die Hälfte des Weges hinter sich, aber er war allemal zu hoch, um sich fallen zu lassen. Schon gar nicht mit der Last, die er auf seinem Rücken trug!

In diesem Augenblick erschütterte ein weithin hallender Donnerschlag den Himmel, dem schon lange niemand mehr Aufmerksamkeit geschenkt hatte, und die grauen Regenwolken entluden sich in einem brausenden Guss. Der infernalische Lärm drang sogar durch die übermenschliche Konzentration des Ritters, die ihn bisher jede einzelne Handbreit seines Abstiegs geleitet hatte.

Für den Bruchteil eines Augenblicks erschrak er, tat den falschen Tritt und eine glühende Ranke zerbrach unter seinem Fuß. Er versuchte, mit den blutenden Händen Halt zu finden, aber das morsche Spalier knackte mit einem schauerlichen Geräusch endgültig aus seiner Verankerung.

Liliana spürte den jähen Ruck, als sein Fuß ins Leere trat. Sie hörte Raynals heiseren Protestlaut und verstand. Dies war das Ende!

Regen fiel. Er brachte anhaltendes Rauschen, ein fernes Gurgeln in den Abflüssen, aber auch unendlich reine, frische Luft ohne den Geruch nach Rauch oder Feuer, Luft, die sich wie Balsam auf die Brust legte und jeden Atemzug zum Genuss machte.

Nach und nach erwachten Lilianas Sinne zu neuem Leben. Zaghaft zuerst, aber beharrlich sammelten sie wohlige Eindrücke wie ein Geiziger seine Münzen. Die warme Glätte sauberer Decken unter ihren tastenden Händen, eine weiche Unterlage, die ihren Körper auf das Angenehmste entspannte, etwas aus glattem Stoff, das über ihre Wangen strich.

»Nicht!«, flüsterte eine Frauenstimme. »Ihr müsst die Hände ruhig halten. Sie spürt es ohnehin nicht. Sie schläft. Ihr solltet auch schlafen. Ihr seht aus, als könntet Ihr ein wenig Ruhe vertragen! Ihr müsst höllische Schmerzen in Euren Händen haben!«

»Ich kann jetzt nicht schlafen!«, vernahm sie die unwirsche Antwort des Mannes. »Hast du nicht selbst gesagt, dass es möglich ist, dass sie das Kind verliert? Glaubst du, ich will schlafen, wenn sie mich braucht? Sie hat ohnehin zu viel allein getan! Sie lädt sich allzu viel auf!«

»Ihr Vater ist daran schuld«, hörte sie die Frau verraten. »Er hat nie versäumt, ihr zu sagen, dass sie die Verantwortung für alles tragen muss. Er mochte es nicht, wenn sie schwach und weiblich war, wenn sie Gefühle und Herz zeigte. Er gewöhnte es ihr ab, noch ehe sie den Unterschied zwischen Mann und Frau überhaupt begriffen hatte! Sie sollte die Verantwortung für Hawkstone und all seine Menschen tragen, und dafür musste sie stark sein.«

»Du weißt viel von diesem Haus und seiner schönen Herrin …«

»Ich gehöre zu Hawkstone, denn schon meine Eltern wurden unter diesen Dächern geboren. Es war ein gutes Leben, bis Ihr kamt …«

Der Vorwurf war unüberhörbar, und Liliana lauerte reglos auf die Antwort. Sie hatte Ellens Stimme erkannt, und sie fragte sich, ob Raynal de Cambremer sich nicht doch für allzu vornehm hielt, der Tochter eines sächsischen Waffenmeisters Rede und Antwort zu stehen.

»Es kann wieder ein gutes Leben werden, wenn ihr begreift, dass es sich geändert hat«, entgegnete er unerwartet aufrichtig. »König Wilhelm ist ein gerechter und kluger Herrscher. Ihm liegt nichts daran, die Sachsen auszulöschen. Im Gegenteil, er wünscht, dass Normannen und Sachsen gemeinsam zu Engländern werden. Wenn unsere Kinder in Gottesfurcht und Frieden aufwachsen sollen, werden wir unsere Wunden vergessen und unsere Feindschaft begraben müssen.«

»Es ist an der Zeit dafür«, entgegnete Ellen in der schlichten Gelassenheit, die ihr eigen war. »Es grenzt ohnehin an ein Wunder, wenn unsere Herrin dieses arme Wurm behält, das schon, ehe es auf der Welt ist, so viel Elend und Schmerz kennen lernen musste. Ihr werdet sie doch zu Eurer Gemahlin machen?«

Die letzte Frage klang, als hätte eine ungnädige Mutter sie gestellt. Jemand, der sehr wohl wusste, dass zwischen ihm und Liliana Dinge geschehen waren, die wenig mit Ehrbarkeit und Ritterlichkeit zu tun hatten. Liliana konnte der Versuchung nicht widerstehen, unter halb gesenkten Wimpern hervorzublinzeln.

Im Schein des warmen Öllichtes, das die Kammer rund um ihren Alkoven erleuchte, sah sie, dass sich die Züge des Ritters rötlich verdunkelten und den Ausdruck unverkennbarer Verlegenheit annahmen. Er erinnerte sie an einen kleinen Jungen, den man dabei ertappt hatte, wie er von verbotenen Früchten naschte.

»Ich bin nur meinem König Rechenschaft schuldig«, murrte er gereizt, um nach einer Pause eher widerwillig hinzuzufügen: »Aber auch er hat mir befohlen, deine Herrin zu ehren und zu meinem Weibe zu machen! Er führt keinen Krieg gegen Frauen! Ich wollte sie an Weihnachten an seinen Hof bringen, um dort unsere Hochzeit zu feiern!«

Liliana erstarrte auf ihrem Lager, und ihr ganzes Wesen bäumte sich gegen diese Antwort auf. Er handelte also auf ausdrücklichen Befehl Wilhelms? Es war alles nur aus Gehorsam gegenüber seinem König geschehen?

»Niemand von euch begreift, dass ich sie auch zu meiner Gemahlin gewollt hätte, wenn er mir das Gegenteil befohlen hätte oder wenn sie die geringste Milchmagd dieses Gutes wäre«, hörte sie die Männerstimme jetzt durch den Nebel ihres Schocks dringen. »Meine Gefühle haben nichts mit Hawkstone und nichts mit königlichen Edikten zu tun. Sie ist mein Herz, und ich habe festgestellt, dass ich nicht länger ohne mein Herz leben will! Ich kann sie nicht gehen lassen, auch wenn sie mir zürnen wird, sobald sie wieder zu ihrem eigenen rebellischen Selbst gefunden hat.«

Der Schrecken flaute ab und ließ Liliana schwach und erschöpft im Chaos ihrer Gefühle stranden. In der Stille der Kammer schienen ihr die eigenen Atemzüge hastig und verräterisch laut. Wann würde sie endlich lernen, Raynal zu vertrauen? Wann gelang es ihr, ihr Misstrauen zu zügeln und nicht immer nur das Schlechteste von ihm zu denken?

»Sie wird Euch nicht zürnen, sie liebt Euch viel zu sehr!«, vertrat Ellen die Sache ihrer Herrin.

»Ich wünschte, du hättest Recht …«

In dem Schweigen, das auf diese Worte folgte, sanken Lilianas Lider tiefer, und ihre Atemzüge wurden langsamer und regelmäßiger. Sie fiel in einen Schlummer, so tief und erholsam, dass sie keine Ahnung hatte, wie viel Zeit vergangen war, als sie die Augen erneut aufschlug und endlich begriff, dass sie tatsächlich am Leben war! Sie blickte sich um.

Der Regen schien aufgehört zu haben, denn im Fensterausschnitt bauschten sich schäfchengleiche Schönwetterwolken an einem azurblauen Frühlingshimmel. Warme, goldene Sonne warf weiches Licht auf die bunten Mosaiken des Bodens und weckte honigfarbene Reflexe in den winzigen Steinen. An den Bildern, die Ährengarben, Fische, Früchte und Blumen zeigten, erkannte Liliana, dass sie nicht länger in der Kammer lag, die sie mit Alfaric geteilt hatte.

Dies hier war das ehemalige Gemach der Hausherrin. An der Ecke des Innenhofes gelegen, wo Süden und Westen zusammenstießen, so dass es zwei Fenster hatte, die den Blick sowohl über den äußeren Hof wie über die Gesindehäuser gestatteten. Ihr Vater hatte nie erlaubt, dass es bewohnt wurde.

Liliana hatte sich als kleines Mädchen manchmal heimlich hineingeschlichen und nach Zeichen für die Anwesenheit ihrer Mutter gesucht. Vergeblich, denn sie hatte nur Staub und verschlossene Truhen gefunden.

Jetzt glänzte der Boden frisch geschrubbt, und auf dem quadratischen Tisch in der Mitte stand ein blauer Krug mit bunten Frühlingsblumen. Auch die Truhen, die Bank, den Hocker und den gepolsterten Stuhl vor dem Kamin hatten fleißige Hände gesäubert und poliert. Auch die anspruchsvollste Lady hätte an diesem geschmackvollen Gemach nichts aussetzen können.

Liliana dagegen beschlich das peinliche Gefühl, diesen Raum ohne Berechtigung zu bewohnen. Sie war nicht länger die Herrin von Hawkstone!

Sie richtete sich auf und vernahm ein leises Geräusch, das wie das ungeduldige Schnalzen einer Zunge klang. »Nicht! Bleibt liegen, Herrin! Bewegt Euch nicht!«

»Ellen?«

Liliana missachtete den Befehl. Sie stützte sich auf den rechten Unterarm und sah der Frau entgegen, die sich von einem Hocker neben ihrem Alkoven erhob und die Näharbeit zur Seite legte, an der sie gestichelt hatte. Sie trug ein schlichtes Wollgewand, aber der gebleichte Kragen und die Leinenhaube schimmerten in makellosem Weiß. Aus der verzweifelten Flüchtigen war wieder eine ehrbare Matrone geworden.

»Wie komme ich hierher?«, flüsterte Liliana.

»Der Seigneur hat es angeordnet und Euch selbst hierher getragen, als Ihr noch schlieft. Er befahl mir, über Euch zu wachen. Wie fühlt Ihr Euch? Habt Ihr Schmerzen?«

Liliana musste nachdenken, ehe sie die Frage beantworten konnte. »Nur Hunger und Durst«, murmelte sie heiser. »Wo ist Ede …« Sie stockte mitten in der Silbe, denn mit einem Male kehrte die Erinnerung zurück. Die Schreie, der Tod, das Feuer, die Verzweiflung.

»Sie sind beide im Turm umgekommen, Herrin! Die Amme und Euer Gemahl«, berichtete Ellen mit einem Hauch von Genugtuung in der Stimme. »Der

Herr hat angeordnet, dass man die Asche, die im Turm zurückgeblieben ist, in den Fluss streut.«

Kein Zweifel, Ellen billigte diese drakonische Maßnahme, die sowohl Edeva wie ihrem Sohn das christliche Begräbnis verweigerte. Liliana schwieg. Es tat ihnen beiden nicht mehr weh. Edeva hatte ohnehin heimlich zu den alten Göttern gebetet, und Alfaric hatte nur an sich selbst und seine Kraft geglaubt.

»Ihr seid wieder frei, Herrin!«, fügte Ellen hinzu.

»Frei …«, murmelte Liliana und ließ sich in die Kissen zurücksinken. Sie kostete das Wort wie eine fremdartige Speise. Sie vermochte nicht einmal zu entscheiden, ob ihr der Geschmack gefiel oder nicht. Er war war seltsam fremd. Aber genau in diesem Augenblick spürte sie die leichte flatternde Bewegung des Kindes in ihrem Leib. Ein Drehen, begleitet von kleinen, ungeduldigen Püffen.

»Wir sind frei!«, wiederholte sie an das Kind gewandt.

»Es ist stark, das Kleine, das da in Euch wächst, Herrin!«, sagte Ellen mit hörbarer Bewunderung in der Stimme. »Aber es ist ja auch kein Wunder, wenn man bedenkt, wer in Wirklichkeit sein Vater ist. Eure Schwangerschaft ist viel weiter fortgeschritten, als Ihr alle glauben machtet!«

Liliana fuhr hoch und packte Ellens Handgelenk. »Du wirst schweigen, wie du es bisher getan hast. Schwörst du mir das?«

Ellen blinzelte verblüfft. »Aber warum?«

»Ich will nicht, dass er nur so tut, als ob er mir glaubt«, sagte Liliana rau. »Er ist davon überzeugt, dass ich Alfarics Kind trage.«

»Das verstehe, wer mag«, wunderte sich Ellen.

»Er wird es wissen, sobald es im Sommer zur Welt kommt!«

»Und wenn die Ereignisse die Geburt verzögern oder beschleunigen? Er kann sich nie sicher sein!«, widersprach Liliana. »Ich habe ihm leider sehr wenig Grund gegeben, mir zu trauen ...«

»Ihr solltet ihm mehr trauen, Herrin«, riet die andere trocken. »Und nun hole ich Euch etwas zu essen!«

Ellen eilte davon, ehe Liliana widersprechen konnte. Sie ließ die Lady von Hawkstone in einer Mischung aus Unbehagen und Ratlosigkeit zurück. Fragen über Fragen türmten sich mit einem Male vor ihr auf. Weshalb hatte Raynal sie in dieses prächtige Gemach bringen lassen? Wo war er? Was war geschehen? Das Letzte, woran sie sich erinnern konnte, waren die Hitze, der Rauch und das Brechen der Ranken. Der Sturz ins Nichts, von dem sie gedacht hatte, er würde der Tod bedeuten.

Es hielt sie nicht länger auf dem Lager. Sie schlug die Decken zurück und stellte fest, dass sie eines der fußlangen, fein bestickten Leinenhemden trug, die sie im Winter unter ihren Kleidern warm hielten. Ein nahezu klösterliches Kleidungsstück, über das sich die Flut ihres wirren schwarzen Haars wie ein Wasserfall bis auf die Hüften ergoss.

Raynal de Cambremer dachte unwillkürlich an einen Engel, als er sie am Fenster lehnend entdeckte, nachdem er die reich verzierte Pforte behutsam geöffnet hatte. Es bereitete ihm Schwierigkeiten, den Riegel zu bedienen, denn seine Hände waren bis zu den Handgelenken in weiße Binden gehüllt. Zum Schließen der Tür behalf er sich mit dem Fuß, und der Knall ließ Liliana erschrocken herumfahren.

»Ihr …«, flüsterte sie und wurde eine Spur blasser.

»Liliana!«

Er ging auf sie zu und verharrte dann wie ein schüchterner Knappe mitten im Schritt. Es war das erste Mal, dass sie sich ohne Vorurteile, ohne Missverständnisse und ohne Hindernisse gegenüber standen.

»Willst du mich nicht willkommen heißen?«

Liliana überwand den Abstand zwischen ihnen. Sie berührte sacht die Verbände, und in ihren Augen stand ein Leuchten, das ihn förmlich blendete.

»Was habt Ihr mit Euren Händen gemacht?«

»Es ist nichts!«

»Nichts? Das nennt Ihr nichts?«

»Du hast mich gewarnt! Erinnerst du dich?« In den meergrünen Augen stand die Frage, ob sie sich auch an die anderen Dinge erinnerte.

»Die Dornen«, flüsterte sie, gebannt von diesem Blick, der zugleich bewundernd, unwiderstehlich, sanft und doch so durchdringend war, dass sie den Eindruck hatte, ihre Seele liege bloß vor ihm. »Ihr habt Eure Hände an den Dornen zerstört, um mein Leben zu retten!«

»Sie werden heilen«, versicherte er und ließ seine Augen besitzergreifend über die weiße Gestalt und das bezaubernde Gesicht gleiten. »Ellen hat die Stiche und Risse mit einer Salbe bestrichen und besteht darauf, die Verbände täglich zu erneuern. Ich kann dich aber schon in meinen Armen halten, ohne dass es schmerzt!« Er ließ der Ankündigung so unmittelbar die Tat folgen, dass Liliana aufkeuchte. »Und ich werde meine Hände zu gebrauchen wissen, wenn der Priester uns segnet, Liliana von Hawkstone!«

Es war keine Frage, sondern ein Befehl. Liliana

sträubte sich gegen die Art, nicht gegen den Inhalt. Aber Raynal unterstellte ihr einmal mehr die falschen Motive, als sie sich befangen aus seiner Umarmung wand.

»Du brauchst keine Angst vor der Zukunft zu haben, Geliebte! Ich schwöre es dir, und ich werde auch das Kind lieben, das du trägst. Ich werde ihm den Vater nicht anlasten, für den es nichts kann ...«

»Den Vater?«

»Alfaric von Haven!«, knurrte Raynal. »Es ist das letzte Mal, dass ich seinen Namen nenne. Er soll in der Hölle schmoren mitsamt der Frau, die sich seine Mutter nannte. Vergessen wir ihn und machen wir aus dem Kind, sei es Knabe oder ein Mädchen, einen echten Cambremer!«

Liliana schwankte zwischen Rührung und Protest. Die Großzügigkeit seiner Liebe zwang sie auch jetzt zum Schweigen. »Das könnt Ihr nicht im Ernst meinen«, flüsterte sie. »Wie könnt Ihr ...«

»Schscht! Für mich ist nur wichtig, dass du die Mutter dieses Kindes bist!«, raunte Raynal und umfasste sie von neuem. »Ich liebe dich, meine englische Lady!«

»Ich liebe dich, mein normannischer Eroberer!«, wisperte Liliana an den zärtlichen Lippen des Ritters und ergab sich seinem Kuss.

Eine Woche später flochten die Mägde von Hawkstone Kränze aus frischem Frühlingsgrün und streuten ihrer Herrin Blüten über den Weg zur Dorfkirche. Das prächtige Hochzeitsgewand mit der bestickten blauen Seidentunika verbarg die Wölbung ihres Leibes, und in dem rechteckigen Ausschnitt des Kleides funkelten die Rubine und Goldornamente des alten Rosenreifs.

Ihr Bräutigam, ganz in Königsblau und Schwarz gekleidet, erwartete sie auf den Stufen des Gotteshauses. In seinen blonden Haaren glänzte der Lorbeerkranz des Herrn von Hawkstone, und Normannen wie Sachsen waren sich darin einig, dass es selten ein prächtigeres Paar als dieses gegeben hatte.

Beim Hochzeitsfest in Hawkstone bogen sich die Tische unter der Last der Speisen und Getränke, und die Hochrufe auf den Lord und die Lady von Hawkstone einten normannische und sächsische Kehlen in fröhlicher Gemeinschaft. Raynal glaubte dennoch, einen Anflug von Trauer zu verspüren, als er sah, dass Lilianas Blick zu der geschwärzten Ruine des Rosenturms flog.

»Es tut mir Leid, dass die Rosen verbrannt sind. Wir werden neue pflanzen!«

»Das wird nicht nötig sein«, lächelte Liliana und sie behielt Recht.

Als sie zu Beginn des Julimondes ein Mädchen zur Welt brachte, war auch neues Leben aus den alten Ranken gesprossen. Die Rosen von Hawkstone wiegten sich in der Sommerbrise.

Der Herr von Hawkstone jedoch hatte keine Zeit, sie zu bewundern. Er neigte sich über die Wiege des kleinen Mädchens und fand sich im faszinierenden Ernst eines kindlichen Blicks gefangen, dessen Säuglingsblau schon nach wenigen Wochen dem klaren Meergrün der väterlichen Augen wich.

Epilog – September 1074

»Sophia-Rose, wenn du nicht endlich still sitzen bleibst, wirst du noch die Taufe deines eigenen Bruders verpassen, weil du mit zerzausten Haaren herumläufst!«, drohte die Kinderfrau und fuchtelte vor dem niedlichen Gesicht des ungebärdigen Mädchens mit einem Elfenbeinkamm herum.

»Papa wird nicht erlauben, dass man ohne mich beginnt!«, behauptete die Kleine, die für ihre sechs Jahre nicht nur sehr groß, sondern auch sehr eigensinnig und viel zu naseweis war.

»Das ist zu befürchten«, nickte die rundliche junge Frau, die den Kamm jetzt durch die Flut hellkupferner Locken gleiten ließ, die viel zu üppig und zu wild für den kleinen Kopf wirkten. »Aber du solltest seine Geduld trotzdem nicht reizen. Du weißt, dass er sich um die hohen Gäste kümmern muss.«

Der Hinweis auf die noblen Gäste von Hawkstone brachte Sophia-Rose endlich dazu stillzusitzen, und als ihre Mutter kam, um sie und ihre Schwestern abzuholen, musste sie lächeln, als sie das Quartett ihrer Töchter sah, die so wohlerzogen und makellos wie entzückende Puppen vor ihr paradierten.

»Das hast du wunderbar gemacht, Gythra!«, lobte sie die ehemalige Magd, die schon vor vielen Jahren zur Kinderfrau von Hawkstone aufgestiegen war. Nach einer lebensbedrohlichen Fehlgeburt konnte sie selbst keine Kinder mehr empfangen und kümmerte sich in hingebungsvoller Liebe um die Kinderstube ihrer Herrin, die vor wenigen Wochen um einen Sohn reicher geworden war.

Sophia-Rose, das älteste der Mädchen, warf ihrer Mutter aus meergrünen Augen einen bewundernden Blick zu. »Das ist aber ein schönes Kleid ...«

Liliana strich mit der Hand über die bestickte Seide, die genau dem Ton ihrer saphirblauen Augen entsprach. Es war ein der Taufe des Erben angemessenes Gewand, und es saß wie angegossen um ihre schmale Taille, der man die fünfte Geburt kaum anmerkte.

»Du bist aber auch sehr hübsch, Sophia!«, erwiderte sie das Kompliment und lächelte den drei Jüngeren ebenfalls zu, die sich wie üblich dem Kommando der älteren Schwester unterwarfen. »Ihr seid alle ganz reizend, meine Engelchen, und ihr werdet sicher großen Eindruck auf seine Majestät machen!«

»Wie schade, dass er nur seine Frau und nicht seine Söhne mitgebracht hat«, piepste Roselynne, die sich ihrer Bedeutung als Zweitälteste voll bewusst war.

Sie hatte Lilianas Farben mit blauen Augen und schwarzen Haaren, während Marierose und die kleine Rozabel das Erbgut ihrer Eltern auf das Hübscheste mischten. Es waren bezaubernde Kinder, besonders wenn sie die Wichtigkeit eines Ereignisses in saubere Kleider steckte und davon abhielt, zwischen den Beinen von schnaubenden Streitrössern zu spielen, von Bäumen zu fallen oder auf Wehrgängen zu balancieren.

»Du wirst die Söhne des Königs kennen lernen, wenn du alt genug bist, um bei Hofe vorgestellt zu werden«, tröstete die sonore Stimme des Lords von Hawkstone, und vier kleine Mädchen rannten quietschend auf ihren Vater zu. Jede darauf bedacht, als Erste seine Umarmung und seinen Kuss zu ergattern und seine liebevolle Aufmerksamkeit zu fesseln.

Liliana beobachtete den Ansturm mit einem zärtlichen Lächeln und bemerkte, dass einmal mehr Sophia-Rose den Sieg davontrug. Raynal liebte alle seine Kinder, aber dieses eine war für ihn etwas Besonderes. Mehr als die anderen war Sophia-Rose so unbezweifelbar eine Cambremer, dass die Ähnlichkeit der Gesten, der Reaktionen und der Blicke von Vater und Tochter bei einem so entzückenden kleinen Mädchen geradezu etwas Komisches hatte. Diese Ähnlichkeit bewies jedem Auge, was längst nicht mehr bewiesen werden musste.

»Und nun geht mit Gythra, meine Süßen! Eure Großmutter wartet schon auf euch!«, befahl Raynal und wurde mit einhelligem und seltenem Gehorsam belohnt. Die Anwesenheit des Königs, der in höchsteigener Person die Patenschaft für den Erben von Hawkstone übernahm, hatte offenbar einen erstaunlich besänftigenden Einfluss auf die Temperamente der Kinder.

Ganz zu schweigen von dem gleichermaßen überraschenden Besuch der einschüchternden Dame Elisabetta de Cambremer, die sich über das Meer gewagt hatte, um ihre englische Schwiegertochter und ihre Enkelkinder kennen zu lernen. Sie besaß eine scharfe Zunge, einen kritischen Blick und eine fatale Neigung, stets das zu sagen, was sie dachte. Deswegen hielt sie auch mit ihrer Meinung über das Leben ihres Sohnes in Britannien nicht hinter dem Berg.

»Nun, es war vielleicht doch keine so schlechte Idee, dass du dem Kloster den Rücken gekehrt hast, mein Sohn!«, hatte sie nach ein paar Tagen in Hawkstone gelassen verkündet. »Ich verzeihe dir deine Dummheiten! Du hast sie durch die Wahl einer klugen Ehefrau mehr als wett gemacht!«

Raynal hatte sich an seinem Wein verschluckt und Liliana ihr Lächeln hinter vorgehaltener Hand verborgen. Sophia-Rose hingegen hatte ihre Großmutter beeindruckt angesehen und sie in den Kreis der Menschen aufgenommen, die sie ganz besonders gern hatte. Es schmeichelte ihr zudem, dass alle Welt sich über die verblüffende Ähnlichkeit der Edeldame mit dem kleinen Mädchen wunderte.

Liliana schwankte zwischen Besorgnis und Belustigung, wenn sie die Dame de Cambremer und ihre winzige Kopie beobachtete, wenn die beiden die Köpfe zusammensteckten – der eine das Kupfer mit grauen Strähnen durchzogen, der andere so leuchtend und feurig, dass ihm alle Blicke folgten, wenn das Kind nur über den Hof lief.

»Glaubst du, sie wird die Ihren ebenfalls einmal so tyrannisch beherrschen wollen?«, hatte sie ihren Gemahl erschrocken gefragt.

»Ich befürchte es«, hatte Raynal gelacht. »Wir werden für sie nach einem Mann Ausschau halten müssen, der ein Gemüt aus Eisen besitzt und die Stärke eines ganzen Heeres gegen sie aufbringen kann!«

»Bist du sicher, dass es einen Raynal de Cambremer zweimal gibt?«, hatte sie gescherzt, und jetzt dachte sie an diese Bemerkung, während Gythra die Mädchen wie bunte Schmetterlinge vor sich her trieb und zu ihrer Großmutter brachte. Wie prächtig er aussah in edlem Rot und Schwarz, das blonde Haar von einer schwarzen Kappe bedeckt. In Anwesenheit des Königs verzichtete er darauf, den Lorbeer von Hawkstone zu tragen.

Der Rosenreif jedoch lag um Lilianas Hals, und sie spürte den Kuss, den Raynal in die Mulde über ihrem Schlüsselbein drückte, und den vertrauten Schauer des Begehrens, das nur er in ihr zu wecken vermochte.

»Habe ich dir schon gesagt, wie unendlich dankbar ich dir für jede dieser hinreißenden Prinzessinnen bin, mein Herz?«

»Ach? Und für Bryan etwa nicht?«, neckte sie ihn mit einem spitzbübischen Lächeln und drehte sich zu ihm.

Die Geburt des Sohnes, den sie nach vier Mädchen zur Welt gebracht hatte, erfüllte Liliana mit einer Mischung aus Triumph und stiller Zufriedenheit. Der Erbe von Hawkstone war das Patenkind seines Königs und die Krönung einer Liebe, die in den Jahren weder an Stärke noch an Leidenschaft eingebüßt hatte.

Jetzt wartete er in den Armen seiner Großmutter, auf ein prächtig besticktes Kissen gebettet und zu seinem kritischen Unwillen wie ein Kokon gewickelt auf seinen Auftritt in der neuen Kapelle von Hawkstone. Liliana hatte ihn kurz allein gelassen, um nach den Mädchen zu sehen, und sie fürchtete, dass er früher oder später mit gewaltiger Stimme zu brüllen beginnen würde.

»Für Bryan?«, wiederholte Raynal mit gespielt finsterer Miene. »Ich glaube, ich bin eifersüchtig auf den jungen Mann. Manchmal kommt es mir vor, als liebtest du ihn mehr als mich!«

»Das ist unmöglich!«, entgegnete Liliana, ohne auf den Scherz einzugehen. »Ich kann niemanden mehr lieben als dich! Du bist mein Leben!«

Ihre Lippen fanden sich zum leidenschaftlichen

Kuss, während die Fanfaren im Innenhof den Beginn des Festes ankündigten. Die Standarten des Königs, die der übrigen Gäste und des Hauses Hawkstone-Cambremer wehten knatternd auf dem Rosenturm, dessen Blütenschmuck die prächtigste Zierde eines ohnehin schon prunkvollen Festes war.

Lilianas Blick suchte den vertrauten Anblick, als sie im Arm ihres Gatten kurze Zeit darauf hinter dem königlichen Paar und seinem Gefolge zur Kapelle schritt. Ein Lächeln spielte um ihre Lippen.

So hatte sie vor vielen Jahren den Turm im Spiegel des Wassers schon einmal gesehen. Damals, als Edeva das Wasser befragt und versucht hatte, die Schritte des Schicksals zu lenken.

Welch ein Glück, dass das Schicksal seine eigenen Wege ging …